本书为国家社科基金项目"中国新文学的发生与朝鲜半岛文学现代化建构之关联研究"（18BZW120）之最终成果并得到江苏高校"青蓝工程"资助。

This work was supported by the *Seed Program for Korean Studies* of the Ministry of Education of the Republic of Korea and theKorean Studies Promotion Service at the Academy of Korean Studies（AKS-2022-INC-2230001）.

张乃禹 著

# 异质与同轨
## 中国与朝鲜半岛新文学关系研究

# Heterogeneity and Homogeneity

A Study on the Relationship
Between Modern Literature
in China and the Korean Peninsula

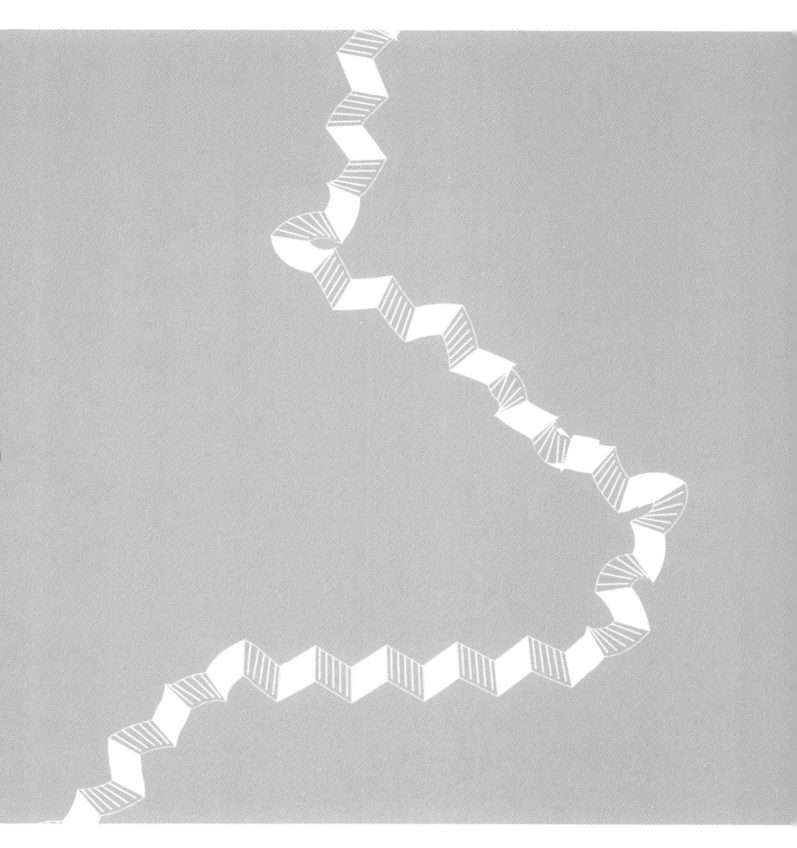

中国社会科学出版社

## 图书在版编目(CIP)数据

异质与同轨：中国与朝鲜半岛新文学关系研究 / 张乃禹著. -- 北京：中国社会科学出版社，2024.9.
ISBN 978-7-5227-3803-1

Ⅰ. I206.6；I312.065

中国国家版本馆 CIP 数据核字第 2024UR1057 号

| | |
|---|---|
| 出 版 人 | 赵剑英 |
| 责任编辑 | 慈明亮 |
| 责任校对 | 闫　萃 |
| 责任印制 | 戴　宽 |

| | |
|---|---|
| 出　　版 | 中国社会科学出版社 |
| 社　　址 | 北京鼓楼西大街甲 158 号 |
| 邮　　编 | 100720 |
| 网　　址 | http://www.csspw.cn |
| 发 行 部 | 010-84083685 |
| 门 市 部 | 010-84029450 |
| 经　　销 | 新华书店及其他书店 |
| 印　　刷 | 北京君升印刷有限公司 |
| 装　　订 | 廊坊市广阳区广增装订厂 |
| 版　　次 | 2024 年 9 月第 1 版 |
| 印　　次 | 2024 年 9 月第 1 次印刷 |
| 开　　本 | 710×1000　1/16 |
| 印　　张 | 19.75 |
| 插　　页 | 2 |
| 字　　数 | 336 千字 |
| 定　　价 | 109.00 元 |

凡购买中国社会科学出版社图书，如有质量问题请与本社营销中心联系调换
电话：010-84083683
**版权所有　侵权必究**

# 序　言

朴宰雨[①]

  我与张乃禹教授相识已有十余年。虽然之前对他的名字有所耳闻，但无论从个人关系，还是学问探讨上，比较密切的互动交流是始于 2019 年 10 月。当时我应邀参加苏州大学举办的"东吴论剑——金庸国际学术研讨会"，他趁机邀请我以"东亚现代文化新经验两甲子：韩中文学文化互动"为题做了一次学术讲座，讲座非常成功，学生们的反响也比较热烈。讲座结束之后的茶叙中，我对张乃禹有了更为深入的了解，并在此之后保持了紧密的学术联系。张乃禹作为"中国与朝鲜半岛文学关系与比较研究"方面成就斐然的中国年轻学者，不仅具有敏锐的学术感受力，而且非常勤奋刻苦，由此产出了一系列丰硕的研究成果。因此，当得知他被破格评聘为教授并在此之后被遴选为苏州大学人文社科领域特聘教授时，我感到非常高兴和欣慰，这正是对他学术成果和科研能力的最好认可。

  从专业领域看，张乃禹的研究属于典型的"比较文学"范畴，准确的说，属于比较文学领域中的"中国文学与朝鲜半岛文学比较研究"。事实上，近十来年来，张乃禹聚焦于中国与朝鲜半岛近现代文学的互译传播与关系研究，发表和出版了许多有份量的研究成果。以其丰厚的学术成果和发展潜力，可以说是当下该领域中很少见的中国年轻学者。我是从 1990 年在台湾大学通过博士学位论文《史记汉书传记文比较研究》之后，研究重点转向鲁迅与中国现当代文学，也一直在做韩中文学比较研究。因而张乃禹与我的主要研究方向非常契合，因此更是乐于见到如此年轻有为的学者的"突现"而倍感欣喜。

---

  ① 陕西师大人文科学高研院特聘研究员，韩国外国语大学荣誉教授兼博导，中国教育部"长江学者"讲座教授。

所以，当接到为他的新著《异质与同轨：中国与朝鲜半岛新文学关系研究》写序的邀请时，我感觉很高兴，也很荣幸，马上欣然答应。纵观张乃禹的学术研究历程，可以发现他首先关注了中国近现代转型期文学与朝鲜半岛同时期文学的影响关系，然后再持续推进宏观层面的平行比较研究，如此就催生了他第一部著作《中韩小说现代化转型比较研究》（苏州大学出版社2013年版）的出版。此著作从主题意识、文学格局、文化冲击与政治事件等四个方面，对1902—1919年两地小说的"同一性"和"差异性"进行了较有力度的阐析，并克服了此前研究拘泥于传统的"单向影响"的研究模式。从宏观角度并运用影响研究与平行对比方法的第二部力著《中国与朝鲜半岛近现代文学关系研究（1894—1949）》（陕西人民出版社2023年版），主要集中于1894—1949年间中国与朝鲜半岛文学之间的相互关系，分为上下两编，分别是"朝鲜半岛文学近现代转型中的中国因素"和"中国近现代文学对朝鲜半岛的关注与呈现"。其中可窥见张乃禹深入而独到的问题意识和思维架构，也可以说是克服"单向研究"界限进而从互动对话关系的维度进行研究的一部理论性与历史性相结合的难得力作。

这本《异质与同轨：中国与朝鲜半岛新文学关系研究》作为张乃禹的第三部著作，则将视角转向两地新文学"异质"与"同轨"逻辑关系的探析和考论之中。在探讨朝鲜半岛新文学萌生、演进和拓展过程中所接受的中国新文学影响的基础上，详细梳理了两者异质性与同轨性并存的双重变奏关系。在"异质"与"同轨"问题的设定和分析上，明显能够看到著者的独到眼光和富于均衡感的逻辑能力。张乃禹在论述中强调，两地新文学的"异质性"主要表现在半殖民地与完全殖民地的不同社会性质对各自文学的影响，以及由日帝统治引发的朝鲜半岛新文学的殖民色彩和抵抗心理。而"同轨性"则主要表现在传统与现实的连带心理，以及由此引发的朝鲜半岛新文化运动和新文学革命对中国新文学的关注认同和镜鉴吸收。从中不难发现，在关于两地新文学关系的探讨中，张乃禹并未完全忽视同处东亚并且对中国和朝鲜半岛文学现代化转型均产生深刻影响的"日本"。为此，他在著作中专辟一章，专门探讨朝鲜半岛新文学中接受中日影响因素之比较问题，其中论及朝鲜半岛新文学发展演进过程中中国和日本所扮演的错综复杂的"中介者"角色、中国和日本对朝鲜半岛新文学影响过程中的"点"与"面""文学镜鉴"与"殖民色彩""同位意识"与"抵抗心理"等不同特征表现等问题。由此,充分彰显了张乃禹学术研究中的"东亚视野"和文学关系纵深研究中的整体视角。这种从整体入手的宏阔视角和学术自觉意识是颇值得称道的。

以我的经验看,两地近现代文学比较研究领域还可以细分为几个更小的领域。检讨这些领域的研究历史,可以发现影响研究与平行对比研究以及形象学研究领域涌现出较多成果,其中影响研究主要包括中国个别新文学代表人物对半岛文学影响的研究,也包括中国现当代文学在半岛的译介接受与朝鲜半岛现当代文学在中国的翻译传播的研究。对笔者来说,从影响研究的角度,较多研究中国现当代文学或作家在半岛的接受与研究问题,也从比较文学形象学的角度,较多发掘并研究中国近现当代文学中的半岛族群人物形象问题。而相较于此,比较文学翻译学领域还停留在初步阶段。为此,张乃禹在该著中通过大量鲜活的第一手图片史料,如实呈现了梁启超、胡适和鲁迅等中国新文学代表人物的文学思想以及具体作品在半岛的译介接受过程。通过图文结合的形式,以丰富详实的资料,从翻译和传播视角展现了两地新文学之间的影响和互动关系,在很大程度上弥补了先前研究之不足。

此外,与上述论著内容相关联,张乃禹还发表了众多富于创见的学术论文。其中最令我感佩的是《东亚视野与译学互动——论韩国汉学家朴宰雨的中国文学译介》(《中国翻译》2020年第5期)。此文正是他在研究、梳理了我的中国现当代文学翻译历程后撰写的。阅读此文之后,我深刻认识到张乃禹研究视野之开阔,学术思维之活跃,以及对理论的驾驭能力之非同凡响。与此同时,他对我进行的学术访谈和对话也经整理之后发表为《东亚视野中的汉学研究与中国文学的世界化进程——韩国汉学家朴宰雨教授访谈录》(《国际汉学》2023年第1期),从中同样也能够看到他深刻的问题意识与非凡的学术站位。也许这种深入学术内核的深度沟通和超越文化隔阂的思想碰撞,才是促进两地学术交流、推动学科发展的终极动力。

当然,此著作虽然在两地文学关系研究上有所突破,但在某些方面还可以做得更好。比如从韩国学界的立场看,尚需多一些站在"异地思之"的立场上考察问题的努力。此著作克服了以前一些中国学者的"单向影响"论的偏向,这点很难能可贵,不过还可以更多地从半岛文学主体的"借用"立场思考和论述发展与影响问题。从某种角度看,在探讨两地文学的影响关系时，虽然某地接受了对方的影响，但是论述时，如果能够更加充分地站在该地文学内在连续发展立场以及"拿来主义"立场思考问题的话，就会更有说服力。我期待并相信张乃禹在此方面会有更深入的思考和进步。

比较文学领域中的朝鲜半岛与中国近现代以及当代文学的比较研究算是相对年轻而小众的学问领域，其细部领域中也有很多问题需要进一步阐释、整理和研究。虽然相较于古代两地文学关系及其相互影响等研究方向，两地现当代文学关系研究存在着相对容易实现学术生长点突破的先天优势，但研究过程中的视角更新、跨界意识以及独到的理论思辨能力是不可或缺的重要要素。希望以张乃禹这部力作的出现为契机，从事两地比较文学研究的中国学术队伍能够更加壮大，通过不懈努力，涌现出踏实丰厚的更多研究成果；通过理论视角的优化更新，构建进一步完整而成熟的学术体系。同时，也期待韩国学者与中国学者一起继续深化并扩大这个领域的研究，秉持"和而不同，异地思之，求同存异"的立场，发挥自身研究专长和引领作用，加强理论建树以产出更多创新性的学术成果。在此基础上，也希望韩中学界能够展开活跃的学术交流和深入讨论，为世界"比较文学"的拓宽发展做出应有的贡献。

再次祝贺张乃禹这部大作的问世，也期待将来新的研究成果陆续出版，以嘉惠学界。

是为序。

2024.08.11. 写于西安陕西师范大学寓所

# 目 录

**绪 论** ……………………………………………………………（1）

**第一章 朝鲜半岛新文学发生的内外动因** ……………………（12）
 第一节 "文化地形"：近现代东亚格局的嬗变与重构 ………（14）
 第二节 "开化之期"：文学语境的新旧交替与转换 …………（19）
 第三节 "内部因素"：传播媒介、创作群体与阅读受众的
    新变 ……………………………………………………（24）
 第四节 "中势东渐"：中华传统文学文化影响力的惯性延伸 …（30）

**第二章 梁启超与朝鲜半岛新文学的萌生** ……………………（39）
 第一节 梁启超著述在朝鲜半岛的译介与传播 ………………（41）
 第二节 "功利主义"小说观与"效用论"小说思想 …………（62）
 第三节 "诗界革命"理论的东传及其影响 ……………………（97）

**第三章 胡适与朝鲜半岛文学现代化的演进** …………………（121）
 第一节 胡适著述及思想在朝鲜半岛的传播与评价 …………（122）
 第二节 "国语文学论"与朝鲜半岛"言文一致"运动 ………（138）
 第三节 胡适与金台俊：文学史书写的空间向度
    及叙史模式 ……………………………………………（146）

**第四章 鲁迅与朝鲜半岛新文学的拓展** ………………………（159）
 第一节 鲁迅作品的翻译介绍及其思想承载谱系 ……………（161）
 第二节 国民性批判与"同轨"的文学精神 ……………………（171）
 第三节 反抗意识与"狂人"文化形象的异域重建 ……………（184）

**第五章 朝鲜半岛新文学的中日影响因素之比较** ……………（197）
 第一节 错综复杂的"中介者"角色 ……………………………（198）

第二节 "点"与"面" ……………………………………（212）
　　第三节 "文学镜鉴"与"殖民色彩" ……………………（221）
　　第四节 "同位意识"与"抵抗心理" ……………………（235）
结语　重新审视中国与朝鲜半岛近现代文学关系 ……………（250）
附　　录 ……………………………………………………………（255）
参考文献 ……………………………………………………………（302）

# 绪　　论

朝鲜半岛[①]在地理位置上密迩中国，是汉字文化圈的重要成员之一，无论在历史文化，还是文学方面，都受到了中华文化的深远影响。从王氏高丽（918—1392）到李氏朝鲜（1392—1910），通过"朝天""燕行"等使臣朝贡活动，朝鲜半岛与中国构建了典型的"天朝礼制体系"。反映在文学上，就形构了朝鲜半岛的"汉文学"，无论诗词歌赋，还是小说戏剧，中国文学曾经主宰了整个朝鲜半岛古代文学的发展和演变。当时中国与朝鲜半岛的文学关系几乎是"中国→朝鲜半岛"的单方面"影响关系"。

及至近现代，中国与朝鲜半岛文学关系开始发生转变，这种转变正是缘于两国所直面的民族危机。伴随着"西势东渐"，中国与朝鲜半岛成为西方列强的侵占对象，在大致相似的时间内经历了前所未有的震荡巨变期。1840年，清政府闭关锁国的大门被英国叩开，此后的一系列

---

[①] 本研究的时间段大致为19世纪末至20世纪二三十年代，彼时的朝鲜半岛正处于日本的殖民统治之下，被称为"日本强占期""日帝支配期"或"日据时期"等，尚未分为现在的"韩国"（朝鲜半岛南部）和"朝鲜"（朝鲜半岛北部）。当今的"韩国"全称为"大韩民国"，"朝鲜"全称为"朝鲜民主主义人民共和国"，它们是"二战"结束后，在美国和苏联的支持下，分别于1948年8月和9月成立。中韩建交前，中国指称朝鲜半岛南北方为"南朝鲜"和"北朝鲜"，后改为"韩国"和"朝鲜"并一直沿用至今。而"韩国"和"朝鲜"这一说法在历史上也曾经存在，1897年由于清朝影响力的衰弱，朝鲜半岛在日本的扶持下，改国名为"大韩帝国"，直到1910年彻底沦为日本的保护国。此时期的"大韩帝国"亦简称为"韩国"。在朝鲜半岛历史上与中国明清时期相对应的历史时期为"李氏朝鲜"，"朝鲜"这一国号曾经指代整个朝鲜半岛。鉴于这种复杂历史变迁状况，同时为了避免引起歧义，本研究为了统一名称，除了引用文之外，都使用"朝鲜半岛"这一名称。虽然"朝鲜半岛"是一个地理概念，但在本研究的时间段内，是一个最恰切的称呼。对于文中出现的"韩国"和"朝鲜"之概念，是对朝鲜半岛上国家概念的统指，是包含历史与现存国家的统称，并非单纯现今意义上的"韩国"和"朝鲜"。因而文献中这一地区的作者国籍都不标注。

不平等条约使中国逐渐滑向半殖民地的深渊。而一江之隔的朝鲜半岛自19世纪60年代就开始遭受法、美等列强的军事侵扰。此间，日本通过明治维新迅速崛起，成为东亚领头羊，为了寻求资本主义发展空间，日本把殖民魔爪伸向了羸弱的朝鲜半岛。1876年，朝鲜半岛迫于压力，与日本签订了第一个不平等条约《朝日修好条规》（亦称《江华条约》），条约第一条规定"承认朝鲜为自主国家，与日本拥有平等的权利"，表面看似承认了朝鲜的独立地位，但本质上却是将朝鲜半岛从中国主导的"华夷秩序"[①]中剥离，从而将其强行纳入日本的殖民体系中。后历经"甲午战争"（1894—1895）和"日俄战争"（1904—1905），日本节节进逼，最终独揽了对朝鲜半岛的控制权，于1910年通过《日韩合并条约》，日本将朝鲜变为完全殖民地和保护国，而中国也由历史上的"天朝上国"沦为西方列强的半殖民地，因自身衰落而无暇顾及一衣带水的朝鲜半岛。文学是社会生活的反映，西方列强和日本的殖民侵占给中国和朝鲜带来的变化，不可避免地反映在两国文学关系之中。

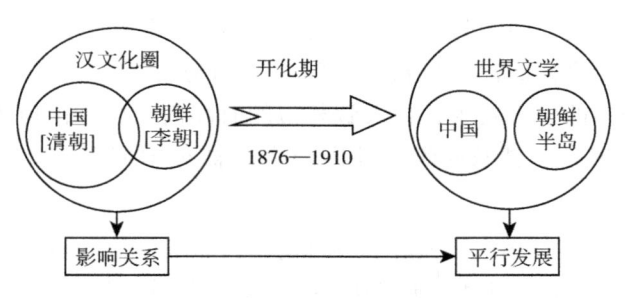

图 0-1　中国与朝鲜半岛近现代文学关系演变

东亚"文化地形"的如此剧变，使中国与朝鲜半岛间一向密切的文学文化交流传统被迫中断，两地在文学方面的影响轨迹发生了历史性转折，从"影响关系"逐渐向"平行发展"的格局演进。这一演进过程大

---

[①] "华夷秩序"是指两千余年间长期存在于亚洲东部、南部、东南部等地的某种国际秩序。具体是指，晚清之前历史上以中国（或曰中原王朝）为轴心的区域关系体系。由于中国在东亚区域具有较高的经济、文化和科技发展水平，这一体系通过一系列有形和无形的规则，构建了以中国为中心，其他附属国、朝贡国为边缘国家的政治、经济和文化关系网，将中华文明的辐射范围延伸至东亚以及东南亚一带。

致处于近现代东亚格局的嬗变期，并一直延伸至日本对朝鲜半岛的殖民侵占期，本研究的时间节点和历史语境，正处于此种文学关系急转直下并保持一定延续的19世纪末至20世纪二三十年代。

一

众所周知，梁启超是中国新文学的先驱之一，胡适是中国新文学的主要倡导者，鲁迅是中国新文学的主要实践者。他们在推动中国新文学的发生和发展的同时，也对一衣带水的朝鲜半岛的文学转型产生了重要影响。在近现代东亚文化格局发生历史性嬗变与重构的社会文化语境下，处于中日夹缝之中的朝鲜半岛开始逐渐脱离"中华礼制体系"和根深蒂固的"华夷秩序"，在文学文化方面将影响源和关注点逐渐转向日本，开始通过日本接受西方文明。但由于中华传统文化具有强大的辐射力和影响力，即使文化语境相较于古代发生了根本性改变，其对朝鲜半岛的影响并没有戛然而止或迅速消弭，而是保持着较强的惯性延伸力量，其重要表现便是以梁启超、胡适和鲁迅为代表的中国新文学对朝鲜半岛文学现代化转型所产生的影响。

在本研究所涉的历史时期，朝鲜半岛已正式步入"开化期"[①]，在封建社会的解体和近现代社会的形成过程中，当时的知识文人们在接受西方近现代制度和理念的基础上，将文明开化思想视为时代精神的主流。在西方先进思想与朝鲜半岛传统文化激烈碰撞过程中，外来文化的冲击史无前例地扩散到社会文化的各个角落，朝鲜半岛文学面临着由"传统"到"现代"的嬗变。小说方面，出现了"新小说"，诗歌、散文和文体方面亦酝酿着新的革命，区别于传统文学的新文学开始萌生。代表人物有申采浩[②]、

---

[①] 在朝鲜半岛，"开化期"是一种约定俗成的术语，是指1876年《江华岛条约》签订之后开始接受西方及日本近代文明的影响，封建社会秩序受到冲击，人们的思想开始迈向文明开化，社会风俗文化发生变化，直到1910年"韩日合邦"沦为日本殖民地的这一段历史时期。其又被称为"近代转换期""启蒙期""爱国启蒙期"等，时间上与中国晚清大致相当。

[②] 申采浩（1890—1936），在动荡的近现代，为了寻求民族独立而不遗余力的著名思想家和文学家，朝鲜半岛小说革命的领军人物，小说效用论的提出者。1910年流亡中国东北地区。1923年撰写《朝鲜革命宣言》，1928年被逮捕判刑，1936年病逝于大连旅顺监狱。作为朝鲜半岛近现代著名思想家、历史学家和哲学家，他接受了达尔文的进化理论，提出了"人人平等"的民主思想。

朴殷植①、张志渊②等，他们面对"国将不国"的现实危机，在宣扬新思想、启蒙民众的同时，谋求新的"文学革命"。此时，身在日本的梁启超通过创办《新小说》，鼓吹功利主义的小说观，且通过设在京城（今首尔）和仁川的《清议报》和《新民丛报》的代售点，其爱国思想、新民思想、教育思想以及小说理论迅速传播至朝鲜半岛。同时，其《越南亡国史》《罗兰夫人传》《意大利建国三杰传》《匈牙利爱国者噶苏士传》等史传作品也被大量译介至朝鲜半岛，出版为单行本，对朝鲜半岛思想启蒙以及新文学观念的萌生、文体的革新以及创作形式的新变等方面，产生了重要影响。尤其申采浩，在其小说和诗歌理论变革方面，明显能够看到晚清文学革命思想的影子。而到了20世纪二三十年代，中国新文学也经历了一定的发展而日趋成熟，朝鲜半岛在日本殖民政策笼罩下，大量接受了日本或通过日本传来的西方文化。与此同时，中国新文学的主要倡导者胡适也于1920年通过文章《以胡适氏为中心的中国文学革命》（《开辟》第5—8期）被介绍到了朝鲜半岛，"可以说，胡适是近代继梁启超之后对朝鲜文坛影响最大的文化名人之一，胡适对朝鲜现代文化思想和文学领域影响深远"③。胡适的"国语的文学、文学的国语"理论传播至朝鲜半岛，有力地推动了"国语国文运动"和"言文一致"运动的开展。同时，他的《白话文学史》与金台俊的《朝鲜汉文学史》也存在一定的承传和影响关系。而被申彦俊称为"东方大文豪"的鲁迅，在朝鲜半岛文学现代转型及发展方面也影响深远。随着《狂人日记》和《阿Q正传》的译介，朝鲜文人在文艺启蒙理论方面与鲁迅产生共鸣，在对鲁迅文学展开的相关批评研究中，可以看出批评者思想承载谱系的差异，在国民性改造论以及彻底的自我认识方面，体现了朝鲜半岛文人与鲁迅"同轨"的文学精神，在吸收鲁迅作品中反抗意识的基础上，韩雪野、

---

① 朴殷植（1859—1925），朝鲜半岛近现代哲学家、政治思想家。出身于贵族，创办"西友协会"，通过《西友》《大韩自强会月报》等宣传民主启蒙思想。日本完全占领朝鲜半岛后，朴殷植流亡上海并最终客死他乡。其主要作品有《韩国痛史》《韩国独立运动血史》《李舜臣传》等。

② 张志渊（1864—1921），朝鲜半岛近代著名新闻工作者和社会活动家，号韦庵、嵩阳山人，生于庆尚道尚州。1898年成为《皇城新闻》主编，1905年《乙巳条约》签订时发表著名文章《是日夜放声大哭》，1906年爱国启蒙运动兴起以后成为该运动的领导人之一，遗著有《韦庵文稿》。

③ 金哲：《20世纪上半期中朝现代文学关系研究》，山东大学出版社2013年版，第61页。

金史良等人完成了"狂人"文化性格的异域重建。

在传统与现代混杂交织的朝鲜半岛"开化期"以及日据时代初期的20世纪二三十年代,"社会启蒙"和"政治意识"迅速凸显为新文学的主题,这与以政治意识形态为核心的日本明治时期历史记录意味浓厚的"国事文学"存在一定异质性。当时日本社会启蒙和政治小说的特色在于成为政治舆论的强力武器,相较于空想和虚构,更具有浓郁的历史记录色彩,且政治小说的意图在于自主民权的改革或鼓吹对外扩张主义,与朝鲜半岛政治小说存在一定差异。这是由于当时朝鲜半岛的时代状况不允许对内政治批判而导致的某种文学变异现象,而开化初期至1910年朝鲜半岛新小说所蕴含的社会启蒙和政治意识反而与中国近现代文学思想和晚清"谴责小说"存在一脉相通之处。朝鲜半岛新文学变革与中国新文学具备时代的共通性,体现了当时两国知识分子的使命和责任意识,从文明开化意识传播的角度奠定了文学演变和转型的基础。

## 二

本研究的主题是中国新文学与朝鲜半岛新文学的关系问题。其中所涉及的"中国新文学"主要是指以梁启超为代表的中国新文学萌芽期文学思想以及以胡适和鲁迅为代表的中国新文学发展期文学思想。本研究以梁启超、胡适和鲁迅为个案,分别考证伴随相关著述的译介而传入朝鲜半岛的中国新文学思想理论对朝鲜半岛文学现代化转型所产生的影响。研究中所涉的中国新文学著述分为两大类别:一是由朝鲜半岛翻译出版的单行本(称为"著");二是在当时报纸杂志中登载的论述文章或文章的节选部分(称为"述")。

文学的古今转型是一个历久弥新的研究课题,中国新文学所具备的"现代性"在中国与朝鲜半岛文学关系发生重要转变的时间节点上,推动了朝鲜半岛文学的演进过程。开化期的朝鲜半岛对内面临着封建制度的解体,对外直面日本或西方列强的殖民侵略,随之而来的是异域文化的猛烈冲击。在新旧更替的时代特征和历史语境下,现代报纸杂志的出现,印刷产业的发达,职业作家的出现,新式教育的兴起以及现代都市的形成,均在很大程度上推动了文学的传播媒介、创作群体以及阅读受众发生了质的改变。在此过程中,中国新文学相关著述通过各种途径传入朝鲜半岛,并在小说革命、诗歌变革、语言革新、文艺启蒙、文学史书写等方面,对朝鲜半岛新文学的萌芽和发展过程产生了重要影响。

在朝鲜半岛新文学萌芽过程中,"效用论"小说理论的提出,爱国启蒙小说的倡导,史传作品在爱国启蒙文学中的应用等方面,都能够寻找到梁启超文学思想和理论主张的痕迹。可以发现,梁启超与申采浩分别作为中国与朝鲜半岛"小说革命"的代表人物,他们的小说变革理论存在着一脉相承的内在承传关系。诗歌方面,朝鲜半岛"东国诗界革命论"与晚清"诗界革命论"有怎样的内在关联性,《饮冰室诗话》与《天喜堂诗话》之间存在何种影响关系等问题,都有待于在具体的论述中加以阐明。具体来说,在诗歌理论方面,通过申采浩对晚清相关著述进行翻译和评价的历时考证,论析爱国主义诗论、启蒙主义思潮在中国与朝鲜半岛近现代诗歌中的具体体现,阐述朝鲜半岛"诗界革命"对中国改良主义、功利主义诗歌观的传承以及在诗歌内容、语言方面对中国诗歌理论的承袭和吸收。然后,在整体考述胡适著述及思想在朝鲜半岛的传播与评价的基础上,考察胡适与朝鲜半岛文人之间的交流状况,分析"国语文学论"与朝鲜半岛"言文一致"运动的关联性,厘清"白话文运动"与韩国"国语国文运动"的联系与区别并阐释其影响关系。以金台俊《朝鲜汉文学史》和胡适《白话文学史》为例,探究中国与朝鲜半岛文学史书写方面的影响关系。同时,对鲁迅所面见的朝鲜半岛文人或独立运动人士(李又观、金九经、柳树人、申彦俊、李陆史等)进行整体梳理,在对译介至朝鲜半岛的鲁迅作品进行整体梳理的基础上,探讨朝鲜半岛对鲁迅的认识和评价及其在文艺启蒙理论方面所产生的共鸣,对鲁迅批评的思想谱系进行深入探究,阐明鲁迅的国民性改造论如何促进了朝鲜半岛民族意识的觉醒,进而探究隐匿于两者间的"同轨"的文学精神。

最后,本研究将重点放在朝鲜半岛文学转型的中国因素与日本因素之比较问题上。如果说中国新文学对朝鲜半岛文学转型的影响是以"点"的方式零散呈现的话,那么日本对朝鲜半岛文学转型的影响则是以"面"的方式全方位干预的。当时的朝鲜半岛正处于日本的完全殖民地控制之中,在文学上接受的必然是日本的全面影响,甚至朝鲜半岛文人在关注中国新文学时,有时候也不得不借助日本学界。而对于中国新文学,朝鲜半岛学界则保持着警惕的目光,关注着中国新文学运动的一举一动。他们将"五四"新文化运动以及新文学革命视为"他山之石",通过译介和传播,为朝鲜半岛的新文学革命提供可资借鉴的参考系。而日本的全面影响必然给朝鲜半岛新文学带来浓郁的"殖民色彩",使其具备殖民地文学所特有的文学特征,其中"亲日文学"就是一个重要表现。此外,在朝鲜半岛新文学萌生和发展过程中,"中介者"一直是一个贯穿始终的重要角色,而中国和日本都曾扮演过西方文化传入朝鲜半岛的"中介者"角色。大体可以"日俄战争"为界,在此之前,朝鲜半岛主要吸收以中国为中介的西方文化,而日俄战争之后,中介者角色则逐渐转变为日本。同时,在日本殖民期间,由于中国与朝鲜半岛之间的直接交流路径相对缺乏,日本也曾承担了中国文学传入朝鲜半岛的"中介者"角色。

## 三

国外关于中国新文学与朝鲜半岛文学关系的研究主要集中于韩国学界,韩国将本国现代文学转型与中国新文学关联起来的研究始于 20 世纪 70 年代,李在铣在《韩国开化期小说研究》(1972)中,首次论及梁启超与朝鲜半岛文学的关系问题,此后韩武熙《丹斋与任公的文学和思想》(1977)、成贤子《梁启超与安国善的关联性研究》(1982)、辛胜夏《旧韩末爱国启蒙运动时期梁启超文章的传入及其影响》(1998)等成果陆续出现。鲁迅与韩国现代文学的关联研究始于 20 世纪 80 年代,代表性研究成果有金河林《鲁迅与他的文学在韩国的影响》(1983)、金时俊《流亡中国的韩国知识分子和鲁迅》(1993)和朴宰雨《韩国鲁迅研究的历史与现状》(1996)等。胡适与韩国文学关系研究成果主要有李锡浩《胡适对韩国近代文学的影响》(1974)、权基永《胡适的白话文学论研究》(1996)和李廷吉《胡适的新文学活动分析》(1999)等。纵观这些研究,可以发现主要集中在三个方面:一是整体上考论中国与朝鲜半岛文学的影响关系;二是探讨梁、鲁、胡的文学论或作品论;三是部分考证梁、鲁、胡与朝鲜半岛文人的交流史实。这些成果大多立足于殖民地视角,能够将相关研究拓展到东亚话语体系。但遗憾的是大都停留在历史史实的挖掘层面,未能深入探究史实背后所隐藏的深层文学关联。

随着 21 世纪新研究方法的导入,李贞吉《胡适的白话传统文学继承》(2002)、张珍光《胡适的传记文学作品研究》(2004)、崔亨旭《梁启超的文体改革及其散文特征》(2009)、洪昔杓《韩国诗人李陆史与中国现代文学——兼谈李陆史与鲁迅》(2011)、崔珍豪《韩国的鲁迅接受与现代中国想象》(2016)等开始从艺术视阈、叙事学理论与比较文学的视角切入研究。但总体而言，韩国学界更为注重梁、鲁、胡作为革命家或殖民地斗士的思想与精神的研究，却较少关注他们作为文学巨匠的精神特质的探究，而对于中国新文学如何影响朝鲜半岛文学现代化的整体研究则尚需深入。

国内相关研究主要体现在三个方面：一是朝鲜半岛对梁、鲁、胡的研究述略。如尹允镇《鲁迅在朝鲜——读李陆史的〈鲁迅论〉》（2001）、牛林杰《韩国开化期文学与梁启超》（2002）、金瑞恩《胡适在韩国九十年》（2011）、权赫律《韩国的鲁迅研究》（2016）等。这些成果主要论及朝鲜半岛对梁、鲁、胡研究的历史和现状，为后续研究提供了基础性史料。但这些研究更侧重小说，相对缺少对朝鲜半岛如何研究梁、鲁、胡散文和诗歌方面的探究。二是梁、鲁、胡在朝鲜半岛的接受和影响。如杨昭全《鲁迅与朝鲜作家》（1984）、崔雄权《接受与批评——鲁迅与现代朝鲜文学》（1993）、王卫平《鲁迅在韩国的接受、影响与研究——鲁迅接受史研究》（2003）、金哲《胡适与20世纪上半期现代朝鲜文坛》（2012）等。这些成果在探明梁、鲁、胡与朝鲜半岛的渊源关系方面颇有建树，但相对侧重政治影响和文化影响，文学影响则有待于进一步挖掘。三是中国与朝鲜半岛近现代小说比较研究。如文大一《近代中韩政治小说的比较研究》（2012）、赵杨《中韩新小说比较研究》（2010）等。这些成果分析了中国与朝鲜半岛对政治小说的认识和推崇政治小说的原因，对两地新小说的形成、发展和演变进行了对比，但侧重点在于平行比较。

整体来说，国内外学者对中国新文学与朝鲜半岛文学现代化的关联研究方面有所推进，在研究方法上具有启发意义，但还存在局限性。第一，研究体系方面，依旧因袭"西方→日本→朝鲜半岛"的影响研究体系，对"中国→朝鲜半岛"的直接影响路径欠缺应有的重视。第二，研究视角方面，除个别研究外，多数研究主要从朝鲜半岛文人和作家如何接受中国新文学出发，忽视了中国新文学先驱人物对朝鲜半岛的认识和评价。第三，学术观点方面，中国与日本一直被认为是东亚文学关系中的两极，忽视了中、日、朝鲜半岛所构成的动态三角关系。第四，学术视野方面，仍然局限于史实介绍和整理，较少能上升到中国与朝鲜半岛文学史、思想史交流和比较的高度做到史论结合。总之，如何在中国与朝鲜半岛文学关系转变的近现代语境中，对中国新文学思想在朝鲜半岛的传播和影响进行整体探究，增强中华文化在东亚区域的影响力和渗透力，是当前学界需着力解决的重要问题,也是中外文学关系研究取得标志性成果的学术生长点。

## 四

本研究所涉及的"开化期"至20世纪20—30年代正处于中国与朝鲜半岛文学关系转变的历史节点,因此在具体展开论述时,会根据实际内容选择具体的比较文学方法。最主要运用的是法国学派"影响研究"的方法,以梁启超、胡适和鲁迅为个案,探究朝鲜半岛现代文学转型与中国新文学之间的渊源、流传、接受等影响事实。在明确影响的范围和界限的基础上,揭示梁、鲁、胡的文学思想与朝鲜半岛文学变革转型之间的内在逻辑关联。探讨他们的相关著述及其内含的文学理论主张与朝鲜半岛近现代文学间的逻辑关系的共通性问题,考察朝鲜半岛对中国新文学思想的接受状况。在具体论述过程中,并不仅仅依托中国新文学与朝鲜半岛近现代文学的单纯实证关系,为了阐明朝鲜半岛新文学革命思想如何接受中国新文学思想的影响,首先明晰两者的相似点与差异点。因此思想启蒙层面上的接受与变形,文学主题表现的一致与变形问题,文学变革理论的维持与相斥现象,文学史编写方面的接受与变化等问题,都是重点探讨的焦点议题。为此,本研究运用比较文学中的"影响研究",分析作品与作品之间"保存下来的是些什么?去掉的又是些什么?原始材料为什么和怎样被吸收和同化?结果又如何?"① 接受中国新文学影响的朝鲜半岛文人在具体文学革命运动中对所接受的思想内容做出了何种"新阐释"?利用"新的结合方式",在内容方面带来了哪些"创造性的革新"?这些问题都是着重考察的核心问题。

同时,本研究涉及文学、语言学、传播学、历史学等学科领域,将综合运用跨学科的方法进行研究。如通过文献学理论梳理梁、鲁、胡的文学思想著述及作品在朝鲜半岛的传播状况,运用比较文学理论阐释中国新文学思想的影响。同时运用"纵向考察"与"横向比较"相结合的方法,通过"纵向考察法"探寻中国与朝鲜半岛文学关系的衍变过程以及朝鲜半岛近现代文学演进的历时因素,运用"横向比较法"探讨中国与朝鲜

---

① [美]亨利·雷马克:《比较文学的定义和功用》,张隆溪译,《国外文学》1981年第4期。

半岛文学现代化转型的具体差异及深层关联。在分析被译成韩语的中国新文学革命相关著述时，需要比较原文与译文以及不同时期或不同译者的译本，旨在探明朝鲜半岛对中国新文学革命思想的评价和接受。本研究运用"影响研究"模式下的"流传学"研究方法，从小说和诗歌层面具体剖析中国新文学革命思想如何影响朝鲜半岛文学现代化理论建构。

虽然近来中国与朝鲜半岛近现代比较文学研究成果大量涌现，但从整体上看，中韩（朝）文学关系相关研究多数集中于古代文学，这固然与两国自古以来的密切交流传统不无关联。鉴于中国与朝鲜半岛文学关系研究在古典文学方面已有较为丰厚的研究成果，本研究将着眼点放在朝鲜半岛"开化期"这一社会转型期，把研究视野投向了两地文学由"影响关系"到"平行关系"的衍变阶段，一方面是既有文化研究的延续，另一方面也是中国文学与朝鲜半岛文学关系研究的新思维、新拓展和新空间。本研究力求突破中韩（朝）比较文学研究长期以来一直拘泥于古代文学"影响研究"的传统研究惯性，对改变研究思维、拓展研究空间具有一定示范意义。同时，以中国与朝鲜半岛文学关系转变为切入点，本研究深入探讨中国新文学著述在朝鲜半岛的传播及其产生的影响，对于拓宽朝鲜半岛近现代文学的研究视野、更新研究视角等方面均将起到一定的推动作用，在一定程度上促进中国与朝鲜半岛比较文学理论的进一步完善，更新中国与朝鲜半岛文学影响关系研究视角，为中韩（朝）比较文学研究提供新的思路和角度。

同时，本研究把中国新文学置于东亚文化圈，全面系统地梳理和挖掘传播到朝鲜半岛的新文学著述，从朝鲜半岛内部的审美动因和社会文化心理出发，分析其接受中国新文学思想理论的内在因素。通过研究，不仅能够凸显朝鲜半岛现代文学发展中的中国影响因素，扭转朝鲜半岛文学转型外部影响因素研究中过分强调日本和西方文学影响的研究倾向，而且对于拓宽朝鲜半岛近现代文学的研究视野、更新两地近现代文学的研究视角、丰富和完善中韩（朝）比较文学研究等方面均具有一定的示范作用，同时也是对我国朝鲜半岛文学史研究的一个有益补充。

总之，本研究将改变一直以来学界过分偏重日本、西方对朝鲜半岛文学现代化影响的研究态势，通过考述梁、鲁、胡为代表的中国新文学对朝鲜半岛现代文学演进的影响，还原中国曾发挥重要作用的历史事实，同时阐明朝鲜半岛文化嬗变的思维定式：与中华文化的关联性和对其的依附性。强调中国新文学的"域外影响",全新阐释近现代"中国→朝鲜半岛"的直接影响路径。同时,本研究摆脱学界"外国→中国"的惯有研究思路,通过"中国→外国"的视角转换,以比邻而居的朝鲜半岛为例,彰显以梁、鲁、胡为代表的中国新文学影响因素在朝鲜半岛现代文学理论构建中所发挥的重要作用,为中国现代文学域外影响研究提供相对完整的东亚视角。在此基础上,打破朝鲜半岛现代文学影响研究中"西方→朝鲜半岛"或"西方→日本→朝鲜半岛"的固定思维模式。

同时,本研究强调特定历史时期中华文化在东亚的中心地位,明确中华文化的辐射和影响在近现代朝鲜半岛的重要作用。虽然近现代朝鲜半岛脱离了"华夷秩序"的国家关系,但中国对朝鲜半岛的影响根深蒂固。中国社会的细微变化都会在朝鲜半岛产生影响,以中华文化为中心的东亚文化总体格局并没有随着国家关系的变化而发生根本性变化。本研究还可为中国新文学海外传播影响研究提供新的依据,为文学现代化在东亚板块的联动构造重要一环。中国与日本文学现代化及其文化、文学关系研究被认为东亚文化研究中的两极。本研究提出近现代东亚文学关系并非只是中日二元格局,而是中国、日本和朝鲜半岛所构成的动态三角关系,即中国、日本和朝鲜半岛构成互环联动、此起彼伏的互动关系,而中华文化在其中发挥了重要作用。中华文化对朝鲜半岛的影响并未随着东亚"文化地形"的改变而戛然而止。中国对朝鲜半岛几千年来长期延续的文学影响关系,也并没有随着近现代语境和国家关系的变化而迅速消弭,正是在中国与朝鲜半岛文学关系发生转变的历史节点上,中国新文学在思想启蒙和现代文学理论建构方面,推进了朝鲜半岛文学的转型发展。

# 第一章

# 朝鲜半岛新文学发生的内外动因

在朝鲜半岛文学史的发展历程中，与其他任何时期相比，近代转换期①都可称为是学术探究的焦点而吸引众多研究者的目光。此时期，对外遭受着日本的殖民侵略，对内面临着封建制度的解体和自主独立的民族诉求，在内外交困的状态下，开化思想家们主张对内废止封建社会体制，建设近现代国家，发起了爱国启蒙运动。爱国启蒙运动蕴含丰富的内容，主要包括政治社会团体的活动、舆论机构的发达、新式教育的发展、宗教运动、启蒙学问研究、小说与诗歌的发展等，其中小说与诗歌是本研究着重探讨的内容。近代转换期，有别于传统古典文学的"新小说"②和"新体

---

① 19世纪末至1910年"韩日合邦"的这一段历史时期，被众多学者称为"爱国启蒙期""开化启蒙期""开化期""近代转换期"等。之所以存在如此多的称谓，主要是因为西方所经历的数个世纪的近代化过程集中体现于此时期，导致各种矛盾复杂而多元地呈现出来。另外，学者们较为重视此时期的综合性特质，强调时代概念或价值概念的某一面，着重强调对于日本殖民支配的自主意识。本研究总括时代概念和价值概念，在保持价值中立的基础上，使用"近代转换期"或"开化期"的说法。

② "新小说"这一用语，最早出现在1899年的日本东京，当时"春阳堂"出版社出刊了一本小说杂志，其名称即为《新小说》。在中国，"新小说"的说法源自1903年梁启超在日本横滨创办的中国最早的小说杂志《新小说》，发表了很多具有新内容和新形式的小说，后成为中国新体小说的嚆矢。《新小说》上发表的作品都具有浓厚的启蒙主义色彩，且阐明梁启超效用论小说理论的著名文章《论小说与群治之关系》即为《新小说》的发刊词。《新小说》所附报刊《新民丛报》曾在仁川设有代售点，因此，中国"新小说"概念也随之传入朝鲜半岛文坛。而近现代朝鲜半岛最早出现的"新小说"用语，是在小说广告中，直到1908年才逐渐作为一种小说体裁的概念被广泛使用。那么，朝鲜半岛的"新小说"与日本的《新小说》杂志和梁启超的《新小说》杂志之间，存在何种关联？鉴于近现代朝鲜半岛的时代语境和与中国、日本间存在密切文化交流关系的事实，应该说中日两国的影响兼而有之。如果一定要说哪方的影响更大，由于日本是1889年使用"新小说"这一术语，中国是1903年使用，朝鲜半岛是1906年首次出现，从出现时间的邻近性以及日本并未将其指称为某种小说样式推断，中国的影响似乎更大。事实上，不仅朝鲜半岛"新小说"的概念，新小说的内容和主题也与梁启超存在深厚渊源，新小说中出现的西方思想的接受和女性教育等主张，均直接或间接地与梁启超思想的接受存在关联。

诗"等新的文学样式开始出现,"韩汉文体"和"韩文体"开始成为文学的主要表现载体,因此在论及朝鲜半岛新文学的起点,界定近现代文学的特质或探讨文学体裁的分类和发展时,都将近代转换期视为研究的出发点。

从大的国际格局来看,近代转换期的东亚格局发生了重要嬗变甚至重构,随之东亚"文化地形"发生转变,西方的坚船利炮给东亚传统政治秩序和文明观带来了前所未有的冲击,持续几千年的以中国为中心的传统"天朝礼制体系"渐趋崩塌。中国和日本势力的升降沉浮,使朝鲜半岛文化心理产生错乱,曾经视为"天朝上国"的中国,逐渐沦为西方列强的半殖民地,而日本则迅速崛起而成为东亚的"领头羊"。在这种政治文化境遇下,中国文化由被崇尚的对象沦落为落后和停滞的文化,倡导文明开化的知识分子不自觉地将目光转移和聚集至日本。

作为呈现社会生活的重要文学表现形式,小说在朝鲜半岛近代转换期迎来了新的发展机遇。因为此时期东西文明的碰撞、新旧体制的冲突超越了以往的任何一个时代,新文学的发生发展自然接受了包括中国在内的外来因素的影响。据统计,仅1906—1916年,朝鲜半岛报刊小说的总量为241篇,单行本小说总数为177册。[①] 鉴于1910年"韩日合邦"[②]对文学变革和发展所造成的恶劣影响,这些报刊和小说的数量已经比近现代以前有了突飞猛进的飞跃式发展。同时,小说理论实现了变革,小说主题和表现形式与古代小说迥然不同,整个文学迈向了现代化转型的发展历程。此外,受以梁启超为代表的晚清小说理论和翻译外国小说风潮的影响,朝鲜半岛在这一时期也大量译介了外国小说,包括中国和日本的小说,报刊连载的翻译小说达百余篇。在西方、日本及中国等外部因素的综合作用下,朝鲜半岛文学在新旧交替、内忧外患的近代转换期,实现了从"古"到"今"的演变和转型。

同时,在朝鲜半岛前工业文明的驱动下,新文学发生的"内部因素"已基本具备。以报纸杂志为代表的现代新兴传播媒体开始涌现,成为小说刊载传播的绝佳媒介。创作群体方面,报人身份的职业作家开始登上历史舞台,成为文学创作的主体,稿酬制度确立使文学生产和接受形式实现了

---

① 宋敏浩:《韩国现代文学作品年表》,首尔:昭明出版社1999年版,第105页。
② "韩日合邦"是指1910年,根据《韩日合并条约》,日本将朝鲜半岛彻底纳入殖民体系的历史事件。因1910年为庚戌年,又称"庚戌国耻"。

革命性变革。随着近现代工业的发展和新式教育的出现，现代意义上的大都市开始形成，随之而来的是市民阶层的涌现，为文学的演变和转型带来了大量阅读受众群体。

此外，尽管随着东亚文化地形的改变，中华传统文化对朝鲜半岛的影响力和辐射力有所削弱，但其影响并未戛然而止，而是保持了一定时期的惯性延伸。在此可称为"中势东渐"，其中的主角便是梁启超、胡适和鲁迅等中国新文学的代表人物。他们的著述及其蕴含在其中的文学思想和理论主张传入朝鲜半岛，对其新文学的发生和演变产生了积极影响。

## 第一节 "文化地形"：近现代东亚格局的嬗变与重构

自19世纪后期始，以中国、日本、朝鲜半岛为构成要素的东亚格局发生重要转变。在此之前，在相当长的历史时期内，东亚地域格局一直是以中国为中心的"华夷秩序"，这一国际秩序的政治样式源于儒教的政教观念。与此相对的西方近现代国际政治秩序则以主权独立的"近现代国家"为构成单位，国家间呈现的是"并列构造"。相反，"华夷秩序"则以天子、诸侯或陪臣的"垂直序列"为根本模式，以朝贡为重要维系手段。甲午中日之战不仅是东亚古代与近现代的重要分水岭，也是探讨近现代东亚格局变动时不可或缺的标志性历史事件，同时也是"华夷秩序"崩塌的重要推动因素。通过甲午之战，日本成功实现了中日之间的势力逆转，使持续两千余年的东亚传统秩序渐趋崩塌，从东亚边缘位置逐渐成为近现代文明转型的引领者，由此东亚的国际秩序和政治格局发生了翻天覆地的嬗变和重构。

"德以柔中国，刑以威四海"，作为历史上占据重要地位的世界主要国际关系之一，"华夷秩序"曾持续两千余年存在于东亚、东南亚和中亚地区，以"朝贡"形式构建了以中国为核心的等级关系网络。朝贡体系可视为中原王朝内在统治秩序的外化。以朝贡制度为维系手段的"华夷秩序"通过有形或无形的规则，维持着东亚国际秩序的长期运行。四夷沐受中华文化，彰显了中国皇恩浩荡、泽被四邻之势，朝鲜半岛等周边国家定期献礼朝贡，接受中华承认其藩属地位的册封。

就朝鲜半岛而言，在前近代，他们正处于李氏朝鲜（1392—1910）时期，与中国的明清时期相当，而明清两代正是"华夷秩序"的全盛与顶峰时期。李氏朝鲜与明清保持着长期而稳固的宗藩关系，构筑了以中国为中心的天朝礼制体系，具体表现形式为"朝天"和"燕行"。李氏朝鲜建立伊始，为了巩固统治地位，获得明朝的认可，频繁派遣朝天使臣。据统计，"太祖、太宗时期遣使的次数分别为 57 次和 137 次，年平均使行出使次数分别达到 8 次和 7.6 次"。当时的使行分为定期和不定期两种类型，定期朝贡使团主要有冬至、正朝、圣节和千秋，不定期主要有谢恩使、进贺使、奏请使、陈奏使、辩诬、进香、进献、押送等。据《朝天录》记载，使团人员一般由 18—36 人组成，包括担任重要职责的"三使"（正使、副使、书状官）、三使以外的正官（通事官、军官）和仆役等。至清朝，李氏朝鲜的朝贡使行活动受宗藩关系变化的影响较大，据《通文馆志》记载，清朝入关前（1637—1644），李氏朝鲜取消了明代的千秋使，定期派遣的有冬至、正朝、圣节和岁币四行。据考证，清朝（1637—1881）李氏朝鲜入贡使团的总次数为 678 次，年平均达到 2.77 次。其中，崇德年间（1637—1643）的朝贡使团最为频繁，年均达 8 次之多，1638—1639 年每年多达 13 次。清代李氏朝鲜入贡使团人员构成与明朝类似，包括正使、副使、书状官和 3 名大通官，另有 24 名押物官和若干仆役及随从。整体来看，清代李氏朝鲜朝贡使行团的总人数大致在 200—300 人之间，相较于明朝，配备的人员数量明显增多。①

"华夷秩序"下的使臣朝贡活动，客观上增进了中国与周边国家的文化融合和交流，同时满足了相互之间的实际利益诉求。首先契合了中国"天朝上国""唯我独尊"的文化心理，在保持中心地位的同时，在文化上影响周边国家。与此同时，周边小国也存在向中国学习先进文化的客观要求，通过朝贡活动获得实际利益。在促进国与国之间通商和文化交流等友好往来的同时，也对稳定区域国际秩序发挥了重要的推动作用。

除了朝鲜半岛，东亚的日本也曾经在明朝初年主动加入"华夷秩

---

① 张乃禹：《"朝天"、"燕行"与文化博弈——兼论明清与朝鲜半岛间的"书籍之路"》，《社会科学》2019 年第 12 期。

序"。众所周知，从唐朝末年中断遣唐使的派遣活动以后，日本在数百年间一直徘徊于"华夷秩序"之外。日本与其他距中国相去甚远的亚非邦国不同，由于与中国一衣带水，在长期的历史演进过程中，相对充分地吸收了中华文明的优秀成果，最终生成某种可与华夏文明相匹敌的大和文明。由于偏安一隅，曾成功抵御了元朝的两次进攻，加之主动吸收中华文明，在"夷"的身份地位认同方面存在异见。洪武年间，朱元璋曾令日本称臣入贡，对于这一要求，日本曾回应道："乾坤浩荡，非一主之独权；宇宙宽洪，作诸邦以分守。盖天下者，乃天下人之天下，非一人之天下也……相逢贺兰山前，聊以博戏，臣何惧哉。倘君胜臣负，且满上国之意。设臣胜君负，反作小邦之差。自古讲和为上，罢战为强，免生灵之涂炭，拯黎庶之艰辛。"[①] 对于朱元璋的称臣朝贡要求，日本表现出的此种决绝态度，到了明成祖时期发生了彻底改变。为庆贺朱棣登基，他们喊出"日本国王源道义"的口号，遣使来华，向朱棣称臣纳贡，并表示接受大统历法，以藩属自居。此后，日本重返"华夷秩序"，不定期派遣使者向中国朝贡，明朝对日本的朝贡频率、随从人数、船舶数量、武器携带等都进行了严格而详细的规定。但为了官方的"勘合"贸易，还是有大量日本船队席卷而至，仅1454年到中国的日本商人就达1200人。后因嘉靖年间倭患成灾，日本才逐渐脱离"华夷秩序"，直到西方文明崛起，东方帝国衰落，最终导致"华夷秩序"崩溃，东亚格局重构。

实际上，古往今来，"利益"可能是地区与地区、国家与国家之间交往的根本目的和决定因素。"华夷秩序"本质上可视为某种历史文化形态的国际关系准则，在"华夷秩序"的国际体系框架之中，中国在文化实力、文明程度方面具有超前的优越性，在东亚区域内没有其他国家能够比肩华夏文明的前提下，如果不使用武力征服，只有选择较为和平的方式使周边国家臣服，在此过程中逐渐使对方在文化上向中华文明靠拢。这种方式虽然带有某种文化渗透的意味，但不可否认的是，周边小国并未排斥这种交流方式，而是怀有主动吸收接受中华文化以达到为我所用的目的。诚然，在"华夷秩序"的制度框架中，在政治和文化方面，中国无疑是最大的获益者，但这种国际秩序并不意味着中国独霸天下，其他国家也或多

---

① 详见何芳川《"华夷秩序"论》，《北京大学学报》1998年第6期。

或少从中获利。虽偶有战事和纷争，但整体来看，和平和友好仍然是"华夷秩序"的主色调。在儒家理念的支配下，"一"与"和"成为华夷秩序最本质的内容，其终极目标是构建"中心"与"边缘"文化博弈过程中的持久和平。在这一秩序下，东亚各国间开展了广泛而活跃的政治、经济和文化交流，促进了各国贸易和对外经济的发展，这种交流推动了东亚范围内的文明进展和社会进步。在"西风东渐"之前，"华夷秩序"有效地调解了东亚各国的关系，促进了各国的交流和共同繁荣，这也是"华夷秩序"对人类历史发展做出的一大贡献。

作为某种贸易形式兼政治联盟的"华夷秩序"也存在其历史局限性，作为古代阶级社会对外关系的历史产物，它明显带有某些不平等的胎生印记。"华夷秩序"的和平是以"大一统"为前提的，因此在这一国际秩序中，中国必然站在比其他邦国更高的地位，即所谓，"自古中国居内以治夷狄，夷狄居外以奉中国"。换言之，中国与藩属国是"抚驭"与"事大"的关系，以朝鲜半岛为例，古代中国与朝鲜半岛一直维系着"事大字小"的关系。前近代时期朝鲜半岛政权对中国长期奉行"事大主义"政策，且其"尊周""事大"的路线在某种程度上说是处于一种自愿的选择。从箕子朝鲜到新罗受封，从王氏高丽到李氏朝鲜，都通过奉行事大主义，在维护自身生存的同时，壮大了国家实力，实现了"小中华"的民族自立。事实上，在"华夷秩序"的国际框架下，在频繁的朝贡往来活动中，中国封建王朝对朝鲜半岛往往表现出"厚往薄来"的大国风范，朝鲜半岛从中获取了巨大的经济利益，在吸收中国先进文明的同时，自身也得到了迅速发展，"事大"政策符合当时小国向大国学习借鉴的时代风潮，符合朝鲜半岛人民的意愿和国家利益，是朝鲜半岛历代王朝对外关系策略的明智之举。反过来，当时作为宗主国的中国对朝鲜半岛采取"字小"① 政策，保证朝鲜半岛政治上不受侵犯、在经济上施与比进贡品更多的回赐，使朝鲜从中获取经济利益，文化上的影响则更为深远，朝鲜半岛成为最早接受中国先进文明的地域。

"朝鲜王朝当时乃清朝藩国，遵循事大主义原则，保持与清朝的交往，这种关系却受到俄国、日本等外来威胁，清与朝鲜都试图强化双边关

---

① 《左传》曾曰："楚虽大，非吾族也，其肯字我乎?"，这里的"字"即"爱"之意。"字小"即为大国关心、爱护小国的意思。"字小"与"事大"相辅相成，是对朝鲜半岛"事大"的反向回应。

系，以便应对外来威胁。"① 但在甲午战争中，中国还是不敌日本而遭惨败，"天朝上国"败于"蕞尔小邦"，其后果首先是使中国社会面临空前危机，加速了中国半殖民地化的进程。相反，日本则国力大增，一跃成为亚洲强国并成功跻身资本主义国家行列。1895年的《马关条约》第一款明确规定："中国认明朝鲜国确为完全无缺之独立自主国，故凡有亏损其独立自主体制，即如该国向中国所修贡献典礼等，嗣后全行废决。"这意味着清朝放弃对朝鲜的宗主权，也标志着中国洋务运动的成果灰飞烟灭，中国与朝鲜半岛的宗藩体系彻底终结，由于自身难保，对曾经的藩属国面临的亡国危机无能为力，隆裕太后曾发出"我国自顾不遑，断难干预"的哀叹。对日本而言，除了得到巨额赔款之外，还获得了侵入远东地区的便利，并逐步实现着吞并朝鲜半岛的既定策略。对朝鲜半岛来说，失去了长期赖以生存的宗主国，与中国的宗藩关系彻底结束，虽然名义上获得了独立，但实际上却被日本控制。中国与朝鲜半岛的传统宗藩关系被迫中断之后，清政府还残存了某些固有的旧国际体系观念。如清朝总署曾奏文声称："惟朝鲜久为我朝藩属，又未便与泰西各国等量齐见。"而朝鲜则主张把中国与朝鲜半岛的修约作为中国承认朝鲜为自主之国的政策体现和实际行动。1899年中国与朝鲜半岛最终签署了《中韩通商条约》，从大体内容来看，该条约的签订模式基本上与1882年《朝美修好通商条约》一脉相承。但最大的差异为该条约是一个平等的条约，这说明中国已经逐渐开始接受"华夷秩序"崩塌的现实，尝试与朝鲜半岛的大韩帝国②建立公使级外交关系，同时也标志着中国与朝鲜半岛开启了平等交往交流的新帷幕。

在文学文化交流关系方面，随着"华夷秩序"的解体，东亚格局发生裂变，历史上持续几千年的中国与朝鲜半岛的文学文化影响关系亦随之发生转向。处于中日夹缝之间的朝鲜半岛，开始对自身文化地位进行深入反省。历史上天朝礼制体系的崩溃，使中国从"天朝上国"沦落为西方

---

① 孙卫国：《朝鲜朝使臣金允植与李鸿章——以〈天津谈草〉为中心》，《东疆学刊》2018年第2期。

② 大韩帝国（1897—1910）是朝鲜半岛历史上第一个帝国，通常被认为是朝鲜王朝历史的一部分。1897年10月12日，朝鲜王朝的第26代国王李熙自称皇帝，改国号为"大韩帝国"。大韩帝国的成立是"华夷秩序"崩塌的重要外在表现，是朝鲜半岛脱离中国的藩属范围，自立门户的初步尝试。

列强侵占下的半殖民地社会，进而无暇顾及曾经给予深远影响的朝鲜半岛。虽然有保守势力的强烈反对，但面对日渐衰弱，综合实力今非昔比的中国，朝鲜半岛开始有意识地把目光投向西欧和日本。早在1881年，李氏朝鲜就曾派遣一批由年轻贵族阶层构成的"绅士游览团"赴日本考察学习，在军事、教育和技术体制等方面，吸收日本的先进经验。朝鲜半岛近现代化先驱人物金允植曾说："我国素无他交，惟北事中国，东通日本而已。自数十年来，宇内情形日变。欧洲雄长，东洋诸国，皆遵其公。舍此则孤立寡助，无以自保。于是中国及日本皆与泰西各国修好。所立约者近二十国。"[①] 开化知识分子逐渐认识到，闭关锁国政策既然已经被打破，就应该积极与欧美列强展开交流，于是向西方学习的"文明开化"思潮产生，加上中国"以夷制夷"外交思想的影响，1882年朝鲜半岛与美国签署了《朝美修好通商条约》，这对朝鲜半岛吸收西方文学思潮、借鉴西方文学思想，产生了积极影响。

## 第二节 "开化之期"：文学语境的新旧交替与转换

作为"后发外生型现代化"[②] 国家，与中国一衣带水的朝鲜半岛，其近现代化进程是被动实现的，这同外部现代性因素的刺激和推动作用有很大关系。西方国家经过18世纪的产业革命之后，经济转向对外扩张主义的形态发展，具有悠久历史的亚洲诸国逐渐成为西方列强的商品市场和原料供给地。在此期间，日本屈从于美国的压力被迫于1854年签订了《日美亲善条约》，接着俄、法、英等帝国主义国家接踵而至，强迫日本签订了一系列不平等条约。日本被迫开港，有些有识之士从西欧文化的冲击下清醒过来，积极吸收西方文化和技术，在"富国强兵""殖产兴业"的号召下，日本内部发生了剧烈的变化，明治维新使日本成功实现了从封建主义到资本主义的身份蜕变。在此基础上，日本迅速摆脱沦为半殖民地的危机，成为亚洲唯一一个保持民族独立且成功进入帝国主义队列的国家。此后为了寻找破除各派势力间对立态势的突破口，同时解决内部资源不足的

---

[①] 林基中：《天津谈草》，《燕行录全集》（第93册），首尔：东国大学出版部2001年版，第206页。

[②] 详见孙立平《后发外生型现代化模式剖析》，《中国社会科学》1991年第2期。

问题，日本将目光投向近在咫尺的朝鲜半岛，由此"征韩论"①登上历史舞台。直到1876年《江华岛条约》的签订，标志着朝鲜半岛门户被彻底打开，之后甲午中日战争中日本大获全胜，取得了对朝鲜半岛的主动权和发言权，在侵占朝鲜半岛的目标中占得先机，"征韩论"已然成为现实。此后，1904年日俄战争中日本同样获胜，并于1905年通过《乙巳保护条约》，"名正言顺"地使韩国成为"保护国"，为日后将其变为完全殖民地奠定了坚实的基础。

从朝鲜半岛的角度来看，"开化期"正是封闭的朝鲜社会与开港之后传入的异质外来文化产生冲突，进而进入新的近现代化过程的时期。在这一时期，对内面临着反封建运动的艰巨历史使命，对外则是以反侵略为核心的开化启蒙运动，这两股力量成为推动社会整体实现近现代性变革的重要动力。在经历了乙未事变②以后，面对国家主权被日渐剥夺的惨烈现实，朝鲜半岛人民对日本的侵略行径群情激愤，1897年"大韩帝国"成立，以"独立协会"为主导的国家体制改革开始实施。"独立协会"发行《独立新闻》等报纸杂志对国民进行思想启蒙，唤醒其爱国精神，可惜于1898年末宣布解散。1900年以后，日本加快了殖民侵略的步伐，1904年强制韩国签订了"韩日议政书"，根据这一外交文书，日本在朝鲜半岛设立财政顾问、外交顾问等，开始实施顾问政治，这意味着韩国政治的实权基本完全落入日本人之手。1905年11月的《乙巳保护条约》则完全剥夺了韩国的财政和外交权。此条约签订后，韩国各地发生了反日义兵运动，日本强迫韩国签订了《韩日新协约》，正式赋予统监以干涉朝鲜半岛内政的实质性权限。之后，日本将所剩无几的朝鲜半岛军队全部解散。按照既定谋略，1910年8月29日最终实现了"韩日合邦"。

自1876年开港至1910年，日本通过甲午战争、日俄战争以及与英

---

① 征韩论（せいかんろん），意即征服朝鲜半岛的侵略理论，是日本针对朝鲜半岛提出的一种对外扩张论调，根本历史诱因是对马岛危机。明治维新以后，明治政府继承了幕府末期提出的"征韩论"。日本国土狭小、资源匮乏，资本主义经济发展受到一定程度的制约，为了扩大市场，同时转嫁国内面临的各种危机，西乡隆盛等人提出侵占朝鲜半岛，以武力强行打开朝鲜大门的政治主张。

② 乙未事变，又称"王城事变""闵妃弑害事件"，是指1895年10月8日朝鲜王后闵氏（明成皇后）在汉城（今首尔）景福宫被日本浪人谋杀的历史事件。这次事件由日本驻朝鲜公使三浦梧楼策划，并有部分朝鲜人协同参与。此事件的缘起是日本人谋求重振在朝鲜的优势地位，因此暗杀了具有"亲俄排日"倾向的明成皇后。

国、美国之间的协约，利用武力非法侵夺了朝鲜半岛的国家主权。因此，这一时期是迫切需要反抗意识和独立精神的时期，朝鲜半岛社会文化背景无疑与此紧密相关，正是社会文化及文学语境新旧交替和转换的"开化之期"。首先是文明开化意识的增强。1863 年大院君执掌政权之后推行"锁国攘夷"政策，朝鲜半岛社会对外抵抗意识和爱国思想空前高涨，"卫正斥邪"①思想主张排斥包括中国、西方、日本在内的一切外部势力，强化国防实力，是树立民族自尊的强烈爱国意识的反映。但是随着政权让位于闵氏一派，开始推行与锁国政策相反的开放政策。随之，修信使②、领选使③、绅士游览团④、留学生等频繁往来国外。人际交流的扩大使韩国与包括西方在内的国家发生关联，由此文明开化思想由高至低向各个社会阶层迅速扩散。

内忧外患的危机给朝鲜半岛带来新旧文化交替和对救国之路的探索，代表性事件是以金弘集为首的亲日开化派们发起的"甲午更张"。1894 年朝鲜王朝通过"军国机务处"在半年的时间内推出了 208 个改革措施，这一改革有力冲击了腐朽的封建制度，在某种程度上实现了近现代文化革新。"甲午更张"是在日本人的影响和干涉下进行的，因此许多措施反而加强了日本对朝鲜半岛的控制，但客观上反映了朝鲜半岛的先行者们欲扭转颓势、变革社会、实现国家近现代化转轨的强烈愿望。

伴随着魏源《海国图志》的传入，"师夷长技以制夷"的思想无疑对处于民族危机之中的朝鲜半岛深有启发，他们在认识到西方先进科技重要驱动作用的基础上，主张学习西方，试图以国力的强盛击退日本的殖民入侵。事实上，近现代朝鲜半岛在挽救国家民族危机之中的开化运动，混杂了日本明治维新和中国洋务运动的多重影响，明治维新强调的"文明"使朝鲜半岛开明知识分子将"睁眼看世界"的理念付诸实践，认识到西

---

① 李氏朝鲜后期，随着外国侵略势力和西方文化的侵入，朝鲜半岛出现了排斥外来侵略、守护儒教传统的社会运动，被称为"卫正斥邪"。所谓"卫正"，是守卫性理学的文化秩序，所谓"斥邪"，是排斥性理学之外的所有邪恶的宗教和思想。"卫正斥邪"势力以固守传统的社会体制为目的，其对开化思想也持反对立场，因此又被称为"守旧党"。

② 朝鲜半岛开化期派往日本的外交使节。

③ 朝鲜半岛高宗时，为了学习新文化而派往中国天津的外交使节，以金允植为代表的青年留学生 69 人在天津学习了新式武器的制造和使用方法。

④ 朝鲜半岛高宗十八年（1881），为了学习新的文物制度而派往日本的使节团体。

方世界的先进性；洋务运动强调的"自强"则使他们将"师夷长技以制夷"的思想付诸实践，旨在增强国力、共御外辱。尽管1900年年初开始，相当一部分开明人士转向亲日的道路，但1905年朝鲜半岛逐渐被日本半殖民地化以后，文明开化运动就开始转为"国权恢复"和"爱国启蒙"。

朝鲜半岛的文学也在"弃旧图新"的"开化期"经历了继承传统与肇始现代的新旧更替，新文学开始萌生。事实上，在整个文学史的发展链条上，任何一个国家的文学都不是孤立封闭的，朝鲜半岛的"开化期"正是传统与现代发生关联的重要节点。在叙事方式和表现技法方面，开化期的朝鲜半岛小说演变中，既有对传统文学要素的保留，又有对近现代要素的吸收。相较于中国近现代小说，朝鲜半岛小说在承续古典传统文学方面，表现得似乎更为明显。

首先，在小说内容方面，"甲午更张"后对先进文明的追求和向往得到了反映，传统封建体系的腐朽和官僚的暴政得到了揭露，同时破除迷信、女权主义、博爱思想和教育独立等社会风潮得到了宣扬。客观来说，正是这些体现新的社会面貌和时代风尚的小说主题，真正体现了此时朝鲜半岛小说对古代小说的超越。而在情节构造方面，仍然承传了古代朝鲜半岛军旅小说、家庭小说、道德小说、言情小说和寓言小说的传统模式。事实上，近代转换期的叙事文学正是多重文学样式并存与新的文学样式形成的时期。传统文学的样式对叙事文学的叙述方式仍然发挥着有效的影响力，新的意识形态和思想观念的登场与变化的读者要求成为引导此时期叙事文学发展的原始驱动力量。同时，通过开化期报刊的"杂报"栏或"小说"栏发表的一系列短篇叙事文学接受了"说"样式的特征，尝试融合新的内容，在体现了传统文学样式内在发展的同时，也体现了近代转型期文学所具有的强大包容能力。

与同期中国特别是"鸳鸯蝴蝶派"凄美哀婉、缠绵悱恻的哀情小说所表现的悲剧意识相比，朝鲜半岛的新小说仍然固守着传统小说的"大团圆"意识，缺乏自觉的悲剧意识。这种"大团圆"结局曾经普遍存在于朝鲜半岛古代小说之中，如受中国传统文化深刻影响的《谢氏南征记》，通过塑造"善""恶"对立的人物形象，宣扬"善恶有报"的主题思想，主人公谢贞玉历经千难万险，最终还是实现了团圆美满的生活。甚至有些作品按照其内在发展逻辑线索无法实现大团圆结局，也要通过勉强演绎来实现。如《沈清传》，为了父女的最终相见，跳河而亡的沈清竟死而复生，其失明的父亲也重见光明。这种大团圆意识一直延续到近现代，在李人稙、安国善、李海朝等作家的作品中，虽然主人公和主题都具有相当的现代性，主人公经历坎坷，历经千难万险，但最终的结局都是苦尽甘来，团圆美满。李人稙的《血之泪》是朝鲜半岛新小说的嚆矢之作，主人公玉莲的经历和遭遇正是传统小说主题的近现代翻版。这与朝鲜半岛自古以来"劝善惩恶"的传统美学思想不无关联。作家们在创作的时候，刻意回避悲惨的结局，即使过程悲惨，也要在结局时留下美好幻想的尾巴。

其次，在表现主题方面，尽管朝鲜半岛新小说中出现了诸多反映新的社会面貌和思想变化的主题，但传统"劝善惩恶"的主题还是得到了延续。只不过代表"善"的群体由软弱的农民或女性变成了进步人士、开明官吏或外国人；代表"恶"的群体由残暴的官吏、狠心的婆婆或继母毒妇变成了腐化贪官、封建残孽或顽固分子。与传统小说一样，通过"善"与"恶"的较量，实现劝善惩恶的主题宣扬。《鬼之声》就讲述了残酷凶狠、无恶不作的一群人最终得到了应有惩罚的"恶有恶报"的故事。说明此时的朝鲜半岛小说家们对"劝善惩恶"和"大团圆"的主题构造尚存留恋，还没有勇气向读者展现一个《玉梨魂》式的一悲到底的哀情悲剧故事。

最后，在情节展开过程中，偶然性因素的过多介入本是朝鲜半岛古典小说的重要特征。而在新小说《鬓上雪》《巢鹤岭》《牡丹屏》《秋月色》中，都为了故事情节的延展而硬性借助了偶然巧合手法。如《血之泪》中，主人公玉莲7岁时与父母失散而四处逃难，后被日本军医官救出，日本军医官在战场上牺牲后，玉莲遭受到日本军医官妻子的残酷虐待。后来玉莲远赴华盛顿求学，却意外遇见自己的父亲。在《鬓上雪》中，当徐贞吉偏信平壤家之言，准备把李氏夫人交予皮条客时，恰好李氏夫人之弟李承学突然从济州来京，救了夫人。在《巢鹤岭》中，洪氏夫人落难海参崴，在雪夜深山处境危难之时，恰与其胞弟相遇……这些情节设置都是为了小说故事的顺利展开，而强行借助偶然性因素推动情节发展。这是朝鲜半岛传统小说的惯用手法在开化期的惯性延伸。另外，从人物形象化描写方面来看，很多近现代朝鲜半岛小说都移植了传统古典小说的人物性格描写方式。从小说人物的外貌描写到心理活动展示，都按照作家全知型的模式展开的。从人物配置上来看，李氏朝鲜时期"劝善惩恶"的文学思想还是被部分沿用下来，如"善人型"和"恶人型"的二元人物构造。

虽然这些小说从内容、表现主题和情节构造等方面都对传统小说有所继承，但开化期的朝鲜半岛小说也出现了迥异于传统小说的崭新面貌。主题方面，当时小说的基本主题为"文明开化、独立自主"，都取材于现实生活，表现的都是新的思想文化和社会现象以及对现实社会的思考，而非传统小说中的神话传说、幽冥世界等虚幻主题，也非对历史的总结或对人生无常之类无病呻吟式的感叹。李人稙在《银世界》的广告中曾强调："小说惩戒贪官污吏之压制恶风开进愚蛮人民之自由思想，当此维新之际，风俗改良之一大奇观，肯望京乡众君即速购览。"① 从中不难窥见彼时小说主题与时代风潮的紧密联系。

在小说人物方面，主人公既非《九云梦》中六观大师弟子的杨少游，亦非《洪吉童传》中会分身之术、武艺精通、变幻莫测的洪吉童，而是具备新思想和近现代文明开化意识的知识分子或新女性。残暴无德的官吏、凶狠恶毒的婆婆、虐待儿子的继母、哀情悲苦的善男信女等都作为主人公登场，值得注意的是，外国人也成为小说人物频频出现。小说的叙事空间也转变为近现代都市视角，李人稙《血之泪》的叙事空间就横跨"韩国—日本—美国"。安国善《共进会》则以第一次世界大战为背景，以韩国首尔、中国青岛、日本东京为舞台展开叙事。

总之，19 世纪末 20 世纪初的朝鲜半岛在连续遭受外来势力的殖民侵略，面临内忧外患民族危机之时，社会文化和文学语境都经历了新旧更替的嬗变。与中国进入半殖民社会不同的是，朝鲜半岛在日本的统治下进入了完全殖民地社会。随着具备文明开化意识和爱国思想的知识分子展开救亡图存的运动改革，近现代社会语境发生根本转变。而社会文化背景改变必然会反映到文学上，因此朝鲜半岛新文学也在继承传统的基础上，走上了肇始现代的演变之路。

## 第三节 "内部因素"：传播媒介、创作群体与阅读受众的新变

文学与文字载体和传播媒介的关系之紧密毋庸赘述，19 世纪末开始，

---

① 《大韩每日申报》1909 年 1 月 5 日。

朝鲜半岛近现代报纸杂志逐渐兴起并日趋成熟，为以小说为代表的文学作品提供了绝佳的刊登载体和传播媒介。事实上，近现代性的传播媒介对新文学萌生和发展的影响并不止步于提供了传播载体，而且在主题内容的转变、创作技法的突破和美学观念的更新等方面，也发挥了重要的驱动作用。

因日本殖民侵略等外部因素的影响，朝鲜半岛近现代报刊的发展虽然起步较晚，但伴随近现代印刷技术的发达，在较短的时间内也获得了巨大发展。近现代意义上的报刊最初并未与文学发生直接关联，而是作为呼吁爱国精神、传达自主意识、培养独立思想的载体和途径而存在。韩国政府鉴于当时内忧外患的历史语境，认为有必要唤起国民的独立意识，1883年成立"博文局"①，专门负责近现代报刊的创设和管理，同年韩国最初的近现代报纸《汉城旬报》创刊，该报纸10天发行一期，主要刊发朝廷公告，介绍国内外新闻等，此报纸采用纯汉文形式，翻译外国报纸刊载的内容，供上层人士阅读。1886年《汉城旬报》更名为《汉城周报》，采用"汉韩混用"文体继续发行。"这一时期，两报（《汉城旬报》与《汉城周报》）还属于官方报纸，使用纯汉文和韩汉文混用体，对文学基本没有涉猎。"②此后的1896年，朝鲜半岛最早的民办报纸《独立新闻》创刊，1898年《京城新闻》《每日新闻》《大韩申报》等陆续涌现，掀起了新一轮的报刊创办高潮。1899年《时事丛报》作为隔日刊公开发行，1904年《大韩每日申报》发行，1906年《万岁报》创刊。这些报纸的创立，说明20世纪头十年朝鲜半岛的铅活字印刷术得到了一定程度的普及。《独立新闻》使用韩文登载大量蕴含启蒙思想的内容，将阅读受众扩散到普通民众，其目标在于向国民普及自由独立意识。此后朝鲜半岛第一份日报《每日新闻》以及《皇城新闻》《帝国新闻》《庆南日报》等民间报纸相继创刊。其中，《帝国新闻》使用纯韩文文体，《皇城新闻》韩汉混用，分别拥有不同阶层的读者群体。大量涌现的报纸在向广大民众普及近现代知识和先进文化的同时，也促进了朝鲜半岛的"言文一致"和"国语国文运动"的进程，在韩文的大众化方面也做出了重要贡献。

最先连载小说的报纸是与日本存在密切关联的《汉城新报》《大东新

---

① "博文局"是朝鲜半岛最初的近代性印刷所，是编辑印刷报纸、杂志的出版机构。1883年8月，在金玉均、徐光范、朴泳孝等人的努力下正式设立。

② 赵杨：《中韩新小说比较研究》，世界图书出版公司2010年版，第15页。

报》和《大韩日报》等,这些报纸都带有日帝御用报纸的性质,在配合日本殖民统治、宣扬日本殖民政策的同时,也发表了不少文学作品。其中《大韩日报》在1904—1906年先后连载了《灌顶醍醐录》《一捻红》《斩魔剑》《龙含玉》《女英雄》《返魂香》等,李在铣曾主张将它们视为朝鲜半岛近代小说的开端。① 直到1910年"韩日合邦",报纸成为朝鲜半岛小说发表的主要载体,主要有《独立新闻》《京乡新闻》《大韩每日申报》《皇城新闻》《帝国新闻》《万岁报》《每日新闻》等。崔埈认为《万岁报》上连载的《血之泪》,《大韩每日申报》上连载小说的《青楼义女传》,以及《帝国新闻》上连载的《许小僧》等都是朝鲜半岛韩文连载小说的代表②。

  除了报纸,近现代报纸文艺副刊和专门文学期刊也是文学演变发展的主要驱动力量。近现代朝鲜半岛赴日本留学的留学生们纷纷成立各种学术团体,通过创办的"学会志"交换信息、互通有无,最终目的是向国内同胞传达先进思想文化,开发民智。"学会志"所开设的栏目主要有"论坛、学海、史传、文苑、杂汇、汇报、会录"等,其中的"文苑"主要登载诗歌、散文等,成为文学作品发表的主要阵地和重要载体。朝鲜半岛近现代第一本"学会志"为1896年由"大朝鲜人日本留学生亲睦会"创办的《亲睦会会报》,此后独立协会发行《大朝鲜独立协会会报》,成为近现代朝鲜半岛内发行的最初的期刊。之后,1905年《神学月报》《朝阳报》发行,1906年出现《家庭杂志》《大韩自强会月报》《太极学报》《西友》等,1907年《大同报》《汉阳报》创办,1908年出现《湖南学报》《畿湖兴学月报》等以及诸如《数物学杂志》的专业期刊。据统计,1889—1909年,朝鲜半岛各类期刊的总数为89种,而1910—1919年,期刊总数达154种。这些期刊之中,相当部分是各种学会创办的学会会刊(学会志),其中30余种学会会刊刊载小说、散文、诗歌等文学作品。尤其《夜雷》《西友》等杂志以诗歌、历史传记小说、新小说等文学作品为

---

 ① 李在铣:《韩国开化期小说研究》,首尔:一潮阁1972年版,第49页。
 ② 민간 신문은 한글 보급에 노력하는 동시에 連載小說을 실려 新聞小說의 길을 터놓았다. 即〈萬歲報〉는 처음으로 李人稙 作〈血의 淚〉를 連載하여 新聞 連載小說의 첫 記錄을 남겨놓았으며 이어〈大韓每日申報〉가 1906년 2월 6일부터 小說〈青樓義女傳〉을 실었고 다시〈제국신문〉은 1907년 3월 20일부터〈許小僧〉을 連載하였다. 이것은 한글로 된 우리 나라의 첫 連載小說들이다. 详见崔埈《韩国报刊史》,首尔:一潮阁1990年版,第173页。

主，对文学演变和发展产生了重要影响。

经统计，1906—1916年的10年间，朝鲜半岛报刊小说的总量达到241篇，单行本小说数量为177部，① 其中1910年是朝鲜半岛报刊连载小说与单行本小说发展的重要转折点。因为在此之前，大部分报纸都设有固定的"小说栏"，但1910年"韩日合邦"之后，日本加强了对舆论的控制，大量报刊被迫停刊，得以保留的除了崔南善创办的《少年》《青春》之外，就是亲日性较强的报纸（《每日申报》《庆南日报》等），报刊连载小说开始骤减。而相应的从1912年开始，单行本小说的数量迅速攀升，达53部之多。

近现代印刷术的发达，报刊的出现，也催生了职业报人和与报纸关系密切的报人小说家的出现。在古代朝鲜半岛，同中国一样，封建政权统治下的知识分子与社会正统不可分割，因此要成为一个拥有独立思想和人格的自由职业者，是绝无可能的。他们只能重复着前代所走过的道路。进入近现代，朝鲜半岛在外力作用下门户洞开，封建统治阶层的腐化和外部侵略势力的蛮横，使一部分先进知识分子为挽救民族国家于危机之中挺身而出。内外交困的社会文化语境，为具有独立自由意识的知识分子的产生提供了必要条件。科举制度的废除、西方思想的传入、留学生的派遣、新式学堂的出现，在这一切内外因素的综合作用下，近现代意义上的文人知识分子开始登上历史舞台。由此，作家逐渐步入世代更替的历史轨道。印刷术和近现代传媒的发展，使大批以创办报刊或在报纸上连载小说而成名的作家涌现，他们被称为"职业作家"或"职业报人"。于是，在稿酬制度基本确立的前提下，科举考场上的传统文人摇身一变成为报刊连载小说的专业写手。伴随着近现代报刊的创办热潮，朝鲜半岛众多新小说作家都实现了由"职业报人"到"职业小说家"的身份转变。

市场因素的导入对小说演变发展起到的作用非同小可，传统文人在稿酬的吸引下，与报刊迅速结缘，其结果是形成了稳定的创作群体。小说家可以通过作品获取可观的经济报酬，小有成就的作家便以报刊为生。传统文人从封建人身依附关系的束缚中获得解放，使他们可以通过文学创作获得较为可观的经济收入。小说由此走进了市场，走向了商品化，在此过程中，文学的现代化转型得以加速推进。"一部近代文化史，

---

① 权宁珉：《韩国现代文学作品年表》，首尔：首尔大学出版社1998年版。

从侧面看去，正是一部印刷机器发达史；而一部近代文学史，从侧面看去，又正是一部新闻事业发展史。"①这一论断同样适用于近现代转换期的朝鲜半岛。

在近现代传播媒介和印刷出版业日渐成熟的前提下，在将写作视为谋生手段的职业作家出现的基础上，文学的生产出现了划时代的革命。而近现代都市的逐渐形成，市民阶层的出现，以及近现代教育培养的大批阅读群体的涌现，使文学的接受方式也发生了根本性改变。古代的朝鲜半岛，在封建统治的时代语境下，绝大多数人无法得到良好的教育，所谓传统知识文人们则埋头于通过科举考试实现人生价值，而普通百姓尚未具备阅读文学作品的知识水平，彼时的文学是"阳春白雪"。1443年之前，朝鲜半岛不存在本民族的文字，只能借助于中国的繁体汉字，②甚至文学创作也使用汉文，由此汉文学成为朝鲜半岛古代文学的一个重要分支。在"言文分离"的尴尬局面下，当时朝鲜半岛只有士大夫阶层才认识汉字，认识汉字成为具有高贵身份的象征。这种奇特的文化现象一直延续到20世纪初才宣告结束，因为在韩文发明并颁布之后的相当长一段时间内，汉文仍然是上层社会的通用文字，而韩文唯有妇人与低贱之人学习和使用。在此种局面下，汉文构成的汉文学作品对普通民众而言更是遥不可及。到了近现代，这种状况随着朝鲜半岛的门户洞开，各类教育机构的建立，新式教育的兴起而逐渐有所改观。

李氏朝鲜末期，开港之后，随着对西方教育的深入理解和传教士、外国人的频繁往来，朝鲜半岛开始向日本派遣"绅士游览团"，向中国派遣学徒、工匠学习器械，使他们感到实施新教育的必要性和迫切性。为了营造良好的社会舆论，一些有识之士也表达了对新式教育的渴望和期待，1906年1月《大韩每日申报》的某篇社论曾表明大力发展新式教育的重要性，呼吁大量增设学校。③

在此后推进的近现代教育改革内容中，首要一环是开办新式学校，外国传教士在此方面发挥了重要作用。1883年，P. G. von Moellendolf 和

---

① 曹聚仁：《文坛五十年》，东方出版中心1997年版，第83页。
② 韩国人称繁体汉字为"汉文"，至今在韩国书面语中还被广泛使用。
③ 입 此 新年하야 大韓國家의 命運과 人民의 幸福을 爲하야 最히 企祝 希望하는 者는 國內에 學校가 취增하야 教育이 旺成홈이로다．摘自《大韩每日申报》1906年1月6—7日（4卷117号）第1面的社论《务望兴学》。

T. E. Halifax 最先开办了英语学校，之后的 1885 年，美国传教士 H. G. Appenzeller 创办了培材学堂，同年 Horace H. Underwood 设立敬新学校，1886 年 Scranton 创办梨花学堂，1887 年 Miss Annie Ellers 设立贞信女学校。政府方面，接受了育英公院提出的设立学校的建议，于 1886 年设立育英学校，以此为起点，新教育的制度基础开始变得日益稳固。这些学校和地方开办的很多学校，摒弃了四书五经为主的教学内容，开始传授先进的西方文化，培养出的学生必然都是具备近现代知识的人才。

依据相关统计，截至 1910 年，朝鲜半岛私立学校有 1973 所，其中教会学校 746 所。[①]占比较大的教会学校的主观目的是传教布道，但客观上却带来了西方先进文化和教育理念，这对朝鲜半岛教育近现代化的推动作用是不言而喻的。更为重要的是，知识分子在产生方式更加多样化的同时，其构成亦发生改变。在古代朝鲜半岛，接受教育，拥有知识的一直是统治阶层的少数人。因此，知识分子主要集中于上层阶级，老百姓没有受教育的机会。而随着传教士创办大量的新式学校，平民百姓也可以接受教育，文盲率锐减，这为文学的发展演变培养了大量的阅读受众。1906 年 8 月 23 日的《大韩每日申报》曾开明宗义地指出："盖自甲午更张以后依仿列强之美规，上自国都，下及闾巷创设各种学校教育人才者迄今十有余年，学务之扩张社会之发达，可谓我韩文明之大进步也。"[②]

为解决与外国接触过程中的语言不便，同时更好地学习西方先进科学技术和现代文明，朝鲜半岛开始开设专门的外语学校，培训大量的专业外语人才。1891 年第一所专门讲授日语的外语学校成立，1894 年英语学校出现，此后法语、德语、俄语等外语学校陆续出现。这些学校毕业的外语人才在了解西方、普及和传播西方文明、提高一般民众的知识水平、翻译和介绍外国文学作品等方面做出了重要贡献。朝鲜半岛新式教育的发展，不仅为小说的变革带来了读者群体，而且使小说的语言载体发生了划时代的改变。从此以后，韩文摆脱了边缘化和从属地位，晦涩难懂的汉文逐渐失去了主导地位。韩文的广泛使用真正使本民族文字回归了工具性和实用性。

综上所述，在开化期的朝鲜半岛，现代报刊等新型传播媒介开始出现

---

① 林和：《新文学史》，首尔：一路社 1993 年版，第 64 页。
② 摘自《大韩每日申报》1906 年 8 月 23 日（第 304 期）第 3 面中刊登的《英语研成社趣旨书》。

并日渐成熟,阅读市场催生了稿酬制度的确立,传统文人也实现了向职业作家的身份转变,现代教育和现代都市又造就了大量具有一定阅读能力的市民阶层。在这些因素的综合作用下,朝鲜半岛文学呈现出内部裂变迹象,新文学也由此开始萌生了嬗变之路。

## 第四节 "中势东渐":中华传统文学文化影响力的惯性延伸

朝鲜半岛新文学的萌生、演变和发展是各种因素综合作用的结果,其影响源和驱动力量大致可分为"内部"和"外部"两个方面。"内部"是指,朝鲜半岛文学面对近现代社会文化语境的变化和东亚格局的重构而进行的自我演进和调整,是古代传统文学在新的历史条件下的内在原生性发展。"外部"则主要是指外来影响因素,主要是西欧、日本、中国的影响和刺激。其中,"西学东渐"的世界文化转移大背景下,西方和作为西方文化中介者的日本的影响较为深远。纵观既往研究,在朝鲜半岛近现代文学演变外部影响因素的探究中,学界一直将重心放在西方和日本,比较关注西方文化或通过日本而传入的西方文化的影响,相关研究也着墨较多。但无论从地缘政治方面,还是从历史交流传统方面来看,与朝鲜半岛一衣带水的中国对其文学演变的影响亦不容小觑,尽管这种影响历经几千年而最终到了强弩之末的程度。这种影响主要是通过中国近现代文学著述在朝鲜半岛的传播以及文学思想的接受来实现的。

朝鲜半岛属于汉字文化圈,近现代以前,中国对朝鲜半岛的文学影响几乎是单方面输出,在文学上形成了密不可分的关系。以诗歌为例,新罗时代的"乡歌"全部借用汉字创作,之后王氏高丽的"俗谣"直到"时调""歌辞"等,都大量接受了中国文化元素。"时调"与汉诗,"歌辞"与辞赋文学关系密切,这些朝鲜半岛诗歌形式大量引用了中国的历史故事和典故。虽然朝鲜半岛本身存在很多独特的诗歌形式,但汉诗也在朝鲜半岛文学史上占据重要一席。中国文学以诗文为正宗的传统对朝鲜半岛也产生了重要影响,甚至在教育和国策层面奠定了汉诗的正宗地位。在人才选拔和任用方面,汉诗曾经是重要的测试手段,甚至影响和阻碍了朝鲜半岛本国诗歌的发展。

从散文和小说来看，中国对朝鲜半岛古代民间故事影响至深，中国的说话文学最为活跃的时期为唐代，历经秦汉五代，中国的玄谈思想和道教文化迅速扩散，与此相关，无数的故事传说应运而生。一统天下的唐代曾将道教奉为国教，神秘和离奇的故事内容被朝鲜半岛大量接受，神仙、鬼怪、梦境等传奇故事迎来了全盛期。此时朝鲜半岛正值统一新罗时期，也即唐朝深远影响朝鲜半岛的时期。从这一时期开始，无数的中国民间故事传说流入朝鲜半岛并被广泛阅读。唐亡宋兴之时，宋太宗命令唐朝旧臣将当时流行全国的民间故事整理成册，命名为《太平广记》。此书于高丽中期传入朝鲜半岛，对其汉文小说《金鳌新话》《周生传》《云英传》《九云梦》均产生影响。如《九云梦》，其主题与《太平广记》中的《枕中记》《樱桃青花》《南柯太守传》等存在类似之处。《太平广记》中的《柳毅传》讲述了救龙王之女，获得龙王款待，继而与龙女成婚的故事。《九云梦》中杨少游与白凌波的婚姻故事，显然借鉴了《柳毅传》。唯一不同的是出场人物姓名，《九云梦》的白凌波即为《柳毅传》的洞庭龙女，《九云梦》的杨少游即为《柳毅传》的柳毅，而《九云梦》中的龙王与《柳毅传》一样，也是"洞庭龙王"。闵宽东在《中国古典小说在韩国之传播》中统计，中国古代传播至朝鲜半岛的中国小说多达300余部。传入之后，通过抄录、翻译、汇编、重刊、注解、口传、改作等接受方式，对朝鲜半岛小说体裁、题材、形式、内容、语言等方面产生了深远的影响。

总之，在古代维持上千年的中国与朝鲜半岛文学文化交流史上，中国文学在诗歌、散文、小说等主要文学体裁上，曾单方面影响朝鲜半岛文学的发展，其影响力之强大甚至压制和阻碍了朝鲜半岛自身文学的发展。这种持续时间长、涉及范围广、辐射力强的影响力量，并未随着近现代中国与朝鲜半岛文学交流模式的转变而戛然而止或迅速消弭，而是呈现了某种惯性延伸。以梁启超、胡适和鲁迅为代表的中国新文学对朝鲜半岛新文学的萌生发展产生影响，这是中华传统文学文化影响力惯性延伸的重要表现。

为应对日本的殖民政策，以守护民族自尊、恢复国权为目标的爱国启蒙运动活跃开展并扩散至朝鲜半岛社会的每个角落。民族独立运动以唤醒民众、培养民族独立力量为目标，民族独立运动家们深刻认识到国权丧失的根本原因在于与列强之间存在的巨大发展落差。为了开发民智，振作民力，需要接受先进文明的各种理论，于是各种政治团体的"学会志"以及报刊纷纷创办。西方文化和思想的接受以独立协会会员和活跃于《皇城新闻》《帝国新闻》《每日新闻》的舆论界人士为中心,尤其是1900年以后,中国近现代文学文化相关著述大量传入朝鲜半岛。这些著述成为朝鲜半岛知识文人展开文学革命的理论根基的同时,也充当了西方思想文化中介者的角色。其根源不仅在于中国与朝鲜半岛自古以来保持的长期政治文化关系,还在于共同的崇尚汉文的文化传统。同时,朝鲜半岛文学也在新的东亚格局嬗变和历史语境中,在外来因素的冲击下发生了裂变。不同于古代传统文学的新文学(开化期文学)应运而生。

在朝鲜半岛近现代爱国启蒙运动和新文学革命的发生、演进过程中,梁启超、胡适和鲁迅的影响尤为突出。首先,他们通过接受梁启超的影响,确保了某种连接朝鲜半岛文学与西方文学的有效路径。梁氏著述均是中国处于危难之际写就而成,其目的在于推进中国的改革,以西方为参照,建设富强民主的近现代化国家。因此,梁启超著述在朝鲜半岛近现代转型期知识文人群体中产生了深度共鸣。当时的部分朝鲜半岛知识文人对西方学问、学说和主张并不太重视,但一部分人在阅读了梁启超著述之后,产生共鸣并推动了爱国启蒙运动的开展。虽然也有另一部分知识文人精通日语并频繁往来于日本,通过阅读日本书籍接受西方文明,但在最初接触西方文明之时,他们阅读最多的还是梁启超的著述。其中的新民思想、教育思想、社会进化论和亡国史学论等在朝鲜半岛引起巨大反响。虽然单行本《新民说》是否传入朝鲜半岛目前尚无定论,但其部分章节被译介成韩文发表在开化期的诸多报刊上,对当时知识分子爱国启蒙思想的形成产生了不小的影响,却是不争的事实。张志渊为鼓吹近现代启蒙思想而提出了社会进化论和亡国史学论,其主张的理论基础正是梁启超倡导的优胜劣汰的进化论思想。而且,梁启超的社会进化论以人的群体(群论)为核心,同样张志渊也以国民的团体(团体论)为核心。

梁启超对朝鲜半岛新文学革命理论的发生和形成也产生了重要影响。众所周知,梁启超的"小说界革命"对中国近现代文学产生了深远的影响,而传入朝鲜半岛之后,有力推动了其文学革命论的提出。申采浩等小说革命论者们所主张的内容与梁启超的小说理论在很多方面存在一致性,同时所使用的语汇也完全相同。如,梁启超批判"诲淫诲盗"的中国古典小说为"中国群治腐败之总根源",提倡反映爱国启蒙思想的言文一致的"新小说"。申采浩则认为朝鲜半岛传统小说是"淫谈"和"鬼话",

会败坏人心风俗，主张通过创造"奇妙莹洁"的新小说，消除古代小说。在小说影响力的认识方面，申采浩提出的"薰、陶、浸、染"与梁启超提出的"熏、浸、刺、提"也异常相似。梁启超的历史传记小说也被大量译介至朝鲜半岛，其英雄崇拜主义思想也对近现代朝鲜半岛历史传记小说的创作产生影响。如前所述，梁启超的小说理论伴随着他的著述在当时朝鲜半岛文坛迅速传播，这对谋求思想启蒙和国权恢复的开化期知识文人们而言，不啻为一针强心剂。尤其在爱国启蒙运动中小说作用的认识方面，朝鲜半岛近现代知识文人们在很大程度上吸收了梁启超的观点，发起了朝鲜半岛版本的"小说革命"运动。如对本国小说的批判意识，对小说社会政治作用的强调，对历史传记小说的提倡等，均是在吸收梁启超小说革命理论的基础上而形成的。

朝鲜半岛近现代政治小说、历史传记小说和讨论体小说等小说体裁的形成确立也与梁启超存在关联性。政治小说中反映的西方思想的接受，英雄崇拜思想和女性教育问题等，都直接或间接与梁启超文学思想的接受相关。梁启超的《动物谈》在近现代转换期朝鲜半岛的报纸和杂志上频繁刊载，被广为诵读。因此，朝鲜半岛讨论体小说与梁启超的《动物谈》存在密切的关联性。此外，讨论体小说《自由钟》更是直接坦露梁启超效用论的小说观和小说革命思想，这与作者李海朝曾担任《大韩协会报》的主编、大量译介梁氏著述密切相关。

除了梁启超，胡适也对朝鲜半岛新文学的发展产生重要影响。首先，他的很多文学理论（《文学改良刍议》《谈新诗》《五十年来中国之文学》《建设的文学革命论》等）、诗歌作品（《上山》《我的儿子》《四烈士冢上的没字碑歌》《十一月二十四日夜》等）、哲学思想著作（《杜威的思想论》《实验主义》《我们对于西方近现代文明的态度》《介绍我自己的思想》《非个人主义的新生活》《西洋文明的精神性》《孔子论批评》《庄子时代的生物进化论》等）和时事评论文章（《中国的进路是什么》《敬告日本国民、答室伏高信先生》等）都曾传入朝鲜半岛。这些著述经过梁建植、李允宰、丁来东等人不同程度的直译、转译和节译，被朝鲜半岛学人们广为诵读，并有力推动了朝鲜半岛的文学创作和现代文学革命运动的开展。首先在朝鲜半岛新文学革命思想方面具有借鉴和指导作用，有力推进了朝鲜半岛新文学的演变进程。胡适的《文学改良刍议》和《建设的文学革命论》为朝鲜半岛的"言文一致"运动提供了重要理念和理论依据,梁建植、李允宰等近现代知识分子对"国语的文学,文学的国语"产生了强烈的共鸣。众所周知,古代朝鲜半岛对汉字依赖性较强,新文学创作语言的革新在某种程度上来说,就是去汉字化,尽量减少汉字的使用,使用纯国语的韩语进行创作。梁建植在译介胡适相关文章时,特别注重胡适提出的"使用白话文进行创作,塑造未来中国的普通话"的主张,其真正目的在于守护韩文的地位,强调使用纯韩文进行文学创作的必要性,最终达到促进文学的普及和实现文学近现代化转型的目的。

在具体的文学创作方法方面,胡适也提出了自己的主张。如其在《建设的文学革命论》中提出描写方法有"写人""写境""写事""写情",并介绍了如何学习和积累这些文学创作的方法。朝鲜半岛作家比较重视创作方法的借鉴和创新,对于描写的方法,他们关注了胡适的主张,注重表达"真情实感"。梁建植[①]对胡适在《短篇小说论》中提出的"借助最为经济的文学手段将作者欲表达的事实中最为精彩的一段或一面描写出来"的观点,表示极为赞同。他将描写手法的运用和创新视为区别传统小说和新小说的重要标准之一。李泰俊[②]在《文章讲话》中,较为推崇胡适"八不主义"的第一条"须言之有物",将其改写为"不做言之无物的文字",以强调所描写的"事物"。"须言之有物"中的"物"一般将其理解为"内容",但经过李泰俊的演绎,成为"事物"的意思,不难窥见其背后隐藏的重视描写的理论主张。李泰俊曾尝试将"言文一致"的理念理论化,认为"韩国语能够最如实地描述事物"。韩国语表音文字的特征,先天具备了描写时所需的感官性原动力,换言之,韩国语由于语音与意义重合,读韩国语写成的文学作品时,几乎可以同时体会到视觉的描写效果。李泰俊《文章讲话》发表的时间是1939年,与1918年胡适提出"国语的文学,文学的国语"的主张,相距整整21年,这说明胡适在朝

---

① 梁建植(1889—1944),小说家、中国文学翻译家、佛教研究学者,1910年从中国返回朝鲜半岛,1915年开始小说创作,1921年开始翻译《琵琶记》,并翻译了中国古典戏曲和现代话剧等众多剧本。1929年在开辟出版社主编了《中国短篇小说集》,同时翻译了《头发的故事》。1930年1月和4月分别在《东亚日报》上翻译连载了《阿Q正传》和成仿吾的《从文学革命到革命文学》。

② 李泰俊(1904—未详),朝鲜半岛近代著名短篇小说作家和文学理论家,在提高短篇小说的抒情性和艺术完成度方面贡献巨大,其发表的《文章讲话》被视为实证而具体的探讨现代文论的文章,后于1948年经博文书馆结集出版。

鲜半岛的影响是长期持续的，绝非转瞬即逝的流行风潮。鉴于1938年起，日本在朝鲜半岛实行严格的"朝鲜语抹杀政策"，在社会交际中禁止使用朝鲜语，推行日语，同时施行"创氏改名"，强迫所有朝鲜半岛人民启用日本式名字。在此历史境遇下，李泰俊通过对胡适"国语文学论"的感悟和借鉴，通过发表《文章讲话》在朝鲜半岛践行胡适的理论主张，最终目的旨在通过"国语国文运动"实现朝鲜半岛版本的"言文一致"。

语言学家李允宰也高度赞赏了胡适的"国语论"，他在北京大学留学期间曾与胡适、陈独秀等人有过直接接触。1922年其在《东明》杂志上发表《中国的新文字》，介绍了中国的"言文一致"运动。后来又将胡适的《建设的文学革命论》翻译为《胡适的建设的文学革命论》，分四次进行了转载。他借鉴胡适的"国语论"，对韩国语的国语地位进行了深入思考，凸显韩文的重要性，将其视为民族的一大骄傲。其背后的意图正是减少汉字的使用，树立韩文的主体性地位。而事实上，直到1919年，朝鲜半岛知识分子们虽然已经意识到应该将韩文视为创作的主体语言，创作真正的"言文一致"的文学作品。但却未构建起真正的具备可操作性的文体，在此历史文化背景下，胡适的"国语文学论"引起他们的关注，通过一系列的介绍，在当时知识文人中广为诵读。并将胡适的理论视为创造新文体的具体方向，由此，胡适的语言进化主义思维，在无法通过国家权力为"言文一致"的推行提供强大支持的朝鲜半岛，获得广泛而深入的共鸣。

胡适提出的"不模仿古人""不作无病之呻吟""不用典"的主张，对李秉歧[①]产生了明显影响。李秉歧在对传统文学展开批判之时，主张运用表达"实情实感"的写生方式。这里的"写生"并非完全是"写实"，其追求的是意象和美感。李秉歧注重外在形象描写的同时，也重视人们内部心理世界的描写，且认为"写生可以描绘所有事物和所有情景……至少可以肯定的是，写生以某种实物、实事、实景、实情、实感为依据，因此其素材广泛而丰富，其内容真实而新颖"[②]。李秉歧以胡适的理论为参

---

[①] 李秉歧（1891—1968），朝鲜半岛著名的现代时调开拓者、诗人，在日本占领时期曾组织成立"朝鲜语文研究会"，成为开展"韩文运动"的独立运动家和国文学者。曾发掘和注解了无数古典，译注出版了《意幽堂日记》和《近朝内简集》等，与白铁合著《国文学全史》，对国文学发展史进行了系统的整理和分析。

[②] 李秉歧:《時調의 感賞과 作法》,《嘉藍文选》，首尔：新旧文化社1966年版，第309页。

照和借鉴,明确认识到"新意"及由"新意"而衍生的"原创性"的重要性,同时强烈反对"用典"和"无病呻吟"。在文学语言方面,李秉歧认为:"汉诗作者们围绕一个韵脚无病呻吟、引经据典,重复古人说过的老话,时调必然也是这样写成的,又有什么新意可言?"① 据此,他对朝鲜半岛延续几百年的文学体裁——"时调"进行了猛烈批判,同时为改良的现代"时调"指明了发展路向。由此可见,李秉歧将胡适的文学改良思想理论视为重要的方法论,但却并未生搬硬套,而是融入了"写生"和"鉴识眼"等新的思想,创造了某种契合朝鲜半岛文坛现状的新的文学理论。

鲁迅及其思想和文学在近现代朝鲜半岛的影响,亦可视为中华传统文学文化影响力的惯性延伸。朝鲜半岛对鲁迅的关注较早,鲁迅首次被介绍到朝鲜半岛是在1920年,当时梁建植在《开辟》杂志11月号到第二年2月号,连续四期连载了《以胡适氏为中心的中国文学》一文,此文曾提到:"小说方面,鲁迅是大有前途的作家,比如他的《狂人日记》就描写了一个迫害狂惊悚恐怖的幻觉,使中国小说迈入了前所未达的新境界。"② 鲁迅作品中最先翻译至朝鲜半岛的是其处女作《狂人日记》,译者是柳树人,刊载于1926年首尔出版的《东光》杂志上。《故乡》于1936年由李陆史翻译后发表在《朝光》杂志,后收录于李陆史的诗集《青葡萄》中。丁来东在1931年1月4—31日的《朝鲜日报》上连载了名为《中国短篇小说家鲁迅和他的作品》的评论文章,其中曾记载:"翻译至我们文坛的作品有《狂人日记》《头发的故事》《阿Q正传》《伤逝》等四篇。"③ 1934年《新东亚》杂志第4期曾刊登了朝鲜进步记者申彦俊与鲁迅的通信原文以及申彦俊与鲁迅的谈话记录。

整体来看,近现代朝鲜半岛对鲁迅作品的翻译主要集中在其前期作品,因为各种内外因素的综合作用,后期作品基本没有涉及。通过鲁迅前期作品的翻译,朝鲜半岛文人对于鲁迅彻底的反封建思想和民主主义、人道主义思想产生了强烈的共鸣。对具体作家也产生了直接影响,作家韩雪野曾表示:"以我本人为例,受到高尔基影响是不容置疑的。而且我发现了鲁迅小说中的哲学深度,并对其蕴含的某种东方品格深有感触,也在

---

① 李秉歧:《時調는 혁신하자》,《嘉蓝文选》,首尔:新旧文化社1966年版,第323页。
② 梁建植:《以胡适氏为中心的中国文学(四)》,《开辟》1921年2月1日第8号。
③ 丁来东:《中国短篇小说家鲁迅和他的作品》,《朝鲜日报》1931年1月4日。

监狱中深深思考过鲁迅作品中出现的人物性格。因此，出狱后我所写的短篇小说《摸索》和《波涛》中的知识分子，都是受到鲁迅《狂人日记》《孔乙己》的不少启发和暗示而创作出来的形象。"① 经过仔细比对和探究，可以发现《摸索》和《波涛》分别接受了《狂人日记》和《孔乙己》的影响。《狂人日记》利用象征手法，从宏观角度控诉了中国人民受封建礼教压迫的历史。《孔乙己》则从微观的角度入手，刻画了一个被剥夺尊严和权利的下层知识分子的惨相。换言之，鲁迅通过上述两部作品，凸显了反封建思想，同时提出了守住人类尊严和权利的民主主义的人道主义思想。韩雪野的《摸索》和《波涛》的主人公们将各种世俗的生活意识与时代良心相对立，经历了残酷的心理斗争。在病态、混乱的世界上发生的各种世俗故事，使作家和主人公身心俱疲。但是，我们可以从试图打破这一切的人物形象中，参悟到浓烈的反封建思想。这与鲁迅作品中蕴含的思想一脉相承，内在复杂矛盾的人物性格，体现出对鲁迅创作思想的吸收和借鉴。

  民族抵抗诗人李陆史也与鲁迅存在深厚的渊源。从面见到交流，从哀悼到作品译介，李陆史对鲁迅思想的接受是全方位、立体化的。1926 年秋到 1927 年春，李陆史在北京大学留学，对中国文坛和鲁迅的情况相当关注。1933 年 6 月 20 日，李陆史去上海万国殡仪馆吊唁被暗杀的杨杏佛时，与鲁迅相遇。当时，李陆史正在创作长篇小说《无花果》，面见鲁迅之后，他将鲁迅作品视为可资借鉴的重要对象和其文学实践的理想典范。对鲁迅精神的深层感知和共鸣，驱使李陆史将文学创作与民族独立运动相结合。鲁迅"弃医从文"的经历使李陆史认识到，文学活动是宣传独立思想的重要方式。在艺术和政治的关系认知方面，李陆史认为："对鲁迅来说，艺术不仅不能是政治的奴隶，而且二者是既不能混同在一起，又不能相互分离的，艺术至少是政治的先驱者。正因为鲁迅创作了优秀的作品、进步的作品，所以文豪鲁迅的位子便不断高大起来，阿 Q 也由此才得以诞生，不可一世的批评家们也不敢轻易地瞧不起他了。"② 鲁迅辞世后，为纪念他所敬仰的鲁迅，李陆史在 1936 年 10 月 23—27 日的《朝鲜日报》发表了《鲁迅追悼文》。大体上从鲁迅的生平，拜访鲁迅的经

---

① 韩雪野：《鲁迅与朝鲜文学》，《朝鲜文学》1956 年第 10 期。
② 朴宰雨：《韩国鲁迅研究精选集》，中央编译出版社 2016 年版，第 243 页。

过，鲁迅作品的研究和评价三个部分追忆了鲁迅，着重分析了鲁迅饱含反封建意识的启蒙思想，试图从文化思想方面阐明鲁迅所承载的文化意义。李陆史在评论鲁迅文学和思想时，并未将重点放在歌颂鲁迅主倡文学革命的历史功绩方面，而是比较重视鲁迅抨击封建制度，改造中国人精神，改革社会的思想主张。

  综上，梁启超、胡适和鲁迅分别在朝鲜半岛新文学的萌生、演进和拓展方面，产生了深远的影响。他们是中华传统文学和文化影响力惯性延伸的重要代表，是"中势东渐"的主导力量。

# 第二章

# 梁启超与朝鲜半岛新文学的萌生

长期以来，在中国文学传统巨大辐射力和影响力的作用下，朝鲜半岛的文学观念中，"小说"一直是诸多文学体裁中的"小道"。"诗歌"才被视为能够代表文学的"正宗"。这种"重诗文、轻小说"的文学理念一直延续到了19世纪末20世纪初。当时伴随着"门户开放"和"西风东渐"，朝鲜半岛内部的开化运动和思想启蒙运动应运而生。在此文化语境中，朝鲜半岛文学面临着由传统到现代的新的变革。梁启超提出的"三界革命"以及《译印政治小说序》《小说与群治之关系》文章等赋予小说以庄严的社会使命，将一直被视为"小道"的小说推升为"文学之最上乘"，中国传统文学由此发生嬗变。与此同时，他的文学革命思想和理论传至朝鲜半岛，也成为朝鲜半岛文学变革和现代化转型萌生的重要推动因素。

事实上，进入近现代以后，无论是中国，还是朝鲜半岛，都面临着西方或日本的殖民侵略，随之而来的是思想启蒙和文明开化运动，小说也面临着新的革命，文学革命的紧迫性和必要性对于中国与朝鲜半岛来说是相同的。但是，朝鲜半岛在相当长的历史时期内曾受到中国文学的深刻影响，其文学的自主性和原创性相对欠缺，再加上长期的闭关自守，当面临内忧外患的民族危机之时，政治改良变法运动以及新文化、文学革命运动就比中国慢了半拍。至于小说创作，在国内外综合因素的作用下，更是遭遇了无法避免的严重危机，导致在19世纪后半期的朝鲜半岛，鲜见小说问世。而正在此时，梁启超掀起了"小说界革命"，中国文坛为之一变，这让朝鲜半岛知识文人纷纷以警觉和惊讶的目光注视着中国小说界的一举一动。

如前所述，朝鲜半岛文学现代化的萌生和转型，是各种内外驱动因素综合作用的结果。从内部因素来看，是朝鲜半岛古代文学发展到一定历史阶段，为应对社会变革而进行的自我调整。从外部因素来看，开化期的朝鲜半岛，与除中国以外的其他国家展开了史无前例的文化交流。其结果是前近代的封建体制逐渐崩塌，进入西方式近现代化的变革期。因此，文学变革方面自然受到外国文学的影响。其中，西方和日本的影响较大，学界的研究也比较偏重，而中国的影响则相对被忽略。事实上，梁启超的文学革命思想同样也给朝鲜半岛的文学革命提供了参考系，为其新文学的萌生注入了新元素。

受加藤弘之社会进化论的影响，梁启超在日本发行的《清议报》（1898.11—1901.1）和《新民丛报》（1902.1—1907.10）对朝鲜半岛知识文人产生了很大影响，尤其《清议报》曾在京城（今首尔）和仁川设立销售处。① 此外，1903年2月上海广智书局发行的《饮冰室文集》在朝鲜半岛近现代知识文人接受西方进化论及其他西方思想过程中，发挥了重要的媒介作用。以文集中收录的《谈丛》为基础的《饮冰室自由书》，经全恒基的翻译后于1908年4月在朝鲜半岛出版，其他论述文章也在当时的报纸杂志中大量刊载，直接出版为单行本的也不在少数。

接受梁启超的影响并将梁氏文学思想和理论主张付诸朝鲜半岛文学转型的具体实践，同时将其启蒙思想升华为救国运动的代表人物主要有申采浩（1880—1936）、朴殷植（1859—1925）、张志渊（1864—1921）和李海朝（1869—1927）等。当时申采浩只有十几岁，朴殷植、张志渊和李海朝基本都是三十多岁。他们思想转换的重要外在影响因素就是梁启超。首先，当时的中国正是梁启超发动变法自强运动的时期，梁启超的名字已经开始在朝鲜半岛广为传播。朴殷植在此时正处于接受新学的时期，他认为废弃古学，接受新学是保卫国家、挽救百姓的必由之路，主张通过阅读"东西各国的新书籍"② 以接触"世界学说"，最终经历自身思想的转换。事实上，在朴殷植的著作中，不难发现与梁启超思想的诸多相似性，这足以说明在朴殷植的著述和学说中，梁启超是一个不可或缺的影响源。同样在申采浩、张志渊和李海朝的身上，亦能够发现接受梁启超影响的痕迹。换言之，梁启超扬弃传统儒学，接受西方新学问和新思想的自强主张，促成了申采浩、朴殷植、张志渊和李海朝爱国启蒙思想的形成。他们主倡的

---

① 李光麟：《韩国开化思想研究》，首尔：一潮阁1979年版，第261页。
② 朴殷植：《贺吾同门诸友》，《朴殷植全书》（下），首尔：檀国大学出版部1975年版，第32—33页。

爱国启蒙思想使自身从朱子学传统中脱离，进而融合了西方的新思想和新学问。

梁启超一生关注过很多国家，包括与中国有着类似命运、遭受列强侵略的朝鲜半岛、越南、波兰、印度等。虽然他从未造访过朝鲜半岛，但其对朝鲜半岛却表现出极大的关注和关心，他在著作和诗文中曾多次提到并专门论述过有关朝鲜半岛的问题。主要有《朝鲜亡国史略》《日本之朝鲜》《顾问政治》《呜呼韩国！呜呼韩皇！呜呼韩民！》《朝鲜灭亡之原因》《日本并吞朝鲜记》《日韩合并问题》《朝鲜贵族之将来》《秋风断藤曲》《朝鲜哀词五律二十四首》《丽韩十家文抄序》等。这些著述详细刻画了近现代朝鲜半岛一步步沦为日本殖民地的过程，描绘了当时各色人等的爱国行为，对朝鲜半岛人民的爱国行为给予赞赏，对日本的殖民统治进行批判。由此，朝鲜半岛知识文人对梁启超产生了心理上的好感，从而推动了对梁氏思想理论的接受。首先从小说方面来看，梁启超的"功利主义"小说观与申采浩的"效用论"小说观几乎如出一辙，在批判传统小说、鼓吹政治小说的作用、对小说情感作用的认识方面，都可窥见朝鲜半岛新文学革命对梁启超小说理论的借鉴痕迹。从诗歌方面来看，梁启超的"诗界革命论"对《天喜堂诗话》的启蒙主义、功利主义诗歌观产生了直接影响，《饮冰室诗话》与《天喜堂诗话》亦存在紧密的逻辑关联。

## 第一节　梁启超著述在朝鲜半岛的译介与传播

从"百日维新"到"三界革命"，梁启超几乎在每一个学术领域均有建树，而其对一衣带水的朝鲜半岛文学现代化转型也产生了深刻的影响。这种影响首先是从其著述和思想在朝鲜半岛的译介与传播开始的。曾翻译过《变法通议序》（1906）的洪弼周曾如此评价梁启超："清儒梁启超……今东洋维新之第一人指也，盖其议论是宏博辩肆、出入古今、通贯东西，剖细之精细则透入毛孔……可谓经师之指南也。"[1] 申采浩在评价梁启超的思想和著述时曾说："梁启超的《饮冰室文集》与朴趾源的《热

---

[1] 洪弼周：《冰集范略》，《大韩协会报》第 2 期，首尔：亚细亚出版社 1976 年版，第 25—27 页。

河日记》、俞吉濬的《西游见闻》在当时爱国主义志士之间,是受到最广泛传阅的三部书籍。"①金柄珉、金宽雄在《朝鲜文学的发展与中国文学》一书中也写道:"梁启超的社会活动、政治论说、文学理论、文学作品通过各种渠道和形式广泛介绍到韩国,积极影响了韩国近代小说的发展。"②

现有资料显示,梁启超首次被介绍到朝鲜半岛是在 1897 年,彼时他正在上海主编《时务报》,开展变法自强运动。1897 年朝鲜半岛的《大朝鲜独立协会会报》第 6 号发表了题为《清国形势的可怜》一文,其中就提及梁启超,说明当时朝鲜半岛独立爱国志士们已经开始关注梁启超并受到其思想的影响。

> 清国新会人梁启超对去年之时局怀有悲愤之情,托意于波兰灭亡的历史,在相关论述中强调:鲸吞蚕食各国以扩大自身……波兰内政不修、积贫积弱,国内腐朽,却欲狐假虎威,当知大国择肉而食之时,相顾失色、无计可施,真是愚蠢之极。不图自强而欲借大国保护自身,呜呼,只是加速自己的灭亡罢了。③

这一文章意在介绍梁启超 "缘时事悲愤,借波兰国灭亡之史以托意" 的原委。引用和介绍了梁启超前一年发表的《波兰灭亡记》,当时梁启超正在上海创办《时务报》,鼓吹变法维新思想。而这篇《波兰灭亡记》正是梁启超于 1896 年 8 月 29 日发表在《时务报》上的,其内容是借鉴波兰亡国的史事,暗喻当时中国政局的混乱和国家的衰败,并期望中国当权者积极以波兰亡国为前车之鉴,谋求本国的独立与自强。而在半年之后的1897 年 2 月 15 日,朝鲜半岛报纸上就发表了这篇与《波兰灭亡记》相关的文章,文中一些内容和观点与《波兰灭亡记》有诸多相似之处,有些

---

① 申一澈:《申采浩的历史思想研究》,首尔:首尔大学出版部 1998 年版,第 97 页。
② 金柄珉、金宽雄:《朝鲜文学的发展与中国文学》,延边大学出版社 2003 年版,第 19 页。
③ 且清國 新會에 있는 人 梁啟超氏가 昨年에 時事를 悲憤하여 波蘭國 滅亡한 史에 托意하여 附論曰 鯨吞蠶食諸國 以自擴大……波蘭國 內政不修 積弱滋甚 家有狐鼠 乃欲倚虎狼而言壯 及知擇肉而食 始相顧失色 無可為計 諡為至愚 不亦宜哉 不圖自強 而欲庇大國之宇下籍他人保護 嗚呼 則足以速其亡而已矣.《大朝鮮獨立協會會報》第 6 號,1897 年 2 月 15 日。

内容是直接引用。这说明此文章的作者不仅阅读过《波兰灭亡记》，而且是深有同感，有感而作。

上文中提及的《波兰灭亡记》，1896 年 8 月发表于《时务报》，这说明参加独立协会的一部分知识文人已经了解并阅读过《时务报》并由此知晓梁启超的名字。1898 年逃亡日本横滨的梁启超在创办《清议报》之后，其与朝鲜半岛的关系变得日益紧密。《清议报》不仅在中国国内广为传诵，在日本、俄罗斯、新加坡、朝鲜半岛以及欧美、澳大利亚等地也拥有巨大的发行量。张朋园曾对《清议报》的发行体制和传播路径进行过深入研究："清议报的发售虽不如时务报在'大府奖许'下的畅销，然亦相当可观……大致清议报的平均销售数目，总在三千至四千份。由于清廷一再查禁任公的言论，群众的好奇心理反愈使清议报广传，读者人数当不下四、五万人。清议报的发售与代售处，初时有二十三县市三十二处，以后间有增减，最多时为二十四县市三十八处，遍及海内外各地……日本：东京二、大阪一、神户一、香港四、澳门一，俄国：海参崴二，朝鲜：京城一、仁川一。"①由此可知，《清议报》在朝鲜半岛的京城（今首尔）和仁川各设立了一个代销点。通过代销点，梁启超的思想在朝鲜半岛实现了直接而即时的传达。

图 2-1　1899 年 1 月 13 日《皇城新闻》外报栏

事实上，梁启超的身影频频出现在当时朝鲜半岛的报刊中。1899 年 1 月 13 日，梁启超就出现在《皇城新闻》的"外报"栏目中，此文对《清

---

① 张朋园：《梁启超与清季革命》，"中研院"近代史研究所 1964 年版，第 281—282 页。

议报》也进行了更为详细的介绍。

> 滞留于日本横滨的中国人发行的《清议报》于去年 12 月 23 日首次出刊。据报道，该报的主编是梁启超先生，他曾在上海时务报担任撰稿人。从第一期开始，他发表了《支那哲学新论》和《清国政变始末》两篇文章。他的专长在于阐述国内外的政治动荡局势，解析东西方的时局。因此，《清议报》以批判性论述当前形势为特色，意在对内警醒四百兆大清人民，对外给予东方各国知识分子以教导。①

从上述引文不难看出，朝鲜半岛知识文人对梁启超及其创办的《清议报》有着较为准确的认知。他们通过《清议报》进而直接接触了梁启超的相关著述。与中国一样，在开化期的朝鲜半岛，对新学问、新思想的渴望与日俱增，梁启超的著述自然受到了欢迎。他们对梁启超的思想产生深刻共鸣之后，为向更多的人普及，大量翻译了梁氏著述。据现有资料，最先被翻译为韩文的梁启超论述文章是 1899 年 3 月 17—18 日《皇城新闻》连续两天连载的《爱国论》。

此外，1899 年 3 月 17 日《皇城新闻》的社论也曾提及《清议报》和梁启超。

> 我最近阅读《清议报》，发现了一位名为'清国哀时客'的志士的爱国论，他的文笔雄健，激切适当，可挽回时局。现摘取其中最重要的部分，希望能使诸位同胞茅塞顿开，激发大家内心深处的爱国情感，日日奉服此人，从而使每个人都具备爱国者的品性，这是我所深切期望的。②

---

① 요고하마에 在留하는 清國人이 發行하는 『清議報』를 客年 12 월 23 일에 初號 發刊하엿는데 記者는 梁啟超氏라 上海 時務報에 執筆하던 사람인데 初號로부터 支那哲學新論과 清國政變始末이란 問題의 두 論文을 發志하엿다 하고 本領은 宇内治亂의 大機가 一을 由하야 西東의 時局이 잇스니 『清議報』는 此時局을 痛論하야 內로 大清 四百兆氏人의 惰眠을 警戒하고 外는 東邦諸識者의 教導함을 瞻仰한다 하얏더라.《皇城新聞》1899 年 1 月 13 日第 4 版.

② 余近日에 清議報를 閱覽하다가 清國哀時客이란 志士의 愛國論을 見함에 其激切適當함이 時局을 挽回할 雄健筆端이라. 其最要를 摘發하야 我同胞의 茅塞한 胸襟을 開爽케 하노니 此를 日日奉服하야 人人히 愛國者의 性質을 化하기를 深望하노라.《皇城新聞》1899 年 3 月 17 日.

第二章　梁启超与朝鲜半岛新文学的萌生

**图 2-2　1899 年 3 月 17 日《皇城新闻》涉及梁启超的社论内容**

这里的"清国哀时客"显然是指梁启超。通过引文可知，彼时朝鲜半岛知识文人们对梁启超思想的评价是"激切适当""笔端雄健"，可使同胞"茅塞顿开"。这说明当时韩国舆论界对《清议报》格外关注。梁启超及其思想之所以得到朝鲜半岛知识文人的如此重视，主要源于其自强图存的思想所引起的共鸣。

此外，《朝阳报》第 8 期刊载介绍了崔锡夏的《朝鲜魂》，李沂的《梁氏学说》和《政治学说》，洪弼周的《冰集节略》，中叟的《读梁启超所著朝鲜亡国史略》等与梁启超相关的著述活动，爱国启蒙运动团体的机关报中，也经常刊载梁启超相关著述的译文或原文。

**表 2-1　传入朝鲜半岛的梁启超相关著述单行本（1900—1914）**

| 著作名称 | 发行年份 | 译者 | 发行机构 | 文体 | 原载出处 |
| --- | --- | --- | --- | --- | --- |
| 《清国戊戌政变记》 | 1900.9 | 玄采/<br>闵泳焕序 | 学部 | 韩汉混用 | 1898 年<br>《时务报》 |

续表

| 著作名称 | 发行年份 | 译者 | 发行机构 | 文体 | 原载出处 |
|---|---|---|---|---|---|
| 《越南亡国史》 | 1906.11 初版<br>1907.5 再版 | 玄采 | 普成社 | 韩汉混用 | 1905 年<br>《新民丛报》 |
| | 1907.10 初版<br>1908.3 再版<br>1908.6 三版 | 周时经 | 博文书馆 | 纯韩文 | |
| | 1907.12 | 李相益 | 博文书馆 | 纯韩文 | |
| 《世界最小民主国》 | 1907.7 | 玄采 | 徽文馆 | 韩汉混用 | 未详 |
| 《越南亡国史》 | 1907.7 | 玄采 | 徽文馆 | 韩汉混用 | 1905 年<br>《新民丛报》 |
| 《罗兰夫人传》 | 1907.7 初版<br>1908.7 再版 | 未详 | 博文书馆 | 纯韩文 | 1902 年<br>《新民丛报》 |
| 《伊太利建国三杰传》 | 1907.7 | 申采浩/<br>张志渊序 | 广学书铺 | 韩汉混用 | 1902 年<br>《新民丛报》 |
| | 1908.6 | 周时经 | 博文书馆 | 纯韩文 | |
| 《饮冰室自由书》 | 1908.4 | 金恒基 | 塔印社 | 韩汉混用 | 1899 年<br>《清议报》 |
| 《中国魂》 | 1908.5 | 张志渊<br>心农 | 石宝铺 | 韩汉混用 | 1899 年《清议报》/<br>1901 年《时务报》/<br>1902 年《新民丛报》<br>《饮冰室文集》 |
| 《匈牙利爱国者噶苏士传》 | 1908.4 | 李辅相 | 中央书局 | 韩汉混用 | 1902 年《新民丛报》<br>《饮冰室文集》 |
| 《生计学说》 | 1908 | 李丰镐 | 石文馆 | 韩汉混用 | 《新民丛报》<br>《饮冰室文集》 |
| 《民族竞争论》 | 1908 | 刘镐植 | 古今书海馆 | 韩汉混用 | 未详 |
| 《大同志学会序》 | 1910 | 朴殷植 | 东国文化社 | 韩汉混用 | 《饮冰室合集》集外文 |
| 《十五小豪杰》 | 1912.2 | 闵濬镐 | 东洋书院 | 纯韩文 | 1902 年《新民丛报》 |
| 《丽韩十家文抄序》 | 1914 | 金泽荣 | 翰墨林书局 | 纯汉文 | 《饮冰室合集》 |

除了表2-1中所列的单行本，还有数量众多的梁启超著述文章被译介至朝鲜半岛。所涉内容非常广博，既有"论"字类的著述，如《论幼学》《论师范》《论毅力》《论学会》《爱国论》《自由论》《唯心论》《学校总论》《灭国新法论》，也有"说"字类文章，如《理财说》《新民说》《政治学说》等；既有韩译后的评论文章，如《教育政策私议》《爱国论第一》《无题之文》《梁启超氏谈话》《霍布士学说第一》《国民十大元

气》《师范养成的急务》《女子教育的急先务》《无名的英雄》《俄皇宫中的人鬼》《变法通议序》《农钟变警读》《敬告我青年同胞》《中国魂》《读越南亡国史》《读伊太利建国三杰传》《世界最小民主国》《保教非所以尊孔子》《冒险勇进青年天职》《无名之英雄》，也有原文刊载的作品，如《大同志学会》《支那人任公》《论报馆有益于国事》《动物谈》《斯宾塞论日本宪法》等；既有史传作品，如《罗兰夫人传》《匈牙利爱国者噶苏士传》，也有诗歌，如《去国行》《自历二首》《书感寄友人》《志未酬》《澳亚归舟》《自励》《康同壁诗二首》。时间上大致从1899年开始，至1910年"韩日合邦"为止。译者主要有玄采、张志渊、朴殷植、洪弼周、金成喜、李甲、文一平、心农、金河琰、李沂、崔东植、李春世、李钟冕、冬青山人等。刊载媒体主要有《皇城新闻》《独立新闻》《时事丛报》《皇城新闻》《大韩每日申报》《太极学报》《朝阳报》《帝国新闻》《大韩自强会月报》《大韩协会报》《西友》《共立新报》《西北学会月报》《大同日报》《西北学报》《湖南学报》《畿湖兴学会月报》《峤南教育会杂志》《新韩民报》等近现代报纸杂志。所使用的文体形式主要有"纯汉文""纯韩文"和"韩汉混用"，照顾到了不同层面的阅读受众，这说明当时梁启超的思想著述和理论主张不仅在朝鲜半岛知识文人心目中具有重要的地位，而且还广泛渗透到一般民众之中。

通过以上统计，不难看出梁启超对朝鲜半岛近现代文学文化思想影响之大。就中国近现代文人个人著述来说，在整个朝鲜半岛近代转换期被如此广泛译介和接受的，梁启超可能是唯一一个。而且像《清议报》《新民丛报》《新小说》《饮冰室文集》① 以及出版为单行本的《越南亡国史》《中国魂》《新民说》等都曾不经翻译直接流入朝鲜半岛。近代转换期启蒙思想家们也大多通过未经翻译的原始典籍，接受梁启超的影响。虽然目

---

① 《饮冰室文集》于1902年在上海广智书局出版发行，其后数次重版。目前韩国主要图书馆所藏《饮冰室文集》1910年之前的版本如下：《饮冰室文集》1902年版（梨花女子大学图书馆）；《饮冰室文集》1903年版（庆北大学图书馆）；《饮冰室文集类编》1904年版（韩国国立中央图书馆、岭南大学图书馆、建国大学图书馆）；《（分类精校）饮冰室文集》1905年版（庆北大学图书馆、延世大学图书馆、岭南大学图书馆、东亚大学图书馆、建国大学图书馆、国会图书馆）；《饮冰室壬寅癸卯全集》1905年版（梨花女子大学出版社、忠南大图书馆）；《饮冰室壬寅癸卯全集》1905年版（启明大学图书馆）；《（分类精校）饮冰室文集》1907年版（韩国国立中央图书馆、首尔大学图书馆、高丽大学图书馆、东国大学图书馆、启明大学图书馆、朝鲜大学图书馆、檀国大学图书馆）。

前无法准确统计传入朝鲜半岛的梁启超原始典籍的数据,但考虑到当时朝鲜半岛知识文人们均具备较高汉文解读能力的事实,可以说原始典籍的影响力并不低于其翻译作品。

通过上述统计,还可以看出近现代朝鲜半岛译介刊载梁启超著述的报刊主要有《皇城新闻》《大韩每日申报》《大韩自强会月报》《大韩协会报》《共立新报》《西友》等。译介梁启超著述的近现代代表文人主要有玄采、申采浩、张志渊和朴殷植等。从使用文体上看,除了《独立新闻》《共立新报》《新韩民报》《帝国新闻》等报纸,其他都采用"韩汉混用体"的形式翻译介绍梁启超著述。出版单行本时除了译者周时经、李相益之外,也均使用韩汉混用体。

从内容上来说,"介绍到韩国的著述始终围绕着两大主题,那就是'爱国'和'启蒙'。具体来看,主要是能够唤起人们的爱国激情的'爱国论'或者英雄志士、爱国者或伟人等的历史传记,以及为文明开化和自主独立而倡导的教育政策、学校设立、学会创设、言论启蒙和新民思想等"[①]。因为介绍和翻译梁启超思想著述的大部分均为主张开化和自强的爱国启蒙主义者们。其次是能够为文明开化和自主独立提供依据的教育政策、舆论启蒙和爱国论等内容,其中爱国论相关的著述占据较大比重。译者大部分都是为了向朝鲜半岛民众宣扬爱国精神和民族意识而进行译介活动,他们大多是爱国志士、民族主义者或国语学者。从译介对象的选择上,可以看出都是以符合当时社会状况和读者要求为前提的,与学术团体的纲领和旨趣高度吻合。伴随着译介,有些内容被迅速传播和接受。1895—1900 年的翻译文学中,救国英雄的传记或历史小说成为主流并上升为时代的主要课题,正是缘于梁启超相关著述和思想译介的刺激作用。

以这种思想共鸣为基础,朝鲜半岛近现代知识文人们从 1896 年 8 月《时务报》的创刊号开始就购买阅读,1898 年在日本创刊的《清议报》也成为他们热衷阅读的对象。接着,《清议报》和《新民丛报》在朝鲜半岛普及,梁启超的思想在各个领域被广泛接受。梁启超的思想主要被译介在朝鲜半岛的新闻报刊上,但直到 1904 年《饮冰室文集》传播至朝鲜半岛之前,《清议报》和《新民丛报》依然是知识文人们接触梁启超思想的

---

① 牛林杰:《韩国开化期文学与梁启超》,首尔:博而精图书出版社 2002 年版,第 36 页。

主要载体。《饮冰室文集》一经传入朝鲜半岛,梁启超的思想观点就开始被广泛阅读和接受,对当时开化知识分子们的社会现实认识产生了较大影响。①

《饮冰室文集》在彼时的朝鲜半岛被视为"爱国启蒙运动教科书",成为朝鲜半岛最具代表性的爱国启蒙运动团体之一"大韩自强会"的自强思想,新民会的"新民"概念以及张志渊、申采浩等人历史思想的主要来源。朴殷植的大同思想和李海朝的讨论体小说等,也均接受了《饮冰室文集》的影响。安昌浩曾倡导将《饮冰室文集》作为1908年设立的平壤大成学校的必读书。② 被称为"东洋维新之第一人"的梁启超,之所以在近代转换期的朝鲜半岛产生如此大的影响力,首先是因为当时朝鲜半岛知识文人们精通汉文,不经任何翻译手段,就能够阅读梁启超创办的报刊及其著述。而梁启超出众的写作能力和卓越的洞察力,使其文章更具感染力和说服力,其儒学根基深厚,在接受西方新思想的同时,能够参照东方文化进行深入甄别,因此获得了包括朝鲜半岛知识分子在内的大批文人的共鸣和赞赏。安廓认为爱国启蒙运动期的各种报纸杂志都曾深入接受了《饮冰室文集》的影响。

> 这些杂志的文体是翻译自《饮冰室文集》,其思想也与《文集》的思想相符,这是因为中国与朝鲜的社会现实处于相似的状况。同时,当时的文人多从汉学家群体中崭露头角,因此无法直接引入欧美和日本文学,而是以中国为媒介输入。实际上,《饮冰室文集》是当时文坛上有重要贡献的"先生"之一。③

安廓指出了中国与朝鲜半岛政局和社会现实的类似性以及传播者的语

---

① 李光麟:《韩国开化思想研究》,首尔:一潮阁1979年版,第262页。
② 徐忠硕:《韩末日帝侵略下的资本主义近代化论之性质》,首尔:知识产业出版社1988年版,第893页。
③ 此等雜誌文體는 다 飮氷室文集을 譯出하고 其思想도 亦同文集의 時相을 化出하니 이는 中國의 事情과 朝鮮의 時勢가 同一한 形便에 列한 까닭이오 兼하야 當時文士가 漢學家에서 多起함으로 歐美及日本文學을 卽接으로 輸入치 못하고 中國의 手를 間介하야 輸入한 모양이라 實相 飮氷室文集은 當時文壇의 大有助한 先生일러라. 安廓:《朝鲜文学史》,首尔:韩日书店1922年版,第124页。

言素养、知识背景等是《饮冰室文集》大受欢迎的主要原因,同时强调《饮冰室文集》是当时文坛有重大助益作用的"先生"。尹永春在论及崔南善接受梁启超文学思想影响时,将相互影响较为频繁的状况描述为:"中国文学具有被我们容易接受的地理环境和相关条件,在民族气质和互为纽带方面存在比较有利的条件。"[1] 启蒙运动思想家们的语言素养是不可忽视的重要先天条件,在汉文文化的长期浸润下,近代转换期知识文人们都具有精通汉文的语言素养,申采浩、朴殷植、张志渊、李海朝等代表性爱国启蒙运动家们,虽然深刻认识到国文专用的必要性,但还是受限于韩文使用的不自由而钟情于汉学。事实上,虽然他们不同程度的具备日语或西方语言的能力,但在新旧交替的近代转换期,对他们来说,使用汉文反而更容易,也符合他们长久以来的语言使用惯性。这成为近代转换期知识文人接受梁启超的最直接影响因素之一。

> 去年春天,密哑子刘元构前往水原,参观了农业试验场,然后回到老友家,拜访了一位宰相并进行了对话……当时,刘元构熟读了中国哲学博士梁启超的十八卷《饮冰室文集》。他认为,即使是处于危弱垂亡的国势,也可以通过这本书来挽回局面。《饮冰室文集》就像是第一灵药,虽然口味苦涩,言辞刺耳,但对于病体而言,有益于康复。他建议大监也应该认真阅读此书,然后告别归来。[2]

由此可见,朝鲜半岛爱国启蒙知识分子大都将《饮冰室文集》视为"第一灵药",《饮冰室文集》也由此为当时的爱国启蒙运动和独立自主的救国运动提供了思想依据和重要的理论参照。

在近现代转换期的朝鲜半岛,知识文人们对西欧先进文化的实际状况和历史都有某种程度的了解,主要的爱国启蒙运动家们大体上都通过

---

[1] 尹永春:《十九世纪东西文学》,首尔:民众书馆1973年版,第294—296页。
[2] 去春에 密啞子 劉元构氏가 水原地에 往하여 農事試驗場을 觀光하고 回路에 舊日所親에 宰相 1 人을 訪見하고 對談…이 때 密啞子는 彼淸國 哲學博士 梁啟超의 著述한 飲冰室文集 18 冊을 實心熟覽하면 若此히 危弱垂亡之國勢라도 自是挽回之非難也러니…飲冰室文集이 第一靈藥이오니 苦口之藥과 逆耳之言이 利於病利於行者는 大監도 應有洞悉矣시리니 此册을 賞覽하옵서 하고 作別歸來云이러라.《大韩每日申报》1907年9月6日。

与实学的接触，对外部世界具有一定的认识，[1] 在正式接受梁启超思想影响之前，都已经加入独立协会，接受着西方新民思想的影响。他们已经认识到横扫东方国家的西方列强的强大力量，利用精通的语言，寻找这种强大力量源泉的出处。同时，他们也尝试在东方寻找近现代文化和文学转型的解决方案，在当时中国众多思想家之中，他们广泛接受了梁启超的影响。

日本强占朝鲜半岛之后，曾将传入的大部分梁启超著述列为禁书。1910年11月16日，对带有反日倾向的45种书籍采取了禁售措施。其中就包括梁启超的《饮冰室文集》《罗兰夫人传》《匈牙利爱国者噶苏士传》《意大利建国三杰传》《中国魂》《饮冰室自由书》《越南亡国史》等。[2] 这恰好佐证了梁启超及其著述在朝鲜半岛知识文人之间广为传诵的事实。这一事实通过梁启超著述的翻译和出版情况，也能得到明显印证。

据现有资料，最先被翻译为韩文的梁启超著作为1900年9月玄采翻译的《清国戊戌政变记》。之后单行本《越南亡国史》《罗兰夫人传》《意大利建国三杰传》《匈牙利爱国者噶苏士传》《饮冰室自由书》《十五小豪杰》《中国魂》《生计学说》等陆续译介出版。其中，《越南亡国史》首先由玄采于1906年以韩汉混用的形式翻译出版，第二年再版。1907年周时经和李相益翻译为纯韩文版，周时经的译本次年又重新再版和三版。《越南亡国史》是近现代朝鲜半岛翻译出版次数最多的梁氏著述。《意大利建国三杰传》被申采浩翻译为韩汉混用版，后周时经又重新将其翻译为纯韩文版。《中国魂》除了张志渊的译本，还有心农翻译之后在《共立新报》上连载的版本。[3]

玄采翻译的《越南亡国史》其内容大体分为三个部分。第一部分是

---

[1] 以张志渊为例，他以李瀷和丁若镛的实学思想为基础，提出了新旧折中的变革思想，认为儒学的本旨与实学派们的经世学并无本质不同。"然盖儒教之本旨，不在拘拘于经术六礼之间而已，实为济世经国之大道，岂后世腐儒曲士之所可与论哉。"张志渊：《孔子诞日》，《韦庵文库》，首尔：国史编纂委员会1971年版，第195—198页。朴殷植则通过丁若镛的弟子申耆永和丁观燮，广泛涉猎了丁若镛的著述和学问，对实学进行研究。申采浩曾称朴趾源为"思想界的伟人"，称丁若镛为"经世学的大家"，可见其受到了实学的巨大影响。

[2] 朴庆植：《日本帝国主义的朝鲜支配》，首尔：青芽出版社1973年版，第139页。

[3] 详见金秉喆《韩国近代翻译文学史研究》，首尔：乙西文化社1975年版，第201页。

《记越南亡人之言》，可视为导入部分；第二部分是《越南亡国史》，可视为本论；第三部分是以附录形式出现的《越法两国交涉》《灭国新法论》《日本之朝鲜》《越南提督刘永福檄文》四篇文章。《越南亡国史》一经翻译出版，就受到了大众的格外关注并一版再版。首先，朝鲜半岛人民对越南亡国表现出同情和悲悯，对法国的野蛮行径表现出愤慨，同时从越南的亡国史中，读出了朝鲜半岛的相似命运。

朝鲜半岛对《越南亡国史》最初进行评论的文章大约是1906年8月28日至9月6日在《皇城新闻》上连载的《读越南亡国史》。值得注意的一点是，此文章发表之时，玄采的译本尚未发行，因此作者所读的《越南亡国史》应该是上海广智书局出版的中文版本作品。《读越南亡国史》的开头部分如下：

图 2-3　1906 年 8 月 28 日《皇城新闻》上发表的《读越南亡国史》

呜呼，亡国之恨，自古何恨，有比越南亡国还悲惨残酷的吗？国号依然是大南，君号依然称皇帝，但全国权利都被外人掠夺，全国人民的膏血都被外人吸尽，君臣上下、男女老少的皮肤肌肉也任人割削，直至赶尽杀绝而后快。真是求生不能，求死不得。世界上凡是具有同情心的人，每每读到《越南亡国史》，无不拍地哀叫，仰天长叹。呜呼，越南已毁灭，而天下万国还会涌现出更多越南一样的国家，务必借鉴越南的前车之鉴，勿重蹈其覆辙。若此，即使有更多像法国一样的国家，又怎么样呢？现在举笔写到这里，想象越南人民的苦难，不知不自觉间以泪洗面，再三鸣咽。①

对于越南亡国的历史事件，此文作者表达了深切的悲痛和同情，慨叹自古以来没有比越南更为悲惨的国家，越南人民在法国殖民者的统治之下，"求生不得、求死不能"。重要的是，作者通过越南亡国联想到了朝鲜半岛的命运，借助越南亡国之事，警戒朝鲜半岛不要重蹈覆辙。名为"智山吟叟"的诗人在1907年5月的《大韩自强会月报》11期上发表了《读越南亡国史有感》的诗歌作品②，其原文如下：

<pre>
交趾重译地    向来视秦瘠
今日观遗史    不啻悲亲戚
秕政阅百年    昏奸已病国
引虎入其室    耽耽恣噬食
其民则何罪    忠良亦可惜
人生同天赋    何由别黄白
惨毒一至此    山川为失色
天地本愦愦    哀吁竟无益
公法安在哉    列强竟含默
各有狡焉谋    谁肯救焚溺
痛恨专制治    与民为仇敌
颠沛不知悔    一辙堪叹息③
</pre>

这是一首以哀悼和同情越南亡国史实为主题的汉诗，诗中批判了列强

---

① 嗚呼라 亡國之恨이 自古何恨이리오만은 豈有如越南之慘酷者乎아. 國號는 依然是大南이오 君號는 魏然是皇帝로대 全國權利도 外人이 收監하며 全國膏血도 外人이 吸盡하고 君臣上下老少男女의 皮膚肌肉을 一任外人의 剝之割之하여 必欲淨殺乃已하니 真是求生不得이오 求死不得이라. 凡此世界上에 具有一般心血과 一般靈覺者이면 讀到此越南亡國史에 孰不拍地叫哀며仰天叫痛이리오. 嗚呼라 越南은 已矣어니와 天下萬國에 將來之越南이 許多하리니 鑑戒此前事之覆轍하여 無複效越南之自亡하면 雖有千百法國이라도 其將奈何리오. 今에 舉筆書此하다가 想像越南之民하면 不覺眼淚洗面에 再三鳴咽也로다.《皇城新聞》1906年8月28日第2面。

② 详见徐黎明《韩国"以中为媒"的爱国启蒙叙事作品研究——以1905—1910年为中心》，博士学位论文，仁荷大学，2010年，第77页。

③ 智山吟叟：《读越南亡国史有感》，《大韩自强会月报》1907年5月第11期。

的残暴和越南自身的"引虎入室"。有读者读了此诗之后，曾感慨道："云庭曰，余读此诗，一字字如割肠削肺，不觉潸焉出涕。后与友人读之，友人亦不觉汪然涕流。噫，其潸状汪状者，亦有由然者欤。盖人无感而泪者，未之有也。吾辈之于越南，原无亲戚之切而悲如亲戚者，其果照感于越南之时事者。则是泪也，非但吾与友人之情，抑亦天下之情。愿与天下有泪人同声一哭。"①《越南亡国史》曾收录于当时被广泛使用的教科书《幼年必读》中，因此不仅是成年人，无数的青少年也通过阅读《越南亡国史》，对越南产生同病相怜之感，进而联想到本国的危机和命运。

《意大利建国三杰传》描写了实现意大利统一的加富尔、马志尼和加里波第三人英雄的一生和他们所创造的伟业。作为历史传记小说，其内容由"发端""结论"和中间的26节构成。主张应在当时欧洲的革命潮流中，认识意大利的统一和独立，强调作为统一原动力的英雄的力量。《意大利建国三杰传》在朝鲜半岛的译本共有四个，两种译本采用的是报刊连载的形式。② 另外两个译本是单行本，分别为1907年和1908年，由申采浩和周时经翻译的版本，前者采用韩汉混用体，后者采用纯韩文。报纸连载的译本，都是节译或以读后感形式表达的译者感想。四个译本之中，申采浩的译本影响最大，最忠实和完整地再现了原文。在译本的序言中，申采浩认为朝鲜半岛与意大利具有相似性，强调一个国家的兴衰存亡与爱国者的有无存在密切关联。在结论部分指出意大利的统一和独立过程中，英雄发挥了重要作用，与此同时，追随英雄并与英雄同甘共苦的民众的力量也不可忽视。为了让更多人阅读到《意大利建国三杰传》，1907年11月14日的《大韩每日申报》中，申采浩为其翻译的《意大利建国三杰传》做了广告。

    此书是距今数十年前，描写意大利爱国者马志尼、加里波的和加富尔三杰挽回奄奄一息的国家危机，揭露欧洲列强间鼎力对峙事实的小说。我将其翻译为国汉文，其艰难而危险的经历和呕心沥血的付出，足以让读者感怀衷情，其百折不屈的气概和九死一生的热诚，足以激起读者们的爱国精神，有志君子不可不将其放置于左右并时常阅

---

① 智山吟叟：《读越南亡国史有感》，《大韩自强会月报》1907年5月第11期。
② 分别为1905年12月14—21日《大韩每日申报》连载的《意大利建国马志尼传》和1906年12月18—28日《皇城新闻》连载的《读意大利建国三杰传》。

读,速速来购买吧。①

在广告中,申采浩突出了意大利建国三杰们的"艰难危险的经历、呕心沥血的景况和百折不屈的意气、其九死靡变的热诚",这足以刺激读者们的衷情,激起读者们的爱国精神,呼吁更多的"有志君子"多多阅读。

正如近代转换期先觉者们所预料和期待的那样,《意大利建国三杰传》对朝鲜半岛的爱国启蒙和救国运动产生了积极影响。这部作品不仅收入《饮冰室文集》,而且还以报纸连载和单行本的形式在朝鲜半岛广为传诵,拥有众多读者。仅从当时朝鲜半岛报刊上偶尔发表的读后感和很多论说文章或文学作品中经常引用"三杰"的事实,可以看出《意大利建国三杰传》具有巨大的读者范围和影响力。申采浩在翻译《意大利建国三杰传》的过程中,对历史英雄人物传记小说产生了兴趣并萌发了创作热情。也正是在朝鲜半岛面临民族危机的时代状况下,在抵抗外来侵略势力,克服国难的强烈历史意识和社会意识支配下,申采浩选择了翻译梁启超的历史英雄人物传记。他在译本"序论"中指出意大利所遭受的国难与朝鲜半岛类似,希望创作出"大韩中兴三杰或三十杰传"。

> 祖国的山河惨不忍睹,不禁仰天悲叫,我用充满感情的笔触述写意大利爱国者三杰的历史。意大利的国难与我国相类似,其年代距今也不是太远。其艰苦经历仿佛就在我的胸中回荡,其声音笑貌仿佛就在我的面前。通过此书的介绍,在不久的将来,创作大韩中兴三杰传或三十杰传,是我无涯生一辈子的愿望。②

---

① 此書는 距今數十年前에 伊太利愛國者瑪志尼 加里波 的 加富爾三傑이 奄奄垂亡한 國勢를 挽回하여 歐洲列強間에 鼎峙한 事實을 國漢文으로 譯出하얐는데 其艱難危險의 經歷과 嘔心瀝血의 景況이 讀者의 衷情을 感發할 만하오며 其百折不屈의 意氣와 其九死靡變의 熱誠이 讀者의 愛國心을 激起할 만하오니 有志君子는 不可座右에 置하고 常目에 掛할 冊子오니 續續來購하시옵.

② 望山河以慘目하고 仰蒼天以悲叫타가 有情의 一筆로 伊太利愛國者三傑의 歷史를 述하노니, 其國難의 與我相類하고 其年祚도 距今不遠이라. 其艱苦經歷이 彷佛往來于吾胸하고 其聲音笑貌가 突兀捧現於吾前하는도다. 若此書의 因緣과 此書의 紹介로 大韓中興三傑傳이나 三十傑傳을 更作하면 此는 無涯生無涯의 血願也로다.

从中我们可以看到申采浩翻译《意大利建国三杰传》的意图和通过此书的翻译介绍，在韩国出现"三杰"或"三十杰"的强烈愿望。

> 你们只想依靠三杰。如果无论早上和晚上，无论今日和明日，都想成为三杰，那么即使你们不能成为三杰，在你们之中也必定会有三杰。因此，如果学习三杰而不能成为真正的三杰，那么可以努力成为三杰的卒徒。有三杰的始祖，然后可以培养三杰；有三杰的卒徒，然后三杰就可以成为真正的三杰。阅读我翻译的《意大利建国三杰传》的读者们，如果你们能够不顾虑祸福荣辱，以鲜血和热诚之心顶天立地，那么将来我们国家将由你们来解放和挽救，这是我对读者诸君的期望。①

申采浩呼吁读者大众向"三杰"学习，即使无法成为"三杰"，也要努力成为"三杰"的卒徒；应放弃个人的祸福荣辱，以鲜血和热忱，热爱并挽救国家于危难之中，可以看出申采浩刺激国民爱国精神的良苦用心。

《罗兰夫人传》是梁启超1902年发表于《新民丛报》的传记体小说，也是梁启超唯一一部女性传记作品。此作品的主人公罗兰夫人是活跃于18世纪后半叶法国大革命时期的历史人物。梁启超将争取自由的女性人物形象化，意在启蒙中国民众。因《罗兰夫人传》的发表载体为《新民丛报》，1902年发表时应该即刻传入了朝鲜半岛；后收录于《饮冰室文集》，为更多的知识文人所阅读。《罗兰夫人传》被翻译为韩文是在1907年，首先在《大韩每日申报》上从1907年5月23日开始以连载的形式发表，同年8月出版为单行本。虽然译者均未详，但韩语译本完全一致，应该是同一译者所为。通过《罗兰夫人传》的广告可以得知，其译本采用了纯韩文的形式，阅读对象是具有爱国精神的有志男女，目的在于培养普通民众的爱国思想。

梁启超著述的主要译者是朴殷植和洪弼周。朴殷植曾翻译《学校总

---

① 爾惟求委三傑哉어다. 朝求爲三傑하며 暮求爲三傑하며 今日에 求爲三傑하여 明日에 求爲三傑하면 爾不能爲三傑하더라도 爾之同類에 必有三傑하나니. 故로 學三傑而不能至하면 惟得爲之卒徒하느니라. 有三傑之始祖 然後에 可以造三傑이오 有三傑之卒徒 然後에 三傑이 可以爲三傑이니 讀我伊太利之三傑傳者여 毋恤禍福하며 毋顧榮辱하고 惟以血誠으로 頂天而立하면 將來此國을 由君得救하리니 是所望於讀者也로다. 申采浩：《丹斋申采浩全集（中）》，首尔：萤雪出版社1972年版，第184—185页。

论》《爱国论第一》《论幼学》等，将《论师范》中的部分内容节译之后以《师范养成的急务》为标题，发表在《西友》杂志上，还将《大同志学会》收录于自己编写的《高等汉文读本》教材之中。洪弼周则翻译了《学校总论》《国民十大元气》，以《冰集节略》为题发表，将《论幼学》《变法通议序》《论师范》等翻译之后，发表在《大韩协会报》上。此外，李沂将《政治学说》翻译之后，发表在《湖南学报》，将《教育次序议第一》翻译之后，以《梁氏学说》为题，同样发表在《湖南学报》上。全恒基、李辅相、李丰镐、闵浚镐、李春世、李钟冕、金河琰等也都是译介梁启超著述的主要人物。

新民思想是梁启超启蒙思想的重要构成部分。当时朝鲜半岛爱国启蒙思想家们认为若要克服国家和民族所处的危机，首先需要振作国民的精神和心态。只有将全体国民改造为新国民，开发民智，培养民力，才能实现自强，进而与日本的殖民侵略进行对抗并获得胜利。梁启超的《新民说》伴随着《新民丛报》和《饮冰室文集》恰逢其时地传入朝鲜半岛，被爱国启蒙思想家们广泛传阅并引起共鸣，对其新民思想的形成影响至深。1909年6月4日《大韩每日申报》的社论以"韩国的新国民"为标题，1910年7月5日的社论以"今日韩国急需新民"为标题，都强调了培养新民的必要性。申采浩是接受梁启超新民思想影响的代表性人物，他提出了新国民说，为了在竞争时代胜出，首先必须培养新国民的力量。在梁启超新民思想的影响下，他于1910年2月22日至3月3日在《大韩每日申报》连载了题为《20世纪新国民》的文章。

> 我辈在讨论二十世纪新国民的第一天开始，就对国民同胞稟呈如下盲论：我辈在讨论国民的觉悟时，就是讨论世界趋势和文明进步的韩国地位；我辈在讨论国民的道德时，就是讨论平等、自由、正义和公德；我辈在讨论国民的武力时，就是在讨论精神界和物质界的武力发兴；我辈在讨论国民经济时，就是在讨论勤勉、进取；我辈在讨论国民政治时，就是在讨论思想、能力；我辈在讨论国民教育时，就是在讨论尚武教育、义务教育；我辈在讨论国民宗教时，就是在讨论国

家的宗教。①

在这篇文章中，申采浩强调国家思想的核心是民族主义、自由主义和帝国主义，在社会进化论的压倒性影响下，将生存竞争视为国际政治的运行原理，将贯彻强权合理化，体现出申采浩受到了加藤弘之和梁启超的双重影响。但申采浩并未止步于模仿梁启超自强论的国家思想和历史观，而是应对历史条件的变化和差异，始终支持立宪共和制，同时在1920年以后，在武力斗争论和无政府主义之间摇摆徘徊，并竭力寻求思想的独创性。

事实上，申采浩的"新国民论"正集中体现于其《20世纪新国民》之中，此文是仿照梁启超的《新民说》创作的。两者都是以社会进化论为思想基础，而且目录几乎完全一致。申采浩强调各个阶层的国民都应具备对外的竞争意识和奋发图强的意志，若要在生存竞争的世界上存活下来，就必须成为"新国民"。他的这种思想主张与梁启超在《新民说》中提出的主张一脉相承。尤其是关于国家竞争和启蒙国民（新民）紧迫性的认识方面，几乎完全一致。

梁启超的教育思想散布于其诸多著述之中，但与教育问题直接相关的主要著述几乎都被译介至朝鲜半岛。1906年9月15日张志渊将梁启超的《教育政策私议》翻译之后发表在《大韩自强会月报》第3—4期上，1907年1月开始，朴殷植将《学校总论》翻译之后在《西友》第2—5期上连载。其后，陆续有众多梁启超关于教育的著述被译介，其中影响力较大的有《师范养成的急务》《论幼学》《女子教育的急先务》和《论师范》。《师范养成的急务》由朴殷植译自梁启超的《论师范》，发表在《西友》1907年4月第5期。洪弼周翻译的《论幼学》发表在《大韩协会会报》1908年1月第1期上，《女子教育的急先务》译自梁启超的《论

---

① 吾儕가 二十世紀新國民이라고 한 第一日부터 同民同胞에게 하언을 呈하였는고 曰：吾제가 國民의 覺悟를 論할 時에 世界趨勢 文明進步韓國地位를 論하였으며 吾제가 國民의 道德을 論할 時에 平等，自由，正義，公共을 論하였으며 吾제가 國民의 武力을 論할 時에 精神界와 物質界의 武力發興을 論하였으며 吾제가 國民의 經濟를 論할 時에 勤曉，進取，國民經濟를 論하였으며 吾제가 國民의 政治를 論할時에 思想，能力을 論하였으며 吾제가 國民의 教育을 論할 時에 尚武教育，義務教育을 論하였으며 吾제가 國民의 宗教를 論할 時에 國家의 宗教를 論하였니…申采浩：《丹斋申采浩全集》，首尔：萤雪出版社1977年版，第228—229页。

女学》，由金河琰翻译之后发表在《西北学报》1908 年 2 月第 12 期。《大韩协会会报》在 1908 年 12 月第 9 期发表了洪弼周翻译的《论师范》。

据牛林杰总结，朝鲜半岛开化期教育思想的主要内容有教育救国论，义务教育说，师范教育的必要性，外来文化的接受，强调健全的人格，团结合作，新国民说，鼓吹进化论原理、生存竞争、优胜劣汰、适者生存，重视爱国伟人历史教育等。① 详细对比朝鲜半岛开化期的这些教育思想与梁启超的教育思想，可以发现除了“以独立自由消除事大主义”和“以韩文普及消除依靠汉文的文化传统”与梁启超教育思想有些许差异之外，其他内容几无出入。通过梁启超教育思想相关著述的大量译介，朝鲜半岛近代转换期知识文人们的教育思想逐渐形成，对新式教育的认识最终确立。不可否认朝鲜半岛近代转换期教育思想的形成与其传统教育思想、西方教育思想、日本教育思想、中国教育思想均有紧密关联。其中，虽然梁启超的教育思想影响占据多大比重难以做出确切判断，但从两者的具体内容来看，还是存在相当紧密的关联性。

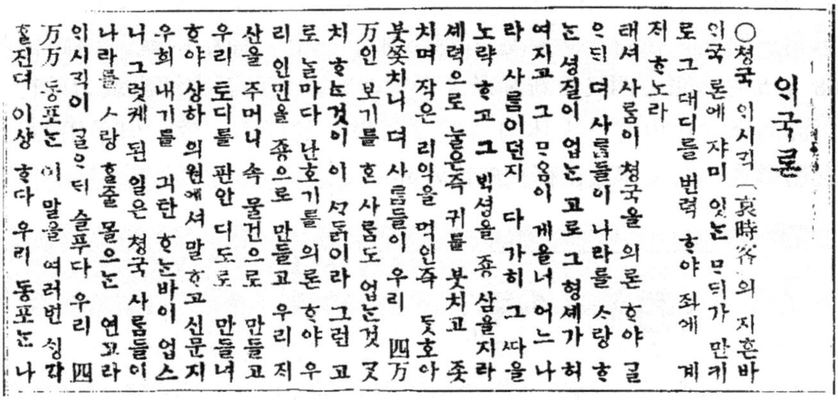
ᄋᆡ국론
○청국 ᄋᆡ시긱(哀時客)의 지은바
ᄋᆡ국론에 자미 잇ᄂᆞᆫ ᄆᆞ듸가 만키
로 그 대디를 번역ᄒᆞ야 좌에 게
저ᄒᆞ노라
태셔 사ᄅᆞᆷ이 청국을 의론ᄒᆞ야 ᄀᆞᆯ
ᄋᆞ듸 더 사ᄅᆞᆷ들이 나라를 ᄉᆞ랑ᄒᆞ
ᄂᆞᆫ 셩질이 업ᄂᆞᆫ 고로 그 형셰가 허
여지고 그 ᄆᆞᄋᆞᆷ이 게을너 어ᄂᆞ 나
라 사ᄅᆞᆷ이던지 다 가히 그 싸을
노략ᄒᆞ고 그 ᄇᆡᆨ셩을 죵 삼을지라
셰력으로 눌은즉 귀를 붓치고 좃
치며 작은 리익을 먹인즉 됫호아
붓쫏치니 더 사ᄅᆞᆷ들이 우리 四万
万인 보기를 ᄒᆞᆫ 사ᄅᆞᆷ도 업ᄂᆞᆫ것 ᄀᆞᆺ
치 ᄒᆞᄂᆞᆫ것이 이 셔ᄃᆞᆰ이라 그런고
로 놀마다 난호기를 의론ᄒᆞ야 우
리 인민을 죵으로 만들고 우리 직
산을 주머니 속 물건으로 만들고
우리 토디를 판안 디도로 만들녀
ᄒᆞ야 상하 의원에셔 말ᄒᆞ고 신문지
우희 내기를 괴탄ᄒᆞᄂᆞᆫ바이 업스
니 그럿케 된 일은 청국 사ᄅᆞᆷ들이
나라를 ᄉᆞ랑ᄒᆞᆯ줄 몰으ᄂᆞᆫ 연고라
ᄋᆡ시긱이 글ᄋᆞ듸 슬푸다 우리 四
万万 동포ᄂᆞᆫ 이 말을 여러번 ᄉᆡᆼ각
ᄒᆞᆯ진더 이상ᄒᆞ다 우리 동포ᄂᆞᆫ 나

**图 2-4 1899 年 7 月 27 日《独立新闻》上刊载的《爱国论》**

梁启超的爱国思想集中体现在其《爱国论》和《中国魂》之中。1899 年 3 月 17—18 日《皇城新闻》连载了节译的梁启超《爱国论》的核心内容。时间上来看，《爱国论》是 1899 年 1 月 11 日在《清议报》上首次发表的，两个月之后的 3 月 17 日其译本就在《皇城新闻》上刊载，考

① 牛林杰：《韩国开化期文学与梁启超》，首尔：博而精图书出版社 2002 年版，第 98—99 页。

虑到当时的交通状况,其传播速度可以说相当迅速。除了《皇城新闻》刊载的译本,1899年7月27—28日《独立新闻》也刊登过其另外一个译本。《独立新闻》刊载的译本也并非全文,但与《皇城新闻》上的译本毫无重复的内容。

1902年,《爱国论》又被收入《饮冰室文集》,被更多的朝鲜半岛文人所熟知,1905年之后成为爱国启蒙运动家们的重要思想来源。朴殷植将《爱国论》改译之后发表在1907年1月《西友》第2期上,申采浩也在吸收梁启超爱国论的基础上,提出了自己的爱国思想。梁启超的爱国思想同样也体现在《中国魂》中,《中国魂》在翻译为韩文之前,其中收录的个别文章就已经译介至朝鲜半岛。1907年6月21日《共立新报》发表了题为《告我青年同胞》的社论,其内容是截取的梁启超《少年中国说》的一部分。1907年11月《西友》第12期发表了金河琰的《将冒险勇进视为青年的天职》一文,其内容节选自梁启超《论进取冒险》。从1907年12月20日开始,《中国魂》被翻译为韩文之后在《共立新报》持续连载了一年,这是其首次被整体上翻译为韩文。译文采用纯韩文形式,基本上忠实于原文,在每个大标题下都添加了一个"译中国魂"的副标题。1908年5月,张志渊又重新翻译《中国魂》在大邱石宝铺出版为单行本。张志渊的译本在内容上大体与《共立新报》的译本一致,但采用的是韩汉混用形式,在文体上也存在些许差异。

图2-5 1906年12月24日《太极学报》刊载的《朝鲜魂》

## 第二章 梁启超与朝鲜半岛新文学的萌生

梁启超的《中国魂》译介至朝鲜半岛，经过传诵之后，引起了巨大反响。爱国启蒙思想家们仿照"中国魂"的说法，创造出了"朝鲜魂""韩国魂""国民之魂"等用语，像流行语一样在报纸杂志上使用。① 最先对《中国魂》做出评论的是崔锡夏，他于1906年12月在《太极学报》第5期上发表题为《朝鲜魂》的文章。文章参照《中国魂》中梁启超的爱国论述，呼吁培养国民的爱国精神。

> 饮冰室主人梁启超为清国有名的志士。他慨叹清国人国魂之不存，创作《中国魂》一书，大声疾呼重新振兴清国魂，梁氏是个充满热诚的忧国之人。如今，观察一下韩国的现状，正是比清国人几百倍地要求国魂的时代。②

崔锡夏评价梁启超为倡导振兴中国魂的忧国之人，指出当时的韩国甚至比中国几百倍地需要"自国魂"，由此提出"朝鲜魂"。1899年12月22日，《皇城新闻》刊登了名为《隐士不可独善其身》的社论："赞成爱国心，力图奠定盘泰之功，自任孔子武侯之大志，共济时艰。"③ 申采浩也在《大韩每日申报》发表《国民之魂》的社论中表示："如果有国民之魂，其国民可双手挽回福利，其国家可成为生活的乐土，其民族可歌送福音，国民之魂何其重要，何其强大。"④ 强调"国民之魂"的重要性。此外，1907年6月28日的《共立新报》发表了《大呼国魂》的社论，1908年3月30日《皇城新闻》刊载了《朝鲜魂稍稍还来乎》的文章。近代转换期朝鲜半岛的社会状况和时代语境与中国相似，梁启超的爱国理论又与朝鲜半岛所面临的民族危机和时代课题相契合，满足了朝鲜半岛高扬爱国精神的客观需求，正是在此种社会文化语境中，以《爱国论》和《中国魂》为代表的梁启超爱国思想著述得以广泛译介传播。

---

① 牛林杰：《韩国开化期文学与梁启超》，首尔：博而精图书出版社2002年版，第83页。
② 飲冰室主人 梁啟超는 淸國에 有名한 志士라．일즉 淸國人의 自國魂이 無함을 慨歎하고 中國魂이라 하는 一書를 著作하여 새로 淸國魂을 造作하쟈고 疾呼大叫하얏스니 氏는 참 熱誠이 有한 憂國家라．今者 韓國現象을 觀察하니 淸人보덤 幾百倍나 自國魂을 要求할 時代를 當하얏도다．崔锡夏：《朝鲜魂》，《太极学报》第5期，1906年12月。
③ 《韩国近代文学研究资料集》（一），首尔：三文社1987年版，第668页。
④ 申采浩：《丹斋申采浩全集》，首尔：萤雪出版社1977年版，第168页。

未经过翻译而直接转载的梁氏著述也大量存在，有时也抽取部分原文内容进行介绍。其内容也相当广泛，主要以教育领域为主，政治、历史领域的著述亦成为主流，此外还有法学、哲学、舆论、经济等领域，还有诗歌和小说等。甚至梁启超还作为小说人物直接出现在朝鲜半岛近现代小说之中。秋泣生的小说《梦游白头山》是1911年2月22—23日在《新韩民报》连载的短篇小说。作品描写了正在为国家命运叹息而无计可施的"我"在梦中与梁启超相遇。在游览长白山的过程中，听取了梁启超就如何挽救国家而提出的策略和方法。《新韩民报》是美洲地区流浪民团体"国民会"的机关报，可见梁启超已经被海外的流浪人士所熟知，对海外亡命志士和爱国运动发起者产生了深远影响。

到目前为止，根据笔者所查阅的相关资料，尚未发现对于梁启超的否定性评价和批判的内容，这种对梁启超的一边倒的崇拜和接受现象，使近代转换期知识文人们在开展国权运动时，有了理论参照和思想根基。使当时的朝鲜半岛更加重视学问和教育，很多私立学校相继设立，学会机构大量创办杂志，文学革新运动和女权主义等新文化运动开始兴起，有别于传统文学的新文学逐渐萌生。

## 第二节 "功利主义"小说观与"效用论"小说思想

朝鲜半岛小说由传统到现代的嬗变过程中，也出现了类似于晚清"小说界革命"中提出的小说理论。对于朝鲜半岛新文学萌生过程中的小说革命理论，从不同的视角进行考察，可以得出不同的结论。随着梁启超著述的大量译介，其爱国启蒙思想、新民思想、教育思想以及历史传记小说传入朝鲜半岛，对其文学的变革和发展必然产生影响。梁启超认为要想挽救处于危机之中的国家，与其变革制度，不如首先对国民进行启蒙教育，并将小说作为启蒙国民的重要手段。梁启超庞杂丰厚的著述之中，关于小说理论的文章主要有《变法通议》中的《论幼学》（1896—1897）、《〈蒙学报〉〈演义报〉合叙》（1897）、《译印政治小说叙》（1898）、《自由书》中的《传播文明三利器》（1899）、《中国唯一之文学报〈新小说〉》（1902）、《论小说与群治之关系》（1902）、《小说丛话》（1903）、《告小说家》（1915）等。在以上著述中，梁启超阐明了小说的作用，其主要内容是以维新改良为中心的政治思想的实现,重视对民众的启蒙教育。1902 年,梁启超在日本横滨创办了中国最初的专门小说杂志《新小说》,在发刊词《论小说与群治之关系》中正式提出了"小说界革命"的口号。在此文中,梁启超提出的理论体系成为小说领域名副其实的革命里程碑。

1895—1901 年正值日本对朝鲜半岛的殖民侵略步步紧逼之时,在此民族灾难期,朝鲜半岛变身为"大韩帝国",也是爱国启蒙运动最为活跃开展的时期。从韩国小说史的角度来看,此时历史传记小说、讨论体小说和通俗新小说等多样体裁开始涌现,这些小说形式与传统古典小说迥然有别。此时可以称为朝鲜半岛的新文学萌芽期,大体上与中国新文学的萌生黄金期(1895—1911)相当。考虑到此时的读者和知识文人们都是精通汉文的一代,中国与朝鲜半岛新文学萌生期的小说理论方面或许存在一定的影响关系。

"开化期朝鲜半岛文学批评文章大部分都以作品的序跋或报纸杂志的社论和读后感、读者投稿等形式出现"[①],现将部分序跋文章统计如表 2-2 所示:

表 2-2　　朝鲜半岛新文学萌芽期小说理论序跋文章统计表

| 文章名称 | 发表年度 |
| --- | --- |
| 《中东战记》序 | 1899 |
| 《中东战记》跋 | 1999 |
| 《美国独立史》序 | 1899 |
| 《波兰国末年战史》序 | 1899 |
| 《波兰国末年战史》跋 | 1899 |
| 《经国美谈》序 | 1904 |
| 《埃及近代史》序 | 1905 |
| 《青楼义女传》跋 | 1906 |
| 《神断公案》后评 | 1906 |
| 《瑞士建国志》序及后记 | 1907 |
| 《梦潮》跋 | 1907 |

---

① 牛林杰:《韩国开化期文学与梁启超》,首尔:博而精图书出版社 2002 年版,第 131 页。

续表

| 文章名称 | 发表年度 |
| --- | --- |
| 《罗兰夫人传》跋 | 1907 |
| 《鬼之声》序 | 1907 |
| 《伊太利建国三杰传》序 | 1907 |
| 《越南亡国史》序 | 1907 |
| 《禽兽会议录》序跋 | 1908 |
| 《乙支文德》序 | 1908 |
| 《梦见诸葛亮》序 | 1908 |
| 《青年的愿望》跋 | 1909 |
| 《巷谣》跋 | 1909 |
| 《ABC契》序 | 1910 |

此外,朝鲜半岛新文学萌芽期小说理论批评相关的报刊社论文章也为数不少。主要有《余近日阅览〈中东战记〉》《读越南亡国史》《读法国革新史》《读伊太利建国三杰传》《读印度亡国史》《国汉文的轻重》《近来新小说评论——爱国夫人传》《读无名氏英雄传》《近今国文小说著者的注意》《演剧界之李人稙》《读伊太利建国三杰传有感》《近来书评——越南亡国史》《读梁启超所著朝鲜亡国史》《读埃及近代史》《朝鲜魂稍稍还来乎》《读波兰义士高寿期古传》《大呼英雄崇拜主义》等。发表时间主要集中于1898—1909年,发表载体主要有《皇城新闻》《大韩每日申报》《共立新报》《京乡新闻》《太极学报》《大韩协会会报》等。在这些社论文章中,与梁启超著述和思想存在直接关联性的代表性成果主要有《读越南亡国史》(《皇城新闻》1906年8月28日)、《读伊太利建国三杰传》(《皇城新闻》1906年12月18—28日)、《读伊太利建国三杰传有感》(《皇城新闻》1907年11月16日)、《近来书评——越南亡国史》(《京乡新闻》1908年4月10日至7月31日)、《近来新小说评论——爱国夫人传》(《京乡新闻》1908年3月27日)、《读梁启超所著朝鲜亡国史》(《太极学报》1908年9月)、《大呼英雄崇拜主义》(《皇城新闻》1909年7月29日)等。

可以说,梁启超的历史传记小说本身在很大程度上是其小说理论的重要外在表现形式。朝鲜半岛近现代小说革命理论的主导人物大部分都是梁启超著述的直接译介者,自然在翻译过程中接受了梁氏思想的影响。因此,不仅是梁启超著述直接相关的小说理论,其他大部分小说理论也带有梁启超小说思想的痕迹。梁启超的小说理论随着他的著述一起迅速在朝鲜半岛文坛传播,为谋求思想启蒙和国权恢复的开化期知识文人提供了参照体系。尤其是对于爱国启蒙运动中小说所发挥的作用,朝鲜半岛知识文人们几乎接受了梁启超的全部观点,开展了朝鲜半岛版本的"小说革命"。

朝鲜半岛小说革命的代表人物申采浩将小说视为"国民之罗盘针",他的小说理论遵循效用法则,认为小说能够将人们引向新的世界,这与梁启超的文学思想存在密切联系:小说具有通俗性,与严肃、僵硬、死板的知识学问不同,能够引起人类普遍的共鸣。因此,为了将全体国民打造成为新国民和爱国者,应该将小说视为教育国民的重要手段。申采浩关于近现代小说革命的有关理论主张主要体现在《国汉文的轻重》(《大韩每日申报》1908年3月17—19日)、《近今国文小说著者的注意》(《大韩每日申报》1908年7月8日)、《小说家的趋势》(《大韩每日申报》1909年12月2日)、《向文艺界青年寻求参考》(《东亚日报》1925年1月2日)等文章中。在这些文章中,申采浩对朝鲜半岛传统小说的低俗性和淫乱性进行了尖锐而辛辣的批判,阐明了其"效用论"的文学观。强调在民族危机的时代状况下,应该以现实主义为理论基础,创造一种新的民族主义美学。

梁启超与申采浩的生平有四点共同之处。第一,二人活动的时期分别是清末和旧韩末(李氏朝鲜末期至大韩帝国时期),均面临着外势殖民侵略,民族共同体逐渐解体的时代语境。第二,二人均是在国家和民族危机状况下,作为学问精进的知识分子,放弃了个人的生活方式,选择了符合国家或民族利益的生存方式。第三,他们的救国运动主要是通过舆论、著述、文学和教育活动等方式展开。而且梁启超参与主导了戊戌变法,申采浩则主导了秘密结社,几乎在同时期均积极参与了政治斗争。第四,二人都具有为了革命而流亡海外的经历。以上四点之中,第一和第四点均是由时代状况导致的共同点,但第二和第三点则是作为知识分子自身意志和命运选择的体现,值得深入探讨。

表 2-3　　　　　　　　申采浩与梁启超文学思想对照表①

| 主题 | 梁启超 | 申采浩 |
| --- | --- | --- |
| 文学的力量 | 小说有不可思议之力支配人道故（《论小说与群治之关系》） | …詩가 人情을 感發함에 如此히 不可思議의 能力이 有할지라…（《天喜堂詩話》） |
| 文学与人性的关系 | 人类之普通性，何以嗜他书不如其嗜小说？答者必曰：以其浅而易解故，以其乐而多趣故。是固然……人之恒情，于其所怀抱之想像，所经阅之境界，往往有行之不知，习矣不察者（《论小说与群治之关系》） | 大凡 詩란 者는 即此 歡乎 憤叫 淒涼 灑泣 呻吟 狂啼 等의 情態로 結成文言이니 詩를 廢코자 하면 是는 國民의 喉를 閉하며 腦를 破함이니…（《天喜堂詩話》） |
| 文学的情感作用 | 抑小说之支配人道也，复有四种力：一曰熏，熏也者，如入云烟中而为其所烘，如近墨朱处而为其所染。二曰浸……浸也者，入而与之俱化者也。人之读一小说也，往往既终卷后，数日或数旬而终不能释然。……三曰刺，刺也者，刺激之义也……四曰提……提之力，自内而脱之使出，实佛法之最上乘也（《论小说与群治之关系》） | 其薰陶浸染이 既久에 自然其德性도 感化를 被하리니… 壯快한 事를 讀함에 氣의 噴湧을 不禁하고… 其精神魂魄이 紙上에 移하여…（《近今国文小说著者의 注意》） |
| 文学与国家的关系 | 在昔欧洲各国变革之始，其魁儒硕学、仁人志士，往往以其身之所经历，及胸中所怀政治之议论，一寄之于小说。于是彼中辍学之子，黉塾之暇，手之口之，下而兵丁、而市侩、而农氓、而工匠、而车夫马卒、而妇女、而童乳，靡不手之口之。往往每一书出，而全国之议论为之一变。彼美、德、法、奥、意、日本各国政界之日进，则政治小说为功最高焉（《译印政治小说序》） | 一國의 盛衰治亂은 大抵 其國 詩에서 可驗할지요…詩가 盛하면 國道 亦盛하며 詩가 衰하면 國道 衰하며 詩가 存하면 國道 亦存하며 詩가 亡하면 國道 亦亡한다.（《天喜堂詩話》） 歐洲 各國에는 매양 文藝의 作物이 革命의 先驅가 되었다 하나…（《浪客의 新年漫筆》） |
| 文学与风俗的关系 | 欲新一国之民，不可不先新一国之小说。故欲新道德，必新小说；欲新宗教，必新小说；欲新政治，必新小说；欲新风俗，必新小说；欲新学艺，必新小说；乃至欲新人心，欲新人格，必新小说（《论小说与群治之关系》） | 社會의 大趨向은 國文小說의 正하는 배라… 萎靡淫蕩의 小說이 多하면 其國民도 此의 感化를 受할지며 俠情慷慨의 小說이 多하면 其國民이 此의 感化를 受할지니…《近今国文小说著者의 注意》） |
| 文学语言的变革问题 | 今宜专用俚语，广著群书（《论幼学》）读之不觉拍案叫绝。全首皆用日本西书之语句，如共和、代表、自由、平权、团体、归纳、无机诸语，皆是也（《饮冰室合集》之二十二）文学之进化有一大关键，即由古语之文学变为俗语之文学是也。各国文学史之开展，靡不循此轨道（《小说丛话》） | 苟或 漢字詩를 將하여 此로 國人의 感念을 興起코자 하려다가는… 是는 幾介人의 閑坐諷詠함에 供할 而已이니… 彼가 東國語 東國文으로 組織된 東國詩가 아닌 故니… 宜乎 國字를 多用하고 國語로 成句하여 婦人 幼兒도 一讀에 皆曉하도록 注意하여야…（《天喜堂詩話》） |

---

① 本表参照표언복《丹齊의 文學觀形成에 미친 梁啓超의 影響》，《목원어문학》1989년제 8호整理而成。

续表

| 主题 | 梁启超 | 申采浩 |
| --- | --- | --- |
| 西方新思想的接受 | 欲为诗界之哥伦布、玛赛郎，不可不备三长：第一要新意境，第二要新语句，而又须以古人之风格入之，然后成其为诗（《夏威夷游记》） | …足히 新思想을 輸入할 者 一無하니噫라．餘가 此를 慨하여…（《近今国文小说著者의 注意》） |
| 对本国文学腐朽落后原因的分析 | 自后世学子，务文采而弃实学，莫肯辱身降志，弄此楮墨，而小有才之人，因而游戏恣肆以出之，诲盗诲淫，不出二者，故天下之风气，鱼烂于此间而莫或知，非细故也（《论幼学》）<br>斯事既愈为大雅君子所不屑道，则愈不得不专归于华士坊贾之手。而其性质，其位置，又如空气然，如菽粟然，为一社会中不可得避、不可得屏之物，于是华士坊贾，遂至握一国之主权而操纵之矣（《论小说与群治之关系》） | 古代에는 儒賢長者가 皆國詩와 鄉歌를 喜하여 典重活潑한 著作이 多하며…週來 千餘年間은 此一道가 但只蕩子淫妓에 歸할 뿐이요 萬一 上等社會 調修하는 士子이면 國詩 一句를 能制치 못하며 鄉歌 一節을 解吟치 못하므로 詩歌는 愈愈히 淫靡의 方에 隨하고 人士는 愈愈히 愉快의 道가 絶하여 國民萎敗의 故가 雖是 多端하니 此도 또한 一端이 될진저《天喜堂詩話》 |
| 小说语言与读者的关系 | 而水浒三国之类，读者反多于六经……但使专用今之俗语，有音有字以著一书，则解者必多，而读者当亦愈夥（《论幼学》） | 彼俚談俗語로 撰出한 小說冊子는 不然하여 一切 婦孺走卒의 酷嗜하는 배인데…（《近今国文小说著者의 注意》） |
| 对本国传统小说的批判 | 中土小说，虽列之于九流，然自《虞初》以来，佳制盖鲜。述英雄则规画《水浒》，道男女则步武《红楼》，综其大较，不出诲盗诲淫两端，陈陈相因，涂涂递附，故大方之家，每不屑道焉（《译印政治小说序》）<br>吾中国人江湖盗贼之思想何自来乎？小说也；吾中国人妖巫狐鬼之思想何自来乎？小说也……盖百数十种小说之力直接间接以毒人，如此其甚也……今我国民，惑堪舆，惑相命，惑卜筮，惑祈禳……今我国民慕科第若膻，趋爵禄若鹜，奴颜婢膝，寡廉鲜耻……卒至有义和拳起，沦陷京国，启召外戎，曰惟小说之故（《论小说与群治之关系》） | 韓國에 傳來하는 小說이 太平桑園溥上의 淫談과 崇佛乞福의 怪話라．此亦人心風俗을 敗壞케 하는 一端이니 各種新小說을 著出하여 此를 一掃함이 亦汲汲하다 云할이로다．《近今国文小说著者의 注意》<br>近日 小說家의 趨勢를 觀하건대…此小說도 誨淫小說이요 彼小說도 誨淫小說이라…《小說家의 趨勢》<br>…民眾生活과 接觸이 없는 上流社會富貴家男女의 戀愛事情을 그리므로 爲主하는 獎淫文字는 더욱 文壇의 羞恥이다《浪客의 新年漫筆》 |
| 对西方小说观念的引用 | 英名士某君曰：小说为国民之魂。岂不然哉！岂不然哉！（《译印政治小说序》） | 西儒의 云한 바 '小說은 民의 魂'이라 함은 誠然하도다（《近今国文小说著者의 注意》） |
| 关于诗歌革命 | 吾党近好言诗界革命，虽然，若以堆积满纸新名词为革命，是又满洲政府变法维新之类也。能以旧风格含新意境，斯可以举革命之实矣（《饮冰室诗话》） | …其國의 文弱을 回하여 強武에 入코자 할진대 不可不 其文弱한 國詩부터 改良할지라（《天喜堂詩話》） |
| 对本国诗歌的否定认识 | 中国事事落他人后，惟文学可颉顽西域。然长篇之诗，最传诵者，惟杜之《北征》，韩之《南山》，宋人至称为日月争光，然其精深盘郁雄伟博丽之气，尚未足也。古诗《孔雀东南飞》一篇，千七百余字，号称古今第一长篇诗，诗虽奇绝，亦只儿女子语，于世运无影响也（《饮冰室诗话》） | 余가 近世 我國에 流行하는 詩歌를 觀하건대 太半流靡淫蕩하여 風俗의 腐敗만 釀할지니 世道에 觀心하는 者가 汲汲히 其改良을 謀함이 可하며…國詩로 言하면…閒談의 詩뿐이며…放狂의 詩뿐이며…淫蕩의 詩뿐이며…厭退의 詩뿐이요…（《天喜堂詩話》） |

通过以上内容对比,不难发现,无论在小说,还是诗歌方面,申采浩与梁启超的文学革命理论主张都呈现出高度的相似性。有些相似内容似乎很难用暗合和偶然来阐释,可以明显看出申采浩模仿和引用梁启超相关理论的痕迹。鉴于申采浩是近现代朝鲜半岛译介梁启超著述的主力译者,也是接触梁启超著述最多的文人之一,在文学思想上出现这种类似性和趋同性就不难理解了。

在朝鲜半岛爱国启蒙运动开展过程中,在对本国传统小说的批判、对小说社会作用的强调以及对小说情感作用的认识方面,申采浩基本全面接受了梁启超的观点。① 申采浩提出了"小说改革论",重视将小说的社会效用性、启蒙性和民众性结合起来。梁启超则强调政治小说的翻译,言文一致口语体小说的创作,伟人传记的翻译和创作的重要性。可以说,在以效用论为理论基础,坚持功利性立场的文学观念,在对小说本质和功能的理解、对本国传统小说的否定及小说情感作用的认识方面,申采浩对梁启超文学思想的借鉴痕迹非常明显。

除了申采浩,朴殷植也曾接受过梁启超小说理论的影响。朴殷植是朝鲜半岛新旧文化交替的见证者和引领者,在以传统汉文学为基础展开创作活动的同时,也提出了作为韩文文学的小说的重要性,从而引领了"新旧文学观的交替"。朴殷植1904年在《大韩每日申报》创刊伊始就担任主笔,从那时起,他就成为一个变法开化思想家,为培养恢复国权的实力,倾注全力推进和普及开化思想和新文学。1906年"大韩自强会"成立之后,朴殷植积极参与,在《大韩自强会月报》上发表了大量爱国启蒙相关的文章。1906年组织成立了"西友学会"并担任机关刊物《西友》的主笔,全力对国民进行思想启蒙。1905年《乙巳条约》强制签订之后,朴殷植发表了很多论说文章,主张国权恢复和培养实力,大力宣传新教育救国思想、实业救国思想、社会习俗改革思想、爱国思想、大同思想等爱国启蒙思想,积极开展爱国启蒙运动。

《瑞士建国志序》(1907)中提出的"文学效用论"是代表朴殷植文学理论的重要内容,此文是1907年翻译中国郑哲(郑贯公)《瑞士建国志》的序文。朴殷植在此文中对朝鲜半岛传统小说的批判与梁启超"诲淫诲盗"之说,存在相似之处。1914年,朴殷植赴香港,在中国朋友的

---

① 牛林杰:《韩国开化期文学与梁启超》,首尔:博而精图书出版社2002年版,第98页。

邀请下，担任中文杂志《香江》的骨干编辑成员。此时，其与康有为、梁启超等有深交。虽然朴殷植与梁启超直接发生关系是在1914年，但在此之前他一直热衷于阅读梁启超发行的《清议报》《新民丛报》和《饮冰室文集》等。此外，他还翻译了梁启超的《学校总论》《爱国论》《论师范》《论幼学》等文章，在朝鲜半岛近现代报纸杂志上刊载。因此，其自然顺理成章地接受了梁启超的文学影响。

## 一 "诲淫诲盗"与"淫谈怪话"：对本国传统小说的批判

梁启超倡导"新小说"，重视小说的社会影响力，肯定小说文学地位的同时，认为社会的腐败和落后都根源于传统小说，故对此进行了猛烈批判。"诲盗诲淫，不出二者，故天下之风气，鱼烂于此间而莫或知。"① 在其著名的《译印政治小说序》中，认为："中土小说，虽列之九流，然自《虞初》以来，佳制盖鲜，述英雄则规画《水浒》，道男女则步武《红楼》，综其大较，不出海盗海淫两端，陈陈相因，涂涂递附，故大方之家，每不屑道焉。"② 在《论小说与群治之关系》中，更是直抒胸臆、对传统小说极尽批判之能事。

> 小说之在一群也，既已如空气如菽粟，欲避不得避，欲屏不得屏，而日日相与呼吸之餐嚼之矣……今我国民，惑堪舆，惑相命，惑卜筮，惑祈禳……今我国民慕科第若膻，趋爵禄若鹜，奴颜婢膝，寡廉鲜耻……今我国民轻弃信义，权谋诡诈，云翻雨覆，苛刻凉薄……今我国民轻薄无行，沈溺声色，绻恋床笫，缠绵歌泣于春花秋月，销磨其少壮活泼之气……今我国民绿林豪杰，遍地皆是，日日有桃园之拜，处处为梁山之盟……卒至有如义和拳者起，沦陷京国，启召外戎，曰惟小说之故。呜呼！小说之陷溺人群，乃至如是！③

梁启超将传统小说视为"诲淫诲盗"之两端，认为小说是各种不良社会现象和行为的总根源。这种极端性、否定性的认识，不能不说是有失

---

① 梁启超：《变法通议·论幼学》，《饮冰室文集》（一），中华书局1936年版，第54页。
② 梁启超：《译印政治小说序》，《饮冰室文集》（三），中华书局1936年版，第34页。
③ 梁启超：《论小说与群治之关系》，《饮冰室文集》（十），中华书局1936年版，第8—9页。

公正而片面欠妥的。"新小说"中的"新"不仅是变革传统小说,更为重要的是,通过新小说使人民成为能够适应国家政治形态变化的新国民。梁启超认为,如果对影响大众的小说进行改革,就能够获得改变普通人民思想和行动方式的效果。梁氏的小说革命理论虽然是为其政治理想服务的政治功利性小说观,但为当时的中国带来了强烈的文化冲击,为小说创作提供了强大动力和道德的正当性。

而在一衣带水的朝鲜半岛,近现代知识文人也同样指出了传统小说的弊病,提出了与梁启超功利性小说观类似的见解。他们批判传统小说的终极目的在于通过新小说实现他们主导的爱国启蒙运动和国权恢复的民族课题。朴殷植的《瑞士建国志序》以及发表于《大韩每日申报》1907年12月21日的《时事评论》,申采浩的《近今国文小说著者的注意》和《小说家的趋势》等,均是朝鲜半岛小说革命理论的代表性文章。申采浩认为朝鲜半岛的传统小说都是"淫谈怪话",主张应以新小说代替传统小说。

> 传入韩国的小说内容有太平桑园溥上的淫谈和崇佛乞福的奇怪故事。这也是破坏人心风俗之"一端",现在的当务之急是创作出各种新小说来一扫这一现象。
> 去年一些志士向中枢院提议,建议对社会上流通的旧小说进行禁止销售。有人认为这是可行的,而我则持反对意见。以绫罗绸缎换葛布衣服,没有不答应的。以肉食换稻谷,也没有不乐意的。如果创作出了奇妙而清新的新小说,那么旧小说自然会退出舞台,何必要采取强制措施逆着民意去执行难以实现的事情呢?①

申采浩在批判本国传统小说为"太平桑園溥上(桑间濮上)的淫谈

---

① 韓國에 傳來하는 小說이 太平桑園溥上의 淫談과 崇佛乞福의 怪話라. 此亦人心風俗을 敗壞케 하는 一端이니 各種新小說을 著出하여 此를 一掃함이 亦汲汲하다 云할이로다. 年前에 幾個志士가 中樞院에 獻議하여 凡一般坊間에 發表되는 舊小說의 賣買를 禁止함이 可하다 한 者~~ 有한대 余가 其意는 敬하고 其는 方策은 反對하노니 綾羅로 葛衣를 換하면 不應者가 無하고 染肉으로 脫粟을 易하면 不樂者가 無함과 같이 奇妙瑩潔한 新小說이 多出하면 舊小說은 自然 絶迹退藏할지어늘, 何必此等强制적으로 民心을 逆하여 難行의 事를 行하리오. 申采浩:《近今国文小说著者的注意》,《丹齋申采浩全集》,首尔:萤雪出版社1995年版,第18页。

和崇佛乞福的怪话"的同时,认为其是"败坏人心风俗之一端",严重破坏了社会风气。在此,"一端"的表述与梁启超"不出诲盗诲淫两端"中"两端"的说法几近一致。与此同时,申采浩对当时朝鲜半岛其他学者们提出的小说禁售措施,表示不认同。他认为大众喜好的小说已经成为他们的日常,如果强制禁止,有违民心。因此,他提出的消除传统旧小说的方法是创作"奇妙莹洁的新小说",即在批判传统小说的同时,在小说创作方面,也提出了能够代替传统旧小说的方案和策略。

与申采浩一样,曾参与过独立协会,积极接受新学问和新思想的朴殷植也认为:"(新小说)是可保吾国,可活吾民之道。"① 朴殷植认为朝鲜半岛的传统小说荒唐无稽,会对社会带来恶劣影响。《瑞士建国志·序》是其在翻译中国郑哲《瑞士建国志》的时候写的序文,是朝鲜半岛近现代小说理论的代表文献,在序文中他对朝鲜半岛的传统小说做了如下批判:

> 自古以来,我们韩国的小说珍本较为稀见,国人所著也不过是《九云梦》和《南征记》等几种而已。而从中国传入的则有《西厢记》《玉麟梦》《剪灯新话》和《水浒志》等。韩文小说如《萧大成传》《苏学士传》《张凤云传》《淑英娘子传》等在巷弄之间盛行,人们无论男女老少,都纷纷涉足其中。然而,这些小说大都荒诞无稽,淫靡不经,足以使人心荡漾,风俗受到败坏,对政教和社会风气造成了不小的伤害。②

朴殷植将朝鲜半岛传统小说批判为"荒诞无稽、淫靡不经"之作,因缺乏"善本",对人心、风俗、政教和世道都"为害不浅"。"匹夫匹妇

---

① 朴殷植:《贺吾同门诸友》,《朴殷植全书》(下),首尔:檀国大学东洋学研究所1992年版,第33页。
② 我韓은 由來小說의 善本이 無하야 國人所著는 九雲夢과 南征記 數種에 不過하고 自中國而來者는 西廂記와 玉麟夢과 剪燈新話와 水滸志이오 國文小說은 所謂 蕭大成傳이니 蘇學士傳이니 張鳳雲傳이니 淑英娘子傳이니 하는 種類가 閭巷之間에 盛行하야 匹夫匹婦의 菽粟茶飯을 俱하니 是는 皆荒誕無稽하고 淫靡不經아야 適足히 人心을 蕩了하고 風俗을 壞了하야 政教와 世道에 關하야 為害不淺한지라. 朴殷植:《瑞士建国志(序)》,《历史·传记小说(六)》,首尔:亚西亚文化社1979年版,第197页。

的菽粟茶饭"的表述，与梁启超的"小说之在人群也，既已如空气如菽粟"的说法几近一致，"皆是荒诞无稽、淫靡不经之作。其败坏人心风俗，对政教和世道为害不浅"也与梁启超"诲淫诲盗"的说法存在相似之处。这从侧面说明朴殷植通过译介梁启超的相关著述，不自觉地接受了其中的某些词汇，并将其在自己的理论主张中使用。

> 学士大夫们对于此等紧要的事情，表现出漫不经心的态度，学问家所追求的也只是性理讨论的湖洛竞争和仪礼问答蚕丝牛毛而已，功令家们所吟诵的也只是苏轼的《赤壁赋》和申光洙的《观山戎马》而已，试问这般工夫无论对国性还是对民智，究竟有何益处？①

朴殷植批判朝鲜半岛的文人士大夫们无视拥有重要功能的小说，学者们都埋头于"湖洛竞争"和"仪礼问答"等琐碎小事，文学家们则整天吟诵《赤壁赋》和《观山戎马》。知识文人们大都对"国性"和"民智"等重大议题漠不关心。朴殷植认为历来的传统韩文小说荒诞无稽、淫靡不经，为了风俗的教化和政教的兴盛，必须大量创作新小说。朴殷植将弥漫于朝鲜社会的民族挫败感和爱国思想缺乏的根源归结于小说的影响。这种社会氛围的出现，知识文人们的责任重大，对小说的危害视而不见，却对性理讨论的"湖洛竞争"和"仪礼问答"等琐碎小事倾注关心，认为国家所处的现实状况都是知识文人造成的。

除了申采浩和朴殷植，张志渊也曾将构建自身学问体系的儒学定义为"旧学"而进行否定，并主张以新学取而代之。对他来说，"新学"是能够维护自身理论主张的重要工具。在《大韩每日申报》的《时事评论》中也出现过对传统小说的批判性言论，将传统小说诸如《春香传》《赵雄传》的内容视为荒唐之言，指责其伤害民心。而同时对能够诱发人们爱国思想的外国英雄史传之类的翻译作品则给予了高度评价，这种见解与申采浩等爱国启蒙思想家们的主张大致相当。

近现代新小说作家李海朝也在其作品《自由钟》里借助作中人物之

---

① 學士大夫가 此等緊要의 事에 慢不致意고，學問家에 所宗은 性理討論의 湖洛競爭과 儀禮問答의 蠶絲牛毛而已오，功令家의 所誦은 蘇子瞻의 赤壁賦와 申光洙의 觀山戎馬而已니 試問하건 這般工夫가 於國性과 於民智에 究有何益乎．朴殷植：《瑞士建国志》序，《白巖朴殷植全集》（五），首尔：东望媒体 2002 年版，第 185 页。

口表达了对传统小说的鄙视和批判：

> 我们的世宗大王勤劳的圣德和功绩难以言表……然而，百姓们却执着于学习汉字，而将本国文字抛之脑后，这真是一种悲哀的现象。学习韩文的只有妇女和平民百姓，但是学习之后又无书可读，只会阅读《春香传》《沈清传》《洪吉童传》等小说。读《春香传》可以了解政治吗？读《沈清传》可以了解法律吗？读《洪吉童传》可以了解道德吗？可以说，《春香传》是淫荡的教科书，《沈清传》是凄凉的教科书，《洪吉童传》则是虚晃的教科书。如果用淫荡的教科书来教育百姓，又怎能拥有美好的风俗？如果用凄凉的教科书来教育百姓，又怎能有进步的希望？如果用虚晃的教科书来教育百姓，又怎能有正大的气象呢？我们国家的一些问题，特别是男女淫乱的种种迹象，都源自于此，它们对社会产生的影响由此可窥一斑。[①]

在上述引文中，李海朝把朝鲜半岛历史上有名的《春香传》《沈清传》和《洪吉童传》均归为"淫荡、凄凉、虚晃"的小说之列，读《春香传》不能学到政治，读《沈清传》无法了解法律，读《洪吉童传》不能知道道德，这些小说毒害了一代又一代人。这与梁启超把种种社会弊端归罪于中国传统小说的思想如出一辙。

朝鲜半岛近现代启蒙思想家们不仅大量译介了梁启超的众多著述，而且通过《清议报》《新民丛报》以及《新小说》《饮冰室文集》等，能够直接接触到梁启超的小说革命理论，包括对传统小说的批判思想。他们对本国传统小说的批判思想和问题意识，在很大程度上与梁启超的小说思想存在共通之处。梁启超认为传统小说败坏社会风气、导致社会腐败，"综

---

[①] 우리 世宗大王 勤勞하신 聖德은 다 말씀할 수 없거니와…그렇건마는 百姓들은 죽도록 漢文字만 崇尙하고 國文은 버려두어서 암클이라 指目하여 婦人이나 賤人이나 배우되 반절만 깨치면 다시 읽을 것이 없으니 보는 것은 다만 『春香傳』『沈淸傳』『洪吉童傳』등 뿐이라. 『春香傳』을 보면 政治를 알겠소. 『沈淸傳』을 보고 法律을 알겠소. 『洪吉童傳』을 보아 道德을 알겠소. 말할진대 『春香傳』은 淫蕩 敎科書요. 『沈淸傳』은 凄凉 敎科書요. 『洪吉童傳』은 虛晃 敎科書라 할 것이니 國民을 淫蕩 敎科書로 가르치면 어찌 風俗이 아름다우며 凄凉 敎科書로 가르치면 어찌 長進之望이 있으며 虛晃 敎科書로 가르치면 어찌 正大한 氣象이 있으리까? 우리 나라 난봉 男子와 淫蕩한 女子의 諸般 惡徵이 다 이에서 나니 그影響이 어떠하오. 李海朝：《自由钟》，首尔：广学书铺1910年版，第58页。

其大较,不出诲盗诲淫两端",朝鲜半岛思想启蒙家们也认为本国传统小说是"败坏人心风俗之一端"。朴殷植认为传统小说"成为匹夫匹妇的菽粟茶饭"与梁启超的"小说之在人群也,既已如空气如菽粟"的主张,在用词表意上有着异曲同工之妙。朴殷植认为小说"皆是荒诞无稽、淫靡不经之作。其败坏人心风俗,对政教和世道为害不浅",梁启超认为小说"诲盗诲淫""奴颜婢膝,寡廉鲜耻……轻弃信义,权谋诡诈……轻薄无行,沈溺声色……儿女情多,风云气少"。他们这些言论无论在词汇使用,还是意思表达上,都极具相似性,可以从侧面窥见梁启超对朝鲜半岛小说革命理论的萌生所产生的重要影响。

## 二 "国民之魂"与"国民之罗盘针":对小说政治功能的强调

朝鲜半岛新文学曾一度止步于接受和继承日本近现代文学的水平,但随着西方文学的译介,逐渐具备了完全意义上近现代文学的性质。这种过渡期的特性被称为"启蒙期文学",对近现代政治意识和自由民权运动的渴望直接反映其中,以政治启蒙的实现、文明思想的介绍和宣传为目的的所谓"政治小说"成为文学的某种形态而出现。政治小说产生于日本明治时代,代表性作品有《经国美谈》(矢野龙溪)和《佳人奇遇》(柴四郎)等。戊戌政变失败后,梁启超在逃亡日本途中,读到了《佳人奇遇》并决定进行翻译。他将翻译的《佳人奇遇》在《清议报》上连载,同时发表了《译印政治小说序》,并开始大力倡导政治小说。

> 在昔欧洲各国变革之始,其魁儒硕学,仁人志士,往往以其身之所经历,及胸中所怀,政治之议论,一寄之于小说。于是彼中辍学之子,黉塾之暇,手之口之,下而兵丁、而市侩、而农氓、而工匠、而车夫马卒、而妇女、而童孺,靡不手之口之。往往每一书出,而全国之议论为之一变,彼美、英、德、法、奥、意、日本各国政界之日进,则政治小说,为功最高焉。英名士某君曰:"小说为国民之魂。"岂不然哉!岂不然哉![①]

---

① 梁启超:《译印政治小说序》,《饮冰室文集》(三),中华书局1936年版,第34—35页。

梁启超认为，在西方诸国的社会变革过程中，政治小说扮演了重要角色，阐明了小说与社会政治的紧密关系。同时指出英国、美国、德国、法国等西方列强和日本的变革过程中，本国的学者和爱国志士们的思想经历、政治主张和民众启蒙均与小说存在密切关联。在论及《新小说》创刊目的时，梁启超曾表示："本报宗旨，专在借小说家之言，以发起国民政治思想，激励其爱国精神。"① 小说与政治、社会的关系是梁启超小说理论的核心内容，也是其小说界革命的重要理论根基。

> 吾中国人状元宰相之思想何自来乎？小说也，吾中国人佳人才子之思想何自来乎？小说也；呜呼！小说之陷溺人群，乃至如是！乃至如是！大圣鸿哲数万言谆诲之而不足者，华士坊贾一二书败坏之而有余！斯事既愈为大雅君子所不屑道，则愈不得不专归于华士坊贾之手。而其性质，其位置，又如空气然，如菽粟然，为一社……会中不可得避、不可得屏之物，于是华士坊贾，遂至握一国之主权而操纵之矣。呜呼！使长此而终古也，则吾国前途，尚可问耶？尚可问耶？故今日欲改良群治，必自小说界革命始！欲新民，必自新小说始。②

梁启超称政治小说为"国民之魂"，固然有夸大的成分，但其背后却隐藏了一个重要逻辑，那就是强调知识文人作为政治小说创作主体的实践性。梁启超之所以将中国小说视为"恶的总根源"，其根本原因在于他认识到在"政治思想"与"小说力量"之间缺乏中介者的角色——知识文人。在大众政治的改革与小说界革命之间，国民的启智与小说的革新之间，缺乏"主体"的确立。

在《传播文明三利器》一文中，梁启超已就此问题进行过论述，"于日本维新之运有大功者，小说亦其一端也……著书之人，皆一时之大政治家，寄托书中之人物，以写自己之政见，故不得以小说目之，而浸润于国民脑

---

① 梁启超：《中国唯一之文学报新小说》，陈平原、夏晓虹编：《二十世纪中国小说理论资料》（一），北京大学出版社1997年版，第41页。
② 梁启超：《译印政治小说序》，《饮冰室文集》（三），中华书局1936年版，第34—35页。

质,最有效力者……"① 小说之所以在日本维新之中发挥作用,因为小说创作者均为大政治家,托小说人物,抒发政见,从而"浸润于国民脑质"。有鉴于此,梁启超在《新小说》发刊词中开明宗义地指出:"欲新一国之民,不可不先新一国之小说,故欲新道德,必新小说;欲新宗教,必新小说;欲新风俗,必新小说……"② 小说对道德、宗教、政治、风俗等会产生较大影响,因此首要的应该是先"新"小说。

受囿于爱国启蒙运动思想家的文化身份,朝鲜半岛新文学开拓者们也同样提出了带有浓郁功利性色彩的"效用论"的小说观。他们批判传统小说,倡导政治小说,主要是为了寻求民众启蒙和思想变革,而并非着眼于小说这一文学体裁的艺术特质。换言之,与梁启超一样,他们从一开始就赋予了"小说革命"以较强的社会政治属性和功用论思维。他们在广泛译介和阅读梁启超相关著述的基础上,吸收了梁启超爱国启蒙思想和小说与社会政治思想的关系论断,提出了朝鲜半岛版本的小说革命理论。

> 呜呼!英雄豪杰的形象能够激发人心,助力天下事业,让妇孺走卒等社会阶层也参与其中。具备能够转移人心之能力者,唯有小说。因此,小说不值得重视吗?如果淫荡的小说多了,国民也会受到其影响;如果侠情慷慨的小说多了,国民也会受到其影响。正如西方学者所说:"小说是民众的灵魂",此言不虚。③

引文中申采浩所说的"西儒云,小说是民之魂"疑似引用了梁启超《译印政治小说序》中"英名士某君曰:'小说为国民之魂'"的论述。他认为小说对国民的影响,具有普遍性和绝对性。正如空气和饮食左右人体的健康一样,小说能够左右国民的思想和行为,因此健康的小说会塑造

---

① 梁启超:《饮冰室合集・专集(二)》,中华书局1989年版,第46页。
② 梁启超:《饮冰室合集・专集(十)》,中华书局1989年版,第52页。
③ 嗚呼라 英雄豪傑의 驅體를 助하여 天下事業을 婦孺走卒等下等社會로 始하여 人心轉移하는 能力을 具한 者는 小說이 니 然則小說을 是 豈易視할 배인가 萎靡淫蕩의 小說이 多하면 其國民도 此의感化를 受할지며 俠情慷慨의 小說이 多하면 其國民도 此의 感化를 受할지니 西儒의 云한 바'小說은 民의 魂'이라 함은 誠然하도다. 申采浩:《近今国文小说著者의 注意》,《丹斋申采浩全集》,首尔:萤雪出版社1977年版,第17页。

健康的社会。申采浩接受了梁启超小说功利性理论的核心内容，认为政治或社会发展的成败与小说密切相关。

> 小说是百姓的指南针，这种说法虽然俚俗，但其笔法巧妙，即使是不识字的劳动者也能读懂，几乎没有人不喜欢阅读小说。因此，如果小说引导百姓走向富强，那百姓就会变强；如果小说引导百姓走向羸弱，那百姓就会变弱。如果小说引导百姓向正道，百姓就会向正道前进；如果小说引导百姓走向邪路，百姓就会走向邪路。①

申采浩同时认为，小说"具有转移人心的能力"，称其为"国民之魂"或"国民之罗盘针"。可见，申采浩已经将小说视为能够改变人们内心的最佳工具。申采浩是近现代朝鲜半岛知识分子中接触梁启超著述最多的人，他不仅直接翻译了《意大利建国三杰传》，而且其爱国启蒙思想的形成也接受了梁启超多方面的影响，其小说理论自然也包含其中。

除了申采浩，朴殷植关于小说政治作用的观点也能够看出梁启超小说理论的吸收和运用痕迹。

> 因此，西方哲学家曾说，如果想了解一个国家，可以从该国流行的小说入手，据此可以了解该国人民的思想风俗和政治思想。这是一个很有见地的说法。正因为如此，英国、法国、德国、美国等各国都学塾林立、书楼遍地……东方的日本在进行维新之时，一般学士们都非常注重小说的作用，用其培养国民性格，引导国民智慧，其发挥的作用不可谓不伟大。②

---

① 小說은 국민의 羅針盤이라 其說이 俚하고 其筆이 巧하여 目不識丁의 勞動者라도 小說을 能讀치 못할 者 一無하며 又 嗜讀치 아니할 者 一無하므로 小說이 國民을 強한데로 導하면 國民이 強하며 小說이 國民을 弱한데로 導하면 國民이 弱하며 正한데로 導하면 正하며 邪한데로 導하면 邪하니라. 申采浩：《丹斋申采浩全集（别集）》，首尔：萤雪出版社1977年版，第19页。

② 故로 泰西哲學家가 有言하되 其國에 入하여 其小說이 何種이 盛行하난 것을 問하면 其 國의 人心風俗과 政治思想이 如何한 것을 見하리라 하였으니 善哉라 言乎여 所以로 英法德美各 國에 學塾이 林立하고 書樓가 雲擁하여 … 東洋의 日本도 維新之時에 一般學士가 皆於小說에 汲 汲用力하여 國性을 培養하고 民智를 開導하였으니 其為功이 一顧不偉哉아. 朴殷植：《瑞士建国志》序，《白岩朴殷植全集（五）》，首尔：东望媒体2002年版，第185—186页。

在此，朴殷植对西方哲学家关于小说政治作用的观点深有同感，强调西方国家中最为盛行的小说就是反映人心风俗和政治思想的小说。同时，东方的日本也不例外，小说在启蒙国民方面同样发挥了重要作用。这与梁启超在《传播文明三利器》一文中指出的"于日本维新之运有大功者，小说亦其一端也……以写自己之政见，固不得专以小说目之……则《经国美谈》《佳人奇遇》两书为最云"有异曲同工之妙。

对于小说与社会政治的关系，朴殷植的见解和主张与梁启超的小说理论在很多方面存在相似之处，但之后两人的活动轨迹和学术方向却大相径庭。朴殷植止步于对中国小说的翻译，梁启超却超越对外国小说的翻译，发起了"小说界革命"，创办《新小说》杂志，将自身的小说理论具体化。梁启超展开小说理论时，采用的是通过从现实中导出的推论、康有为的发言以及西方和日本政治小说的作用，来证明小说效用性的方式，而朴殷植则引用梁启超的见解作为理论依据。

事实上，朴殷植在《瑞士建国志·序》中提出的关于小说情感作用的主张，借用了梁启超《论小说与群治之关系》的相关内容，但文章的逻辑或结论则是受到了《译印政治小说序》的影响。对于小说本身的原理或如何创作的思考比较欠缺，而对于选择何种素材，灵活运用小说的影响力方面却着墨较多。朴殷植的文学效用论思想，在今天看来，很难将其视为正式的文学理论，其缺乏超越文学具有特殊效用的主张和如何进行文学活动的思考。通过与梁启超的对比，可以看出朴殷植的文学思想中，缺乏对于文学本身的深入探索和对于"文学活动"的思考和规划。当然也不能说朴殷植的文学效用论是毫无自觉意识的盲目搬用，他的着重点主要在于素材和作品主题，这也代表着朴殷植文学理论的精髓。

申采浩与梁启超对于小说的基本认识方面，具有共性。但两者的根本差异在于申采浩的爱国启蒙文学观始终坚持民族主义的立场，呈现反外势侵略的性质。梁启超的爱国启蒙文学观则是以西方近现代化为目的提出的。因此，申采浩的思想和小说理论经历了几个阶段的变化，但对于民族、爱国、历史却表现出始终如一的稳定性。梁启超的小说理论之中存在传统与西方化之间的矛盾，折中性的改良主义特点突出。由于梁氏小说理论在日本政治小说的影响下而形成，其根源在于西方的政治小说，这一点与申采浩的差异比较明显。这在他们的思想中也有鲜明体现，申采浩固守民主主义立场，主张革命的方式只能是依靠民众的武力斗争，是典型的无政府主义思维。梁启超则由于害怕民众革命的结果和可能引起的混乱，对无政府主义始终持怀疑态度。梁启超认为无政府主义不具备现实可能性，即使有最理想的目标，假若无法实现，那也是非人道和违反人类本性的。

因此，从不同阶段来看，申采浩的小说理论初期在一定程度上部分接受了梁启超"小说界革命"的影响，但不久之后就演变为相对独立的思想体系。对失去主体性、尚未觉醒的民族进行猛烈批判，使其成功克服梁启超小说理论中显现的折中主义的知识分子形象，进而形成自己的思想体系。最终，将其小说理论的方向引向了无政府主义。

综上，朝鲜半岛新文学萌生时期小说理论的形成，无法排除近代转换期时代状况下知识文人们自我觉醒的因素。但从他们小说理论的具体内容以及所使用的具体语汇来看，还是在相当程度上接受了梁启超小说革命思想理论的影响。

### 三 "易感人、易入人"与"感人最易、入人最深"：对小说情感作用的认识

无论中国，还是朝鲜半岛，小说革命理论家们所提出的对于传统小说的批判，并非完全否定小说本身，而是注重其社会功利性。就朝鲜半岛而言，知识文人们将小说视为爱国新民和思想启蒙的重要工具，对于蕴含功利性的小说情感作用，他们也并未忽视，而是将其作为重要一翼加以凸显。

梁启超将除旧布新的"新"与"新民"问题结合起来，认为小说可以使人发生改变。"凡人之性，常非能以境界而自满足者也"[1]，人类不满足于现状而不断追求新的境界。梁启超认为小说符合人类不断变化、不断求新的本性。因为"小说者，常导人游于他境界，而变换其常触常受之空气者也"[2]。"凡读小说者，必常若自化其身焉，入于书中，而为其书之

---

[1] 梁启超：《论小说与群治之关系》，《饮冰室合集·专集（十）》，中华书局1989年版，第6页。

[2] 梁启超：《论小说与群治之关系》，《饮冰室合集·专集（十）》，中华书局1989年版，第6页。

主人翁。"① 人通过阅读小说，有可能化身为他人，进入小说中的情节而成为小说的主人公。

梁启超的"小说界革命"试图通过小说的革新，使人们达到新的境界。以"小说有不可思议之力支配人道故"为理论根基，通过缜密的分析论证，整体上展开其小说革命理论。梁氏所强调的小说"不可思议之力"，正是小说吸引读者的情感作用和对读者产生重要影响的"熏""浸""刺""提"② 四种力量。这四种力量从审美角度切入，阐明了小说与读者之间的关系，对小说的文艺美学特性进行了科学的阐释。梁启超还指出了应该积极利用这四种力量，如果运用得恰到好处，就会造福人类，如果滥用，就会给人类带来灾难。因此，他曾说："可爱哉小说！可畏哉小说！"③

梁启超在《论小说与群治之关系》中，对小说的情感作用曾进行如下阐述：

> 凡人之性，常非能以现境界而自满足者也；而此蠢蠢躯壳，其所能触能受之境界，又顽狭短局而至有限也；故常欲于其直接以触以受之外，而间接有所触有所受，所谓身外之身、世界外之世界也。此等识想，不独利根众生有之，即钝根众生亦有焉。而导其根器，使日趋于钝，日趋于利者，其力量无大于小说。小说者，常导人游于他境界，而变换其常触常受之空气者也。此其一。人之恒情，于其所怀抱

---

① 梁启超：《论小说与群治之关系》，《饮冰室合集·专集（十）》，中华书局1989年版，第5页。

② "熏"主要是指小说空间方面的影响，"熏也者，如入云烟中而为其所烘，如近墨朱处而为其所染，《楞伽经》所谓'迷智为识，转识成智'者，皆恃此力。人之读一小说也，不知不觉之间，而眼识为之迷漾，而脑筋为之摇飏，而神经为之营注，今日变一二焉，明日变一二焉，刹那刹那，相断相续，久之而此小说之境界，遂入其灵台而据之，成为一特别之原质之种子"。读小说时，全神贯注，全心投入，在不知不觉中，受到小说内容及角色的熏陶，慢慢接受了小说的主题。"浸"是指时间上的影响，"浸以时间言，故其力之大小，存其界之长短。浸也者，人而与之俱化者也。人之读一小说也，往往既终卷后，数日或数旬而终不能释然"。"刺"是指小说瞬间的力量，"刺也者，刺激之义也……刺也者，能入于一刹那顷忽起异感而不能自制者也"。"提"是指让读者从内心里与小说主人公产生共鸣："提之力，自内而脱之使出，实佛法之最上乘也。凡读小说者，必常若自化其身焉——入于书中，而为其书之主人翁。"

③ 梁启超：《论小说与群治之关系》，《饮冰室合集·专集（十）》，中华书局1989年版，第6页。

之想象，所经阅之境界，往往有行之不知，习矣不察者。无论为哀、为乐、为怨、为怒、为恋、为骇、为忧、为惭，常若知其然而不知其所以然；欲摹写其情状，而心不能自喻，口不能自宣，笔不能自传。有人焉，和盘托出，彻底而发露之，则拍案叫绝曰：善哉善哉！如是如是！所谓"夫子言之，于我心有戚戚焉"。感人之深，莫此为甚。此其二……小说之为体，其易入人也既如彼，其为用之易感人也又如此，故人类之普遍性，嗜他文终不如其嗜小说。此殆心理学自然之作用，非人力之所得而易也。①

梁启超将小说的审美趣味上升到能够促进国民觉醒和现实参与的高度，将其重新阐释为某种"认识"和"感动"，而不仅仅是从趣味为主的角度着眼。他彻底将小说视为思想启蒙的宣传工具。小说有益于世道人心和社会进步，是中国文化中长久以来的重要命题。但因统治阶级担忧引起下层民众的反抗，一直被压制，直到近现代迎来了政治巨变，启蒙先驱者们对其进行了重新阐释并加以利用。梁启超将小说视为国家和民族复兴的最佳文学样式，称其为"最上乘""国民之魂""具有不可思议之力"等，不吝赞美之词。同时，梁启超认为小说具有"易入人"和"易感人"的特征，这与人类的普遍性存在密切关联。

申采浩也主张小说具有支配人的不可思议之力量，他认为每个人都在心理上对想象世界有所渴望，而小说正好担当了满足人们心理想象的作用。表达能力受限的人对他人表现出的喜怒哀乐等情绪，会产生共鸣或感动。申采浩对梁启超提出的小说审美感化能力和社会功能产生共鸣，主要原因在于认识到要想挽救面临亡国境地的国家，其力量源泉不仅仅在于个人或知识分子，而更在于整体国民。为此，要积极利用小说引导国民。如果说梁启超是借用西方的成功经验，强调小说的神秘力量，那么申采浩则在吸收和借鉴梁启超思想的基础上，更加关注朝鲜半岛的社会现实，他的着眼点在于如何利用小说团结国民，开发民智，恢复国权。

---

① 梁启超：《论小说与群治之关系》，《饮冰室合集·专集（十）》，中华书局1989年版，第6页。

由俚谈俗语所构成的小说书受到一切妇孺走卒的喜爱。如果其思想稍新奇、笔力稍雄健，则百人旁观，百人喝彩；千人旁听，千人喝彩。甚至他们的精神魂魄都转移到纸面上，阅读悲惨的故事时，不觉泪雨滂沱；阅读痛快的故事时，不禁气势喷涌。薰陶浸染的时间一长，自然读者的言行也会被感化，因此社会的大趋势便是大力提倡国文小说。①

申采浩强调的是读者的思想感情会随着小说故事情节的变化而变化，而随着时间的推移，读者的德性也会被感化。在小说的感化能力和影响力的认识方面，申采浩与梁启超的主张具有密切的关联性。

首先，他们在各自的小说理论中都重点强调了小说的情感作用和影响力，在内容上也完全一致。其次，二人使用的词汇也具有高度的相似性，足可见其影响和传承关系。申采浩在上面引文中，提出了小说具有"薰、陶、浸、染"四种力量与梁启超所说的"熏、浸、刺、提"极度相似。申采浩提出的"薰"和"陶"相当于梁启超提出的"熏"，"浸"和"染"相当于"浸"②。虽然申采浩没有对"薰、陶、浸、染"的具体含义进行深入阐释，但从字面意思来看，申采浩读到梁启超"熏、浸、刺、提"的相关主张并借用其进行自身小说理论阐释的可能性极大。

申采浩指出"甚至他们的精神魂魄都转移到纸面上，阅读悲惨的故事时，不觉泪雨滂沱；阅读痛快的故事时，不禁气势喷涌"，其中也含蓄的表达着"刺"的内容。申采浩认为小说之所以拥有巨大魅力且情感作用很强，其原因在于："在读小说或听戏曲时，受众的精神可以被小说吸引，读到悲惨的情节时，情不自禁地泪如雨下，而读到雄快的情节时，会

---

① 彼俚談俗語로 選出한 小說冊子는 不然하여 一切婦孺走卒의 酷嗜하는 배인데萬一其思潮가 稍奇하여 筆力이 稍雄하면 百人이 旁觀에 百人이 喝采하되 甚至其精神魂魄이 紙上에 移하여 悲悽한 事를 讀함에 淚의 滂沱를 不覺하며 壯快한 사를 讀함에 氣의 噴湧을 不禁하고 其薰陶浸染의 旣久에 自然其德性도 感化를 被하리니 故로 曰社會의 大趨向은 國文小說의 正하는 배라하이니라. 申采浩：《近今国文小说著者的注意》，《丹斋申采浩全集》（下），首尔：萤雪出版社1977年版，第17页。

② 牛林杰：《韩国开化期文学与梁启超》，首尔：博而精图书出版社2002年版，第147页。

情不自禁地受其感染而热血澎湃"①，此观点与梁启超在解读"熏"时所说的"人之读一小说也，往往既终卷后数日或数旬而终不能释然，读《红楼》竟者，必有余悲；读《水浒》者，必有余快，有余怒"以及解释"刺"的力量时所说的"读林冲雪天三限，武松飞云浦厄，何以忽然发指"，两者的表述几乎如出一辙。其中可明显窥见申采浩对梁启超思想理论甚至具体语汇的借用。申采浩对梁启超启蒙主义的小说功利主义思想积极认同，同时从心理学层面上分析了小说的艺术特质，与梁启超一样，强调小说中的人物形象在时空上对读者产生的感化作用，由此认为小说具有引导读者思想和感情的特殊力量。

梁启超"熏、浸、刺、提"的主张，也在1910年7月20日《大韩每日申报》刊载的《小说及戏台与风俗有关》中得到了很好的体现。

> 小说和戏台是普通妇孺最能感受和热衷的，其动力能够使人情随之变迁，使世俗得以感化。我本来轻松愉悦，一读到晴雯出大观园、林黛玉殒身潇湘馆，为什么悲伤落泪？我原本严肃庄重，一看到春香遇见李道令、论甫劈乐工匏，为什么喜笑颜开？……我本来坚定刚强，但看到莺莺作别张君瑞、月华送别尹汝玉，为什么突然感到沮丧而欲倚栏长叹？读红楼梦有余悲，读南征记有余怆，听华容道有余快，听沈昌歌有余恨，所有对功名富贵的追求可能都源于此，男女之间的情欲欢悦也有可能在此找到原因。②

不难发现，上述引文对小说情感作用和影响力的分析，几乎全盘借用了梁启超"熏、浸、刺、提"的小说情感作用理论。如"我本来轻松愉悦，但一读到晴雯出大观园、林黛玉殒身潇湘馆，为什么悲伤落

---

① 申采浩：《丹斋申采浩全集》（下），首尔：萤雪出版社1977年版，第17页。
② 小說與戲臺는 尋常婦孺의 最所 感覺하고 最所 貪嗜하는 者라. 其 原動力이 能使人情으로 隨以變遷하고 能使世俗으로 以感化하니 我本快然樂也로되 乃讀晴雯이 出大觀苑하고되 玉이 死瀟湘浦면 何以 忽然泣油然戚也며 我本肅然壯也로되 乃觀春香이 逢李道令하고 論甫-剖樂工匏에 何以 嬉然動 怡然笑也며……我本毅然強也로되 乃觀잉잉이 別張君瑞하고 月華가 送尹汝玉이면 何以 慨然 欲倚欄長歎也오. 讀紅樓夢者는 有餘悲하고 讀南征記者는 有餘창하며 聽華容道者는 有餘快하고 聽沈昌歌者는 有餘恨하니 凡功名富貴의 思念이 於此에 或者 根底하고 男女怡悅의 情欲이 於此에 亦造原因이라.《大韓每日申報》1910年7月20日。

泪"相当于"刺"的力量。与梁启超关于刺的阐释"我本愉然乐也,乃读晴雯出大观园,黛玉死潇湘馆,何以忽然泪流?"相比较,可以发现两者的高度相似性。同时阐释"浸"力量的"读红楼梦有余悲,读南征记有余怆,听华容道有余快,听沈昌歌有余恨",与梁启超所言"读红楼竟者,必有余恋,有余悲,读水浒竟者,必有余快,有余怒,何也?浸之力使然也"也几乎一致。这说明,梁启超关于小说情感作用的"熏、浸、刺、提"理论传入近现代朝鲜半岛,经过知识文人们的阅读和吸收,在朝鲜半岛新文学革命开展过程中,被新文学革命的领军人物们运用到具体的文学实践。当然也不排除此文直接翻译自梁启超原文的可能性。

除了申采浩,朴殷植等其他新文学革命先驱的思想理论中,也不难发现梁启超小说情感作用理论的借鉴痕迹。朴殷植曾在《瑞士建国志·序》中,对小说的情感作用进行过如下分析:

> 所谓小说,感人最易,入人最深,与风俗阶级和教化程度关系紧密。因此,西方哲学家曾说,进入某个国家若问那个国家盛行何种小说,只要观察那个国家的人心风俗和政治思想如何便可,确实如此。①

如上,朴殷植强调小说"感人最易,入人最深"的特征,表示通过分析某个国家盛行的小说种类,就可推断该国的人心风俗和政治思想如何。此论点正是以小说的功能或效用为基本前提展开的,小说能够对人们产生情感作用,正是朝鲜半岛知识文人们强调小说社会作用的理论基础。而这种情感作用的认识,正是源于梁启超相关思想理论。通过分析不难发现,朴殷植对于小说情感作用的认识与梁启超渊源颇深。

如前所述,梁启超认为人们喜欢小说的原因在于其"易入人""易感人"和人类所具有的普遍性。通过比较梁启超的相关思想和朴殷植上述

---

① 夫小說者는 感人이 最易하고 入人이 最深하야 風俗階級과 教化程度에 關係가 甚鉅한 지라. 故로 泰西哲學家가 有言하되 其國에 入하야 其小說의 何種이 盛行하는 것을 問하면 可히 其國의 人心風俗과 政治思想이 如何한 것을 覩하리라 하엿스니 善哉라 言乎여. 朴殷植:《瑞士建国志序》,《历史传记小说(六)》,首尔:亚细亚文化社1979年版,第197页。

"夫小說者는 感人이 最易하고 入人이 最深"的主张，可发现不仅内容上基本相同，而且他们所使用的词汇也完全一致。考虑到朴殷植曾大量阅读和翻译梁启超相关著述的事实，这种使用相同词汇的现象绝非偶然，而是极有可能朴殷植直接或间接引用了梁启超著述中的文章字句。"小说可支配人道"并不意味着创造出普遍人类的道理，而是通过想象去发现通向新境界的人类本性。关于小说对人们产生的情感作用和影响力，朝鲜半岛近现代小说理论与梁启超小说理论之间存在密切的关联性，两者都史无前例地高度评价小说的情感作用和影响力，从其内容和所使用的语汇上，可明显能够发现两者的影响关系。

### 四 历史传记小说的"翻译""构建"与"活用"

朝鲜半岛新文学萌生过程中，历史传记小说的"翻译""创作"与"活用"是一个重要的组成部分。这固然与近现代朝鲜半岛屡遭列强侵略而国权丧失、渴望救国英雄登场的时代状况不无关联。但以《越南亡国史》《意大利建国三杰传》《近世第一女杰罗兰夫人传》《匈牙利爱国者噶苏士传》等为代表的梁启超史传作品的译介和传播，也产生了重要影响。首先产生影响的是梁启超的英雄崇拜思想。梁启超崇拜英雄、赞美英雄，对英雄有极高的评价："人间世之大事业，皆英雄心中所蕴蓄而发现者。虽谓世界之历史，即英雄之传记，殆无不可也。"[①] 由此，梁启超通过各种舆论媒体，先后发表了《英雄与时势》《无名之英雄》《文明与英雄之比例》《舌下无英雄笔下无奇士》等著作。这些"英雄论"大都收录于《饮冰室自由书》中，后被译介至朝鲜半岛，朝鲜半岛报刊上所见的《大呼国魂》《大呼英雄崇拜主义》《国民之魂》等呼唤英雄的论说文章，均与梁启超的"英雄论"存在密切关联，如《无名之英雄》就是直接翻译，《大呼国魂》《大呼英雄崇拜主义》《国民之魂》等均受梁启超影响而写成。

> 英雄是创造世界的圣神，世界是英雄活动的舞台……某个国家若存在与世界交涉的英雄，那个国家就能与世界交涉。若存在与世界斗争的英雄，那个国家就能与世界斗争。若不存在

---

[①] 梁启超：《自由书》，《饮冰室合集·专集（二）》，中华书局2003年版，第398页。

英雄，岂能称其为国，值此新年之际，在此书写英雄，唤起新人物。①

申采浩强调英雄是创造世界的存在，世界是英雄活动的舞台。同时阐明他写《英雄与世界》正是为了呼唤新的英雄人物。这正是当时朝鲜半岛面对民族危机、渴望英雄出现、力图恢复国权的历史语境的真实写照。

朝鲜半岛近现代社会语境催生的英雄崇拜思想直接延伸到历史传记小说的创作中。作家们大都在作品的"序论"或"结论"中刻画英雄人物形象，讲述他们为了改变殖民地状况，与殖民侵略者进行斗争而最终取得胜利的故事。其终极目的在于培养民族的自强意识和爱国精神，希望在众多国民中诞生出"真英雄"。

在梁启超相关著述的影响下，朝鲜半岛爱国启蒙运动家们将小说的功利性与提高民族自尊心、构建民族魂相结合，仿效梁启超将小说社会教化作用付诸具体翻译实践，形成了独有的克服民族危机的现实自觉意识和启蒙伦理精神。在朝鲜半岛对外国历史传记小说的翻译中，梁启超也起到了重要的引领和示范作用。梁启超异常重视西方书籍的翻译，他曾强调："今日中国欲为自强第一策，当以译书为第一义矣。"② 同时认为西方"凡一切政皆出于学"，主张"国家欲自强，以多译西学为本，学者欲自立，以多读西书为功"③。在《论译书》《大同译书局叙例》《续译列国图岁计政要叙》等文章中将译书视为强国之道。"故今日而译书，当首立三义。一曰择当译之本；二曰定公译之例；三曰养能译之才。"④ 他把"择当译之本"列为三义之首义，可以说是抓住了译事之根本。梁启超这些译书相关的理论主张被提升到"译业"的高度在近现代

---

① 英雄은 世界를 創造한 聖神이며 世界者는 英雄의 活動하는 舞臺라⋯其國에 世界와 交涉할 英雄이 有하여야 世界와 交涉할지며 世界와 奮鬪할 英雄이 有하여야 世界와 奮鬪하리니 英雄이 無하고야 其國이 國됨을 豈得하리오. 今자 新年新月에 英雄을 草하여 新人物을 喚起하노라. 申采浩：《英雄与世界》，《申采浩全集》（下），首尔：萤雪出版社1977年版，第58页。

② 梁启超：《读〈日本书目志〉书后》，《梁启超全集》（第一卷），北京出版社1999年版，第128页。

③ 梁启超：《西学书目表序例》，《饮冰室合集》，中华书局1978年版，第123页。

④ 梁启超：《论译书》，外语教学与研究出版社1984年版，第11页。

朝鲜半岛的"新闻论说"中频频出现，当时《皇城新闻》的"论说"曾公开呼吁：

> 今日开发民智之第一要著，首先是翻译书籍。上至教育主权者应设立译书局，培养译者，奖励译书事业。下至社会有志者应创立译书之事。宜精译而无粗译，宜急译而无缓译，如此我辈才可接近于现代文明……然而所谓知彼知己之道何在？我深入思考之后，认为首先最重要的就是翻译书籍。①

由此可见，朝鲜半岛近现代知识文人已经有意识地将译书视为开发民智的重要思想武器，并敦促教育部门培养翻译人才，鼓励翻译国外图书。同时，主张"精译"而非"粗译"，主张"急译"而非"缓译"，强调了翻译外国图书的紧迫性和必要性。纵观近现代朝鲜半岛报刊上的类似"新闻论说"，不难看出其接受梁启超译介外国图书理念的痕迹。

洪弼周曾经与梁启超有过交集，在其翻译的《变法通议序》中曾称梁启超为"东洋维新第一人"并表示要在其影响下"多译西书，以惠国人"。

> 清朝儒士梁启超，号饮冰子，如今是东方维新之第一人。大概是因为其观点宏博辩肆、纵贯古今、贯通中西。其剖析问题之精细，深入毛孔，其议论范围之宏大，通天达地，而且都比较切中要害，符合时宜，可视为经世之指南。我于乙巳年秋，与梁启超相遇于日本横滨的旅社。摆茶倒酒，吐露真情，分别时又依依不舍。之后，梁启超说，现在因为身体衰老，脑力和体力的原因，恐怕无法为天下之事做贡献。惟愿乘船回国之后，多翻译西方书籍，以惠及国人，之后必然

---

① 今日 開民知之第一著은 莫先於譯書라．上則教育主權者가 設譯書之面하며 養讀書之人하고 獎譯書之業하고 下則社會有志者가 創譯書之事해야 精譯而無粗譯하고 急譯而無緩譯해야 躋我民於文明함을 切切是視也하노라…然則 知彼知己之道는 將安在오 餘邁邁思之컨대 其莫如譯書乎져．《皇城新闻》1907年6月28日，详见李在铣《韩国开化期小说研究》，首尔：一潮阁1972年版，第49页。

会有效果，我们一起共勉吧。①

也正是在梁启超"多译西书"口号的号召和影响下，朝鲜半岛的思想启蒙人士翻译了大量西方史传作品，包括《泰西新史》《美国独立史》《法国革新战史》《埃及近代史》《法兰西新史》《意大利独立史》《拿破仑战史》《英法露土诸国哥利米亚战史》《俄国略史》《比律宾战史》《普法战记》《万国史》《波兰末年史》等46种外国历史书籍和《比斯麦传》《彼得大帝》《富兰克林传》《法皇拿巴伦传》《华盛顿传》《萧尔逊传》等15种人物传记作品。这些史传作品大部分与亡国、革命、战争、独立等主题有关，传记中的人物也都是西方国家实现富国强兵过程中投身于独立战争的英雄们。这自然与朝鲜半岛当时所面临的时代课题紧密相关，面对被日本完全纳入殖民地的危机局面，爱国启蒙思想家们尝试通过类似的英雄人物，促进民族觉醒，增强民族意识，抵抗日本殖民侵占。

事实上，对外国书籍的译介，就是直接接触先进文明思想，认识世界政治局势的重要手段。在译著的序跋中，经常能够看到译者的这种翻译意图。玄采在《中东战记》序言中，主张首先要从国家内部层面自强自立，"师其所以胜，鉴其所以败，以图自修自强，则庶我韩亦化衰为盛，因弱为强，当与西欧之普东洋之日"。《波兰末年战史》序言强调必须齐心协力，才能实现国家独立，并以波兰为例，指出党派斗争是其国家灭亡的重要动因。《世界殖民史》的"译者序言"指出朝鲜半岛处于亡国的民族危机之中，全体国民应该认清局势，奋起反抗殖民侵略。通过其他弱小国家的成功事例，提升国民的爱国精神和民族意识。张志渊在为《意大利建国三杰传》作序时曾指出：

爱国心者，国之光也，生命之粮也，学问之源也……其建国以前

---

① 清儒梁啟超는 號를 飲冰子라 今 東洋維新第一人者也니 蓋其議論이 宏博辯肆하야 出入古今하고 通貫東西하야 剖細之精細則透入毛孔하고 範圍之宏大則包括天壤하매 要皆切中時宜하니 洵可爲經世之指南也라. 余於乙巳秋間에 相遇於日本橫濱之旅社하야 茶酒既設야 傾例頗盡이러니 其別也에 又憠然有不忍相捨之意라가 己而曰 公이 今衰老하니 聰明之用과 肢體之勞는 恐無以爲力於天下矣라, 願歸航之日에 多譯西書하야 以惠國人 則後必有收效者矣리니 幸公은 勉之하라。洪弼周译:《冰集节略》，《大韩协会报》第2期，1908年2月25日。

之情形肖我，其建国之年代不远，其地形类我，其民口之多寡与我不甚差池，未知我亚细亚洲东部，黄海白山之南，亦将有壹东方伊太利者起否。①

张志渊与梁启超强调的爱国精神遥相呼应，点出提升民族爱国精神的重要性，认为朝鲜半岛的境遇与意大利建国之前相似，同时其地形和人口也与朝鲜半岛"不甚差池"，希望通过民众的齐心协力，高扬民族旗帜，抵抗外势侵占，建设一个"东方伊太利"。

近现代转换期的朝鲜半岛处于民族危亡之时，知识文人们认识到翻译外国书籍对爱国启蒙和恢复国权具有重要促进作用，因此大量翻译外国的历史传记小说，其中就个人作家来说，梁启超的作品是最多的，主要有《清国戊戌政变记》《越南亡国史》《意大利建国三杰传》《近世第一女杰罗兰夫人传》《世界最小民主国》《匈牙利爱国者噶苏士传》等。

《越南亡国史》可能是近现代朝鲜半岛流传最为广泛的梁启超作品，1906年由玄采以韩汉混用体翻译，1907年再版，同年又由周时经和李相益同时翻译为纯韩文版，其中周时经的译本1908年再版，3个月之后出了第三版，且被收录于当时广泛使用的学校教材《幼年必读》中，使其拥有了数量众多的青少年读者。当时的知识文人和青少年读者都从《越南亡国史》中读出了朝鲜半岛的命运。他们纷纷表示："正是这一本薄薄的《越南亡国史》在民族危机时刻教会我侵略是什么，民族自由意味着什么，书中越南二字替换为我们国家来阅读也毫无违和感。"②

《意大利建国三杰传》讲述了实现意大利统一伟业的加富尔、马志尼和加里波第的英雄事迹，由"发端""结论"和中间的26节构成。此著作在当时欧洲革命潮流中审视意大利的统一和独立，强调统一的原动力在于英雄们的力量。此小说于1907年由申采浩翻译为韩汉混用文体，1908年由周时经在博文书馆翻译出版为纯韩文体。在译本的序论中，申采浩认为朝鲜半岛与意大利具有相似性，强调一个国家的兴亡在于爱国人士的有无。在结论部分中，强调在意大利的独立

---

① 申采浩：《丹斋申采浩全集》（中），首尔：乙酉文化社1977年版，第212页。
② 金素云：《金素云随笔集》，首尔：亚成出版社1983年版，第28页。

过程中,英雄的力量无比重要,同时追随英雄,与英雄同甘共苦的民众力量也十分强大。1907年11月14日,申采浩在《大韩每日申报》上刊载了《意大利建国三杰传》的广告,在广告中申采浩强调"三杰"们"艰难危险的经历、呕心沥血的景况、百折不屈的意志和其九死靡变的热诚,这些足以激发读者们的衷情,激起读者们的爱国精神,请有志君子购阅。"

申采浩在翻译《意大利建国三杰传》时,对历史英雄传记小说产生了浓厚兴趣,他面对当时朝鲜半岛的民族危机,正是怀着抵抗外部势力,克服现实状况的强烈历史意识和社会责任感,翻译了梁启超的历史传记小说。尤其到了1905年,日本强迫朝鲜签订了《乙巳保护条约》,朝鲜半岛由此沦为日本的保护国。爱国启蒙思想家们认识到以民族主义抵抗史为内容的历史接受迫在眉睫,在梁启超英雄崇拜思想的影响下,亟待树立"英雄期待论",将朝鲜半岛历史上的民族英雄或历史伟人作为立传对象,1905—1910年,先后创作了《乙支文德》《李舜臣传》《崔都统传》《姜邯赞传》《渊盖苏文传》等英雄人物传记。

对因遭受日本殖民侵占、处于国权丧失而面临亡国境地的朝鲜半岛来说,对救国英雄的渴望与日俱增,人们期待民族英雄的出现,解决恢复国权、重获自由的时代课题。在此历史语境下,蕴含梁启超英雄论的历史传记小说,恰逢其时地被翻译传播至朝鲜半岛,同时又为本国英雄人物传记作品的创作提供了绝佳的模板。由此,英雄崇拜主义思想与本国历史传记小说的创作完美结合,使大量朝鲜半岛特色的历史传记小说开始涌现。启蒙思想家们认为,朝鲜半岛历史上的英雄人物或许比外国伟人更能够唤醒具有深厚奴性和沉醉于"事大主义"思想的国民。他们在作品中通过对民族英雄的刻画,意在培养国民的爱国意识和反抗精神,并希望在国民中涌现新的英雄。

申采浩在《〈乙支文德〉序论》中曾坦陈了要"通过书写过去之英雄,以召唤未来之英雄"[①]的创作意图。这正是基于对民族危机和弱肉强食社会现实的清醒认知,申采浩通过梁启超的著述,接受了达尔文的进化论和赫伯特·斯宾塞的社会进化论思想,对优胜劣败、适者生存的进化理

---

① 申采浩:《〈乙支文德〉序论》,《丹斋申采浩全集》,首尔:萤雪出版社1982年版,第199页。

第二章　梁启超与朝鲜半岛新文学的萌生

论有着深刻的理解，他认为社会进化论中的竞争原理在相异民族之间表现得更加赤裸裸，在不同民族之间的竞争中，优者、强者必胜，劣者、弱者必败。申采浩将近现代朝鲜半岛的形势形容为"有国家无国权，有人民无自由"，在此状况下，为了实现恢复国权和民族独立的目标，对内必须改革陈旧的社会制度，进而高扬爱国精神，恢复国家主义，对外必须强化竞争力。若与日本和西方侵略势力相对抗，必须提升民族对外竞争力，必须实现民族自强。

申采浩的这种以提升对外竞争力为重心的自强思想，在其历史英雄传记小说中得到了很好的体现。在其创作的《乙支文德》中，申采浩提出"自强论"和"外竞论"，对民族的盛衰进行了历史性的阐释。

> 但是为什么后来竞争力却越来越弱了呢？这是求进退的异效所致。因为不能自称强所以就求弱，不能自称大所以就求小。称他国，必称大国强国；称自己，必称小国弱国。用恭卑进供来充当国防，用吟诗作赋来代替军备，东边割让对马岛，西边尽失鸭绿江以西，甘心沦为一龟兹国，日益退却沦落至此，日渐衰弱岂可避免。①

申采浩认为近现代朝鲜半岛之所以陷入民族危机，是因为整体国民缺乏自强思想和对外竞争意识，为了培养国民们的这种思想和意识，有必要树立"乙支文德主义"。主张只有自强自立，才能利用民族的自豪和自信使国家变得更为强大。

> 乙支文德主义就是无论敌人有多强大，我们都必须进攻，无论敌人多么尖锐和勇敢，我们也必须迎难而上。退一步，则汗流浃背，让一毫，则血脉喷张……不是面积广阔就可以称之为强国，也不是兵民众多就可以称之为强国。只有让自己强大，国家才能够强大，乙支文

---

① 乃是後世의 外競力이 愈下愈劣함은 何故인가. 此는 求進求退의 異効로다. 强은 不可라 하여 惟弱을 是務하며 大는 不可라 하여 惟小를 是欲하므로 他國을 稱하매 必曰大國强國이라 하며 自國을 稱하매 必曰小國弱國이라 하여 卑辭增幣로 國防을 作하며 談經賦詩로 軍備를 代하여 東으로 對馬島를 讓하며 西로 鴨綠以西를 盡失하고 一龜玆國됨을 甘心하였으니 日退가 如此하고야 日弱을 豈免가. 申采浩：《乙支文德》，《丹斋申采浩全集》（中），首尔：萤雪出版社1982年版，第298—299页。

德主义就是这么贤明。①

申采浩提出"乙支文德主义"的同时,强调自强思想和竞争意识,这种对外竞争意识在其创作的《李舜臣传》中也有所体现。

> 若(李舜臣)早早得以上位,尽快施展才略,一扫惨淡的战事阴霾……就能重建广开土大王的纪功碑,还能直逼大阪萨摩诸岛,重新修筑新罗太宗大王的白马冢……在人民的对外竞争思想遭受如此打击的时代,英雄的困顿无法避免。②

申采浩希望类似李舜臣的民族英雄早日出现,同时对朝廷大臣的党争和无能进行了强烈的批判。在讲述李舜臣英雄一生的同时,对政府没能培养民众自强思想和外竞意识、克服民族危机的现实进行揭露。

同样,在《崔都统传》中,也出现了鼓吹自强思想和对外竞争意识的内容。其最终目的在于通过为历史上的民族英雄立传,期待出现更多的新英雄,最终阻挡日本的殖民侵略,实现国家民族独立解放。

梁启超的"英雄崇拜论"主张国家和社会的盛衰取决于英雄的有无,取决于整体国民是否尊崇英雄。据此推论,中国的衰落源自英雄的缺失。

> 今日中国之所以不振,患在无英雄,此义人人能知之能言之,而所以无英雄之故,患在无无名之英雄,此义则能知之能言之者盖寡矣……勿曰我不能为英雄,我虽不能为有名之英雄,未必不能为无名之英雄,天下人人皆为无名之英雄,则有名之英雄,必于是出

---

① 乙支文德主義는 敵이 大하여도 我必進하며 敵이 強하여도 我必進하며 敵이 銳하든지 勇하든지 我必進하여 一步를 退함에 其汗이 背에 沾하며 一毫를 讓함에 其血이 腔에 沸하여…土地의 大로 其國이 大함이 아니며 兵民의 衆으로 其國이 強함이 아니라. 惟自强自大하든 有하면 其國이 強大하나니 賢哉라乙支文德주의여. 申采浩:《乙支文德》,《丹斋申采浩全集》(中),首尔:萤雪出版社1982年版,第329—330页。

② 萬一地位를 早得하여 才略을 快展하였으면 慘憺한 風雲을 吹嘘하여…廣開土王의 紀功碑를 重建함도 可하며 大坂薩摩의 諸島를 進逼하여 新羅太宗大王의 白馬塚을 再築함도 可하거늘…人民의 外競思想을 如此 摧折하던 時節이니 英雄의 困蹇이 固宜하도다. 申采浩:《李舜臣传》,《丹斋申采浩全集》(中),首尔:萤雪出版社1982年版,第361页。

焉矣。①

基于此，申采浩认为必须通过国内外的伟人传记，呼唤英雄的诞生。申采浩在翻译梁启超《意大利建国三杰传》时，对梁氏英雄崇拜论进行了更为深入的解读，翻译完之后采用类似的体例和样式，陆续创作了《李舜臣传》《乙支文德》等历史人物传记。从体裁和人物形象化的方法方面，可以明显看出对《意大利建国三杰传》的借鉴和参考痕迹。

首先，体例构成方面，《乙支文德》和《李舜臣传》都是前有"绪论"，后有"结论"，中间采用"章节"的构造模式，这与《意大利建国三杰传》的"发端""结论"和中间26章的体例，存在高度的相似性。这种体裁与传统意义上的"传"存在一定的差异性，事实上是申采浩对遭受殖民侵略的社会现实进行清醒认识的产物。面临亡国灭种的民族危机，申采浩认为必须利用历史上的英雄人物，在展现历史事实的基础上，唤醒民族自强独立精神，共御外辱。而传统意义上的"传"很难达到这种目的，于是作为某种改良性尝试，在叙事架构和体裁模式上，借鉴了其曾翻译过的《意大利建国三杰传》的体裁样式。

其次，人物形象化描绘方面，申采浩、朴殷植等人在塑造和展现英雄形象时，不断凸显"时势造英雄"的理念。时常以历史社会语境和国内外形势为缘起展开叙事，在弱化英雄的神魔怪诞的同时，突出英雄源于时代的观点。申采浩曾说过"大抵论英雄，不可不观其所遇之时势，所处之社会"，在《乙支文德》的开篇就讲述了乙支文德诞生时的国内外形势和时代特征，在历史中书写"个人"的地位和意义。《崔都统传》中叙述崔莹的身世时，也是从大范围的国际关系开始着墨，将崔莹塑造成朝鲜半岛建国神话人物——檀君的玄孙以及民族的英雄和时代的产物。

《李舜臣传》是申采浩在1908年《大韩每日申报》连载的历史传记作品。是其翻译完《意大利建国三杰传》后，为应对苟延残喘的国内局势，鼓舞民族士气，提升国民的爱国精神，以朝鲜半岛历史上"三杰"（乙支文德、崔莹、李舜臣）之一的李舜臣为原型创作的历史人物传记作品。李舜臣在历史上曾与日本有过直接交战，与当时朝鲜半岛所面临的日本殖民侵略形成互文格局，将他塑造为抵抗日本的英雄人物，更具有典型

---

① 梁启超：《无名之英雄》，《饮冰室合集》（六），中华书局1989年版，第85—86页。

性和针对性。《李舜臣传》虽然沿用了朝鲜半岛传统"传"的形式,但与《乙支文德》一样,也仿照了《意大利建国三杰传》的创作体式和构造,同样有"序论"(阐明创作意图)、"结论"(作者的评论性内容)和中间展开部分,而且中间部分也是以小题目的章节形式构成。

一般来说,历史传记小说的主题内容都具有强烈的政治色彩,作家们认为作品世界与现实世界具有同质性,他们试图通过小说使读者们认清社会现实。阅读历史传记小说并撰写评论的人也大都结合小说内容,对现实进行批判,从而敦促其他读者们觉醒。虽然申采浩重视英雄的作用,渴望英雄的出现,但其并不认为只靠英雄的力量就可以摆脱日本殖民统治的魔爪。他所呼唤的新英雄是为了整体国民奉献的人,他将英雄定义为"与国民宗教、国民学术和国民实业有关的人"①。申采浩意在强调英雄的整体国民性,即整体国民都要成为具有爱国精神的英雄,才能真正实现国家独立和解放。

与申采浩一样,持有"英雄期待论"的还有朴殷植,他在《渊盖苏文传》中阐明了与申采浩相似的创作意图:

> 以前的英雄值得崇拜,现在的英雄值得渴望。于是我用三寸秃笔记录英雄,以供大家阅读。若要四千年历史中首屈一指的英雄魂复活,与他们一起敲响自由的钟声,就必须用先民的精神力量滋养我们的大脑。②

崇拜过去的英雄,渴望现在英雄的出现,同时使四千年历史中最优秀的英雄魂复活,撞响自由的钟声,是朴殷植创作《渊盖苏文传》的真正意图。换言之,朝鲜半岛的近现代历史传记小说是为了解决时代课题,通过历史上的英雄人物,向国民们传达自主思想和自强精神,渴望英雄从国民们中间诞生而创作的。

---

① 申采浩:《申采浩全集》(下),首尔:萤雪出版社 1977 年版,第 116 页。
② 過去英雄을 崇拜할 만하고 現在英雄을 渴望할 만하도다. 於是乎三寸秃筆로 此를 述하여 社會諸君의 一覽을 供하노니 四千年歷史에 第一指를 乘하는 英雄魂이 復活할넌지 우리고 남과 갓치 自由鍾을 轟振하자면 우리 先民의 精神点으로써 우리 腦力을 滋養하여야 可할줄노 思惟하노라. 朴殷植:《朴殷植全书》(中),首尔:檀国大学东洋学研究所 1975 年版,第 322—323 页。

启蒙思想家张志渊的英雄崇拜思想和历史传记小说中,亦可窥见梁启超的文学思想。整个20世纪前十年,国学先驱者们开展民族主义爱国启蒙运动的理论基础就是民族自强论。这与近现代日本明治维新的开化理论形成对照,在抗日的立场上,接受清末变法自强论的国权主义的近现代国家理论。[①] 张志渊的民族史观以民族和竞争为中心,以自强论为前提,其中的"自强"接受了梁启超《饮冰室文集》中的清末变法自强论的影响。梁启超的《意大利建国三杰传》由申采浩翻译之后于1907年在首尔广学书铺出版,在出版的译本之中,就有张志渊所作的序文。

> 伊太利建国三杰传,首尾凡二十八章,申君采浩从饮冰子梁启超氏小著者译出。而嘱余校阅,有广学书铺发行者也。曷为译乎三杰传也,以是三杰者爱国者也。曷为慕乎爱国,以是爱国者。国之光也,生命之梁也,学问之源也。无是心,而蠢然齿乎人类。噫!木石也其可乎,无是心 而腼然列乎国民。噫!赘泪也,其可乎?无是新,而学政治、学法律、学工商技艺各种科学。噫!器械而已也,奴隶而已也。其可乎?故无是心者,吾愿其有是心。有是心者,吾愿其吾愿其益光大是心,是心光大普照,则其过兴隆。其国繁昌,其国文明,其国富强也。[②]

张志渊将小说视为提升国民爱国精神的重要工具,这与梁启超效用论的小说思想可谓一脉相承。同时,他将爱国心看作国家文明富强的原动力,且认为小说可以培养国民们的爱国心。与梁启超一样,张志渊也主张通过小说重塑国家的思想和体系,两人不约而同地选择了历史传记小说,都通过女性英雄人物传记,鼓吹爱国精神。

1902年,梁启超在《新民丛报》上发表了其唯一一篇女性传记作品《罗兰夫人传》,梁启超将争取自由的女性形象化,意在启蒙当时的中国民众。直到20世纪初,中国女性还是因为较低的社会地位而无法进入社会,因此当时的启蒙思想家们也对歧视女性的传统和现实进行了不同程度的批判,倡导男女平等和女性教育。梁启超通过《罗兰夫人传》,从为争

---

[①] 申一澈:《申采浩的历史思想研究》,首尔:高丽大学出版部1981年版,第64页。
[②] 张志渊:《意大利建国三杰传·序》,首尔:广学书铺1907年版,第2页。

取自由的罗兰夫人身上，为读者提供了一个思考女性地位和作用的契机。《罗兰夫人传》传播至朝鲜半岛之后曾引起广泛的阅读热潮并对类似传记小说产生影响，《爱国夫人传》是受其影响的作品之一。

《爱国夫人传》是张志渊创作的历史传记小说，此作品将一直排斥在主流话语之外的"妇女"视为爱国启蒙运动的重要一环。《爱国夫人传》是以引领法国百年战争走向胜利的女英雄圣女贞德的故事为蓝本改写的，采用了纯韩文的形式出版，受到了不识汉字的妇女阶层的热烈追捧。《爱国夫人传》对朝鲜半岛近现代女性启蒙产生了重要影响，自此书出版以后，以培养"民族母亲"为目标的女性教育的重要性日益凸显。此作品正是在梁启超的英雄崇拜思想和历史传记小说的影响下创作而成。

受梁启超翻译西方书籍的主张和思想的影响，近现代朝鲜半岛曾翻译了数量众多的西方史传作品，在此基础上也创作出为数不少的本土史传作品。在朝鲜半岛人民思想的启蒙和民族意识的觉醒，进而同仇敌忾抗击日本殖民侵略方面，产生了重要的促进作用。从世界范围内来看，从19世纪末开始，在民族主义思潮的影响下，各国英雄人物传记的创作持续升温。而具体到朝鲜半岛，在本民族历史英雄人物传记的创作过程中，域外作品的翻译和接受成为重要刺激和驱动因素。

"有识之士译介西书，无不心怀求道取经救国救民之愿望"，无论在半殖民地的中国，还是在完全殖民地的朝鲜半岛，这一观点都同样适用。以梁启超为代表的晚清知识文人们通过西方书籍来获取救国救民的方法，而朝鲜半岛现代启蒙知识分子们在译介梁启超著述过程中，对梁启超功利主义文学观和译介西方书籍的思想理念感同身受、深有共鸣。他们在翻译西方历史人物传记时，就具有了强烈的政治性，翻译过程中大都采用超越常规的归化策略，使朝鲜半岛人民能够更好地吸收西方书籍的精髓和营养，进而转化为抵抗日本殖民侵略的广泛民意支持。西方较为开明先进的政治文化和反抗精神映射出朝鲜半岛政治体系的腐朽落后和日本殖民侵略的本质。朝鲜半岛人民以西方历史人物传记为参照，将实现民族解放的国家作为效仿的对象，而在殖民地泥沼中挣扎的弱小民族则被视为前车之鉴。

"朝鲜半岛爱国启蒙思想家们通过本国历史英雄人物传记的创作，试图以历史现场化的视角重新感知历史，以新的抵抗性人文主义重新阐释历史，这种先验主义的文学创作，使民族精神得以高扬，民族自豪感得以强化，民族主体性得以恢复，在一定程度上推进了爱国启蒙运动以及痛击日本侵略、国权恢复运动的开展。"①虽然朝鲜半岛最终沦为日本的殖民地而经历了长达35年的被殖民的屈辱历史，但是在梁启超译介西方书籍和历史人物传记风潮的影响下，大量西方史传作品的翻译和接受以及由此引起的本国史传作品的创作，还是在朝鲜半岛文学发展史上留下了不可磨灭的历史印记。

## 第三节 "诗界革命"理论的东传及其影响

作为中国近现代著名的启蒙思想家和作家，梁启超在政治、文化、学术等诸领域均造诣深厚，对近现代中国产生的影响巨大而深远。在诗歌方面，梁启超更侧重于在启蒙主义的视角下，通过诗歌内容的改良，对其功利性提升相关联的诗歌语言和形式革新等问题，提出自己的理论主张。《清议报》和《新民丛报》在晚清报刊中颇具影响力，为了实践其"诗界革命"的主张，梁启超分别在上述报刊上设置"诗文辞随录"和"诗界潮音集"等专栏，两个专栏上总计发表千余首诗歌。在《新民丛报》第2期的"棒喝集"中对外国诗歌作品进行了介绍。从第4期开始，连载《饮冰室诗话》，发表关于"诗界革命"的理论。

如前所述，梁启超首次被介绍至朝鲜半岛是他担任《时务报》主笔期间的1897年年初，借助设置在京城（今首尔）和仁川的代售点，《清议报》被熟稔汉文的朝鲜半岛知识文人们广为诵读。1901年梁启超创办的《新民丛报》也传入朝鲜半岛，而《饮冰室诗话》即在《新民丛报》上连载。除了报刊，以单行本形态传入朝鲜半岛的梁启超著作亦为数不少。1902年创办的广智书局发行了大量历史、科学和文学方面的书籍，其中以《饮冰室文集》为代表的相当数量的著作均传入朝鲜半岛。1900—1912年翻译介绍和赞扬评论梁启超著述文字的评论文章，经常散见于各大报刊。有些报纸杂志直接转载介绍梁启超的文章，也有很多著述以原书的形态直接传播至朝鲜半岛。

接受梁启超思想和文学理论的最具代表性的人物当属申采浩。在民族

---

① 张乃禹：《梁启超史传作品在韩国开化期的译介及其影响》，《新文学史料》2016年第3期。

主义、国家思想以及与此紧密相关的启蒙主义文学观念被大量接受的前提下，申采浩在小说领域对梁启超的接受前文已有较为详细的论述。而在诗歌领域，若对《天喜堂诗话》①进行深入分析，可以发现其与《饮冰室诗话》存在诸多相似之处，《天喜堂诗话》中提出的"东国诗界革命论"与梁启超的"诗界革命论"之间存在着某种承袭关系。

从诗歌的"量"和"质"的角度看，梁启超算不上中国近现代的一流诗人，但作为"诗界革命"的倡导者，他的诗论却给中国近现代诗坛带来了巨大的冲击和深远的影响。同时，除了以《饮冰室诗话》为代表的诗论著作和其他相关著述，还有一些梁启超的诗歌作品也传入近现代朝鲜半岛。主要有《去国行》（《时事丛报》1899年8月9日）、《自励二首》（《大韩每日申报》1906年10月9日及《西友》1906年12月第1期）、《书感寄友人》（《大韩每日申报》1906年10月12日）、《志未酬》（《大韩每日申报》1906年10月13日）和《澳亚归舟》（《大韩每日申报》1906年10月14日）等。梁启超"诗界革命论"对朝鲜半岛产生的影响，除了诗歌本身的演进和发展，还在于爱国启蒙运动的倡导与开展。

## 一 "新意境"与诗歌内容变革所呈示的功利性社会政治改革诉求

中国的"诗界革命"与梁启超创办的《清议报》渊源颇深，1899年梁启超正式发起了"诗界革命"，提出诗歌改良理论。事实上，"诗界革命"可视为某种通过《清议报》等报刊，宣传维新派知识分子们的政治立场，同时唤醒中国人民民族意识的启蒙活动，反映了社会政治改革的诉求。梁启超曾指出："吾侪手无斧柯，所以报答国民者，惟此三寸之舌，七寸之管。"②强调了"诗界革命"是启蒙主义色彩浓厚的文学救国运动。在文学救国意识和功利性文学观念的支配下，梁启超于1899年在赴美国途中写下了《夏威夷游记》，全面批判了长期以来中国诗坛复古和模仿的风潮，呼吁诗坛的变革。

---

① 《天喜堂诗话》是1909年11月9日至12月4日，除了每周一之外，几乎每天都以连载形式发表诗论文章。但当时并未标注作者，且几乎也没有留下可以查找作者身份的任何线索。但后世的多数研究成果表明，作者即为申采浩。由此1977年修订版的《丹斋申采浩全集》的别集中，将此诗话作品收入其中，因此本研究以收录于《丹斋申采浩全集》（别集）中的《天喜堂诗话》为研究文本。

② 梁启超：《新民丛报》第17期，1902年10月2日。

## 第二章　梁启超与朝鲜半岛新文学的萌生

> 余虽不能诗,然尝好论诗,以为诗之境界,被千余年来鹦鹉名士占尽矣。虽有佳章佳句,一读之似在某集中曾相见者,是最可恨也。①

梁启超认为自古以来,中国古典诗歌的境界都被"鹦鹉名士"所占有,指出:"非有诗界革命,则诗运殆将绝。"② 诗界革命首先应重视诗歌内容的改革,其次才是形式和创作技法问题:"革命者,当革其精神,非革其形式。吾党近好言诗界革命,虽然,若以堆积满纸新名词为革命,是又满洲政府变法维新之类也。能以旧风格含新意境,斯可以举革命之实矣。"③ 这种思维和意识后来直接转化为强调诗歌效用性的启蒙主义理论。

> 盖欲改造国民之品质,则诗歌音乐为精神教育之一要件,此稍有识者所能知也。中国乐学,发达尚早,自明以前,虽进步稍后,而其统犹绵绵不绝。……若中国之词章家,则于国民岂有丝毫之影响耶。④

可见,梁启超将诗歌视为社会政治变革的工具,这种启蒙主义意图不言自明。而在《天喜堂诗话》中也能够发现相似的观点,只是颠倒了梁启超文学革命论中文学与政治社会关系的论点,同时以更为夸张的手法进行了凸显和强调。

> 现在,我将首先解释诗的能力,然后详细阐述诗道与国家的关系,请您冷静思考听我讲述……诗歌在激发人的思想感情方面有着不可思议的力量。
>
> 因此,如果诗歌充满战斗力,整个国家也将充满战斗力;如果诗歌萎靡淫荡,整个国家也将变得萎靡不振;如果诗歌强大有力,整个国家也将勇武雄健。其他勇敢、悍勇、放肆、激烈或者优美、丑陋的事物,无一不受诗歌的支配。请思考一下,我国流行的诗歌究竟是怎

---

① 梁启超:《夏威夷游记》,《饮冰室文集》(下),台北:以文社1977年版,第630页。
② 梁启超:《夏威夷游记》,《饮冰室文集》(下),台北:以文社1977年版,第630页。
③ 梁启超:《夏威夷游记》,《饮冰室文集》(下),台北:以文社1977年版,第630页。
④ 梁启超:《饮冰室诗话》,《饮冰室文集》(四十五),中华书局1936年版,第41页。

样的。

  诗歌是国民语言的精华。因此，如果国民强武有力，诗歌就充满力量，而文弱的国家，其诗歌也必定柔弱不堪。一个国家的兴衰和治乱大致可以从这个国家的诗歌中得以验证。如果想让一个国家从文弱无力向勇武有力转变，必须首先改良这个国家文弱无力的诗歌。①

申采浩认为"诗歌在激发人的感情方面，有不可思议的能力。"这与梁启超在论述小说时所说的"小说有不可思议之力支配人道故"的表述在用词方面极度相似。申采浩还将诗歌界定为"国民语言的精华"，认为通过诗风的强盛或是文弱，可以判断"一国的盛衰治乱"。

  一般来说，诗歌是通过欢乐、愤怒、凄凉、哭泣、呻吟和疯狂等情感表达而构建的文字。如果要废除诗歌，这就等于锁住百姓的喉咙，破坏他们的头脑，这怎么可以呢？这怎么可以呢？因此，我曾经说过："如果诗歌兴盛，国家也将兴盛；如果诗歌衰落，国家也将衰落；如果诗歌存在，国家也将存在；如果诗歌消亡，国家也将消亡。"②

他认为某个国家的"文风"与"国风"紧密相关，所以诗歌强盛还是衰弱，直接决定着国家的强盛和衰弱。诗歌的存在与消亡也直接决定着

---

① 今에 餘가 爲先 詩의 能力을 說明하고 其次 詩道와 國家의 關係를 詳論하리니 子는 且 頭腦를 冷靜하고 此를 聽할지어다. … 詩가 人情을 感發함에 如此히 不可思議의 能力이 有한지라. 是以로 其詩가 武烈하면 全國이 武烈할지며 其詩가 淫蕩하면 全國이 淫蕩할지며 其詩가 雄健하면 全國이 雄健할지며 其他 勇悍倡狂 猛奮譏劣 或善 或惡 或美 或醜가 無非詩歌의 支配力을 受하는 바인데 試思하라. 我國에 流行하는 詩가 果然 如何한 詩이뇨. 詩란 者 國民言語의 精華라. 故로 强武 國民은 其 詩부터 强武며 文弱 國民은 其 詩부터 文弱 하나니 一國의 盛衰治亂은 大抵 其國詩에서 可驗지오. 又 其國의 文弱을 回야 强武에 入코진□不可不 其 文弱一 國詩부터 改良지라.《天喜堂诗话》,《丹斋申采浩全集（第七卷）》,首尔：韩国独立运动史研究所2008年版，第189页。

② 大凡 詩란 者는 即此歡乎 憤叫 凄涼灑泣 呻吟狂啼等의 情態로 結成文言이니 詩를 廢코자 하면 是는 國民의 喉를 閉하며 腦를 破함이니 此 어찌 可하며 此 어찌 可하리오. 故로 餘는 嘗言하되"詩가 盛하면 國도 亦盛하며 詩가 衰하면 國도 衰하며 詩가 存하면 國도 亦存하며 詩가 亡하면 國도 亦亡한다."하노라. 申采浩:《天喜堂诗话》,《丹斋申采浩全集（第七卷）》,首尔：韩国独立运动史研究所2008年版，第189页。

国家的存在与否。申采浩认为诗歌与国家命运密切不可分,甚至决定着国家的生死存亡,这可视为梁启超功利性文学观在异域邻国的夸张性呈现。

  因此,像亚寇马、陶渊明等人,虽然隐居山林,两耳不闻窗外事,但他们的诗集却影响了一个时代,深刻地影响人们的心灵。总之,辩士的辩才、侠士的剑术、政客的手腕和诗人的文笔,虽然在效用上各不相同,但都具备着改变世界的能力。因此,大宗教家在传播教义时,首先从事诗歌创作,通过这种方式来改变和引导人们的内心。三国时代佛教徒的乡歌、中国六朝时达摩慧能的偈句还有旧约经中的诗歌,都是以诗的形式呈现,从中可以看出诗歌的力量和作用。①

申采浩将诗人的笔端与辩士的口舌、侠士的刀剑、政客的手腕等量齐观,认为其效用的快慢方面虽然存在差异,但是改变世界的能力却是一样的。因此,"大宗教家"在宣扬宗教的时候,往往先着眼于诗歌,因为诗歌能够"移改人心"。无论是朝鲜半岛三国时代佛教徒的"乡歌",还是中国六朝时得道高僧的"偈句",以及旧约中的诗歌,通过它们,皆可以知晓诗歌的功用。这正是启蒙主义和功利性诗歌观念的集中表现。

  梁启超在《夏威夷游记》中正式提出了"诗界革命"的基本纲领和目标。

  故今日不作诗则已,若作诗,必为诗界之哥伦布玛赛郎然后可。犹欧洲之地力已尽,生产过度,不能不求新地于阿米利加及太平洋沿岸也。欲为诗界之哥伦布、玛赛郎,不可不备三长:第一要新意境,第二要新语句,而又须以古人之风格入之,然后成其为诗。②

---

 ① 故로 亞寇馬 陶淵明輩가 비록 山林에 居하여 足跡이 世에 不出하였으나 其 著한 바 詩集이 一世를 風動하여 人心을 支配함에 至하니 大抵 辯士의 舌과 俠士의 劍과 政客의 手腕과 詩人의 筆端이 其 效用의 遲速은 異하나 世界를 陶鑄하는 能力은 一이라. 故로 大宗教家가 教를 布함에 為先 詩歌에 從事하여 此로써 人心을 移改하느니 三國時代 佛教徒의 鄕歌와 中國 六朝時 達摩 慧能의 喝句와 舊約經中의 詩歌가 皆 詩니 詩의 功用을 此에 可知할진저.《天喜堂詩話》,《丹斋申采浩全集(第七卷)》,首尔:韩国独立运动史研究所2008年版,第189页。

 ② 梁启超:《夏威夷游记》,《饮冰室文集》(下),台北:以文社1977年版,第630页。

"新意境""新语句"和"古人之风格"分别代表着诗歌的内容、形式和风格。其中，梁启超最为重视符合近现代社会发展需要的新内容，即所谓的"新意境"。梁启超所强调的"新意境"，一方面主要是指西方现代哲学观念、学问思想和自然科学知识，另一方面也指爱国、尚武等革命性内容。梁启超高度评价诗文中使用"新语句"的现象，实际上，"新语句"主要是指欧式表达或日本语句。"新意境"和"新语句"，都意味着对西方先进文明的吸收和借鉴。"宋明人善以印度之意境语句入诗，有三长具备矣……然此境至今日，又成旧世界，今欲易之，不可不求之于欧洲。欧洲之意境、语句，甚繁富而玮异，得之可以陵轹千古，涵盖一切，今尚未有其人也……吾虽不能诗，惟新竭力输入欧洲之精神思想，以供来者之诗料，可乎？"① 梁启超强调虽然宋明时代曾将印度之意境和语句运用到诗歌创作中，但毕竟时过境迁，如今若要有所突破，则必须求助于欧洲。这里的"欧洲之意境"，既意味着欧洲新的政治、社会和学术思想以及自然科学方面的近现代成果，也包含着中国近现代化所必需的西方精神和思想。因此"必取泰西文豪之意境之风格，熔铸之以入我诗，然后可为此道开一新天地"②。这种诗学思想，既是梁启超融通东西、厚今薄古思想的具体表现，也是其"救民于水火"启蒙思想的集中反映。

　　在进行诗歌创作实践时，梁启超也有意识地大量使用"新语句"，如《壮别二十六首》中出现的"共和""自由""团体"以及"长政""阁龙""玛志""藤寅"等外国人名。在《20世纪太平洋歌》中出现了很多意译和音译的地名，如"太平洋""西洋""尾闾""地中海""印度""尼罗""姚台""波罗的""阿刺伯""古巴""夏威""西伯利亚"和"巴拿马"等。

　　参照梁启超"三长"说为理论基础的"诗界革命论"，申采浩在《天喜堂诗话》中也提出了"东国诗界革命论"。

　　　　有朋友携数首汉诗并逐句指给我看，每句都加入了新名词。其中有句"满壑芳菲平等秀，阗林禽鸟自由鸣"，他怡然自得地对我说："这两句诗可称之为东国诗界革命。"我说："您的用心良苦，这可以

---

①　梁启超：《夏威夷游记》，《清议报》1899年12月23日。
②　梁启超：《新中国未来记》，《饮冰室专集》（八十九），中华书局1989年版，第56页。

称之为中国诗界革命,却不能说是东国诗界革命。那么"东国诗是指什么呢?"答案便是"使用东国语、东国文、东国音作成的诗才是东国诗。"如果问"谁是东国诗革命家?",可以说"将新手法和新视角融入东国诗的才是东国诗界革命家"。如今,您创作汉诗,却贸然自信地说:"我是东国诗界的革命家。"这未免过于愚悖无知了吧。①

上述引文中提出的"东国诗界革命"正是源于梁启超的"诗界革命","东国"一词既暗含了以中国为参照的自我民族体认,又渗透了区别于中国的文学自主意识。申采浩强调"东国诗"即为使用"东国语·东国文·东国音"创作而成的诗,这也与"诗歌是国民语言的精华"的论断相契合。值得注意的是,申采浩此论断中蕴含着强烈的民族主体立场,强调唯有使用韩文创作的诗歌,才可称为"东国诗"。

同时,在诗歌中呈现西方新文化、新思想和新文明的主张,也在《天喜堂诗话》中有所体现。

如果你想成为诗界的革命者,那就应该着手于阿罗郎、宁边卓台等国歌界,改变那些陈旧的方式,引入新的思想。只有这样,妇女们才会读你的诗歌,孩子们也会领悟你的诗作,举国上下情感风气稳定统一,你也自然将成为诗界革命家的始祖……②

申采浩之所以如此积极地主张在诗歌中接受西方新思想,与朝鲜半岛诗歌的衰落局面不无关联。正如作者所言:"纵观现在我国流行的诗歌,

---

① 客이 漢詩 數首를 携고 余를 示 句句에 新名詞를 參入야 成지라 其中 滿壑芳菲平等秀/閬林禽鳥自由鳴이라 云 一聯을 指 여 曰:"此兩句 東國詩界 革命이라 可稱라."고 怡然히 自得의 色이 有거늘 余 曰:"吾子의 用心이 良苦 도다만은 此로 中國詩界의 革命이라 은 可커니와 東國詩界의 革命이라 云은 不可니." 盖"東國詩가 하오?"면 "東國語·東國文·東國音으로 製者가 是오.""東國詩 革命家가 誰오?"면 "東國詩中에 新手眼을 放者가 是라."지어날 今에 子가 漢字詩를 作고 貿然히 自信여 曰:"我가 東國詩界 革命家라."니 抑亦 愚悖가 아닌가. 申采浩:《天喜堂诗话》,《丹斎申采浩全集(別集)》,首尔:萤雪出版社1977年版,第63页。

② 吾子가 萬一 詩界 革命者가 되고자 할진대 彼 阿羅郎 寧邊卓臺 等 國歌界에 向하여 其 頑陋를 改誦하고 新思想을 輸入할지어다. 如此하여야 婦女가 皆 吾子의 詩를 讀하며 兒童이 皆 吾子의 詩를 革하여 全國의 感情과 風俗이 不變되어 吾子가 詩界 革命家 始祖가 되려니와. 申采浩:《天喜堂诗话》,《丹斎申采浩全集(別集)》,首尔:萤雪出版社1977年版,第63页。

大半都是流靡淫荡之物,只会导致风俗的腐败。"① 因此,若要挽救诗歌和国运,就要进行诗界革命,若要成为诗界的革命者,就要改变过去的顽疾和卑陋,输入新思想。只有达到妇女和儿童能够轻松诵读的程度,诗歌启蒙的效用性才能在最大程度上得以彰显。虽然上文只提到了"新思想"而并未对其进行深度解读和阐析,但结合作者言及的"国民知识",可将这种"新思想"视为启发民众思想开化的新知识。当然,这种"新思想"必定与西方现代文明和文化有关。

梁启超的"诗界革命"中,也蕴含着以启蒙主义和国家主义为基础的爱国精神,"新意境"中也包含着提升国民爱国思想的内容。无论在思想上,还是在文学上,梁启超都将龚自珍以后的爱国主义发扬光大,尤其是在以"文学救国"的精神为基础,引领诗界革命的过程中,将鼓吹爱国精神的内容视为"新意境"的重要组成部分。

> 中国人无尚武精神。……吾中国向无军歌,其有一二,若杜工部之前、后出塞,盖不多见,然于发扬蹈厉之气尤缺,此非从祖国文学之缺点,抑亦国运升沉所关也。往见黄公度《出军歌》四章,读之狂喜……其精神之雄壮活泼沉浑深远不必论,即文藻亦二千年所未有也,世界革命之能事至斯而极矣。吾为一言以蔽之曰:读此诗而不起舞者必非男子。②
> 南海有《登万里长城》一诗……读之尚武精神油然而生焉,甚矣,地理之感人深也。③

由此,梁启超的爱国思想在"新意境"中,通过"爱国忧民"和"尚武精神"等内容得到展现。尤其是"尚武精神",在遭受外势侵占的近现代中国,成为最能获得广泛心理共鸣的内容。

近现代朝鲜半岛面临更为严峻的亡国灭种危机,相较于中国,对爱国思想和尚武精神的强调更为紧迫。提出"东国诗界革命论"的《天喜堂诗话》也将爱国精神和尚武精神作为诗歌的重要内容加以强调。作者所

---

① 申采浩:《天喜堂诗话》,《丹斋申采浩全集》(别集),首尔:萤雪出版社 1977 年版,第 56—57 页。
② 梁启超:《饮冰室合集·文集(四十五)》,中华书局 1989 年版,第 273 页。
③ 梁启超:《饮冰室合集·文集(四十五)》,中华书局 1989 年版,第 273 页。

涉及的人物也大都是民族英雄，诗作本身也与爱国和尚武精神直接相关。①

> 西河先生林椿是前朝的大诗人。在蒙古乱后，他为了洗雪国耻四处奔走，创作了时调、杂歌、汉诗等作品，用不辍的笔触提振国魂，鼓舞民气。然而，时局不利，最终怀着孤独和愤怒，老死道途，至今还有人为他伟大抱负的夭折而感到悲伤。然而，先生去世后，无人承其遗志，而且其文集也在战火中湮灭，没有一页能够传世，唉！何其可惜！我不禁将先生与意大利诗人但丁相比，但但丁的一寸之笔，能够使玛志尼现世，挽回古罗马的荣光。而林椿先生去世后六七百年过去了，国家依然弱小，民众依然贫弱，先生在地下恐怕也难以瞑目。②

但丁（Dante）在梁启超眼中，是一个能够与荷马（Homer）相媲美，创作出对时局产生重要影响的史诗级长篇诗歌的诗人和戏曲家的典型。林椿虽然与但丁一样，创作了大量鼓吹爱国精神的诗作，但其最终评价却无法与但丁相比，《天喜堂诗话》的作者对此表示遗憾。尽管如此，他还是将林椿比肩于但丁，指出虽然但丁的笔下诞生了玛志尼，挽回了古罗马的荣光，而林椿的诗歌却后继无人，但仍然是"前朝大诗人"。申采浩高度推崇林椿，主要原因在于林椿创作了数量众多的振奋民心之作，高呼国魂以挽救民族于危难之中。从中不难看出申采浩创作《天喜堂诗话》时所隐含的文学功利性目的，即通过诗歌改良以达到启蒙民众、解决民族危机的目的，在内在思维理路上完全契合梁启超的功利主义诗歌观。

---

① 牛林杰：《韩国开化期文学与梁启超》，首尔：博而精图书出版社 2002 年版，第 108 页。
② 西河先生 林椿은 前朝의 大詩人이라. 蒙古亂後에 國恥를 雪코자 하여 海内에 奔走하면서 時調・雜歌・漢詩 等을 作하여 倦倦히 一秃筆로 國魂을 叫하며 民氣를 鼓하나 時勢가 不利하여 마침내 孤憤을 抱하고 道塗에서 老死함에 至今까지 論者가 其志를 悲하는 바라. 然이나 先生의 死後에 遺音을 繼한 者가 無하고 又 其 文集이 兵火에 泯沒하야 一葉도 傳後되지 못하였으니 嗚乎라 엇지 可惜치 아닌가. 余가 일즉 先生으로써 伊太利詩人 단떼에게 比하나 然이나 단떼는 其 一寸의 筆下에 能히 瑪志尼를 産出하여 舊羅馬의 榮光을 挽回하였거늘 先生은 死後 六七百年에 國은 依舊히 弱하고 民은 依舊히 劣하니 先生의 目이 將且 地下에서 不瞑할진저. 申采浩：《天喜堂诗话》，《丹斋申采浩全集（第七卷）》，首尔：韩国独立运动史研究所 2008 年版，第 122 页。

梁启超曾在其创作的传奇剧《新罗马传奇》中，借但丁灵魂之口，强调克服时局、振作民气的抵抗意识。"念及立国根本，在振国民精神，因此著了几部小说传奇，佐以许多诗词歌曲，庶几市衢传诵，妇孺知闻，将来民气渐伸，或者国耻可雪。"① 如果说《天喜堂诗话》为林椿未能成为"朝鲜的但丁"而遗憾，那么在《新罗马传奇》中，梁启超却明确流露出欲成为"中国的但丁"的决绝态度。《饮冰室诗话》处处都在强调忧国忧民的精神和为了国家牺牲的勇气，并将此主题作为诗歌创作的主要内容。

同样从启蒙主义的视角切入，《天喜堂诗话》更进一步，从内容方面对历史上盛行的朝鲜半岛汉诗进行了强烈批判，主张改良诗歌内容以契合时代发展。

几百年以来，汉诗一直在一般社会中盛行，但其中的语言和意义是否有变化呢？"落花芳草"反映了他们的心境，"叹穷嗟卑"表达了他们的旨趣，"对酒当歌，人生几何"传达了他们的情怀，"无可奈何，不如归去"则是他们的普遍用语。除此之外，没有其他境界，也没有反映其他情感，因此无法陶铸社会的公德，无法夯实国家军民感情。唉！外界认为诗歌在我国非常盛行，但审视内容却发现我国的诗歌已经消亡了很久。诗歌已经消失，那么国民的思想如何才能高尚，国民的精神如何才能凝聚？因此，我国今天的现状，也可以说是根源于你们笔下的"非诗之诗"。急切希望今天关心国家前途的志士们万万不要忽视诗道的重振。②

申采浩以民族主义和启蒙主义为理论基础，对朝鲜半岛历史上汉诗存

---

① 梁启超：《饮冰室合集·专集（九十三）》，中华书局1989年版，第1页。
② 又 幾百年 以來로 漢詩가 一般 社會間에 盛行하였으나 亦皆 此等語 此等意뿐이 아닌가. 落花芳草는 그 心境이며 歎窮嗟卑는 其 趣旨며 對酒當歌 人生幾何는 其 情懷며 無可奈何 不如歸去는 其 普通用語요. 此外에는 他境이 無하며 此外에는 他情이 無하니 此로 社會의 公德을 陶鑄할까 必不能이며 此로 軍國民의 感情을 製造할까 必不能이로다. … 噫라. 外面으로 詩가 我國이 莫盛하다 할지나 內容을 察하면 我國의 詩가 亡한 지 已久라 할지라. 詩가 亡하였거니 國民의 思想이 何由로 高尚하며 國民의 精神이 何由로 結合하리오. 故로 我國 今日 現狀은 彼等 非詩의 詩로 此를 致하였다 함도 亦可하도다 切望하노니 今日 國家 前途에 留意하는 志士여 不可不 詩道를 振興함에 留意할지니라. 申采浩：《天喜堂诗话》，《丹斋申采浩全集（第七卷）》，首尔：韩国独立运动史研究所2008年版，第129页。

在的功利性不足问题进行了批判。同时主张通过诗界革命，提升社会公德心，培养"军国民"的爱国精神。诗歌消亡，国民的思想如何高尚，国民的精神如何团结，因此作者恳请"留意国家前途的志士，不可不留意诗道的振兴"。

梁启超曾在《饮冰室诗话》中鼓吹国民的精神风貌和斗争勇气，并将这种国民国家主义和爱国启蒙主义的极端表现形式——"尚武精神"列为"新意境"的范畴。而《天喜堂诗话》对"韩日合邦"的亡国状况也没有熟视无睹，其中对尚武精神的强调占据了较大比重。在开头部分即以追思崔莹将军的口吻写道：

> 虎头将军崔莹曾多次击退日本等外寇，他百战百胜威名赫赫……然而，时运不济，他的伟大志向未能实现，反而最终被判刑处死。至今，仍然有人谈论将军的事迹，无不慨叹落泪。最近，一位友人誊抄将军诗二首并赠送于我。这些诗言辞娴熟，语调激昂，意境雄浑，足以勾画出将军的伟大人格。①

在《天喜堂诗话》的开头部分，申采浩就讲述了崔莹数次击退日寇且百战百胜的英雄事迹。他虽然没有明确言及尚武精神，但"虎头将军"的说法直接明示了英雄对国家和民族的重要性。同时，他慨叹崔莹时运不济而反遭杀戮的悲惨命运，读了友人赠送的关于崔莹的军诗，直接感受到他高洁的人格。

综上所述，《饮冰室诗话》中提出的以新时代背景和新诗歌内容为外在表现形式的"新意境"，与《天喜堂诗话》对诗歌内容的强调，均非对西方文明的单纯移植或作家个人的自我表现要求；而是在明显的"文学救国"的目的意识支配下，在启蒙主义和现实主义的思想倾向中，西方文明契合了近现代中国或朝鲜半岛的时代要求而形成的，更为重要的是，由此谋求社会政治的变革。在此过程中，《天喜堂诗话》明显借鉴了《饮

---

① 虎頭將軍 崔瑩氏가 累次 日本等外寇를 鏖退하고 其 百戰百勝의 餘威를 席하여…時運이 不幸하여 大志를 未成하고 反히 刑戮에 就함에 至今까지 將軍의 事를 談하는 者 慷慨의 淚를 不灑하는 者 無하니라. 頃者에 一友人이 將軍의 詩 二首를 錄送하였는데 其 語가 莊潔하고 其 調가 激烈하고 其 意가 雄渾하여 足히 將軍의 人格을 想像할러라. 申采浩：《天喜堂诗话》，《丹斋申采浩全集（第七卷）》，首尔：韩国独立运动史研究所 2008 年版，第 129 页。

冰室诗话》的逻辑理念和美学思想，最终推动了朝鲜半岛近现代诗歌的演变和发展。

## 二 "新语句"与诗歌形式变革所凸显的启蒙性普及和进化理路

梁启超倡导的"诗界革命"除了强调诗歌内容的革新，也并未忽视诗歌形式变革的重要性。

> 过渡时代，必有革命。然革命者，当革其精神，非革其形式。吾党近好言诗界革命。虽然，若以堆积满纸新名词为革命，是又满洲政府变法维新之类也。能以旧风格含新意境，斯可以举革命之实矣。苟能尔尔，则虽间杂一二新名词，亦不为病。①

"非革其形式"并非意味着完全忽视诗歌的语言和形式问题，而是否定无效的改革，主张通过革命实现诗歌内容的有效传达。事实上，梁启超在《饮冰室诗话》中通篇都在强调为了内容的有效呈示，不仅应使用新语句，而且在语言和形式方面也应有新的要求。由此才能提高诗歌情感作用，从而启蒙民众，变革社会。从文学艺术的层面看，这种主张似乎更具革命色彩。在语言和形式方面，梁启超的主要主张有新语句和口语、俗语的使用、民歌要素的吸收、长篇诗歌的借鉴和诗歌与音乐的结合等。

梁启超曾借助对郑藻常诗作的评价，阐明新语句和口语、俗语的使用问题。"（郑藻常的诗）读之不觉拍案叫绝。全首皆用日本译西书之语句，如共和、代表、自由、平权、团体、归纳、无机诸语皆是也。"② 对郑藻常使用新词汇的行为给予高度评价，并将这种原则和文学进化观念写进"诗界革命论"之中。在评论丘逢甲诗作时，曾说："盖以民间流行最俗最不经之语入诗，而能雅驯温厚乃尔，得不谓诗界革命巨子耶？"③ 这种评价使诗歌语言脱离于雅俗的藩篱，积极使用口语和俗语，能够使启蒙对象更加容易接触和理解诗歌。"关于诗歌语言的这种通俗化理论主张，对后来的革命派诗歌理论产生影响，其余波甚至一直延续至五四新文学

---

① 梁启超：《饮冰室合集》（五），中华书局1989年版，第47页。
② 梁启超：《饮冰室合集·全集（二十二）》，中华书局1989年版，第90页。
③ 梁启超：《饮冰室合集·全集（四十五）》，中华书局1989年版，第10页。

运动。"①

　　对于诗歌的"言文一致"问题,《天喜堂诗话》与《饮冰室诗话》的态度基本一致。只是朝鲜半岛存在如何对待作为外国文字的汉文的问题,大体上来看,其主张都是出自同一话语体系。《天喜堂诗话》最为重视的是"国诗",这与梁启超提出的"新语句"和"口语、俗语"的运用密切相关。

　　　　诗歌的目的是陶冶人的情操,因此宜多使用国字和国语,以便妇女和儿童能够一读即懂,从而有助于国民知识的普及。最近听到各学校所用诗歌中发现汉字过多,导致吟诗学童难以领会其中的趣味,听者也难以理解诗歌的真正涵义,这对教育界来说是一个明显的缺憾。一位朋友早些时候创作了《爱国吟》和《丈夫吟》各一首,以国语为主,辅以些许汉字,如此老年人也能够轻松理解。我非常喜欢这些诗歌,因此将其记录在左。②

　　这里所说的"国字"和"国语"就是朝鲜半岛本民族自身的语言文字——韩文。因历史上长期借用繁体汉字作为书写体系,汉字的影响根深蒂固。汉字对普通老百姓,尤其是妇女儿童来说,佶屈聱牙,难以解读。因此,引文中提出应该使用"国字"和"国语"创作诗歌,能够使妇女儿童"一读皆晓"。虽然没有明确阐明使用何种国字和国语进行创作,但事实上能够被识字率较低的妇女们认知的语言,基本上都是日常用语和俗语,在这一点上,《天喜堂诗话》与《饮冰室诗话》可谓一脉相承。

　　梁启超立足于进化论,主张在语言方面学习西方,追求文学语言的

---

　　① 牛林杰:《韩国开化期文学与梁启超》,首尔:博而精图书出版社2002年版,第110页。
　　② 詩歌는 人의 感情을 陶融함으로 目的하나니 宜乎 國字를 多用하고 國語로 成句하여 婦人 幼兒도 一讀에 皆曉하도록 注意하여야 國民 知識普及에 效力이 乃有할 지어늘 近日에 各學校 用歌를 聞한즉 漢字를 難用함이 太多하여 唱하는 學童이 其趣味를 不悟하며 廳하는 行人이 其 語意를 不知하니 是가 何等 效益이 有하리오. 是亦 教育界의 缺點이라 可雲할지로다. 一友人이 일찍 其 著한바 愛國吟 丈夫吟 各一首를 餘하여 誦傳하는데 國語로 為主하고 漢字는 若干 助入하여 老嫗도 可解라. 餘 此를 愛하여 左에 錄하노라. 申采浩:《天喜堂诗话》,《丹斋申采浩全集(別集)》,首尔:萤雪出版社1977年版,第63页。

"言文一致"。他认为中国落后的原因之一在于言文的不一致，应以"言文一致"为推手，将平易通俗的文学付诸具体创作实践，使大多数民众能够接触文学，由此才能实现启蒙和教育民众的理想，才能像西方一样推动社会的进化发展。事实上，近现代朝鲜半岛的知识文人们对进化论也较为关注，从上面引文中，不难看出他们对"言文一致"更为渴求的事实。如果说申采浩与梁启超的主张有所差异，那就是用"国字""国语"代替"口语"和"俗语"，不仅以启蒙主义为旗帜，还强化了民族主义倾向。

关于"新语句"及口语和俗语的使用问题，梁启超的主张更为深入和缜密。首先其在《夏威夷游记》中指出所谓"新语句"即以"欧洲之语句"为主的西方语句，虽然将夏曾佑、谭嗣同等使用的经书、子书中生硬的语汇和佛典用语也纳入其中，但若与新的精神内容相关联，也可以自然使用。换言之，所谓"新语句"包括西方和日本政治、社会、自然科学的翻译用语与宗教相关的词汇，但与符合"新语境"的中国固有诗歌风格相协调的诗歌语言也包含其中。

在《天喜堂诗话》中，虽然没有明确阐释，但对于新名词的使用，新思想的接受，新国民的启蒙，都有较为明显的暗示。虽然梁启超后来将"新语句"从"三长"说中剔除，主张"新意境"与"旧风格"的融合，但这丝毫不影响申采浩对梁启超"新语句"主张的借鉴和运用。

那么"东国诗是指什么呢？"答案便是"使用东国语、东国文、东国音作成的诗才是东国诗。"如果问"谁是东国诗革命家？"，可以说"将新手法和新视角融入东国诗的才是东国诗界革命家"。如今，您创作汉诗，却贸然自信地说："我是东国诗界的革命家。"这未免过于愚悖无知了吧。

如果你想成为诗界的革命者，那就应该着手于阿罗郎、宁边卓台等国歌界，改变那些陈旧的方式，引入新的思想。只有这样，妇女们才会读你的诗歌，孩子们也会领悟你的诗作，举国上下情感风气稳定统一，你也自然将成为诗界革命家的始祖。可假如您仍然坚持用汉字诗唤起国人感念，那即便是挥动莎士比亚的神笔，也只是供几人闲坐讽咏罢了。之所以这么说是因为您并未使用东国语、东国文作诗，因此您的良苦用心终究是错付了。①

整体来看，将韩国语作为诗歌创作的主体语言，是"东国诗界革命"的前提和宗旨。参照中国"诗界革命"将民族主义作为思想根基，《天喜堂诗话》提出应该积极吸收"自由"和"平等"等新名词，接受西方思想，同时积极活用"阿里郎"等民歌要素，对妇女儿童进行启蒙。

《天喜堂诗话》对文学语言的"言文一致"以及口语、俗语使用的强调，最终可归结为对"国诗"的提倡。这里所说的"国诗"首先应该是使用本国语言——韩国语创作的。

若问"我国国诗始于何时？"可能会有人说"是瑠璃王的《黄鸟歌》"也可能会说"是乙支文德的《与隋将于仲文诗》"。可这些都是汉诗，不是国诗……据我所知，国诗中流传最久的当属始创国文的高僧丁义对佛教的赞美真言。然而这其实是梵诗音译，不可冒称国诗。那么其次应该就是崔都统郑圃隐的《丹心歌》了。②

无论是瑠璃王的《黄鸟歌》，还是乙支文德的《与隋将于仲文诗》，皆属汉诗，并非"国诗"，因为它们都是使用汉字创作的。这凸显了《天

---

① 盖"東國詩가 하오？"면"東國語·東國文·東國音으로 製者가 是오.""東國詩 革命家가 誰오？"면"東國詩中에 新手眼을 放者가 是라."지어날 今에 子가 漢字詩를 作고 貿然히 自信여 曰："我가 東國詩界 革命家라"니 抑亦 愚悖이 아닌가？吾子가 萬一 詩界 革命者가 되고자 할진대 彼 阿羅郎 寧邊卓臺等 國歌界에 向하여 其 頑陋를 改誦하고 新思想을 輸入할지어다. 如此하여야 婦女가 皆 吾子의 詩를 讀하며 兒童이 皆 吾子의 詩를 革하여 全國의 感情과 風俗이 不變되어 吾子가 詩界革命家 始祖가 되려니와 苟或 漢字詩를 將하여 此로 國人의 感念을 興起코자 하려다가는 비록 索士比亞（英國 大詩人）의 神筆을 揮할지라도 是는 幾個人의 閑坐諷詠에 供할 而己니 何故로 云然코 하면 卽 彼가 東國語·東國文으로 組織한 東國詩가 아닌 故니 吾子의 用心은 良苦하도다마는 其許가 實誤로다. 申采浩：《天喜堂诗话》，《丹斋申采浩全集（别集）》，首尔：萤雪出版社1977年版，第63页。

② "我國詩가 何時에 始하였나뇨？"하면 或曰"類利王의『黄鳥詩』가 是라."하면 或曰"乙支文德의『遺于仲文詩』가 是라."하니 是는 皆 漢詩요 國詩가 아니라. …余의 見하는 國詩 中에 其 流傳最舊한 者를 舉하면 高僧 丁義가 國文을 始創하고 佛教를 讚美한 真言이 是라 할지나 然이나 此는 梵詩를 音譯한 者라 國詩로 冒稱함이 不可하고 其次는 崔都統 鄭圃隱의『丹心歌』가 될지라. 申采浩：《天喜堂诗话》，《丹斋申采浩全集（别集）》，首尔：萤雪出版社1977年版，第98页。

喜堂诗话》作者的民族主义知识文人的文化立场，也决定了《天喜堂诗话》的思想普及和爱国启蒙主义特质。

> 汉诗随着汉文一同传入我国，成就了一种文学形式……虽然有许多诗学名家相继涌现，但他们都只是捡拾李白、杜牧、韩愈和苏轼的牙慧，或悲叹战事，或歌颂苟安，以鼓吹事大主义为能事。能够以宽广的视野，发扬东国尚武精神的人却寥寥无几，实在令人慨叹。外语和外文有着剥夺国魂的魔力，果然如此。我在列举了前朝本代千余年间的汉诗家后，不禁感到欷歔不已。①

汉诗是伴随着汉文的传入而盛行的一种文学样式。在此，作者批判了朝鲜半岛上许多著名诗人都是拾李白、杜甫、韩愈、苏东坡等人的牙慧，对战事持悲观态度，讴歌得过且过的苟安意识，鼓吹"事大主义"思想。因此，应该使"国诗"发挥应有的作用，激活民族潜意识中的尚武精神和英雄气概。

《帝国新闻》早前刊登了国字韵的文章，并进行国文七字诗的征文活动。那么这种七字诗是否可以成为一种新的国诗体裁呢？我认为不可。英国诗有着英国诗的韵脚，俄国诗有着俄国诗的韵脚，其他各国诗也都如此。如果用甲国的诗来模仿乙国的韵脚，这就好比是将鹤膝换成凫脚，可谓狗尾续貂。无论长短、善恶如何，其状态的不伦不类都会令人发笑。请尝试阅读这国文七字诗，它的晦涩程度究竟如何呢？再者，国诗本可以傲然独立，为何要依仿中国律体，创造出龙钟崎岖的格调呢？最近一些学校制作了十一字歌，仿效了日本的音韵，这是否也属于制作国文七字诗的类型呢？我也曾接受某校学生的请托，为他们制作了十一字歌，此时追悔莫及。但往事一去不返，如果

---

① 漢詩는 漢文과 共히 我國에 輸入하여 一種 文學을 成한 者라.…許多 詩學士가 輩出하였으나 皆 李 杜 韓 蘇의 睡餘를 拾하여 戰事를 悲觀하고 苟安을 謳歌하여 事大主義만 鼓吹할 뿐이요. 能히 眼光을 大方하여 東國 尚武의 精神을 發揮한 者 無하니 嗚呼라. 外語 外文의 國魂을 移奪할 魔力이 果然 如此한지 餘가 勝朝及本朝 千餘年間 漢詩家 人物을 歷數하매 欷歔를 不堪하는 바로라. 申采浩：《天喜堂詩話》，《丹斋申采浩全集（别集）》，首尔：萤雪出版社1977年版，第123页。

该学生要求我来修改，我将爽快接受并作出改进以将功补过。①

申采浩对借用中国五言、七言形式的律诗绝句进行"国字韵"创作的所谓"国文七字诗"进行了批判。他认为这只是将文字改为国文而已，诗歌形式还是借用了中国诗歌样式，应该在形式和语言方面都进行彻底的改革。无论英国，还是俄国，都有本国的诗歌音节，如果甲国的诗歌仿效乙国的音节，那就像将凫胫换在鹤膝上，可谓狗尾续貂。申采浩正是从民族主体意识出发，主张舍弃名正言顺的"国诗"而借用和模仿中国诗歌形式的做法不可取，同时对"国诗"和中国汉诗进行了严格的区分。提出应以朝鲜半岛传统的"时调"作为"国诗"的典范，强调崇尚汉文是自我卑下的愚蠢行为，此观点从侧面说明了民族主义思潮的萌发，而对传统诗歌形式的辩证认识，正是梁启超诗学思想的变容性呈现。

"诗歌与音乐相结合"的问题，也与诗歌的语言和形式紧密相关。梁启超在与黄遵宪的交流过程中，逐渐确立诗歌与音乐关系的思想主张。黄遵宪曾向梁启超建议在诗歌中吸收民歌要素，并亲自将其付诸实践，推动了"歌体诗"的发展。黄遵宪在1902年寄给梁启超的《与梁任公书》中就有其创作的《军歌二十四章》，之后又发表《出军歌》四章。之后梁启超积极响应，创作了《爱国歌》四章，次年黄遵宪又相继发表了《幼稚园上学歌》十章和《小学生相和歌》十九章等歌体诗作品。梁启超通过《饮冰室诗话》发出"诗界革命之能事，至斯而极矣"② 的感叹。

---

① 帝國新聞에 일찍 國字韻（날발갈, 닝징싱등）을 懸하고 國文七字詩를 購賞하였으니 此 七字詩도 或 一種 新國詩體가 될가. 曰 否라 不可하다. 英國詩는 英國詩의 音節이 自有하며 俄國詩는 俄國詩의 音節이 自有하며 其他 各國詩가 皆然하나니 萬一 甲國의 詩로 乙國을 音節을 效하면 是는 鶴膝을 鳧腳으로 換하며 狗尾를 黃貂로 續함이니 其 孰長孰短 孰善孰惡은 姑舍하고 狀態의 不類가 어찌 可笑치 아니리오. 試하여 此 國文七字詩를 一讀하라. 其 艱澁함이 果然 何如하뇨. 且 堂堂 獨立한國詩가 自有하거늘 何必 中國律體를 依倣하여 龍鍾崎嶇의 態를 作하리오. 又或 近日 各學校에서 日本音節을 效하여 十一字歌를 製하는 者가 間有하니 此亦 國文七字詩를 製하는 類인지. 余도 일즉 某校學生의 託을 爲하야 此 十一字歌를 製給한 바 追後에 此를 悔悟하엿스나 往事라 可追할 바 아니로다. 萬一 該校學生이 余에게 改製를 求하면 余가 補過하기 爲하야 此를 不辭하겟노라. 申采浩:《天喜堂诗话》,《丹斋申采浩全集（别集）》, 首尔: 萤雪出版社1977年版, 第120页。

② 梁启超:《饮冰室诗话》,《饮冰室文集》（四十五）, 中华书局1936年版, 第128页。

梁启超在介绍黄遵宪《出军歌》四章时，曾表示："中国人无尚武精神，其原因甚多，而音乐靡曼亦其一端。"① 关注音乐的社会效用。在论述明代以前的诗乐结合情况时梁启超曾说："中国乐学，发达尚早，自明以前，虽进步稍后，而其统犹绵绵不绝。前此凡有韵之文，半皆可以入乐者也。诗三百篇，皆为乐章，尚矣。"②强调诗歌与音乐的结合对启蒙事业的重要作用。梁启超在对黄遵宪诗歌进行高度评价的同时，也创作了《20世纪太平洋歌》《黄帝歌》等数首类似诗歌，在《饮冰室诗话》中将其命名为"新体诗"加以鼓吹。梁启超认识到在通过文学改造和启蒙国民的大前提下，诗歌与音乐结合的必要性。由此，通俗性的歌体诗开始盛行，成为诗界革命中诗歌形式改革的重要一环。

这种由民歌发展而来的歌体诗，成为符合诗界革命宗旨的理想诗歌形式，这缘于梁启超启蒙主义立场中对音乐在大众传播中效用性的重视。"盖自明以前，文学家多通音律，而无论雅乐、剧曲，大率皆由士大夫主持之，虽或衰靡，而俚俗犹不至太甚。本朝以来，则音律之学，士大夫无从过问。而先王乐教，乃全委诸教坊优伎之手矣。"③ 在此，梁启超对受众面狭窄的士大夫诗作进行了批评，认为其已经失去了生命力和社会效用，而对于模仿欧美诗歌作品，尝试新音乐活动的行为，也表示无法契合广大国民的需要。而面向国民的音乐教育活动，依然被缺乏新思想的乐工们操纵，其结果就会导致无法改进人心，清除腐败。因此，要切实启蒙国民，改良人心，就必须采用民间文学的形式，将诗歌与民间音乐有机融合，才能使新思想深入人心。这种提倡诗与乐的结合、为诗作乐的整体文艺观总体上是积极可取的。"今诗皆不能歌，失诗之用矣。近世有志教育者提倡乐学。然已非尽人能学。且雅乐与俗乐，二者不可偏废。俗乐缘旧社会之嗜好，势力最大，士大夫鄙夷之，而转移风俗之权，悉委诸俗伶，而社会之腐败益甚。此亦不可不察也。"④ 同时指出，"诗不能歌，则失诗之用，且雅乐与俗乐不可偏废"，通过与西方比较，指出诗乐分离无益于启蒙和改造国民，为此他提出"词以能入乐为贵"，诗乐结合遂成为"诗界革命"的一部分，也与其一

---

① 梁启超：《饮冰室诗话》，《饮冰室文集》（四十五），中华书局1936年版，第128页。
② 梁启超：《饮冰室诗话》，《饮冰室文集》（四十五），中华书局1936年版，第128页。
③ 梁启超：《饮冰室诗话》，人民文学出版社1959年版，第10页。
④ 梁启超：《饮冰室诗话》，人民文学出版社1959年版，第10页。

以贯之的经世致用思想相契合。

　　基于以上认识,梁启超在《饮冰室诗话》中多次强调诗歌与音乐结合的重要性,"盖欲改造国民之质量,则诗歌音乐为精神教育之一要件,此稍有识者所能知也……若中国之词章家,则于国发岂有丝毫之影响耶?推原其故,不得不谓诗与乐分之所致也"①指出中国的辞章家几乎对国民启蒙无所贡献的原因在于,没有将诗歌与音乐完美结合起来。

　　而《天喜堂诗话》对于本国诗歌与传统民间音乐的结合问题也存在类似的主张。"吾子가 만一 詩界 革命者가 되고자 할진대 彼 阿罗郎 宁边 卓台等 國歌界에 向하여 其 頑陋를 改诵하고 新思想을 輸入할지어다."②这里所提及的"阿罗郎""宁边卓台"均为朝鲜半岛历史上的传统杂歌和民谣。《天喜堂诗话》认为国家和民众的引领者是上流知识阶层,他们通过创作适合于国民启蒙的诗歌,发挥了先觉者即启蒙主体的作用。

　　　　古代的儒贤长者们都喜欢国诗和乡歌,他们的很多著作典雅、庄重而活泼。特别是在花朝月夕、朋友聚集的时候,常常会长吟短唱,尽情发挥自己的风采。然而,近百年来,却将这一传统归类于荡子淫妓所属。如果上层社会的士子连一句国诗都不能创作,一篇乡歌都不能吟咏,那么诗歌也就会渐渐堕向淫靡,而士人们也就会逐渐丧失愉悦之道。国民萎靡有多种缘由,这确实也是其中的一个方面。③

---

　　① 梁启超:《饮冰室诗话》,人民文学出版社1959年版,第59页。
　　② 上文译为:您既然想成为诗界革命者,那就应该着手于阿罗郎、宁边卓台等国歌界,整改顽固鄙陋的部分,输入新思想。申采浩:《天喜堂诗话》,《丹斋申采浩全集》(别集),首尔:萤雪出版社1977年版,第63页。
　　③ 古代에는 儒賢長者가 皆 國詩와 鄕歌를 喜하여 典重活潑한 著作이 多하며 又 花朝月夕 朋儕會集의 際에 往往 長吟短唱으로 遣興하여 其 風流를 可想인데 邇來 百餘年間은 此一道가 但 只 蕩子淫妓에 歸할 뿐이오. 萬一 上等 社會 調修하는 士子이면 國詩 一句를 能制치 못하며 鄕歌 一節을 解吟치 못하므로 詩歌는 愈愈히 淫靡의 方에 墮하고 人士는 愈愈히 愉快의 道가 絕하니 國民萎敗의 故가 비록 多端하니 此도 또한 一端이 될진저. 申采浩:《天喜堂詩話》,《丹斋申采浩全集(別集)》,首尔:萤雪出版社1977年版,第76页。

国诗与乡歌①作为蕴含丰富音乐性要素的诗歌，古代的儒贤长者都喜欢创作和吟诵，在朋友聚会时往往长吟短唱，遣兴风流。但当今的上流知识分子不仅没有将其作为启蒙民众的工具，而且连一句一节都不会。只有低级的荡子和妓女们将其作为游戏之用，成为社会发展的阻碍因素。这种现象也源于对诗人地位过低评价的社会氛围。申采浩批判这种社会现象背后隐藏的思想动机在于，对时调、乡歌、民谣、杂歌等民族语文学的怀念和留恋。因为它们是真正代表韩民族的具有悠久历史传统的纯韩文诗歌作品，申采浩对本国传统诗文的这种主体性认知较为难得。

人心之发于口者，为言。言之有节奏者，为歌诗文赋。四方之言虽不同，苟有能言者，各因其言而节奏之，则皆足以动天地，通鬼神，不独中华也。今我国诗文，舍其言而学他国之言，设令十分相似，只是鹦鹉之人言，而闾巷间樵童汲妇咿哑而相和者，虽曰鄙俚，若论真赝，则固不可与学士大夫所谓诗赋者，同日而论。②

金万重认为无视自己国家的语言，而借用其他国家语言创作的文学作品，只能是鹦鹉学舌。放弃传统的曲调，转而创作国文七字诗或国文十一字诗与此并无区别。民间市井中的诗歌虽通俗鄙俚，但无法与士大夫文人们的诗赋相比。

前段时间，零冈送来了一册题为《风骚续选》的诗集。阅读之后，发现其中收录了自本朝以来的帝王、将相、名儒和达士们的诗歌。鉴于书名已经明确是《续选》，那么必然存在"前篇"，而这一篇又是以本朝初期的作品为开端。那么其"前篇"肯定包括了三国时期的既往朝代，可能会有愚温达、乙支文德等各位先贤的出征诗，

---

① 乡歌是朝鲜半岛最早的定型国语诗歌，三国时代末期产生直至统一新罗时代开始盛行，新罗末期开始衰退，一直存续至高丽初期。乡歌形式上分为四句体、八句体、十句体。十句体是基本形式，分三章，其中第三章两句，称为"落句"，落句开头有感叹词"阿耶"。现存的乡歌只有25首，有民谣和个人作品，内容上来看，大多是对世俗人情的反映，对花郎精神的赞扬以及对佛法的礼赞等。乡歌作为最初的国语文学而备受关注，后世的国语体诗歌均受其影响，对朝鲜半岛文学文化的发展演进产生了重要影响，在朝鲜半岛文学史上占有一席之地。

② 金万重：《西浦漫笔》，首尔：一志社1987年版，第388—389页。

## 第二章　梁启超与朝鲜半岛新文学的萌生

以及阳山歌（新罗人抚慰名将战死沙场的韵莲而作的诗歌）和会苏歌（新罗人的劝农歌）等作品。如果这本书真的出版，它将成为我国诗歌界的一大纪念，同时也有望填补古代文献的缺失，这是我梦寐以求的。然而，雩冈家中目前所留下的只是这一续篇，其他藏书家们又如吝啬钱米一般珍视此书，那么从何处才能得见"前篇"呢？①

申采浩在此提及了《风骚续选》，因为其中收录了帝王、将相、名儒、达士们的诗歌，可以推测是一本时调集或者歌集。又因其名为"续选"，所以可能还有一本纯国语诗集《风骚选》，其中收录《出军歌》《阳山歌》和《会苏歌》等。申采浩对《风骚选》的流失感到遗憾惋惜，是出于其对国文诗歌的深厚感情。一般来说，"风骚"特指中国汉诗，而上述引文中的"风骚"却用来指称国文诗歌，申采浩对中华文化的受容和变通意识由此可窥一斑。

如上，《饮冰室诗话》和《天喜堂诗话》都站在建设国民国家的启蒙主义立场，在诗界革命中强调"诗乐结合"的社会功利性主张。梁启超同时还提出了如何结合的具体方案，即韵文和音乐无法分离的军歌和校歌。"顷读杂志《江苏》，屡陈中国音乐改良主义，其第七号已谱出军歌数阕，读之拍案叫绝，此中国文学复兴之先河也。"② 作为当时代表性的知识文人，在国家民族危难时刻，其视野限定于国民国家主义，将军歌和校歌视为文学复兴的驱动因素，不得不说是某种极端性认识。

> 欧美小学唱歌，其文浅易于读本。日本改良唱歌，大都通用俗语。童稚习之，浅而有味。今吾国之所谓学校唱歌，其文之高深，十

---

① 往者에 雩岡이 風騷續選 一券을 寄送한 此를 開讀한즉 是 本朝 以來 帝王・將相・名儒・達士의 詩歌를 載힛더라. 其 名이 旣是 續選인즉 其 前篇이 必有할지며 是篇이 又是 本朝 初葉으로 爲始하엿슨즉 其 前篇이 必是할지며 三國 勝朝時代를 錄하엿슬지니 然則 其中 或 愚溫達・乙支文德 諸公의 出軍歌도 載have 할지며 又或 陽山歌（新羅人이 名將 韻蓮의 戰死를 慰한 歌）會蘇歌（新羅人의 勸農歌）等도 載할지라. 此書가 若出하면 我國詩界에 一大 紀念이 될 뿐더러 又 古史의 缺文을 補할 者가 甚多하리니 엇지 余의 夢寐渴求하는 바이니오만은 雩岡家의 所存은 只是 此 續篇뿐이라 하며 又 其他 藏書家들은 凡 一般셔籍을 忠州ㅅ잘은고비의 錢米를 吝惜함과 如하니 何處에 從하야 此를 得見하리오. 申采浩：《天喜堂诗话》，《丹斋申采浩全集（別集）》，首尔：萤雪出版社1977年版，第123页。

② 张静蔚：《中国近代音乐史料汇编》，人民音乐出版社1998年版，第106页。

倍于读本。甚有一字一句，即用数十行讲义，而幼稚仍不知者。以是教幼稚，其何能达唱歌之目的？谨广告海内诗人之欲改良是举者，请以他国小学唱歌为标本，然后以最浅之文字，存以深意，发为文章。与其文也宁俗，与其曲也宁直，与其填砌也宁自然，与其高古也宁流利。①

梁启超强调其他国家的校歌都浅显易懂，大都"通用俗语"，从而"浅而有味"，而中国校歌却内容高深，较难理解，无法实现唱歌之改良目的。

《天喜堂诗话》也处于同样的思维理路，强调应该重视对儿童及其他国民进行知识普及中能够发挥作用的"学校用歌"，并对校歌的难解现象进行批判。

> 最近听到各学校所用诗歌中发现汉字过多，导致吟诗学童难以领会其中的趣味，听者也难以理解诗歌的真正涵义，这对教育界来说是一个明显的缺憾。②

申采浩对学校用歌中使用难以理解的汉字的现象进行了批判，认为汉字太多，导致学生们体味不到校歌的旨趣，偶然间听到校歌的人也不知其意，这样就很难保证校歌发挥应有的作用。强调校歌的作用，也是出于启蒙主义的思维，使诗歌与音乐结合在教育现场产生的效用性达到最大化。

以上大体从主题内容和语言形式两方面，分析了梁启超的"诗界革命论"与《天喜堂诗话》中提出的"东国诗界革命论"的相似之处。整体来看，《饮冰室诗话》与《天喜堂诗话》均以国家社会的改革和民众的启蒙为目标，以诗歌内容的改革为重点展开论述。虽然语言和形式作为次要问题被提及，但实际上为了启蒙目标的达成，从进化和普及的方法论层面来看，诗歌的语言和形式被视为先决问题的论述在两部诗话中也占据了相当比重。毫无疑问的是，梁启超的"诗界革命论"对《天喜堂诗话》

---

① 梁启超：《饮冰室诗话》，人民文学出版社1959年版，第77—78页。
② 近日에 各學校用歌를 聞한즉 漢字를 難用함이 太多하여 唱하는 學童이 其趣味를 不悟하며 廳하는 行人이 其 語意을 不知하니 是가 何等 效益이 有하리오. 申采浩：《天喜堂诗话》，《丹斋申采浩全集（别集）》，首尔：萤雪出版社1977年版，第63页。

的启蒙主义和功利主义的诗歌观念产生了直接影响。以申采浩等开化派思想家为中心的开化期知识文人们，面临亡国危机，对爱国精神的鼓吹热情和紧迫性远远超过中国，而梁启超功利主义的诗论恰逢其时地传入朝鲜半岛，契合了这一现实要求。在此状况下产生的"东国诗界革命"，相较于梁启超发起的"诗界革命"，在某种程度上更具有民族主义色彩，尤其是摒弃汉诗、发展国诗主张中所体现的民族主体意识，应给予高度评价，这正体现了申采浩对梁启超诗界革命理论的变形性灵活运用。

梁启超诗界革命理论体系大体可分为内容、形式和风格三个层面。三个层面交揉错杂，内容方面主要通过"新意境"实现，而为了提高内容转达的启蒙效用性，新语句和各种语言形式的革新也需并行，同时还需继承和发展中国传统诗歌中的"旧风格"。通过分析，可以发现梁启超诗界革命论的三个层面中，《天喜堂诗话》主要吸收和借鉴了内容和形式两个部分的内容，为了实现国家国民主义的目标。《饮冰室诗话》以进化论的价值观为理论根基，展开了启蒙主义和功利主义的诗歌理论，强调了包含西方近现代文明、爱国启蒙思想、尚武精神等内容的"新意境"。而《天喜堂诗话》也在主张接受西方先进文明的同时，尤其强调了爱国启蒙思想和尚武精神，反映了当时朝鲜半岛面临的更为严峻的国家危机。《饮冰室诗话》对于诗歌的语言和形式问题，大体上提出了引进新语句，使用口语俗语，接受民歌要素，采用长篇形式以及诗歌与音乐相结合等理论。《天喜堂诗话》除了没有借鉴采用长篇诗歌形式以外，其他主张基本都有不同程度的沿袭。尤其是站在强烈的民族主义立场，申采浩提出了摒弃汉诗，用国语国文创作的"国诗"。且在其整体诗论中，凡牵涉与诗歌语言中"韩文"相关说法时，申采浩都使用"国语"的说法，将"国诗"限定为使用口语俗语创作的韩文诗歌并加以提倡，反映出其欲从中世汉文学时代脱离，步入民族语文学时代的民族主义文学思维。

对于《饮冰室诗话》中提出的三大纲领之一的"古人之风格"，在《天喜堂诗话》中并未涉及。何故？事实上，为了达到启蒙国民的目的，梁启超对诗作的特定精神、内容和语言形式有非常具体的要求。在此过程中，在传统审美观念的制约和传统诗歌形式规范潜在艺术魅力的影响下，他发现无法对数千年流传下来的中国诗歌的美学特质熟视无睹，而是可以在传统诗歌的风格中，寻找某种美学资源，即所谓的"古人之风格"。而《天喜堂诗话》排斥了占朝鲜半岛传统诗歌半壁江山的汉诗，基本切断了前代诗歌美学源泉的承传脉络，将重点放在了符合启蒙主义的"国诗"，对于美学和风格的思考自然让位于功利性和效用性的强调。

　　换言之，"东国诗界革命论"的提倡者在接受和运用梁启超相关诗歌理论时，根据近现代朝鲜半岛的国内外形势和诗歌发展的现状，对梁启超诗歌理论进行了能动性的取舍和活用。也就是说，在诗歌内容层面的新思想、爱国精神、尚武精神的接受，以及诗歌语言形式层面的新名词、口语俗语的使用方面，完全照搬了梁启超的思想主张。但在长篇诗歌形式的提倡和对"古人之风格"的沿用方面，并没有受其影响，反而对梁启超坚持传统诗歌样式的主张，根据朝鲜半岛当时的社会文化状况，进行了灵活处理和应用。即排斥汉字为语言载体的汉诗，转而提倡由"东国语""东国文"和"东国音"架构的"国诗"。这种活用反映了当时处于近代转换期的知识文人在接受梁启超思想影响时，并未采取盲目全盘接受的态度，而是持有某种自主的文化心态。同时，也反映了他们民族主体意识的觉醒所带来的强烈的民族主义立场。

# 第三章

## 胡适与朝鲜半岛文学现代化的演进

胡适（1891—1962）作为中国现代文明开化的先锋者和文学革命的主要倡导者，其对中国近现代的思想解放、文化转型和文学发展所产生的影响毋庸赘言。而在一衣带水的朝鲜半岛，胡适也同样享有盛名且对其思想建构和文学演进产生了重要影响。"可以说，胡适是近现代继梁启超之后对朝鲜文坛影响最大的文化名人之一，胡适对朝鲜现代文化思想和文学领域影响深远。"[①] 20世纪20年代的朝鲜半岛，正值由传统向现代嬗变的转型期，外国文化思潮的涌入，加快了朝鲜半岛文学现代化转型的步伐。同时，从内部发展立场来看，近现代转型期的朝鲜半岛也正需要外在的先进文化和文学的滋养。西方文学主要以日本和中国为中转媒介，传播至朝鲜半岛并对其产生影响。其中，由于日本是朝鲜半岛殖民地宗主国，因此通过日本接受的西方文学必然占据较大比重，其影响力自不待言。但这些日本化的西欧文学并非完全真正符合朝鲜半岛的实际状况。因此，在各种异域文化思潮混杂交错的对峙融合过程中，一些知识文人和中国文学研究者，开始把兴趣点转移至一衣带水的中国。在吸收中国化的西方文学的同时，尝试在中国新文化运动及文学革命中，找寻符合朝鲜半岛发展状况的文学现代化建构路径。于是，中国的新文化和新思想，成为朝鲜半岛知识文人们学习和借鉴的对象。

在此时代语境中，胡适作为中国新文学革命的倡导者和先驱者，自然受到朝鲜半岛的广泛关注。其蕴含先进文化思想的著述被大量译介和传播，继而引起朝鲜半岛文坛的热烈讨论和持续关注。他们如何评价胡适的著述、观点和思想？胡适与朝鲜半岛文人有何交流关系？其"国语文学论"与朝鲜半岛的以"言文一致"为指向的"国语国文运动"存在何种

---

[①] 金哲：《20世纪上半期中朝现代文学关系研究》，山东大学出版社2013年版，第61页。

关联？金台俊的《朝鲜汉文学史》与胡适《白话文学史》为代表的近现代文学史书写有何种渊源？这些问题的阐明，对于勾勒胡适在朝鲜半岛的传播与接受脉络，厘清中国对朝鲜半岛近现代文学演进发展的影响关系，促进中韩（朝）现代文学关系研究，均具有一定的促进作用和启示意义。

## 第一节　胡适著述及思想在朝鲜半岛的传播与评价

基于历史发展和现实选择的不同，同属汉字文化圈的东亚各国，对近现代东西方国际格局变动，采取了不同的应对举措。由此导致他们在近现代世界体系中的地位迥然有别。如果说日本青木正儿对中国新文学革命产生兴趣并进行了较为深入的研究是较为罕见的个案，那么在朝鲜半岛近现代知识文人心目中，中国新文化运动和新文学革命则是具有普遍性共鸣和认同的文化事件。在中国新文化运动和文学革命前后，朝鲜半岛正处于日本殖民地的悲惨境遇，随之民族解放运动逐渐兴起，本国新文化运动的呼声也日益高涨。以开创新纪元和新时代为口号的《开辟》杂志，于1920年6月刊载了李敦化的《朝鲜新文化建设方案》一文，此文正是在受到中国新文化运动的启示和感召后发表的。

事实上，缘于地缘政治上的邻近性、文化心理上的同源性以及现实境遇的趋同性，朝鲜半岛对中国的新文化运动和文学革命运动保持了持续的关注。"胡适和他的文学自20世纪20年代初传到朝鲜后，一直成为一些朝鲜文人所关注的焦点，在朝鲜的20年代文学界得到了很高的声誉，朝鲜的有些文人一直把他看作是中国和朝鲜文学革命的旗手，给予了极大的关注。"[①] 纵观译介传播至朝鲜半岛的胡适著述，大体可以分为四大类别，分别是"文学理论""思想著述""文学作品"和"时评文章"。

"文学理论"著作主要有《文学改良刍议》《五十年来中国之文学》《建设的文学革命论》《中国的文艺复兴》《谈新诗》，译介时间为1920—1941年，主要译者为梁建植、李允宰和姜汉仁，发表载体有《开辟》《东明》《东亚日报》《朝鲜日报》和《文章》等。"思想著述"包括《杜威论思想》《非个人主义的新生活》《实验主义》《庄子时代的生物进化论》

---

① 尹允镇：《胡适在朝鲜》，《鲁迅研究月刊》2008年第3期。

《我们对于西洋近代文明的态度》等,其中《实验主义》经过了两次译介,分别由李像隐和申彦俊于 1927 年和 1931 年完成,并分别发表于《现代评论》和《东光》。《我们对于西洋近代文明的态度》则经历了三次译介,第一次是 1927 年,发表于《朝鲜之光》,译者未详;第二次发表于两年后的 1929 年,译者为吴天锡,发表于《新生》;第三次发表于 1933 年,应该是第二次译介的重刊,题目改为《西洋文明的精神性》,同样发表于《新生》杂志。"文学作品"主要有《他》《四烈士冢上的没字碑歌》《江上》《我的儿子》《一念》《上山》《十一月二十四夜》等,主要译介于 1920—1927 年,有些是原文转载的形式,主要发表于《开辟》《东明》和《海外文学》,译者有梁建植、李允宰等。"时评文章"主要有《我们走那条路?》《敬告日本国民》《答室伏高信先生》等,分别发表于《东光》和《三千里》。

纵览这些被译介至朝鲜半岛的胡适著述文章,可以发现朝鲜半岛译者们大多采用了意译、节译、衍译、删译等翻译策略,从翻译忠实性的角度来看,在胡适著述完整呈现方面存在一定缺陷。大多是简单提及胡适的思想和理论主张并对其简单评价和介绍,但尽管如此,胡适关于中国新文学革命和新文化运动的基本思想主张还是实现了一定程度的传达。

胡适首次现身朝鲜半岛文界,是在 1920 年。彼时梁建植在《开辟》杂志上发表了新闻报道形式的文艺评论《以胡适氏为中心的中国文学革命》。此文章"是近代朝鲜半岛首次对中国现代文学和文学革命进行评论的文章,也首次将胡适介绍到了朝鲜半岛。"[①] 但此文并不是梁建植的原创,而是翻译自青木正儿的《胡適を中心に渦いてゐる文学革命》。青木正儿的这篇文章发表于 1920 年,是较早关注中国新文学革命的文章。[②] 此文曾提及《文学改良刍议》,介绍了五四新文化运动,同时将鲁迅引入了日本学界的视野。虽然《开辟》杂志上的《以胡适氏为中心的

---

[①] 张乃禹:《朝鲜半岛的五四新文学译介——以梁建植的翻译研究为例》,《中国社会科学报》2019 年 4 月 1 日。

[②] 青木正儿还曾将刊载此文章的《支那学》杂志寄赠给胡适,胡适阅读该文后在回复给青木的信中表示:"先生的大文里很有过奖的地方,我很感谢,但又很惭愧,现在我正在病中,不能写长信,只能写这几个字来谢谢先生,并希望先生把以后续出的《支那学》随时赐寄给我。"参见耿云志《关于胡适与青木正儿的来往书信(一)》,《胡适研究丛刊》第一辑,北京大学出版社 1995 年版,第 303 页。

中国文学革命》转译自日本，但在具体行文中还是流露出梁建植的个人判断和阐析。

图 3-1　1920 年 11 月 1 日《开辟》第 5 期《以胡适氏为中心的中国文学革命》

最近，中国文坛革新潮流汹涌，人们将其称之为"文学革命"。归根结底，其实就是白话文学的倡导。当然，在白话文学的发展历程中，有一个持续数年的潜势期。但现在，我不是作为文学史家来谈论这个问题，而是像戏剧家一样，直接从这个运动开始，做一些简要的论述。民国六年一月一日发行的《新青年》杂志第二卷第 5 号上刊登了胡适的《文学改良刍议》，标志着这场运动的开始。当时的胡适只是一个刚过 26 岁生日的年轻学生，正在美国哥伦比亚大学学习。

后来这位胡先生提出了以下八点并庄重地拉开了这场革命的序幕。①

梁建植在《以胡适氏为中心的中国文学革命》一文的序言中，介绍了中国文学革命的现状，将五四文学革命归结为"白话文学的鼓吹"，接着介绍了胡适及其在《新青年》发表的《文学改良刍议》，将其评价为"文学运动的序幕"。同时对胡适提出的"八事"进行了详尽的阐释，还涉及《文学改良刍议》如何诞生，《新青年》如何创刊等内容。梁建植认为胡适和陈独秀的理论主张是互补的，共同促进了中国新文化革命的进程。后面还提及了胡适的《尝试集》和《建设的文学革命论》以及傅斯年的《文言合一草议》等，最后高度评价了鲁迅及其《狂人日记》。

此文是朝鲜半岛文坛最早较为全面介绍中国新文学现状的评论文章，以胡适的主要文学功绩为中心，涉及当时的众多知名作家，对小说、戏剧和白话诗歌的创作也有所论及，因此一经发表就引起朝鲜半岛文界的持续关注，胡适的名字也逐渐开始在知识文人中广为传诵，他们的最终目的是试图在全面了解中国新文学革命的基础上，为本国新文学运动的开展寻找某种可资借鉴的参考坐标。

1922年梁建植曾在《东亚日报》发表《中国的思想革命和文学革命》一文，此文强调如果将中国革命史划分为"两页"，其中思想革命和文学革命就是其中的重要一页，同时指出孙文、陈独秀、宋教仁和胡适等人都值得大书特书。在该文的第六部分"文学革命与胡适"中，首先介绍了中国新文学革命源起于民国五年十月留学哥伦比亚大学的胡适向陈独秀写的一封信。接着详细翻译了这封信，同时介绍了《新青年》杂志上发表的《文学改良刍议》，并评价道："此论文无论对胡适，还是对于中国文学史，都具有划时代的意义。"② 后对胡适的"八事"主张进行了详

---

① 挽近 中國文壇에는 크게 革新의 氣運이 漲溢한다. 人은 이를 이르되 文學革命이라 한다. 그러나 이를 槪言하면 卽 白話（言文）文學의 鼓吹다. 勿論 至此하기까지의 徑路에는 幾年間의 潛勢期를 前提로 하였을 터이나 今에 余는 그 文學史家의 立脚地에서 이를 論치 않고 저 戲曲家와 같이 바로 이 運動에 烽火를 擧한 時로부터 一言코자 한다. 民國 六年 一月 一日에 發行된 雜誌「新靑年」第二卷 第5號에 胡適氏의「文學改良芻議」란 一篇이 揭載되었다. 此가 이 運動의 序幕이다. 當時 著者인 胡君은 겨우 二十六歲의 新年을 迎한 靑年學生으로 米國 콜롬비아大學에 在學中인가 한데 該胡君이 次의 八個條를 提出하고 堂堂히 革命을 宣言하였다. 《开辟》1920年11月1日第5期.

② 梁建植：《中国的思想革命和文学革命》，《东亚日报》1920年8月29日。

细的翻译介绍。

图 3-2　梁建植发表的《中国的思想革命和文学革命》

图 3-3　梁建植译述的胡适《谈新诗》

　　1923 年，梁建植又在《东明》杂志分四期翻译连载了胡适的《谈新诗》，题名为《新诗谈》。

　　在此文章的"序言"中，梁建植在简短介绍胡适的同时，阐释了翻译此文的动机、目的和意义。

  中国的胡适先生是文学革命的倡导者，同时也是一位哲学家和诗人。胡先生在哥伦比亚大学就读期间，就积极思考并提出和倡导文学革命。他还在余暇时亲自创作白话诗，为文学界掀起了一场重大革命。如果阅读他的白话诗集《尝试集》的序文和主体内容，就可以窥见他倡导文学革命与白话诗的动机和主张。这对我们的汉诗界来说，不啻是一个有力的警示和参考，所以特译述如下。①

梁建植自述此文为"译述"，说明他的译介侧重点并不在于胡适原文的忠实性传达，而是更多的掺杂其个人的解读和理解。梁建植在序言中也称此文章为"本论文"，说明这篇译文更接近于一篇评论性较强的文章。文章中，梁建植强调了胡适对五四新文学革命的开创性贡献，同时点明其哲学家和诗人的双重身份。并且梁建植认为通过胡适的《尝试集》可以了解他关于诗歌变革的基本理论主张，包括诗体的解放和作诗的方法，这不仅给中国固执传统的文学观念带来冲击，而且也完全能够为朝鲜诗歌现代化转型带来"有力的警告性参考"。

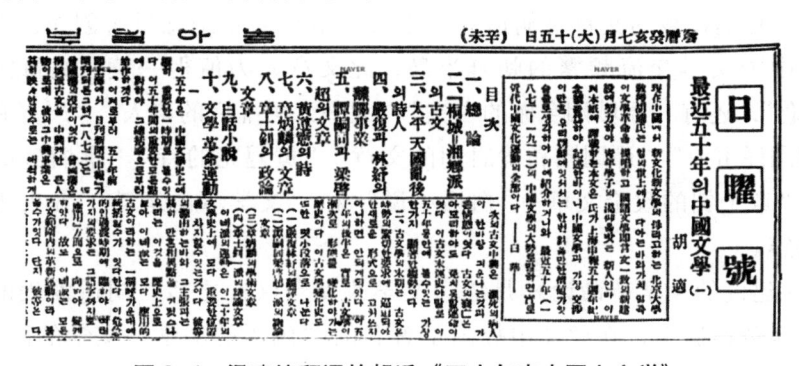

**图 3-4　梁建植翻译的胡适《五十年来中国之文学》**

---

  ①　文學革命의 首倡者인 中國의 胡適氏는 哲學者인 半面에 또한 一個의 詩人이니 氏가 컬럼비아大學 在學中에 文學革命에 思索하며 提唱하며 絶叫하는 餘暇에 스스로 白話詩를 作하여 詩界에 큰 革命을 또 일으켰나니 그 白話詩集 嘗試集의 序文과 本論文을 보면 그 文學革命과 白話詩를 提唱한 動機와 그 主張을 엿볼 수 있고 또는 足히 우리 漢詩壇에 한 有力한 警告의 參考가 되겠기로 이에 譯述하노라.《东明》，1923 年 5 月 13 日第二卷第二十期（总第 37 期）。

胡适的《五十年来中国之文学》完稿于 1922 年 3 月，记述了五十年新旧文学过渡时期的历史，次年发表于《申报》五十周年纪念特刊《最近之五十年》。此文在朝鲜半岛经过了两次译介，分别是梁建植翻译的《最近五十年的中国文学》和李陆史翻译的《中国文学的五十年史》。前者于 1923 年 8 月在《东亚日报》"星期日专号"中连载，而后者则是在 1941 年 1 月 1 日刊发的《文章》杂志中开始连载。

> 现今，被誉为中国新文化和新文学之母的北京大学教授胡适先生，就像提前知晓了世上的所有事情一样，为了国语文学和白话文的构建而努力，倡导了文学革命，受到年轻学子们的敬仰和尊待。现在我们翻译并介绍他为《上海日报》五十周年纪念号所撰写的文章，因为这对于与中国文学有着深厚渊源的朝鲜半岛来说，是一篇值得一读的文章。从近五十年（1872 年至 1922 年）的中国文学大势来看，这实际上涵盖了近代中国文化运动的全部内容。①

梁建植在序言中称胡适为"中国新文化和新文学之母"，同时指出其北京大学教授的身份；对其倡导文学革命和言文一致的预见性给予了高度评价，点明译载的文章是胡适为《申报》五十周年纪念号所创作；强调在与中国文学交流频繁的朝鲜半岛，此文章尤为值得一读。文章除了"总论"，还有"桐城湘乡派的古文""太平天国乱后的诗人""严复和林纾的翻译事业""谭嗣同和梁启超的文章""黄遵宪的诗""章炳麟的文章""章士钊的政论文章""白话小说"和"文学革命运动"九大板块的内容。

《建设的文学革命论》是继《文学改良刍议》之后，胡适发表的又一文学革命檄文，在此文中提出了著名的"国语的文学，文学的国语"的口号，极大地推动了中国新文学革命的进程。1923 年 4 月 15 日至 5

---

① 現在 中國에서 新文化 新文學의 母라고 하는 北京大學敎授 胡適氏는 이미 世上에서 다 아는 바와 같이 일찍이 文學革命을 提唱하고 國語文學 即 言文一致의 新建設에 努力하여 青年學子의 渴仰을 받는 新人인 바 이제 本紙에 譯載하는 本文은 氏가 上海日報 五十週年 紀念號를 위하여 記述한 바이니 中國文學과 가장 交涉이 많은 우리 朝鮮에 있어서는 한번 읽을 만한 價值가 있을 글로 생각하여 이에 紹介하거니와 最近五十年（一八七二—一九二二）의 中國文學의 大勢로 말하면 實로 近代 中國文化 運動의 全部이다.《东亚日报》1923 年 8 月 26 日.

月 6 日,朝鲜半岛著名语言学家李允宰在《东明》杂志第 33—36 期上翻译连载(抄译)了此文。李允宰不仅是近现代朝鲜半岛著名的语言学家,而且还是中国现代文学研究者,对语言变革的敏感性驱使他关注了这篇《建设的文学革命论》,尤其是其中"国语的文学,文学的国语"的呼喊深深触动了李允宰。此译文发表时李允宰正寓居北京,相较于其他近现代知识文人,他对中国文学革命和文化运动的体验更具现场性和直接性。

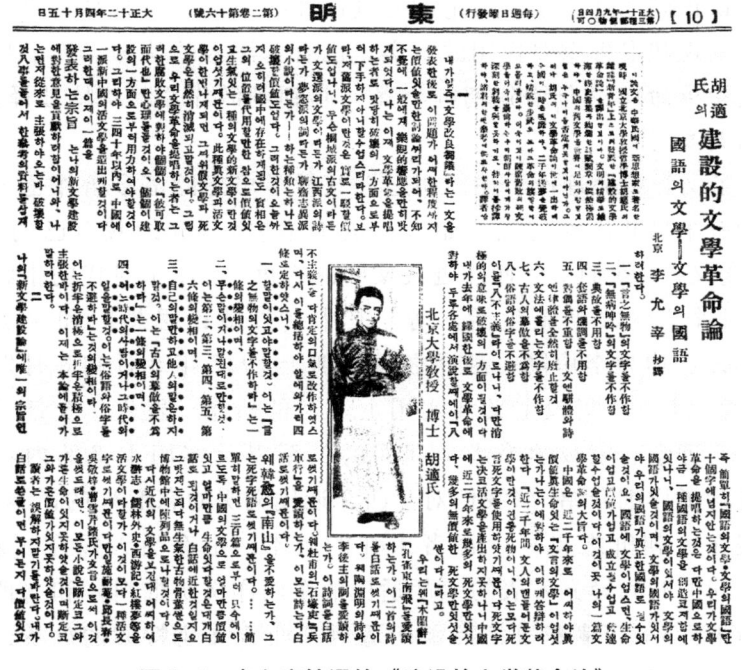

图 3-5　李允宰抄译的《建设的文学革命论》

这篇文章翻译的内容是中华民国时期著名的思想家、现任国立北京大学教授、哲学博士胡适先生发表在《新青年》杂志上的《建设的文学革命论》。中国的经典文化拥有雄浑的经史书集和华丽的诗赋词章,完备的文明精华足以让中国的传统文学自豪地展现给世界。然而,当胡适先生的这一文学革命观点问世时,整个国家都风靡起来,一时之间,两千年来的迷梦被打破,人们都投入到这一革命的旗帜之下。尤其对于崇尚陈旧腐败的死文学的朝鲜人来说,应该是一种最深刻的刺激。因此，我特别翻译了这篇文章，供各位参考。①

李允宰在译文"序言"中吐露了翻译《建设的文学革命论》的缘起和动机，强调中国"雄浑的经史书集"和"华丽的诗赋词章"是在世界范围内足可炫耀的"文明精华"。胡适的文学革命理论甫一面世就影响巨大，人们纷纷聚集到文学革命的旗帜下。这对于固守和崇尚"陈腐旧败的死文学"的朝鲜人民，不啻最大的刺激。可见，李允宰已经认识到胡适文学革命论的先进性和必要性，同时对其改变中国旧文学的现状发挥重要作用的事实，也有着深入的认知。为了将这种先进文学革命理论介绍到朝鲜半岛并起到刺激作用，"特抄译此作，以供诸君参考"。

除了文学革命理论著述，胡适涉及哲学思想的诸多著作也大量传播至朝鲜半岛并广为传诵，如《杜威论思想》《介绍我自己的思想》《实验主义》《我们对于西洋近代文明的态度》《庄子时代的生物进化论》《非个人主义的新生活》等。其中《杜威论思想》和《实验主义》的译者均为李像隐，翻译之后分别于1927年5月和8月发表于《现代评论》。对实验主义（实用主义）的概念、发生、变迁及其与科学、心理学、宗教学等诸学问间的关系以及实用主义的内容和历史等进行了详细介绍。《我们对于西洋近代文明的态度》的译本较多，有发表在《朝鲜之光》上译者未详的版本，也有吴天锡在《新生》上在不同的时间译介发表的《胡适氏的东西洋文明批判》和《西洋文明的精神性》。译者精准把握了胡适对东西方文化特质的分析，较为准确地传达了胡适的观点。

《介绍我自己的思想》由丁来东翻译后连载于《朝鲜日报》。经与原

---

① 이 論文은 中華民國에 新思想家로 著名한 現時 國立北京大學 敎授 哲學博士 胡適氏의 雜誌「新靑年」上으로써 發表한 建設의 文學革命論을 譯出한 것이다. 文明의 精華로 雄渾한 經史書集과 絢爛한 詩賦詞章이 燦然 極備하여 中國의 舊文學을 世界에 足히 자랑할 것임은 누구나 이를 否定치 못할 것이 아닌가? 그러나 胡氏의 이 文學革命論이 世에 一出하매 全國의 一時는 風靡하여 二千年 迷夢을 覺破하고 精鏡한 武步로 모두 그 革命의 旗발 앞으로 몰려들었다. 더욱 이것이 陳腐舊敗의 死文學을 더우기 崇尙하는 우리 朝鮮사람에게 가장 深刻한 刺戟을 與할 듯하기로 특히 이를 抄譯하여 諸君의 한번 參考에 供하고자 한다.《东明》，1923年4月15日第2卷第16期。

图 3-6　丁来东翻译的胡适《介绍我自己的思想》

文比对，译文基本准确实现了原文信息的符码转换和意义传达。在译文开头，丁来东开明宗义地强调："胡适是世界驰名的中国学者，这一点毋庸置疑。他曾被称赞为'中国文艺复兴之父'。"① 同时指出，胡适对中国哲学和文学做出了巨大贡献是无法否认的事实。《非个人主义的新生活》被翻译之后刊登于《新生》杂志 1932 年第 45 期，译者"方"在翻译中尤其凸显了胡适"理想国"的假说，强调"理想国"并非遥不可及，所以应该积极参与文化革命和社会改造，创造以人为主的"地上乐园"。胡适的哲学著述《庄子时代的生物进化论》也于 1936 年被译介至朝鲜半岛，译者署名洪性翰，其在"译者的话"中强调：

> 我在这里翻译了胡适博士所著的《中国古代哲学史》中的一章，讲述的是庄子的生物进化论，希望读者们能够一同品味他卓越的思想。虽然我的翻译水平有限，但我还是决定翻译……胡适博士采用一种新的科学方法，大胆批评中国古代思想家的思想，并以完全不同的方式进行解读，这就是《中国古代哲学史》的基本内容。这篇通俗的文章可能会为读者们带来新的视角，打破传统的阐释方法。希望读

---

① 丁来东：《胡適의 自己思想紹介》，《朝鮮日報》1931 年 6 月 14 日。

者们能够喜欢。①

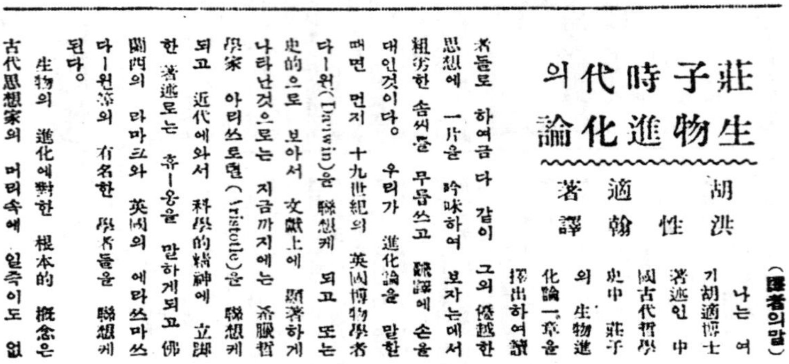
莊子時代의
生物進化論

胡適 著
洪性翰 譯

(譯者의말)

나는 여기 胡適博士 著述인 中國古代哲學史 中 莊子의 生物進化論 一章을 譯出하여 讀者들로 하여금 다 같이 그의 優越한 思想에 一片을 吟味하여 보자는 데서 粗劣한 솜씨를 무릅쓰고 翻譯에 손을 대인것이다。 우리가 進化論을 말할 때면 먼저 十九世紀의 英國博物學者 다ー윈(Darwin)을 聯想케 되고 또는 史的으로 보아서 文獻上에 顯著하게 나타난것으로는 지금까지에는 希臘哲學家 아리쓰토텔(Aristotle)을 聯想케 되고 近代에와서 科學的精神에 立脚한 著述로는 휴ー옹을 말하게되고 佛蘭西의 라마ㄹ크와 英國의 에라쓰마쓰 다ー윈等의 有名한 學者들을 聯想케 된다。

生物의 進化에對한 根本的 槪念은 古代思想家의 머리속에 일즉이도 없

**图 3-7 洪性翰翻译的《庄子时代的生物进化论》（部分）**

洪性翰表明翻译此文的目的在于使朝鲜半岛的读者们吟味胡适“优越”的思想，同时指出胡适在《中国古代哲学史》中运用了新的科学方法，对中国古代思想家们展开了公允而客观的批评，并将其进行延展性阐释和拓展。全文主要包括“庄子略传”“万物变迁之问题”“庄子的生物进化论”“进化的原因”等几方面，较为细致准确地呈现了胡适的哲学观点。

梁建植作为《开辟》杂志的重要撰稿人，曾写信给胡适，希望胡适赐稿并送附“肖像一枚”。《胡适年谱》中对此曾记载如下：“1月17日，朝鲜青年学者梁建植致信，表示仰慕。希望能撰一文并赐照片给朝鲜一家杂志《开辟》登载。梁氏曾在此杂志上作文介绍胡适的思想和行实。”②

胡适在将文学革命理论运用于具体文学革命实践的同时，也身体力行地进行白话文学的创作，尤其在诗歌创作上成就斐然。朝鲜半岛知识文人也同样关注到胡适的诗人身份，对他的诗歌进行了翻译介绍。如《上山》

① 나는 여기 胡適博士 著述인《中國古代哲學史》中 莊子의 生物進化論 一章을 譯出하여 讀者들로 하여금 다 같이 그의 優越한 思想의 一片을 吟味하여 보자는 데서 粗劣한 솜씨를 무릅쓰고 翻譯에 손을 댄 것이다…胡適博士는 새로운 科學的 方法을 가지고 中國 古代 思想家의 思想을 勇敢하게 批評하여 전혀 딴 意味로 解釋한 것이 即 中國古代哲學史다. 이 通俗的으로 된 論文은 아마 傳統的 解釋方法에 젖은 데서 讀者들에게 新局面을 展開하여 주리라고 믿는 바이다.《新东亚》1936年8月1日第58期。

② 耿云志：《胡适年谱》，福建教育出版社2014年版，第76页。

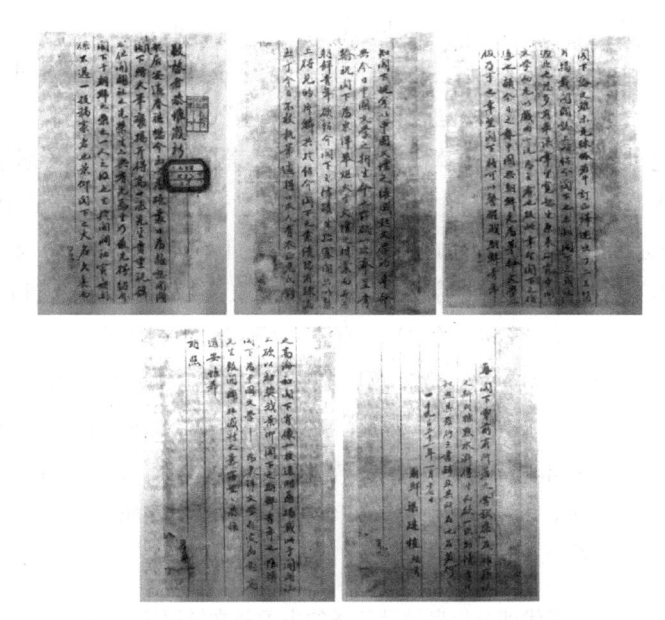

第三章　胡适与朝鲜半岛文学现代化的演进　133

**图 3-8　梁建植致胡适的书信原文（1921 年 1 月 17 日）**

《我的儿子》《四烈士冢上的没字碑歌》《十一月二十四夜》等均被译介至朝鲜半岛，其中后两首是以原文的形式直接登载。《东明》1923 年第 19 期刊载了梁建植翻译的《上山》，题目为《登山》。从当今翻译理论批评的视角来看，这些诗作的翻译质量谈不上优秀。但尽管如此，当时朝鲜半岛读者还是广泛接受了这些作品。更为重要的是，胡适诗歌原作在很大程度上克服了定型诗的固有范式，以其倡导的白话作为创作语言，这种体式的诗作在诗歌发展史上具有举足轻重的意义。因此，胡适的系列诗作一经翻译至处在现代诗构建过程中的朝鲜半岛，就引起了强烈的反响和共鸣。《四烈士冢上的没字碑歌》原文发表于《新青年》第九卷第二号，其在朝鲜半岛经历了两次原文转载。第一次转载于 1923 年的《东明》，第二次是 1927 年的《海外文学》。其中，后者刊载的世界其他国家的诗歌均是经过韩译之后的译作形式，只有中国诗歌是原文登载。

在 1923 年《东明》第 37 期中刊载的《新诗谈》（梁建植译）中，插入了胡适的《我的儿子》，在诗歌正文之前，梁建植杜撰了一个小故事如下："对于'人无后为大不孝'的说法，坚持无后主义的胡适经常带着儿子到大学上班。某天下课后，拉着儿子的手走出大学校门，旁边讲堂窗外有类似咳嗽的声音，他回头看了一下，听见朗诵诗歌的声音，正在吟诵自己的诗歌《我的儿子》。他微笑问着儿子'你知道那首诗吗?'"在此,梁建植认为胡适坚持"无后主义",但却对儿子比较宠爱。通过小故事引出胡适诗歌《我的儿子》,也正体现其"译述"的特点。

除此之外,翻译传播至朝鲜半岛的胡适著述还有诸如《敬告日本国民与答室伏高信先生》等时评性质的文章。这一文章刊载于1937年的《三千里》杂志,作者著名为元世勋。元世勋首先阐释了这篇文章的来龙去脉:日本人室伏高信在北京与胡适相遇,二人约定将坦诚以待并撰文推进两国关系发展。胡适向室伏高信寄送《敬告日本国民》一文,室伏高信收到后将文章翻译并发表于《日本评论》,后又发表《答胡适之书》。胡适看到室伏高信的《答胡适之书》之后,又作《答室伏高信先生》并发表于《大公报》和《独立评论》。朝鲜半岛知识文人对中日文人之间的书信往来如此关注,不仅缘于胡适的较高知名度,更在于东亚三国之间存在的紧密文化联系。

表 3-1　近现代朝鲜半岛涉及胡适的中国新文学评论文章

| 发表时间 | 评论文章名称 | 作者 | 发表报刊 |
| --- | --- | --- | --- |
| 1922.08 | 《中国的思想革命和文学革命》 | 梁建植 | 《东亚日报》 |
| 1922.12 | 《论新东洋文化的树立——以中国的旧思想旧文艺的改革为他山之石的新文学建设运动》 | 北旅东谷 | 《开辟》 |
| 1924.10 | 《思想的革命》 | 李东谷 | 《开辟》 |
| 1928.11 | 《中国新文学简考》 | 朴鲁哲 | 《朝鲜日报》 |
| 1929.1 | 《中国文学汎论——文学思想的推移和新文学运动的將来》 | 李殷相 | 《朝鲜日报》 |
| 1929.7 | 《中国现文坛概观》 | 丁来东 | 《朝鲜日报》 |
| 1930.1 | 《中国新诗概观》 | 丁来东 | 《朝鲜日报》 |
| 1930.11 | 《文学革命后的中国文艺观——过去十四年间》 | 金台俊 | 《东亚日报》 |
| 1931.10 | 《扭转新中国命运的人物》 | 柳根昌 | 《新生》 |
| 1934.3 | 《胡适》 | 梁建植 | 《每日申报》 |
| 1935.5 | 《中国文人印象记》 | 丁来东 | 《东亚日报》 |
| 1941.7 | 《现代中国文学与西洋文化》 | 裴澔 | 《春秋》 |

表 3-1 为近现代朝鲜半岛部分涉及胡适的中国新文学评论文章。其中《中国的思想革命和文学革命》一文,是梁建植发表于《东亚日报》

的文章，在此文的第六部分"文学革命与胡适"中，梁建植认为思想革命应该以温婉渐进的方式，逐渐征服青年民众；后将胡适写给陈独秀的信进行了概括性介绍，同时详细阐明了胡适的"八事"主张。北旅东谷发表的《论新东洋文化的树立——以中国的旧思想旧文艺的改革为他山之石的新文学建设运动》中有一章节标题为"北京大学的新教育——胡适的《文学改良刍议》"，在此部分中，北旅东谷强调发表于《新青年》的《文学改良刍议》提倡白话文的使用，是陈独秀文学革命论之后引起强烈社会反响的文章，它将白话文学的价值昭告天下。《思想的革命》中多次提及胡适的《中国哲学史大纲》，并将其称为"中国近代不朽的代表作。"[①]事实上，《开辟》是现代朝鲜半岛众多报纸杂志中翻译和登载中国新文学著述和文章最多的杂志之一，同时也是与胡适等中国新文学革命家有着深厚关联的综合性文艺期刊。北旅东谷的上述两篇文章均发表于《开辟》。

朴鲁哲发表的《中国新文学简考》立足于进化论思维，对胡适的文学思想和革命实践进行了符合朝鲜半岛实际的阐释。强调胡适的《建设的文学革命论》为现代中国文艺思潮的演进方向指明了道路。李殷相撰写的《中国文学汎论——文学思想的推移和新文学运动的将来》，高度赞扬了胡适对新文学运动的贡献。翻译家裴澔在《现代中国文学与西洋文化》的"文学革命"部分中指出："所谓文学革命，其根本就是语文一体运动，即将白话体视为标准文体。"[②] 指出陈独秀、刘半农、傅斯年等人正是继承了胡适的文学革命口号，推进了中国文学革命运动。同时强调中国新文学革命的参与者都曾接受过西方思想的影响，胡适的文学"八事"代表着中国新文学革命的成果。周作人对"八事"之第一条"须言之有物"的解释是："白话文的难处，是必须有感情或思想内容，古文中可以没有这东西，而白话文缺少了内容便作不成。白话文有如口袋装进什么东西去都可以，但不能任何东西不装。而且无论装进什么，原物的形状都可以显现得出来。"[③]

中国文学研究专家丁来东发表于《朝鲜日报》的《中国现文坛概观》指出："现在中国二十年来，在政治、经济、社会、文学等方面的革命

---

① 李东谷：《思想的革命》，《开辟》第52号，1924年10月1日。
② 《春秋》第2卷第6号，1941年7月。
③ 周作人：《中国新文学的源流》，江苏文艺出版社2007年版，第18页。

图 3-9　丁来东发表的《中国现文坛概观》

全面爆发,其中较少受到纷乱干扰的文学,发展比较顺利。"[①] 接着介绍了语丝派、新月派、创造社等中国新文学流派。文章的第三部分"从文学革命到革命文学",言及胡适及其文学革命思想,辨析了"文学革命"与"革命文学"的内在逻辑关联和内涵差异,强调了中国文学"言文一致"运动的必然性和必要性。其中着重凸显了胡适在此方面的贡献,甚至将其比肩于意大利的但丁、德国的马丁·路德和英国的乔叟,强调其重要贡献在于摒弃传统的"死文学",推行"自然而自由"的新语言。在这篇文章中,丁来东对于胡适的诗歌给出了与梁建植截然不同的评价,他认为胡适更接近于新文学革命家,而非真正意义上的作家,其《尝试集》也只是用白话创作诗歌的尝试性作品。尽管如此,对这种试验性的创作行为,丁来东还是给予了高度评价。

1930 年 11 月 12 日,金台俊在《东亚日报》连载名为《文学革命后的中国文艺观——过去十四年间》的长篇文章,其目录为"黎明期的先驱""文学革命的成功提倡""中国的翻译界""新诗运动的今昔""文学研究会的功绩""创造社的光荣奋斗历史""革命文学的发达""中国普罗文艺的进展路径""新剧运动概观""创作界一瞥(以小说为中心)""中国新文艺中的'朝鲜'""中国文坛的现状"12 项。其中在"文学革

---

[①] 《朝鲜日报》1929 年 7 月。

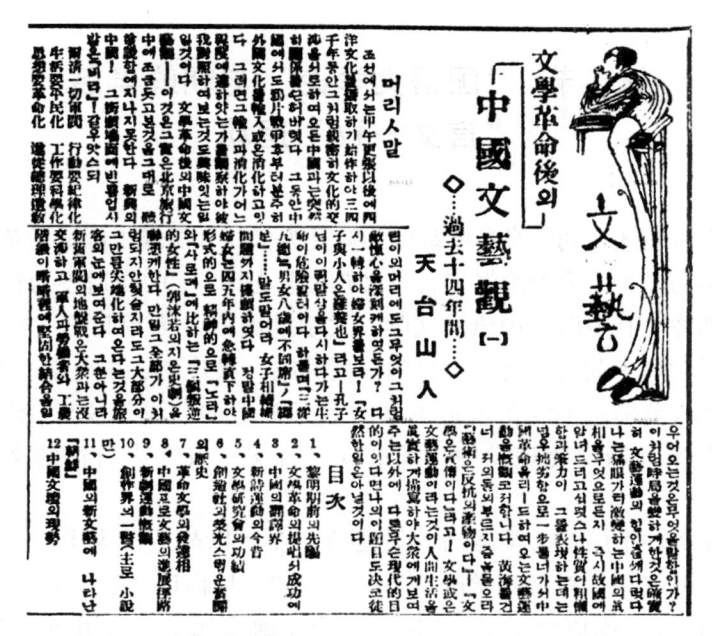

图 3-10　金台俊发表的《文学革命后的中国文艺观——过去十四年间》

命的成功提倡"部分提及胡适及其文学革命理论，指出："1917 年 1 月，胡适在《新青年》杂志发表《文学改良刍议》一文，提倡白话文学，之后连续发表'历史的观念论'和'建设的文学论'，与陈独秀一起高调呼吁撤废古文。"① 之后又对胡适的文学改良"八事"进行了深入阐析。

1931 年 10 月号的《新生》杂志发表了题为《扭转新中国命运的人物》的文章，此文署名为"柳根昌"。文章盛赞胡适为"中国学界的代表"，尤其称赞其具有"英国人的沉着、美国人的创意、德国人的探究心"。除此之外，《朝光》《东光》《新东亚》《现代评论》等朝鲜半岛报纸杂志也都大量刊发了胡适相关的评论文章。胡适在同时代朝鲜半岛文界的影响力可窥一斑，朝鲜半岛近现代知识文人们在接触和翻译胡适著述的基础上，客观而公允地评价了胡适在新文学革命方面的功绩和在以"言文一致"为旨归的"白话文运动"中所做出的贡献。

---

① 金台俊：《文学革命后的中国文艺观——过去十四年间》，《东亚日报》1930 年 11 月 14 日。

## 第二节 "国语文学论"与朝鲜半岛
## "言文一致"运动

  以大量著述在朝鲜半岛的翻译和接受为依托，渴求中国文学革命经验的朝鲜半岛知识文人纷纷将"首举义旗之急先锋"[①]的胡适视为精神导师和学术偶像。其中以"国语的文学、文学的国语"为旨归的"国语文学论"更是引起了朝鲜半岛知识界的深度共鸣。梁建植、李允宰、李泰俊、金起林等人分别从不同角度借鉴和吸收了胡适的"国语文学论"主张，并在朝鲜半岛新文化运动中，推进以"言文一致"为目标的文学语言革新。

  最早关注中国新文学运动的梁建植，在《以胡适氏为中心的中国文学革命》一文中，对《文学改良刍议》中的"以白话文学为文学之正宗""作文作诗宜采用俗语俗字""摒弃三千年前之死字，启用20世纪之活字"[②]等理论主张进行了深度阐释。他认为胡适在打破现状的超前意识指导下，为文学革命指明了道路，虽然他明确指出了中国传统文学中存在的种种弊端，但却存在过度重视文学外在形式而相对忽略了内容省察的缺陷。因为"八事"之中"不作无病之呻吟"和"须言之有物"二事与内容有关，"不作无病之呻吟"关注细节问题，"须言之有物"即古人所说的"达意"。梁建植同时认为在内容方面彻底变革并非易事。因此他强调虽然胡适的"八事"主张存在不尽完备之处，但对其文学语言变革理论表示赞赏和认同。虽然此文并非梁建植原作，但也从侧面反映了梁建植对中国新文学革命的关注以及试图从中国文学革命中探寻镜鉴内容的潜在目的。

    世界各国都使用本国语言文字来培养国民的自强精神。而对本国文字弃之不用的只有韩国，自古以来，国人一直崇尚清国之文字，这样的话，如何延续本国民族思想？如何培养国民的独立精神？……正

---

 ① 陈独秀：《文学革命论》，《中国文论选·现代卷》（上），江苏文艺出版社1996年版，第11页。

 ② 胡适：《胡适文存》（一集），黄山书社1996年版，第11—12页。

是因为轻视本民族的文字，而尊崇清国的汉字才道致了民族意识的缺乏，养成了凡事依靠别国的奴性思想。韩国文学家对清国的一草一木、风土人情了然于胸，却对本国的山川风物一无所知，这就是所谓的奴性之学。①

此文将批判矛头对准朝鲜半岛沿用了几千年的汉字，指出崇尚汉字、鄙视韩文的尴尬现实，并且将文字使用问题上升到奴性的高度，强调崇尚他国文字无法延续本民族思想，也无法培养国民的独立精神。最后将这种扭曲的文化现象归结为"奴性之学"。1910年"韩日合邦"之后，朝鲜半岛彻底沦为日本的殖民地，此后日本大力推行文化殖民，通过"创氏改名"和奴化教育，试图从思想上完全控制朝鲜半岛，导致朝鲜半岛人民的强烈反抗。《大韩每日申报》曾发文谴责日本抹杀韩民族语言文化的殖民政策。此外，《大韩每日申报》还直接控诉了日本殖民统治者强制推行奴化教育、切断朝鲜半岛民族命脉的恶劣行径，指出语言与民族精神和爱国意识一样，是一个国家的文化标志，如果普通民众舍弃本国语言，就必然会丧失民族之魂。在此影射了日本殖民统治者抹杀韩语、强制学习日语的文化侵略行为的本质是"灭其国"和"灭其民族"。

> 细想来，中国文字并不能使所有人快速而广泛地掌握，而大韩谚文既是本国文字，无论是读书人还是百姓，是男是女，皆可广泛知晓。可惜的是，尽管大韩谚文比中国文字更为需要，但人们并不如是视之，反而主张相反，岂不令人感叹！②

西方传教士哈尔伯特指出了一个令人遗憾的事实：中国文字佶屈聱牙，短时间内完全精通几无可能。而韩文则是朝鲜民族的文字，但却被国人长期遗忘和贱视。相反，中国汉字还是一如既往地产生莫大的影响。于是，一场轰轰烈烈的"国语国文运动"展开了，目的旨在缩短甚至消除长久以来产生的声音语言与文字语言之间的距离，这对于言文严重不一致的朝鲜半岛来说是十分必要的。

---

① 《韩国近代文学研究资料集》（四），首尔：三文社1987年版，第215—216页。
② 赵润济：《韩国文学史》，社会科学文献出版社1998年版，第407页。

但是相较于中国"白话文运动"中"文言→白话"的转变模式，朝鲜半岛的"言文一致"运动基于韩文的特殊性，无法彻底回避如何拼写的问题。于是，正在北京大学留学的李允宰关注到了汉语注音字母体系，同时对胡适的"国语文学论"展开了深入研究并抄译了相关文章，试图构建朝鲜半岛版本的文学语言改良运动。

相较于梁建植，李允宰更善于从语言变革理论的视角解读胡适的"文学的国语，国语的文学"及其言文一致的思想主张，这正缘于他语言学家和国语教师的身份。他曾经拜朝鲜现代语言学家周时经为师，潜心研究朝鲜语。李允宰在北京留学期间，目睹了中国政治和文化的激变过程，回国后自 1924 年始，在日本殖民统治的时代语境中，正式展开了民族主义色彩浓郁的"韩文运动"。1927 年他成为朝鲜语学会辞典编纂委员会的委员，后参与了朝鲜语辞典的编撰工作，为民族语言的发展呕心沥血，著有《标准朝鲜语辞典》《文艺读本》等。因此，他对中国语言文字变革运动就有着比其他知识文人更为深刻的解读和认识。

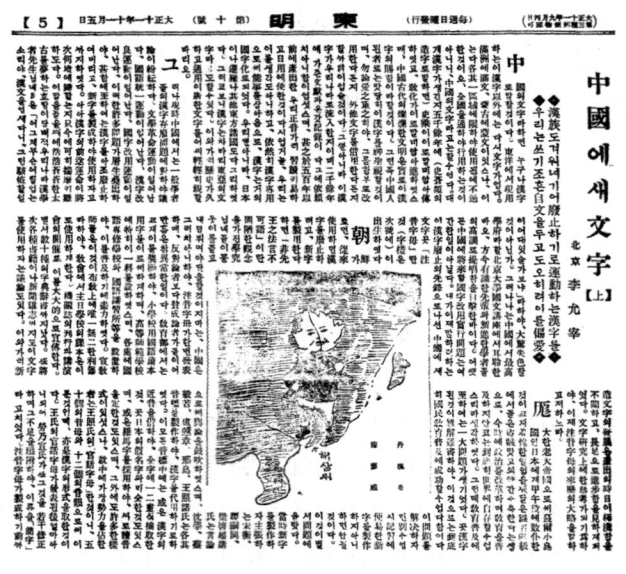

图 3-11　李允宰发表的《中国的新文字》（上）

众所周知，朝鲜半岛是汉字文化圈的重要一员，曾长期借用中国汉字作为书写体系。缘于此种特殊文化语境，李允宰认识到在殖民地统治的不利政治背景下，若要推进"国语国文运动"的顺利开展和"国字"的整理工作，首要的是必须将朝鲜半岛知识文人从被视为书写体系并长期袭用的汉字的压倒性的权威地位中解放出来。当时朝鲜半岛固守的"汉字"大致相当于胡适所说的"文言"，因此在关注中国言文一致运动时，李允宰首先将关注焦点集中于"汉字"。他的《中国的新文字》一文发表于《东明》杂志1922年第10—11期，以惊异和钦佩的目光注视着当时中国正在进行的汉字改良和白话文运动。

　　汉字流入朝鲜已有2000余年，各种文献记录无不依赖于汉字。甚至我们都没有意识到500年前发明的训民正音易于习读日用的特点，而通过汉字专用使汉字实现了"国字化"……但是在当今中国，学者们对汉字的存废问题议论纷纷。文学革命运动、国语统一运动、汉字改良运动、国字改用运动等各种运动层生迭出，甚至主张完全废止汉字，制作新字使用。①

　　从当时朝鲜半岛的立场来看，废除文言汉字无法想象，因此李允宰将《中国的新文字（上）》的副标题命名为"汉族也难以受用而决定废止的汉字，我们却尤其偏爱以至无视本国文字"。而《中国的新文字（下）》的副标题则为"他们现在新造文字以代用汉字，我们尽善尽美的正音是民族的骄傲"。从中不难看出李允宰关注中国注音字母的深刻用意：通过中国与朝鲜文字现状的对比和对中国注音字母创制和普及的介绍，为韩文运动提供某种可以参照的现实依据和历史指南。

　　虽然李允宰于20世纪20年代在中国新文化运动的中心——北京大学留学，但当时中国的新文学革命已基本接近尾声。尽管如此，李允宰还是将侧重点置于中国白话文运动中的注音字母体系并将其视为本国"国语国文运动"的重要参照系。李允宰在其翻译的《建设的文学革命论》中

---

① 漢字가 우리 나라로 流入한지 이미 二千餘年에 가즌 文獻과 온갓 記錄이 다 그에 依賴치 아니함이 업섯스며 甚至於五百年以前에 産生한 우리 正音가티 習讀키 易하고 日用에 便한 것이 다시 업거늘 우리는 이를 생각도 아니하고 依然히 漢字專用으로 能事를 삼아 音으로 漢字는 거의 國字化로 되엿다…그러나 現時中國에서는 一般學者들이 漢字存廢問題에 對하야 議論이 紛紜하다. 文學革命運動이 일어난다. 國語統一運動이 일어난다. 漢字改良運動이 일어난다. 國字改用運動이 일어난다. 許多問題가 層生叠出하야 甚함에 至하여는 漢字를 아조 廢止하여버리고 新字를 製成하야 使用하자고까지 하엿다. 李允宰:《中國의 新文字》,《东明》1922年第10期。

曾表示："胡适的文学革命论甫一面世,就一时风靡全国……这对于崇尚陈腐颓败的死文学的朝鲜人来说,不啻为最深刻的刺激。"[①] 李允宰强调的"死文学",无疑是指朝鲜半岛长期存在的"汉文学",他翻译此文的目的也正在于敦促朝鲜半岛应参照中国白话文运动的经验,对文学语言进行改造和变革。

如果说胡适的《文学改良刍议》为打破旧文学提供了理论依据,那么《建设的文学革命论》则主要从语言的角度尝试建构"国语的文学"和"文学的国语"。李允宰对此有着深刻认知,他主张从朝鲜半岛文学现场出发,摆脱"汉文"对文学的束缚。为此,必须以中国言文一致运动为异域参照,仿照白话文创造出某种新的韩文书写体式和文学语言形态。事实上,李允宰在倡导以中国白话文运动为参照的同时,也并未舍弃民族主义立场,即便处于被殖民的文化语境,李允宰发起的"国语国文运动"并未表现出明显的排他意识和国粹主义。他从汉文的发源地——中国的白话文运动中预见了朝鲜半岛"言文一致"运动实现的可能性。

事实上,当时李允宰发表的有关中国文学革命的系列文章,不仅关涉中国新文化运动,而且也与彼时此起彼伏的民众运动相关联。也就是说,李允宰能够将本国的语言革新运动上升至民众运动的范畴,进而对中国民众运动也保持了相当程度的关注。韩文自1443年由世宗大王发明之后在相当长的历史时期内只是在平民百姓中使用,两班贵族阶层还是崇尚和使用汉文。有鉴于此,李允宰主张应将"国语国文运动"赋予民众运动的性质。唯其如此,才能完全达到"言文一致"的目标。

此外还需注意,中国与朝鲜半岛"言文一致"运动开展的历史和社会文化语境存在差异,与中国的半殖民地性质相比,彼时的朝鲜半岛正处于日本殖民统治的黑暗期。"三一运动"迫使日本将暴力的"武断政治"改为相对柔和的"文化统治",其中的重要举措就是减轻了对言论自由和新闻出版事业的管控。这就为李允宰等文学革命家们提供了发表阵地,胡适文学革命相关的论述文章也正是在《东明》等现代报刊中得以刊发。经过舆论造势和深入的借鉴吸收,李允宰最终发明了朝鲜半岛的文学语言范式,这种范式既借鉴了中国的注音字母体系,也注意了韩文的表音文字特征及其与汉字的深厚渊源。虽然这种"言文一致体"在一定程度上排

---

① 《东明》1923年第16期。

斥使用了几千年的汉字，实现了口语化和通俗化，但并没有彻底脱离汉字的影响。这一方面是缘于中华传统文化的辐射力和影响力的惯性延展，另一方面是因为将纯韩文体视为普通民众专有物的思维惯性无法在短时间内发生根本改变。

1922年第30期的《开辟》杂志曾刊载名为《论新东洋文化的树立》的文章，此文涉及"曾国藩上海机械厂的设置""陈独秀的文学革命论""梁启超的新学会宣言""以蔡元培为中心的北京大学新教育""胡适的文学改良刍议""周作人的'人的文学'"和"王世栋的新文学评论"等众多议题。文章高度评价胡适的《文学改良刍议》为"破天荒的大论文"。强调《文学改良刍议》引领了中国白话文运动的开展，同时认为虽然胡适暴露的是中国文学中存在的弊病，但对汉文学影响笼罩下的朝鲜半岛文学来说，也具有重要的借鉴意义。

图3-12 北旅东谷发表的《新东洋文化的树立》

李泰俊通过《文章讲话》等文章，主张沿用中国的白话文理论，试图创造一种以"言文一致"为目标指向的现代句式和文学范式。胡适曾指出:"近几十年来西洋诗界的革命,是语言文字和文体的解放。这一次中国文学的革命运动,也是先要求语言文字和文体的解放。新文学的语言是白话的,新文学的文体是自由的,是不拘格律的。"① 他明确认识到文学革命以"语言""文字"和"文体"为突破口的一般规律,由此重点关注语言、文字和文体,而句式也成为重要的研究对象。李泰俊遵循胡适的思维理路,在探讨朝鲜半岛现代句式的构建问题时直接引用了胡适的"八事"理论。他强调:"在东方修辞理论的发祥地中国,胡适在《文学改良刍议》中提出了八个条目。"② 同时认为"八事"之中的第一、二、三、四、五、七项是对传统修辞理论的拨乱反正,将胡适的相关理论观点直接移用至朝鲜半岛句式和修辞理论的构建之中。

此外,金起林曾引领了朝鲜半岛现代诗学思想体系的确立和建构过程。他认为"西方出现与今天文明相当的真正意义上的文学,是在进入20世纪以后……文学的20世纪缘起于'意象主义'"③。金允植通过研究发现"金起林以'言文一致'为指向的'韩文专用论'与其对英美现代主义的认识直接相关,其中庞德的作品是一个重要的影响源"④。但是同时也可以发现,在金起林的理论中也间或出现胡适及其思想,他的观点中也依稀潜含着胡适文学革命思想的印痕。与李允宰一样,金起林在《文章论新讲》中同样主张应该排斥汉字,强调应尽可能多使用口语和俗语进行创作。他的"韩文专用论"主要是从"文体"视角探讨现代文体转型问题,而不仅仅着眼于具体的文字。在他看来,创造出"唯一的文字,唯一的口语和文章"才是"终极理想目标"⑤。

且不论其他国家,在汉字与汉文的本土——中国,汉文成为构建

---

① 胡适:《谈新诗——八年来一件大事》,《星期评论(纪念号)》1919 年第 5 期。
② 李泰俊:《文章讲话》,《文章(创刊号)》1939 年 2 月。
③ 金起林:《现代主义的历史地位》,《金起林全集》(二),首尔:申雪堂出版社 1988 年版,第 55—56 页。
④ 金允植:《媒体的共同体与想象的共同体》,《与韩国近代文学史的对话》,首尔:新美出版社 2002 年版,第 136 页。
⑤ 金起林:《新文体之路》,《金起林全集》(四),首尔:申雪堂出版社 1988 年版,第 195 页。

中国新文化的最大障碍。新文化运动巨匠胡适较早地认识到这一点，以其为中心发起了废止传统汉文，代之以倡导口语化创作的白话文运动。此类文学语言运动已经成大势所趋，这一点我们必须铭记在心。①

引文提及胡适认识到汉文是构建中国新文化的最大障碍，可以看出金起林试图从胡适的白话文理论中探寻朝鲜半岛"国语国文运动"镜鉴因素的主观意图。

> 我这几年来研究欧洲各国国语的历史……没有一种不是文学家造成的。我且举几条例为证：一、意大利。五百年前，欧洲各国但有方言，没有"国语"。欧洲最早的国语是意大利文……意大利的大文学家但丁（Dante）极力主张用意大利话来代拉丁文。他说拉丁文是已死了的文字，不如他本国的俗话优美……所以不到一百年，意大利的国语便完全成立了。②
>
> 以欧洲文艺复兴期为例……其国语运动的急先锋即为文学家。以文艺复兴的发祥地意大利为例，从第13世纪末开始，到下一个世纪初为止，陆续出现了但丁的《新生》和《神曲》等以意大利方言写成的作品，为意大利国语体系的构建奠定了基础。其后，薄伽丘、彼特拉克等也风靡一时，引领着无可撼动的发展方向。③

---

① 다른 나라는 말고, 한자와 한문의 본토인 중국에서 재래의 한문의 마술성이 중국의 새 문화를 세워가는 데 극히 방해가 된다는 것을 깨닫고 일찍이 신문화 운동의 대장인 호적 (胡適)을 중심으로 옛날 한문을 물리치고 그 대신 말대로 글을 적는 백화문 (白話文)을 쓰기로 하자는 운동이 일어나서, 오늘에 와서는 벌써 완전히 대세가 되고 만 일을 우리는 명심해야 하겠다. 金起林：《汉字语的实相》，《金起林全集（四）》，首尔：申雪堂出版社1988年版，第269页。

② 胡适：《建设的文学革命论》，《胡适文集》（三），北京大学出版社2013年版，第97—98页。

③ 구라파 문예부흥기의 예를 보면…그 국어운동의 급선봉은 문학자였다. 문예부흥의 발상지 이태리의 예를 보면 제13세기 말로부터 다음 세기의 초두에 걸쳐《단테》의《신생》《신곡》이 이태리 방언으로 쓰여져서 이태리 국어의 초석을 놓았었고, 그뒤를 받아《보카치오》《페트라르카》등이 그 대세를 확고부동한 방향으로 추진시켰던 것이다. 金起林：《新文体之路》，《金起林全集（四）》，首尔：申雪堂出版社1988年版，第176页。

仔细分析金起林上述观点,不难发现与胡适理论的相似之处。从将汉字比喻为已死的拉丁文,到将文学家视为语言革命的主体;从对但丁、薄伽丘等人的介绍,到对意大利国语体系构建的阐析,都体现出二人理论主张的同一性。而且这种同一性绝非偶然,我们有充分的理由推测,金起林通读了胡适的相关著作并吸收了其中的主旨思想和理论主张,同时抄译了胡适著述中的相关内容。其最终意图是向朝鲜半岛学界介绍中国言文一致运动的最新进展,为朝鲜半岛"国语国文运动"的顺利开展提供"他山之石"。至此,可以从整体上窥见中国的"国语文学论"与朝鲜半岛"言文一致"运动之间的内在关联性。

## 第三节 胡适与金台俊:文学史书写的空间向度及叙史模式

无论在中国,还是朝鲜半岛,伴随着新文学的发生和演进,自国文学史的书写成为文学运动的重要组成部分。在新文学延展期的朝鲜半岛,与胡适的《白话文学史》相媲美的文学史著作当属金台俊的《朝鲜汉文学史》。此著作系首次对朝鲜半岛汉文学的历时发展状貌进行了系统论述,对朝鲜汉文学史的钩沉爬梳工作有筚路蓝缕之功。"文学史只有在比较中才能完全实现它的民族特征。"① 胡适的《白话文学史》出版于1928年,虽只见上卷,但却具有开创性的划时代意义。金台俊的《朝鲜汉文学史》于1931年推出,从面世时间上来看,迟于《白话文学史》。鉴于中国新文学运动对朝鲜半岛的整体影响以及金台俊本人的学术背景和中国经历,通过《白话文学史》与《朝鲜汉文学史》的比对分析,可以发现在文学史书写的空间向度以及叙史模式方面,胡适与金台俊之间存在着一定的影响关系。

金台俊1926年进入京城帝国大学预科班,1928年进入中国语文学科,正式开始学习和研究中国文学。1930年夏,临近毕业的金台俊来到北京搜集毕业论文所需资料,这次北京之行对金台俊来说,可谓意义非

---

① [奥地利]彼得·V. 齐马:《比较文学导论》,范劲等译,安徽教育出版社2009年版,第42页。

凡。他身处中国的新文学现场,领悟到中国文学研究的使命不仅仅在于中国新文学的翻译和吸收,而更应将政治与文学相结合,进行彻底的文学革命。在广泛涉猎中国新的学术成果的基础上,金台俊认识到应该对朝鲜的传统文学进行系统整理,于是陆续撰写了《朝鲜小说史》和《朝鲜汉文学史》等文学史著作。胡适在《白话文学史》的"引子"中,曾强调其创作目的是整理白话文学的历史进化趋势,阐明白话文学在中国文学史上的中心地位。"白话文运动的现实需求介入了白话文学发展历史的客观叙述之中,导致了对传统古文文学的完全否定。"① 而金台俊在认识到传统文学的整理工作迫在眉睫之后,开始着手写作《朝鲜汉文学史》,其在此书的"序论"中指出:"文学史的使命是了解文学进化的过程,考察盛衰变迁的因果关系,同时展望今后文学的发展趋势……但这本《朝鲜汉文学史》的使命却与此略有差异。"② 他认为经过朝鲜人之手写出的汉文学史,无法超越对中国汉文学的模仿而成为具有独立价值的伟大作品,强调应对朝鲜汉文学进行清算。在此,对汉文学进行彻底清算的现实需求介入了客观性学术研究的范畴之中,导致了《朝鲜汉文学史》在某种程度上止步于"清算报告书"的水准。简言之,胡适的《白话文史》与金台俊的《朝鲜汉文学史》在构建自国近现代白话文学体系过程中,将传统汉文学(诗文为主的古文文学)视为清算对象方面,呈现出大致相同的叙史理念和空间向度。

"某一特定民族文学空间中流行的文学实践和传统、形式与美学,只有依据这个空间在世界体系中的准确位置才能予以正确的理解。"③ 在当时的世界文学体系中,中国虽然也是"西学东渐"中接受西方文化影响的一方,而朝鲜半岛则更加倚重"西方→日本→朝鲜半岛"的影响接受路径。但是,由于中国新文化运动和新文学革命早于朝鲜半岛,再加上持续几千年的文学文化影响并未随着近现代东亚"文化地形"的改变而戛然而止。因此,中国的新文化运动在很大程度上,对朝鲜半岛的新文学革命提供了一个"东方样板"。1922 年《开辟》杂志第 30 期刊载了李东谷《新东洋文化的树立》一文,详细介绍了中国文学革命的内容、白话文运

---

① 洪昔玗:《近代中韩交流的起源》,首尔:梨花女子大学出版部 2015 年版,第 144 页。
② 金台俊:《朝鲜汉文学史》,张琏瑰译,社会科学文献出版社 1996 年版,第 3 页。
③ [法]帕斯卡尔·卡萨诺瓦:《文学、民族与政治》,[美]大卫·达姆罗什、陈永国、尹星编《新方向:比较文学与世界文学读本》,北京大学出版社 2010 年版,第 219 页。

动的性质以及胡适的《文学改良刍议》和陈独秀的《文学革命论》等文章。在此文中,李东谷表示:"目前两地的新文化运动日益激烈,此时如何报道和介绍中国的新文学运动,在某种程度上能够决定为我们的新文化运动提供多少刺激和参考。"① 金台俊在《朝鲜汉文学史》出版前的1930年,开始在《东亚日报》连载"朝鲜小说史",同年提交毕业论文《盛明杂剧研究》。其在《外国文学专攻之辩》中,曾描绘了在北京搜集资料的情景:

> 本打算毕业论文以《明清戏曲小史》为题,结果发现青木正儿的同名著作。为了寻找毕业论文资料和写作思路,就戴着学生帽在北京琉璃厂附近彷徨。期间虽无太多数据采集,但目睹了正在进行中的中国新文学革命,中国文学研究的使命感促使我翻译、引进和介绍中国新文学。政治与文学的一元化观点也正在此时形成。②

给金台俊最大冲击的是"中国最优秀的中坚作家郭沫若所写的《中国古代社会研究》……还有李季批判胡适《中国哲学史大纲》的相关文章以及神州国光社发行的《中国社会史论战》等",因为这些"都是当时最好的读物"③。

从北京回国后的一两年期间,金台俊陆续写出了《朝鲜小说史》《朝鲜汉文学史》等文学史著作。当时的中国已经出现鲁迅的《中国小说史略》,胡适的《白话文学史》等著作,金台俊可能对此有所涉猎而受到某种文学史创作的刺激,同时强化了本国文学史的书写意图。④ 换言之,北京体验更加确定了金台俊的文学史写作计划,从叙史策略和书写模式

---

① 北旅东谷:《新东洋文化的树立》,《开辟》1922年12月第30期。
② 《明清戲曲小史》같은 것을 卒業論文으로 하려고 할 때에 同名의 青木氏著述이 나왓으므로 卒業論文綱目 찾으려고 學生帽를 쓰고 北京琉璃廠附近을 彷徨해보앗습니다. 그리는 동안에 아무 所得도 없이 學校는 마첫으나 다만 어든 것은 中國에는 發展途上에 잇는 新文學이 만이 잇다는 것과 中國文學 研究의 使命은 오로지 이 新文學의 輸入 紹介 翻譯이 아니면 안 된다고 생각햇습니다. 政治와 文學을 一元으로 보기 시작햇든 것도 이 때입니다. 金台俊:《外国文学专攻之辩》,《金台俊全集(三)》,首尔:宝库社1998年版,第281页。
③ 金台俊:《外国文学专攻之辩》,《金台俊全集(三)》,首尔:宝库社1998年版,第282页。
④ 洪昔杓:《近代中韩交流的起源》,首尔:梨花女子大学出版部2015年版,第150页。

方面，获得了某种启迪。其在《朝鲜汉文学史》的"序论"中，曾表示："反映现代中国民族精神之发展跃动的文学，是中国现代口语即白话文学，古代文言体诗文已成为供人观赏的古董。我现在以此作为课题进行研究，即是兴盛一时的古典研究的终结。"① 可见，金台俊在潜意识中存在着试图将《朝鲜汉文学史》的写作与中国新文学运动相关联的"同轨"心理。同时，金台俊表示"佛家沙门的汉文学拟另觅机会阐述，故在此暂不论及"②。表明金台俊已经意识到胡适《白话文学史》的存在。因为《白话文学史》中就有两章涉及"佛教的翻译文学"，对 2—5 世纪的译经事业、译经方法、译经影响以及《法句经》《修行道地经》《维摩诘经》《法华经》《佛所行赞》《佛本行经》《普曜经》《华严经》等均有深入阐析，金台俊可能由此获得了启发。此外，金台俊在《文学革命后的中国文艺观（3）》中大致概括了中国文学的历史，指出："通过'文'与'话'的分离和佛经的翻译工作等，经过言文一致的发展，进入了文学革命后'口语文学'的新文学阶段。"③ 这里似乎也暗含对胡适《白话文学史》的参考痕迹。要之，自从白话成为中国文学新的语言形式，以文言构成的诗文为中心的古文文学便失去了其存在的意义和价值，由此朝鲜汉文学也逐渐丧失了生命力。金台俊将《朝鲜汉文学史》定性为对汉文学的"清算报告书"，抑或参照了中国新文学运动对古文文学的否定倾向。

## 一　空间向度：进化论的文学史观

胡适与金台俊都秉持了进化论的文学史观，在各自国家文学编纂写作过程中，均触及了文学史书写的空间向度问题。胡适曾表示："文学者，随时代而变迁者也。一时代有一时代之文学。周秦有周秦之文学，汉魏有汉魏之文学，唐宋元明有唐宋元明之文学。此非吾一人之私言，乃文明进化之公理也。"④ 胡适关注随时代而变迁的文学，将"一时代有一时代之文学"的事实视为"文明进化之公理"。在进化论的文学史观的支配下，胡适还认为文学的进化并非直线进行。"无论哪个时代，都是一方面因袭

---

① 金台俊：《朝鲜汉文学史》，张琏瑰译，社会科学文献出版社 1996 年版，第 5 页。
② 金台俊：《朝鲜汉文学史》，张琏瑰译，社会科学文献出版社 1996 年版，第 5 页。
③ 金台俊：《文学革命后的中国文艺观（三）》，《金台俊全集》（三），首尔：宝库社 1998 年版，第 315 页。
④ 胡适：《文学改良刍议》，《胡适文存》，外文出版社 2013 年版，第 10 页。

着前一代一条直线的演进。同时一方面又有一个不同的曲线的进化。于是古乐府变为词为曲,又因曲太短不能发挥深长的情感,遂又产出套数。由套数变为戏曲,南曲,北曲,再进而有宋元明的小说。所谓真正的文学,却是要拿这条岔路来代表的。"① 由此可以发现文学经历了曲线的进化过程,而直线演变而来的古文文学,无法代表两千五百年的文学变迁史。真正的文学,是由经历曲线进化过程且在民间诞生的新文学样式所代表的。因此,胡适认为:"唐朝的白话文学,南北朝的词曲,以及唐宋元明各朝代的小说,才是真正的文学。"② 从曲线进化论的观点来看,中国文学史上每个时代新登场的独特文学形式,必然成为文学的中心样式。

金台俊与胡适持相同的进化论观点,他认为:"各个时代有各个时代的文学。野蛮时代有野蛮人的文学,文明时代有文明人的文学。无论朝鲜国土多么狭小,精神生活如何贫弱,文字记录怎样缺乏,但还是拥有四五千年的生活历史。因此每个时期必然存在各具特色的文学。"③ 可见,金台俊同样依据进化论思维,承认每个时代都拥有各自特色文学的事实。因此,即便是过去的文学,也不能否认其经历了进化之路而成为具有时代特征文学的事实。"人类的历史就是进化的历史,社会发展的每个阶段都一定存在每个阶段的文学。现今否定进化,只是顽老腐僧的口头禅而已。否认过去的文学,也是与真相无关的自我矛盾。"④ 金台俊认为每个时代重新登场的文学样式,均是依据历史进化的法则发展而来,理应得到肯定。

胡适在《白话文学史》的"引子"中,坦露了书写白话文学史的两点理由。第一是"要让人人都知道国语文学乃是一千几百年历史进化的产儿"。第二是"要大家知道白话文学在中国文学史上占一个什么地位"⑤。第一个理由显然是立足于进化论的文学史观,从历史发展的脉络中,突出白话文运动的必要性和正当性。第二个理由则是否定被视为中国文学史主流的古文文学的绝对价值,相对凸显没有得到公正评价的白话文学的价值。相较于此,金台俊的文学史书写策略是首先通过对汉文学史的叙述,侧重强调汉文学的"落后史"。在《朝鲜汉文学史》的最后一节

---

① 胡适:《国语文学史》,《胡适文集》(八),北京大学出版社1998年版,第133页。
② 胡适:《国语文学大要》,《国语月刊》1924年9月20日。
③ 金台俊:《歌谣与朝鲜文学》,《朝鲜日报》1933年10月20日。
④ 金台俊:《歌谣与朝鲜文学》,《朝鲜日报》1933年10月20日。
⑤ 胡适:《白话文学史·引子》,百花洲文艺出版社2002年版,第2页。

第三章　胡适与朝鲜半岛文学现代化的演进　　151

"近世的汉文学：后期"中强调："此时文运陷入混沌，继而衰微，然后是灭亡状态，但是非儒非文的玄学却打着阐发退溪、尤庵思想的旗号自称大家，流传开来，以至今天。"[①] 这暗示了金台俊的汉文学史书写是为了凸显朝鲜汉文学的"衰退史"。"鹦鹉之言中是否存在历史的发展？感觉汉文学史中需要某种方法论。"[②] 金台俊的上述观点，体现了作者书写朝鲜汉文学"衰退史"时所面临的困惑，同时也展现了作者侧重文学史实确认和"衰退史"叙述职责的考量。

与中国不同，当时朝鲜的汉文学已经进入丧失现实力量的状态，相对缺乏直接介入阐释的必要性。但在日本殖民的历史语境中，日本学者在诸多领域相继推出了有关朝鲜的体系性研究成果，朝鲜人自主整理研究的使命感作用于金台俊，而最终衍变成某种强迫观念。作为具备汉文学研究能力的中国文学专业人士，在金台俊的内心世界，也存在着将与朝鲜文学处于微妙关系之中的汉文学，进行发展史整理的自主学术欲求。

胡适与金台俊持有同一意图和类似观点，进行了各自国家文学史的书写，在具体的叙史方法方面也存在诸多相似之处。胡适曾说："我这部文学史里，每讨论一人或一派的文学，一定要举出这人或这派的作品作为例子。故这部书不但是文学史，还可算是一部中国文学名著选本。"[③] 胡适重视实证的事实确认，侧重列举相应的具体作品。金台俊在论及《朝鲜汉文学史》的叙述方法时，也曾表示："依据年代顺序，列举有名的汉文学者、汉诗人，不过添加他们的有关史实，以'史'命名而已，实际是名实不符的虚名。"[④] 胡适与金台俊均选择了以作家和作品为中心，侧重实证主义事实确认和作品列举的叙史模式。同时，他们共同认为，每个时代都存在每个时代文学样式的独特发展形态，对于过去的文学，不能采取一概否定的态度。过去的文学都经历了进化的道路，对具备时代特征的文学都应予以肯定。对于未能体现时代特色、以模仿为能事而停止进化的文学，应予以否定。可见，胡适与金台俊在叙史空间向度方面，也共同秉

---

① 金台俊：《朝鲜汉文学史》，张琏瑰译，社会科学文献出版社1996年版，第167页。
② 金台俊：《〈朝鲜汉文学史〉方法论》，《金台俊全集》（三），首尔：宝库社1998年版，第3页。
③ 胡适：《白话文学史·自序》，百花洲文艺出版社2002年版，第8页。
④ 金台俊：《〈朝鲜汉文学史〉方法论》，《金台俊全集》（三），首尔：宝库社1998年版，第3页。

持了进化论的文学史观,对于传统文学,均沿袭了进化与反进化的思维模式。

## 二 二元对立:传统文学的关照视角

胡适将中国文学史分为古文文学和白话文学,通过历史实例,阐明白话文学的主流地位,并将其视为文学史的书写使命。因此,胡适以文言与口语的差异为前提,构建了古文文学与白话文学的二元对立视角。"从此以后,中国的文学便分出了两条路子:一条是那模仿的,沿袭的,没有生气的古文文学;一条是那自然的,活泼泼的,表现人生的白话文学。"① 胡适将模仿的古文文学视为停止进化的死文学,而将历史上不断变化发展的白话文学视为具有创造性的活文学。"'古文传统史'乃是模仿的文学史,乃是死文学的历史;我们讲的白话文学史乃是创造的文学史,乃是活文学的历史……这一千多年中国文学史是古文文学的末路史,是白话文学的发达史。"② 注重模仿的古文文学是死文学,应当予以否定,具有创造性的白话文学则是活文学,应进行重新评价。因此,在胡适看来,古文文学作为死文学,无法成为具备历史体系和发展逻辑的入史对象。换言之,作为模仿文学而停止发展的古文文学,不具备依循历史发展过程进行书写的现实妥当性。相反,对以"活语言"为载体的"活文学"的发展过程进行历时性书写,成为最为紧要的现实要求。因此,对胡适来说,以白话文学的视角,切入传统文学的叙述,自然具有了清算古文文学的意义。

金台俊亦是从汉文学与朝鲜文学的二元对立构造出发,关照朝鲜的传统文学。金台俊将汉文学限定为使用汉字创作的诗歌文章,朝鲜文学原则上则是以朝鲜文字创作的反映朝鲜人民思想感情的作品,以朝鲜语写成的小说、戏曲、歌谣等就属于这个范畴。金台俊首先将汉文学分为两大类,即朝鲜人创作的汉文学和中国人创作的汉文学,中国人创作的汉文学可以概括性地视为中国文学,包括先秦两汉的文章,魏晋六朝至明代的小说,六朝的四六骈俪与唐诗、宋词、元曲等。相反,朝鲜的汉文学则局限于外国人能够模仿的诗歌、四律和文章,即金台俊所理解的朝鲜汉文学与胡适

---

① 胡适:《白话文学史》,百花洲文艺出版社 2002 年版,第 10 页。
② 胡适:《白话文学史·引子》,百花洲文艺出版社 2002 年版,第 3 页。

所理解的古文文学大致具备相同的内涵。因此，金台俊将汉文学从包括中国哲学和中国文学的"汉学"中独立出来，以进行"汉文学的史学研究"为目标，将朝鲜汉文学史的书写意义归结为"将以汉字为载体的朝鲜诗歌文章的内容或形式变迁，置于史学体裁的视角之下进行研究"，将汉学领域中的文学视为汉文学，并将其称为朝鲜汉文学，与用韩文创作的朝鲜文学相区别。韩文创制之前，借用汉字创作的"吏读文学"也被列入朝鲜文学的范畴之中。"汉文学与吏读文学的说法，几乎是平行使用的，民歌之类的也以吏读为载体。"[①] 将朝鲜的古代文学理解为汉文学与吏读文学平行发展的格局，正暗示了金台俊对朝鲜传统文学二元对立的关照视角。但是，金台俊指出"朝鲜汉文学与朝鲜文学之间的关系比较微妙"[②]，可以看出他并未无视汉文学与朝鲜文学之间的玄妙关系。

胡适与金台俊在阐释本国传统文学时，共同采用了二元对立的分析视角。对于传统文学的历时发展，胡适以中国文学的白话化为基本目标，将中国传统文学分为古文文学与白话文学；而金台俊则着眼于汉文学的退化过程，将朝鲜传统文学理解为汉文学与朝鲜文学的对立。就具体的叙史内容来看，两者又不尽相同。胡适将中国文学的白话化趋势作为文学史叙述的主要内容，书写了《白话文学史》。金台俊则将朝鲜汉文学的退化过程作为文学史的叙述内容，写出了《朝鲜汉文学史》。胡适采用传统文学的二元对立构造，将古文传统史视为"没落史"，认为其已经丧失了记述的必要。"一千多年的中国文学史是古文文学的末路史，是白话文学的发达史。"[③] 胡适之所以侧重白话文学史的叙述，是因为不得不通过白话文学史的积极书写，强力应对当时仍然发挥着巨大威力的古文文学。"故一千多年的白话文学种下了近年文学革命的种子；近年的文学革命不过是给一段长历史作一个小结束：从此以后，中国文学永远脱离了盲目的自然演化的老路，走上了有意的创作的新路了。"[④] 如果历时地完整呈现传统文学的白话化趋势，那僵死的古文传统史也就自然得到了整理。

金台俊的朝鲜汉文学史书写，并未将焦点放在朝鲜汉文学的内在发展

---

① 金台俊：《文学的朝鲜传统》，《金台俊全集》（三），首尔：宝库社1998年版，第162页。
② 金台俊：《朝鲜汉文学史》，张琏瑰译，社会科学文献出版社1996年版，第9页。
③ 胡适：《白话文学史·引子》，百花洲文艺出版社2002年版，第3页。
④ 胡适：《白话文学史·引子》，百花洲文艺出版社2002年版，第5页。

逻辑上，而是着重强调朝鲜汉文学与中国汉文学之间的关系。"欲作朝鲜汉文学概观，须先了解一下汉文学本部中国汉文学之大略。"① 金台俊采用了在中国古文文学的历史发展脉络中，探究朝鲜汉文学历史变迁的叙史方法。这虽然可以解释为清算朝鲜汉文学的迫切意图，正如在"清算报告书"的说法中所提到的那样，强烈凸显朝鲜汉文学的从属性。但是，从另外的层面来看，也反映出金台俊仍然没有从传统汉文学的概念范畴中脱离的问题。当然，中国文学专业的金台俊必然拥有中国文学史的基本素养，将中国古文文学视为朝鲜汉文学的比照对象，似也无可厚非。但是最根本的原因还是在于传统汉文学概念发挥的潜意识作用。

金台俊承认朝鲜汉文学在成熟度层面与中国汉文学相比存在差异的事实。

> 中国文才志趣悠远，有志者可以实心向学，把个人偏好和作学问分开。而东国人则不然，踜踜拘束，志气不足（依《溪谷漫笔》说），闻见有限，即使有逸才，亦是蹈袭一时，文字难登大雅之堂。特别是语言风俗有异，学习和模仿外国文学进行创作，犹如在漠漠荒野播种耕耘一样，比起中国来说延迟一个时代自属自然。②

金台俊认识到朝鲜文学落后于中国文学一个时代的事实。由于没能超越对中国的模仿，新罗末期虽然与中国唐代相当，但当时流行的是六朝时期的四六句，高丽时期正值中国宋元时代，但却盛行盛唐诗歌。中国文学史上，盛唐是诗歌最为发达的时期之一，模仿盛唐的王氏高丽与因袭宋代的李氏朝鲜相比，却是更为发达的时期，自然得出了历史越发展、文学越退步的结论。也由此推导出了"丽朝浑厚，文人之间有相互推让之美风，而李朝气象偏狭，相互攻驳。丽朝人结成耆会七贤，交契亲密，令人想起李、杜、元、白之关系；而李朝人分西南北各派，呼朋结党，大似洛川伪学"③ 的结论。因此不难看出，金台俊在《朝鲜汉文学史》中，从接受中国文学影响而诞生的朝鲜汉文学的特征开始展开叙述，在评价朝鲜汉文学作家时，也依照和参考了中国文献或中国人的评价。

---

① 金台俊：《朝鲜汉文学史》，张琏瑰译，社会科学文献出版社1996年版，第6页。
② 金台俊：《朝鲜汉文学史》，张琏瑰译，社会科学文献出版社1996年版，第4页。
③ 金台俊：《朝鲜汉文学史》，张琏瑰译，社会科学文献出版社1996年版，第39—40页。

金台俊将朝鲜汉文学置于中国古文文学的历史脉络中加以考察，凸显对中国文学模仿承袭的历史事实。同时重视和借用中国文献和中国人的评价，这反映出金台俊无意识中潜在的先验观念，即承认中国文学处于先进和优势地位，同时将其视为朝鲜汉文学的比照对象。因此，可以说与中国文学有意识的断绝与无意识的参照共存于金台俊《朝鲜汉文学史》书写之中。① 如果说有意识的断绝作用于《朝鲜汉文学史》书写的直接动机，那么无意识的参照则体现在具体叙述中暗含的与中国文学之间的心理粘连。"朝鲜，作为与中国一衣带水的相邻之邦，我们怎么能够忘却中国呢？中国和朝鲜永远处于联络、扶助和提携的关系，非如此则不成。"② 由此可见，对中国文学的无意识指向正是源自与中国的心理联结。而他"必须介绍和学习中国新的文艺作品"③ 的主张以及将文学革命后中国新文学的发展动向作为自身的研究方向，也与此存在深刻关联。

### 三　叙史策略：对民间文学和俗文学的重视

在 20 世纪 20 年代的中国，对民间文学和俗文学的关注度激增，随着小说、戏曲、歌谣等相关新史料的发掘，对传统文学史的重新阐释成为可能。胡适在《白话文学史》的"自序"中曾对此进行过详细阐述："近十年内，自从北京大学歌谣研究会发起收集歌谣以来，出版的歌谣至少在一万首以上。在这一方面，常惠、周启明、钟敬文、顾颉刚、董作宾……诸先生的努力最不可磨灭。这些歌谣的出现使我们知道了真正平民文学是什么样子。"④ 而 20 世纪 30 年代前后的朝鲜半岛，对俗文学的关注度也十分高涨。金台俊在编著《朝鲜歌谣集成——古歌篇》时，在"序"中表示："相信歌辞、民谣、时调、古歌诸篇今后能够通过朝鲜语文学会同人之手陆续编出，虽有所僭越，我先推出'古歌篇'。"⑤ 同时，他强调了朝鲜传统文学中歌谣的重要性。在中国与朝鲜文学史书写的初期阶段，两国同时重视民间文学和俗文学的资料发掘，致力于通俗文学的研究。

---

① 洪昔杓：《近代中韩交流的起源》，首尔：梨花女子大学出版部 2015 年版，第 174 页。
② 金台俊：《朝鲜汉文学史》，张琏瑰译，社会科学文献出版社 1996 年版，第 173 页。
③ 金台俊：《朝鲜汉文学史》，张琏瑰译，社会科学文献出版社 1996 年版，第 173 页。
④ 胡适：《白话文学史·自序》，百花洲文艺出版社 2002 年版，第 6 页。
⑤ 金台俊：《朝鲜歌谣集成：古歌篇·序》，《金台俊全集》（三），首尔：宝库社 1998 年版，第 167 页。

中国重视民间文学的研究倾向，受胡适的影响较大。参加新文化运动的一部分知识分子重视平民文学，成立"民间文学研究会"，全力推进民间歌谣和传说的搜集工作。此时，胡适发挥了思想和理论层面的启蒙作用。胡适强调"一切新文学的来源都在民间"①，同时认为："二千年的文学史上，所以能有一点生气，所以能有一点人味，全靠那无数小百姓和那无数小百姓的代表的平民文学在那里打一点底子。"② 因此胡适将属于平民文学的民歌视为"文学的源泉"。他认为开拓平民文学的"无数小百姓"与"古文文学"无关，他们只是利用自身日常使用的白话与自由的形式，表现随时变化的生活、思想和感情，由此诞生了文学上的新样式和多样体裁。胡适关注民间文学的原因首先在于民间文学采用了接近白话的语言形式，较好地体现了文学进化的法则。相较于此，古文文学则以模仿为特质，是停止进化的文学。"在那'古文传统史'上，做文的只会模仿韩、柳、欧、苏，做诗的只会模仿李、杜、苏、黄，一代模仿一代，人人只想做'肖子肖孙'，自然不能代表时代的变迁了。"③ 因此胡适主张民间文学与模仿的诗文不同，作为真正的平民文学，是具有生命力的活文学。用文言写成的古文文学是"'押韵之文'而已，没有文学的意味"，将其理解为"贵族文学"或"庙堂文学"的基本形式。而口语写成的民间文学则是具有生命力的民间文学的基本形式。胡适站在民间文学的基本立场，尝试阐明中国文学史的主流形式，主要是因为文学语言白话化的迫切现实需求，同时也是否定少数阶层的专有文学，提倡多数人共享文学的近现代性思考的结果。

金台俊也认为来自一般民众的俗文学具备真正文学的生命力，并在文学史书写中给予高度重视。"如果说以汉文记载的所有文学，均如王者的坟墓、石窟庵一样是显示特权阶层的威严和宗教的宣传、夸张和阿谀，那么俗文学——歌谣中，除却几句宗教诗和咒文诗，作为纯粹美的具体化表现，以简洁韵律吟咏的情恋之歌占据较大比例。"④ 金台俊认为在暗含特权阶层的威严和宗教宣传的汉文学世界中，那些模仿或剽窃了历经数千年

---

① 胡适：《白话文学史》，百花洲文艺出版社 2002 年版，第 11 页。
② 胡适：《国语文学史》，安徽教育出版社 1999 年版，第 9—10 页。
③ 胡适：《白话文学史·引子》，百花洲文艺出版社 2002 年版，第 2 页。
④ 金台俊：《文学的朝鲜传统》，《金台俊全集》（三），首尔：宝库社 1998 年版，第 162 页。

的平仄押韵的古人文句的文人,被称赞为优秀的文学家。但那只不过是诵记和创作汉文的机器,他们尝试在具备真正文学生命力的俗文学中,寻找朝鲜文学的特征。"汉文学只不过是支配阶级的梦呓或风月之作,因此无法从中窥见一般民众的生活。"[1] 金台俊的上述观点,正是其站在重视俗文学的立场上关照汉文学所形成的。同时,金台俊将朝鲜的古代文学区分为汉文学和吏读文学并重视吏读文学,也与其对俗文学的深切关注密不可分。金台俊主张从韩文创制之前的新罗乡歌和高丽歌辞之类的吏读文学中,寻找朝鲜文学的基本形式,是因为乡歌和歌辞从属于俗文学的范畴。

胡适与金台俊在自国文学史书写中,共同重视民间文学和俗文学,与当时正在进行的文化运动关联深厚。胡适为了历时地阐明白话文运动的正当性而展开白话文学史的书写,将唐代元稹和白居易活动的时期,视为中国文学史上最初的有意识的自觉文学革新时代,委婉表达了自觉文学革新的必要性。在论及8世纪乐府歌词的出现时,认为:"诗体大解放了,自然地白话的诗出来了!"同时认为大胆使用民间语言,容纳民歌风格的李白诗歌代表了"诗体解放的趋势",对杜甫古乐府诗歌中相当于民歌的作品进行了高度评价,突出强调张籍涉及妇女问题和社会问题的诗歌。在评价元稹和白居易的文学革新运动时表示:"他们的根本主张,翻成现代的术语,可说是为人生而作文学。"[2] 以上均为将新文学运动的具体理论和思想适用于文学史叙述的具体实例。

在朝鲜,经过1919年的"三一运动",新文学逐步发展壮大,至20世纪20年代末,新文学阵营得以构建,在此过程中"国民文学"的树立成为重要的时代课题。1920年以后,以国文为语言载体的新文学逐步定型并得到广泛首肯,不仅阻断了汉文学的回归之路,也使汉文学丧失了时代意义而面临着从文学史中退场的历史命运。[3] 在此文学语境中,金台俊加入了20世纪30年代初京城帝国大学成立的朝鲜语文学会,作为整理传统文学的文化运动之一环,开始了朝鲜汉文学史的书写工作。

金台俊也在民族文化运动的层面,强调了歌谣集成工作的必要性,

---

[1] 金台俊:《〈朝鲜汉文学史〉方法论》,《金台俊全集》(三),首尔:宝库社1998年版,第3页。

[2] 胡适:《白话文学史》,百花洲文艺出版社2002年版,第264页。

[3] 赵东一:《韩国近代文学中的传统与革新》,《韩国近代文学的争议点》(一),首尔:韩国精神文化研究院1991年版,第8页。

"这个计划虽然在甲午开化以后,民族文化运动初期就已经实行,但文化运动中最重要的却一直被忘却。中国有风雅颂,日本有万业集古今集,而朝鲜只有这个(歌谣),代表着过去唯一的文学遗产和社会史"[1]。为了"国民文学"的树立,将歌谣抬升至过去朝鲜唯一的文学遗产和社会史的高度,必然意味着模仿中国文学的朝鲜汉文学应当被否定。而且朝鲜汉文学只止步于文言体的诗文、四律、文章等中国文学的模仿,相较于新时期小说、戏曲、歌谣等国语文学的新形式,汉文学已然丧失生命力。金台俊在当时正在开展的文化运动中,开始了朝鲜汉文学史的书写工作,因此与胡适一样,在否定古文文学的同时,强调了国语构成的民间文学和俗文学。

---

[1] 金台俊:《朝鲜歌谣集成:古歌篇》,《金台俊全集》(一),首尔:宝库社1998年版,第98页。

# 第四章

# 鲁迅与朝鲜半岛新文学的拓展

据现有资料显示，鲁迅一生并未造访朝鲜半岛，也未发现留日期间与朝鲜半岛文人会面的史料记录，只是在其文集中隐约提及朝鲜。尽管如此，在日本殖民时期的朝鲜半岛，通过鲁迅作品的大量译介、评论和吸收，鲁迅的文学和精神还是深刻激励了他们的文学革命和民族独立运动。鲁迅文学表现出的反封建启蒙主义精神、对现实的深刻洞察及问题意识等，契合了朝鲜半岛近现代社会需求。据《鲁迅日记》和相关书信的记载，与鲁迅在中国有过直接会面交流关系的朝鲜半岛知识文人主要有吴相淳、李又观、柳树人、申彦俊、李陆史等。"韩国人看鲁迅，有着中国不同的视角，他们是带着被殖民化的记忆，以一种反抗奴隶的自由的心，自觉地呼应了鲁迅的传统。"[1] 鲁迅的文艺启蒙理论、文学批评思想、国民性改造论以及反抗意识等，均在日据时代的朝鲜半岛实现了精神层面的"同轨"接受和异域重建。在"日据时期"的朝鲜半岛，为了遏制朝鲜半岛人民的抗争意识，控制思想舆论，麻痹斗争精神，日本殖民当局曾经推出了《朝鲜总督府禁止单行本目录》。其中，鲁迅的《阿Q正传》《现代小说集》《鲁迅选集》《鲁迅文集》《鲁迅遗著》《鲁迅散文集》等赫然在列，佐证了鲁迅作品及其思想在朝鲜半岛被广泛阅读和接受的事实。鲁迅作品内含的对封建传统和殖民侵略政策的批判，对国民性改造的坚决态度，对挽救孩子和青年的呼吁，成为日本殖民当局无法容忍的"反动"思想资源，这也从侧面说明了鲁迅及其作品确是朝鲜半岛社会变革和民族抵抗所需要的重要力量。

19世纪末开始，因日本的殖民侵占，朝鲜半岛的民族意识被唤醒之后却又陷入模糊状态，向着精神化和抽象化的方向演变，知识文人们的关

---

[1] 孙郁：《韩国鲁迅研究论文集·序二》，河南文艺出版社2005年版，第1页。

注点自然转移至历史、语言和文学方面。尤其在认识到文学在表现和整合民族精神方面的媒介作用后，文学研究与文学创作被知识文人们纳入重要的实践范畴。在民族独立迫在眉睫的时代状况下，中国民族启蒙和思想革命的产物——中国现代文学成为当时朝鲜半岛知识文人关注的对象，尤其是鲁迅充满抗争精神的抵抗意识和批判思想，得到深度共鸣，成为暴露朝鲜民族劣根性、引导自我反省的精神资源。在此背景下，日据时代的朝鲜半岛知识文人们对鲁迅的认识，不仅仅局限于"中国的大文豪"，更多的是将其视为生活于同一时代、拥有相同时代意识的思想引领者和精神支柱。尤其是对流亡中国的独立运动家们来说，鲁迅俨然是"弱小民族的救世主"一样的存在，这种解读方式形构了朝鲜半岛近现代精神史上作为"非妥协战士"的鲁迅形象的谱系。同时，鲁迅文学因对长期以来固化的权力关系，即人与人、民族与民族、国家与国家之间的不合理、不平等关系的反省和质疑，成为解除民族与国家桎梏，谋求相互理解的重要文本，也是超越国家和民族，实现参照对话的开放性文本。

鲁迅文学的这种开放多义特征决定了其能够为朝鲜半岛多样思想倾向的知识文人吸收，也印证了鲁迅文学具有的深远文化穿透力。鲁迅文学深厚立体的文本，内含了多重阐释的可能性。可以从否定封建传统、恢复现代人性的启蒙主义或人道主义的角度解析，也可以从构想自律的人类共同体的世界主义以及否定一切强权，争取民族解放的无政府主义的视角分析，还可以从同时谋求阶级解放和民族解放的社会主义立场切入阐释。因此，在近现代朝鲜半岛，持有世界主义或无政府主义思想倾向的知识文人和接受阶级史观的社会主义知识分子，成为译介、批评和接受鲁迅文学的主要群体。无政府主义和社会主义思想倾向构成了朝鲜半岛鲁迅文学接受的两大思想谱系，无政府主义倾向的代表人物有柳树人、丁来东和金光洲，社会主义倾向的代表人物有金台俊、李明善等。[1]

要之，对于朝鲜半岛知识文人来说，鲁迅成为把握当时中国文坛实况的重要路径，成为他们形构知性共鸣和思想认同、深化自我认识、激扬批判精神的重要思想文化资源。如20世纪20年代，吴相淳和柳树人从知性共鸣和思想认同的层面，与鲁迅发生关联；20世纪30年代丁来东、李陆

---

[1] 韩国梨花女子大学的洪昔杓对此有较为深入的研究，详见洪昔杓《近代中韩交流的起源》，首尔：梨花女子大学出版部2015年版。

史、金光洲等人，则通过鲁迅文学深化了自我认知；韩雪野、金史良等人则在具体的创作实践中，参照了《阿Q正传》《孔乙己》等知识分子形象，再现了朝鲜半岛知识分子的文化困境；1940年李明善通过将鲁迅"战斗的批判精神"无限放大的方式，致力于鲁迅文学在朝鲜半岛的译介和传播。尤其李陆史，以与鲁迅的相遇为契机，在清醒认知自我的基础上，强化诗歌思想性和民族抵抗意识，通过对鲁迅文学精神的共鸣和自觉，获得了可以与鲁迅相比肩的文学成就。[①]

## 第一节　鲁迅作品的翻译介绍及其思想承载谱系

1910年"韩日合邦"之后，朝鲜半岛进入长达35年的"日据时代"，在内部封建势力与外部殖民统治的双重历史困境中，朝鲜半岛知识文人在反抗意识的支配下，展开了思想启蒙和民族救亡运动。在此过程中，中国文学研究方面的学者如梁建植、丁来东、李陆史、李光洙、金亿、崔昌奎、金台俊、金光洲等，开始同时接受来自日本和中国文学的影响，通过中国新文学作品的译介，使朝鲜半岛人民近距离接触中国新文学的发展现状，其中鲁迅作品占据了较大比重。

据现有文献资料记载，鲁迅作品最初进入朝鲜半岛读者视野是在1927年。有日本学者认为鲁迅小说最早的外译本是《故乡》（发表于1927年10月的《大调和》杂志上），实际上当年8月的朝鲜半岛《东光》杂志发表了《狂人日记》（译者为柳树人）。藤井省三在《鲁迅事典》中对《狂人日记》的韩译本与《故乡》的日译本进行了比较，两个译本虽然只相差两个月的时间，"但我们可以说，在鲁迅作品的翻译史上，最早的外文翻译记录应该是柳树人的韩文版《狂人日记》"[②]。此外，藤井省三在《鲁迅在日文世界》中指出鲁迅第一部被翻译的作品是周作人翻译为日文的《孔乙己》，此译本发表于1922年的《北京周报》。而澳大利亚汉学家寇志明则认为鲁迅作品中最早的英译本是美国华侨梁社乾1925年翻译的《阿Q正传》。虽然日译本《孔乙己》和英译本《阿Q正

---

[①] 洪昔杓：《鲁迅与近代韩国》，首尔：梨花女子大学出版文化院2017年版，第19页。
[②] ［日］藤井省三：《鲁迅事典》，东京：三省堂2002年版，第280页。

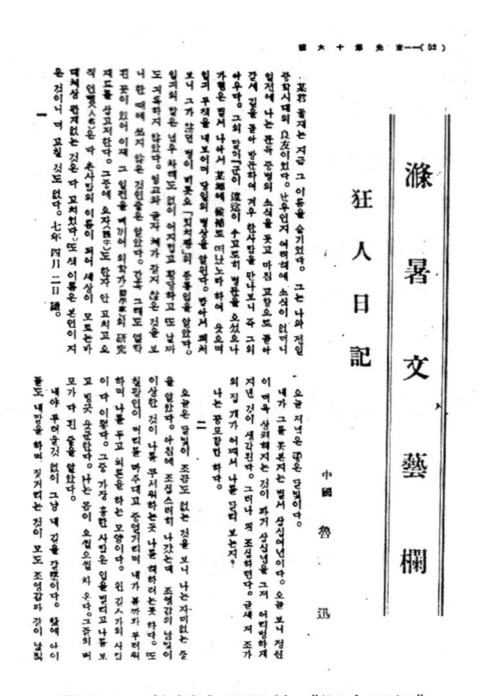

图 4-1　柳树人翻译的《狂人日记》

传》在面世时间上均早于 1927 年柳树人翻译的《狂人日记》，但是这两个译本的译者都是中国人，从这一点来看，柳树人翻译的《狂人日记》可视为第一部由外国人翻译成外文并在国外发表的鲁迅作品。

"据统计，在柳树人的译本之后，韩国又出版了近 20 种《狂人日记》的韩文翻译本，可以说，世界上翻译《狂人日记》次数最多的国家就是韩国，这或许是《狂人日记》在世界传播史上的一个独特现象。"[①] 分析柳树人的《狂人日记》韩译本，可以发现其中存在着为数不少的错译现象，主要包括漏译、误译、随意删减原文等问题。尽管如此，作为鲁迅作品外译史上首个《狂人日记》的外文译本，其开创性贡献也不能一概抹杀。1935 年发行量巨大的《三千里》杂志转载了柳树人的《狂人日记》译本，这一方面说明朝鲜半岛读者对鲁迅作品的持续关注，另一方面也印证了《狂人日记》在朝鲜半岛的影响辐射面之广。

1929 年《开辟》杂志社推出的《中国短篇小说集》是日据时期朝鲜

---

[①] 葛涛、金英明：《柳树人翻译的〈狂人日记〉译本研究》，《文艺争鸣》2018 年第 7 期。

半岛出版的唯一一本中国小说集，① 这本小说集收录了 15 篇中国短篇小说，鲁迅的《头发的故事》就是其中之一。编译者在"序文"中介绍了 15 篇短篇小说的甄选标准和编译过程，同时强调了编译中国短篇小说集的意义。"我时常在想，无论他人贪读什么，我们尤其是朝鲜的青年们，必须阅读能够让人血脉贲张、元气满满的革命性文艺作品……因此我深思熟虑之后，从中国文艺作品中选择了一些如上所述的革命小说，将其介绍给青少年，这便是我的初衷。"② 20 世纪 20—30 年代，以鲁迅为中心的中国作家作品翻译批判活跃开展，鲁迅被朝鲜半岛知识文人们奉为"中国

---

① 此小说集刊载的 15 部小说列表如下：

|  | 原作题目 | 原作者/原文出处 | 原文发表年份 |
|---|---|---|---|
| 1 | 《头发的故事》 | 鲁迅/《呐喊》 | 1920 |
| 2 | 《阿兰的母亲》 | 杨振声/《现代评论》第 3 卷第 68 期 | 1926 |
| 3 | 《范围内》 | 吴镜心/《晨报》 | 1922 |
| 4 | 《讲究的信封》 | 冯文炳（废名）/《竹林的故事》 | 1925 |
| 5 | 《城里的共和》 | 蒲伯英/《晨报》 | 1919 |
| 6 | 《光明》 | 南庶熙/《晨报》 | 1923 |
| 7 | 《两封回信》 | 叶绍钧（叶圣陶）/《隔膜》 | 1922 |
| 8 | 《离婚之后》 | 冯叔鸾/《国闻周报》第 2 卷第 21 期 | 1924 |
| 9 | 《民不聊死》 | 陈大悲/《晨报》 | 1920 |
| 10 | 《船上》 | 徐志摩/《现代评论》第 1 卷第 18 期 | 1925 |
| 11 | 《一篇小说的结局》 | 冰心/《晨报》 | 1920 |
| 12 | 《吾妻之夫》 | 何心冷/《国闻周报》第 2 卷第 39 期 | 1925 |
| 13 | 《傍晚的来客》 | 庐隐/《文学汇刊》5 月号 | 1922 |
| 14 | 《口约三章》 | 许钦文/《晨报》 | 1925 |
| 15 | 《花之寺》 | 凌叔华/《现代评论》第 2 卷第 48 期 | 1925 |

对于这本《中国短篇小说集》编译者的真实身份，目前学界尚存在争议。一般观点认为是梁建植，但此小说集收录的作品中，除了许钦文《口约三章》和鲁迅《头发的故事》外，均未传播至日本。另外，编译者在"序言"中表明自己身在"北京平民大学"，书中收录作品是其花费一个多月时间从几百本书籍杂志中甄选而出的。通过以上线索，大致可以断定此小说集和编译者极有可能是留学于北京平民大学的韩国籍留学生。但遗憾的是，梁建植本人并没有中国留学经历，很多研究者都指出其白话文水平不高，译介中国文学的途径是通过日语转译。

② 黄秉国：《中国现代小说的出版现况与中国大陆新时期现代小说出版概观》，《出版学研究》1992 年第 34 期。

图 4-2 《开辟》杂志社推出的《中国短篇小说集》

诞生的'东洋大文豪'"[①]，在殖民地时期的朝鲜半岛所译介的中国文学中，鲁迅作品所占比重最大。清末梁启超发起的"小说界革命"极大提升了小说的地位，在 1910 年"韩日合邦"之前，梁启超的著述是被译介的主流，在梁启超首次出现在朝鲜半岛现代报刊中的 1897 年，正是朝鲜半岛启蒙小说理论和历史传记小说翻译和创作的高峰期。1910 年，朝鲜半岛完全沦为日本的殖民地之后，部分中国文学研究者在同时接受中国文化和日本文化的基础上，积极从事中国文学的翻译工作。20 世纪 20 年代鲁迅文学不仅在朝鲜半岛，在世界各地都被广泛译介，尤其是在地缘政治上与中国存在紧密关系的朝鲜半岛，鲁迅文学更易被接受并产生深刻影响。

经统计，1927—1936 年，译介传播至朝鲜半岛的鲁迅作品共有 8 部小说和 1 部诗剧。主要作品有《狂人日记》《头发的故事》《孔乙己》《阿Q正传》《故乡》《伤逝》《在酒楼上》《幸福的家庭》《过客》等，译者有柳树人、梁建植、丁来东、金光洲等，被翻译的鲁迅作品主要发表于《东光》《朝鲜日报》《三千里》《中外日报》《第一线》等报纸杂志，其中 1929 年梁建植翻译的《头发的故事》被收录于《中国短篇小说集》。

---

① 申彦俊：《中国的大文豪鲁迅访问记》，《韩国鲁迅研究精选集》，中央编译出版社 2016 年版，第 232 页。

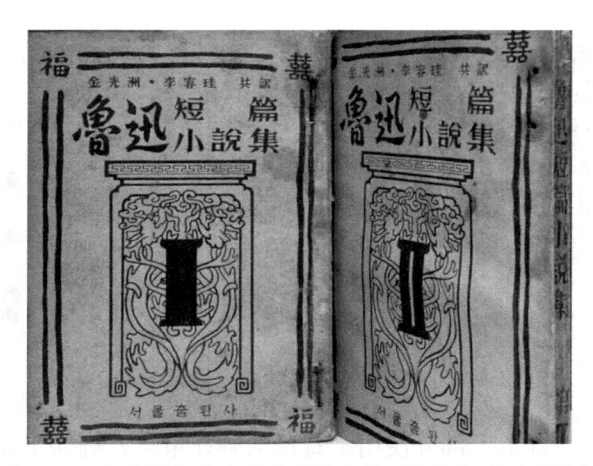

图 4-3　金光洲和李容珪共同推出的《鲁迅短篇小说集》

虽然从整体数量上看，被译介至朝鲜半岛的鲁迅小说并不太多，但相较于同时期其他中国作家，鲁迅作品是被译介最多的。同时有很多作品经过了重译，如柳树人 1927 年翻译的《狂人日记》，在 8 年后又重新出现在《三千里》上。这足以说明《狂人日记》在朝鲜半岛具有的持续性影响，同时也印证了鲁迅在中国和朝鲜半岛的意义和地位。此外，梁建植、丁来东和金光洲都是鲁迅作品的主要译者，其中丁来东一人翻译了 3 部小说，分别是《伤逝》《过客》和《孔乙己》。梁建植除了翻译《头发的故事》外，还于 1930 年翻译了《阿 Q 正传》。他在"序言"中表示："通过鲁迅一流的辛辣讽刺和透彻观察，如实展现当时革命的社会状态。"① 1933 年金光洲翻译了《幸福的家庭》，强调此作品"以朴素的笔致，将简短平凡的题材写活，同时以幽默之笔，书写透彻肌肤的人生现实，可取之处甚多"②。后来 1936 年，与鲁迅渊源深厚的李陆史翻译了《故乡》；朝鲜半岛解放之后的 1948 年，金光洲、李容珪整合了部分鲁迅短篇小说，合作编译出版了《鲁迅短篇小说集》。

《鲁迅短篇小说集》收录的作品包括《故乡》《孔乙己》《狂人日记》和《阿 Q 正传》等。这部短篇小说集几乎囊括了鲁迅小说的全部代表作品，而且全部作品均以中文原作为底本进行翻译，翻译策略方面，在坚持

---

① 《东亚日报》1930 年 1 月 4 日。
② 《朝鲜日报》1933 年 1 月 29 日。

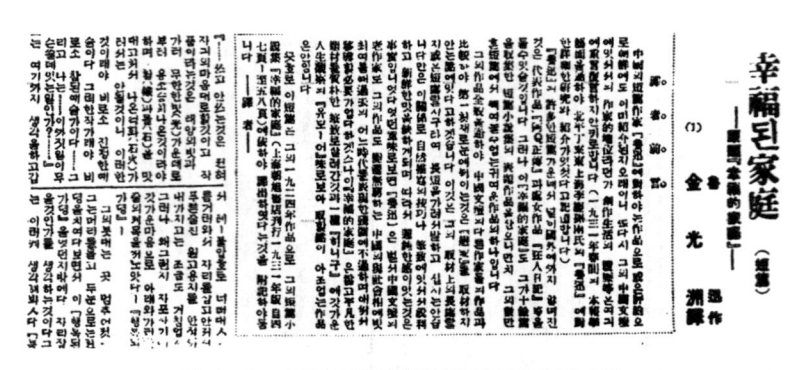

图 4-4　金光洲翻译的鲁迅《幸福的家庭》

忠实性原则的基础上，部分使用了意译的翻译策略，确保了原文的文学性和译文的可读性。[①] 此小说集的出版标志着鲁迅文学开始被朝鲜半岛文界所普遍接受，并为日后的持续译介奠定了基础。

　　柳树人翻译的《狂人日记》发表之后，在 20 世纪 30 年代的朝鲜半岛，陆续出现了梁建植、丁来东、金台俊、金光洲等中国文学研究学者和鲁迅文学翻译者。换言之，以鲁迅为代表的中国现代文学，在彼时的朝鲜半岛成为重要的翻译和研究对象。尤其 1929 年《开辟》杂志社推出的《中国短篇小说集》，使朝鲜半岛读者从经由日本的西方文学接受框架中脱离，并逐渐拓展了中国现代文学的直接接受视野。同时，此时期的中国正在兴起革命文学大讨论，无产阶级文学兴起，随着 1930 年中国左翼作家联盟成立，朝鲜半岛的无产阶级文艺运动也活跃开展。朝鲜半岛知识文人们以无产阶级文学为中心，对以普罗文学为中心构建的中国文坛表现出浓厚兴趣，对鲁迅文学的关注和译介活动也随之活跃起来。进入 20 世纪 30 年代，鲁迅成为中国现代文学的代表人物在朝鲜半岛新闻报刊中被广泛介绍，这是因为"鲁迅文学作为抵抗意识和批判精神的典范，是在民族解放日益紧迫的韩国社会所需要的"[②]。尤其鲁迅的第一部白话作品《狂人日记》给中国文坛带来冲击的同时，也为朝鲜半岛文化界带来了"异域之眼"。

　　梁建植以翻译《红楼梦》等中国古典文学作品而在 20 世纪 20 年代的朝鲜半岛蜚声文坛。后来转译日本青木正儿的原作并发表于《开辟》

---

[①] 洪昔杓：《诗人李陆史与中国现代文学》，《中国现代文学》2010 年总第 55 期。
[②] 洪昔杓：《鲁迅与近代韩国》，首尔：梨花女子大学出版文化院 2017 年版，第 90 页。

杂志的《以胡适氏为中心的中国文学革命》成为他转向中国现代文学研究的开端，文中对鲁迅及其《狂人日记》进行了高度评价，认为鲁迅"到达了迄今为止其他作家尚未达到的境界"①。1930年梁建植在《朝鲜日报》上连载了其翻译的《阿Q正传》，这成为第三篇被译介至朝鲜半岛的鲁迅小说。事实上，作为鲁迅的代表作品，关于《阿Q正传》的韩译，柳树人、丁来东等中国文学研究学者都曾表示过意愿。丁来东曾说："我从大体认识中文开始，就在考虑是否要翻译《阿Q正传》，偶尔会从书架上抽出鲁迅的短篇小说集《呐喊》，但其中的句子晦涩难懂，充满戏谑性，中文中特有的很多双关语，无法将其准确翻译为朝鲜语，因此又重新把它放回书架，这种经历不止一两次。"②

图 4-5　梁建植翻译的《阿Q正传》

梁建植在《阿Q正传》译本开始连载时，对翻译缘由进行了简要概述："译者早前就打算介绍此小说，但文中掺杂了很多难解的土语，犹豫再三，通过一次偶然的机会，最终得以译述。"③

但是，梁建植的《阿Q正传》译本因存在过多错译和误译现象而受到一定程度的批评。尤其通晓中文且对鲁迅作品研究造诣深厚的丁来东，

---

① 梁建植：《以胡适氏为中心的中国文学革命》，《开辟》1921年第2期。
② 丁来东：《〈阿Q正传〉读后》，《朝鲜日报》1930年4月9日。
③ 鲁迅：《阿Q正传》，梁建植译，《朝鲜日报》1930年1月4日。

曾于1930年4月在《朝鲜日报》上发表《〈阿Q正传〉读后》一文，对梁建植的翻译进行了批判，指出梁建植译本中存在的问题。"小说介绍之中多少有些错误之处，也不是重要的误差，如果内容经过充分翻译，也不会存在问题。但偶尔发现的对某些词汇的严重误译，使我仔细对照了译文与原文，发现了数不胜数的误译之处。"① 文章最后还通过引用严复"信、达、雅"的主张，就外国作品翻译标准提出了自己的观点。但尽管如此，丁来东本人也没有推出新的译本，而是在1931年《鲁迅和他的作品》一文中对连载于《朝鲜日报》的《阿Q正传》进行了详细解读。他认为："虽然鲁迅为了讽刺他人、暴露社会的阴暗面而略显高傲和冷淡，但是其内心深处则充满温情……《呐喊》是鲁迅内心温情流露的代表性作品，也是了解鲁迅性格的重要作品。"② 从中可以看出，丁来东对冷静批判中国社会现实的鲁迅文学所蕴含的现实主义特征，有着充分的把握，同时也并未忽略鲁迅文学的人道主义特征。不仅如此，《鲁迅和他的文学》通过具体比较《呐喊》和《彷徨》，探讨了《野草》的创作意义和文学史地位，可视为20世纪30年代韩国鲁迅研究成果之集大成者。之后，丁来东又将鲁迅的《野草》和《过客》翻译之后发表于《三千里》杂志，1935年5月在《中国文人印象记》③ 中介绍了鲁迅如何转向左翼文学阵营，体现了对普罗文学的批判姿态。

事实上，到了20世纪20年代，朝鲜半岛的外国文学翻译策略和译介理念开始悄然发生变化，大量精通外语且可以直接依据原作进行翻译的译者开始登上历史舞台，"翻译"本身成为理念论争的焦点，忠实于原作的翻译风潮开始涌动。丁来东20世纪20年代后期在北京民国大学和北京大学留学，1930年前后正式开始研究中国现代文学和鲁迅文学，基于这种学习经历和学术背景，他主张如实呈现原作的忠实翻译。在《〈阿Q正传〉读后》中，丁来东强调："翻译本来就应该确保与原作一致，也就是杜绝误译，然后译文才能通畅。"④ 在《中国文学与朝鲜文学》一文中，他也具体指出了通过日文译本进行重译的弊端。丁来东精通中文和日文，

---

① 丁来东：《〈阿Q正传〉读后》，《朝鲜日报》1930年4月9日。

② 丁来东：《鲁迅和他的作品》，《丁来东全集》（一），首尔：金刚出版社1971年版，第314页。

③ 丁来东：《中国文人印象记》，《东亚日报》1935年5月3日。

④ 丁来东：《〈阿Q正传〉读后》，《朝鲜日报》1930年4月9日。

因此能够相对容易地发现通过日译本重译的作品中出现的误译现象。其实在梁建植《阿Q正传》的日译本重译和丁来东对其中误译问题批判的背后，暗含的是改写加翻译的"译述"与忠实于原作的"直译"之间的翻译理念冲突。

因此，丁来东作为20世纪30年代韩国鲁迅研究最具体系性和全面性的知识文人，同时又是精通中文的中国文学研究学者，其对梁建植《阿Q正传》译本问题的评判可谓尖锐而到位。结合当前现有资料，基本可以断定梁建植的《阿Q正传》译本在很大篇幅上参照了日本学者井上红梅的日译本。因为梁建植的译本无论从词汇和句子构造，还是章节设定上也都与井上红梅的日译本高度一致。梁建植在《阿Q正传》韩译本前言中强调了《阿Q正传》是中国现代第一流作家鲁迅的作品，已被翻译为多国语言，甚至在欧美也广泛流传。但梁建植没有在其中提及与井上红梅日译本的关联性，因此导致学界认为此译本是梁建植以中文原文为底本翻译的。而问题在于井上红梅的译本存在大量误译，由此使梁建植的译本也出现较多错译问题。事实上，井上红梅翻译《阿Q正传》的事实令鲁迅"感到意外"，而且鲁迅"颇惊其误译之多"①，对井上红梅译本的错译之处有准确的认知。但梁建植并未意识到这一点，而是基于当时国内外形势和文艺启蒙的要求，直接对井上的译本进行了重译。

表4-1　梁建植《阿Q正传》韩译本与井上红梅日译本序言部分对比

| 梁建植《阿Q正传》韩译本 | 井上红梅《阿Q正传》日译本 |
| --- | --- |
| 이〈阿Q正傳〉은 中國現代의 第一流作家魯迅（周樹人）氏의 作이니 中國文藝復興期의 代表作으로 歐美에 喧傳되어 이미 數個國語로 翻譯된 것이다．取材는 革命에 犧牲된 無智한 한 農民의 全生涯에 잇스니 第一革命當時의 社會狀態를 魯迅氏 一流의 辛辣한 諷刺와 透徹한 觀察로 如實하게 表現한 것이다．犧牲者는 中國의 國情으로 現代의 訓政時期에도 반드시 만히잇스리라고 생각하는 바 本小說의 主人公이 自然人인곳에 本篇의 妙味가 잇다．譯者는 이를 벌서부터 紹介하랴고 생각은 하얏섯스나 文中에 難解의 土語가 만히 석기어 躊躇를 마지아니하다가 이번에 偶然한 機會로 譯述하게 된 것이다 | 魯迅氏の「阿Q正傳」は支那文藝復興期の代表作として欧米に喧傳され、已に數個國語に譯されてあるが、邦譯は未だ無いやうである。玆に題目を支那革命畸人傳と改め本誌の餘白を借りて全譯する。取才は革命の犧牲になる哀れな一農民の全生涯にあり、第一革命當時の吐會狀態を魯迅氏一流の皮肉な觀察を以て表現したものである。かういふ犧牲者は彼國の國情として現代の訓政時期にも必ず多くある事と思はれる。畸人といSもの、實は填の自然人である處に本傳の妙味がある |

就两种译本序言部分的用词和内容表达上看，基本可以判断梁建植译

---

① 鲁迅：《鲁迅书简——致日本友人增田涉》，陕西人民出版社1973年版，第26页。

本是对井上红梅译本的直接翻译。

事实上,类似梁建植这种翻译案例在近现代的朝鲜半岛是一种比较普遍的文化现象。因为当时的朝鲜半岛作为日本的完全殖民地,外来文化的接受路径日益狭窄,几乎所有领域的外来文化接受都必须以日语为媒介。文学领域自然也不例外,通过日语接触世界名作和文学思想是重要的捷径。因此,此时期通过重译日译本而进行的外国文学韩文翻译就成为普遍的现象。换言之,当时有为数不少的朝鲜半岛知识文人受制于特定文化语境,对日本学者翻译的外国文学作品进行重译并重新进行阐释和解读。对近代启蒙期的朝鲜半岛译者们来说,以原文为底本的忠实于原作的翻译理念并未得到广泛普及。因为若要以原作为底本,必须精通相关语言,但当时的译者们受限于内外交困的时代语境,无暇习得外语。从思想谱系来看,虽然有一部分汉文素养较高、儒学渊源深厚的知识文人选择了中文译本,但更多掌握日语的知识分子选择了日文译本进行重译,其中留学日本的知识文人们居多。而梁建植曾在"官立汉城外国语学校"学习日语,因此也加入了重译日语文本的行列。

梁建植翻译的《阿Q正传》虽然重译自日译本且译本中普遍存在大量误译,但其最直接的贡献是将鲁迅文学的精髓呈现于朝鲜半岛读者面前,其文学史意义和文化价值不容忽视。朝鲜半岛文界通过《阿Q正传》参悟了中国人和中国社会现实并以此为鉴反观自我。1930年金台俊曾在《东亚日报》连载《文学革命后的中国文艺观》,在文中他强调:"所谓阿Q是谁?是民国7年鲁迅所作小说《阿Q正传》的主人公。"[①] 1931年《每日申报》连载的《新兴中国文坛上活跃的重要作家》一文也曾言及鲁迅:"鲁迅是中国文学革命后中国文坛上最伟大的巨人。他发表了《狂人日记》等15篇小说,其中《阿Q正传》最受好评。已被翻译为英、法、俄、德等语种,连罗曼·罗兰也极力称赞其为东方杰作,这应该是鲁迅最为得意之处。《阿Q正传》已经由梁白华先生介绍至朝鲜。"[②] 由此可见,梁建植翻译的《阿Q正传》虽然是重译且存在一定的局限性,但其文学意义和史学价值还是得到了朝鲜学界的肯定。

---

① 金台俊:《文学革命后的中国文艺观(十四)》,《东亚日报》1930年12月4日。
② 金台俊:《新兴中国文坛上活跃的重要作家(四)》,《每日申报》1931年1月7日。

## 第二节　国民性批判与"同轨"的文学精神

除了作品译介，朝鲜半岛知识文人的也发表了大量与鲁迅相关的评论文章（详见表4-2），对鲁迅及其小说展开了批评。"鲁迅文学从20世纪20年代传入朝鲜文坛以来，不管在文学思想上，还是在创作手法上，都得到了众多文人的高度评价。"[①] 梁建植、丁来东、申彦俊、李陆史等人结合朝鲜半岛的特殊政治文化语境，从不同角度，对鲁迅及其作品进行了多层面解析，显示出东方文化价值观支配下，对鲁迅文艺启蒙理论的深度共鸣。当时的朝鲜半岛面临着对内民众启蒙与对外民族独立的双重时代课题，知识文人们通过对鲁迅作品的批评，加深了对鲁迅反封建、反传统的反抗意识和国民性批判精神的认知，并试图将其运用于本国的文艺启蒙和文学运动之中。

表4-2　　　　日据时期朝鲜半岛的鲁迅相关评论文章

| 发表时间 | 评论文章名称 | 作者 | 发表报刊 |
| --- | --- | --- | --- |
| 1930.4 | 《〈阿Q正传〉读后》 | 丁来东 | 《朝鲜日报》 |
| 1931.1 | 《中国短篇小说家鲁迅和他的作品》 | 丁来东 | 《朝鲜日报》 |
| 1931.2 | 《之后的鲁迅——谈丁君的〈鲁迅论〉有感》 | 李庆孙 | 《朝鲜日报》 |
| 1932.5 | 《中国新兴文学的阿Q时代与鲁迅》 | 牛山学人 | 《东方评论》 |
| 1934.5 | 《中国大大文豪鲁迅访问记》 | 申彦俊 | 《新东亚》 |
| 1935.5 | 《文豪鲁迅的人情美谈》 | | 《每日申报》 |
| 1935.11 | 《鲁迅的话》 | 廉想涉 | 《每日申报》 |
| 1936.1 | 《战争期作家的态度》 | 李光洙 | 《朝鲜日报》 |
| 1936.4 | 《鲁迅印象记》 | 洪生翰 | 《四海公论》 |
| 1936.10 | 《鲁迅略传》 | 李陆史 | 《朝鲜日报》 |
| 1936.10 | 《鲁迅》 | 梁建植 | 《每日申报》 |
| 1936.10 | 《巨星坠地：中国文坛巨匠鲁迅逝去》 | | 《每日申报》 |
| 1936.10 | 《鲁迅追悼文1—5》 | 李陆史 | 《朝鲜日报》 |

---

[①]　金哲：《20世纪上半期中朝现代文学关系研究》，山东大学出版社2013年版，第100页。

续表

| 发表时间 | 评论文章名称 | 作者 | 发表报刊 |
| --- | --- | --- | --- |
| 1938.12 | 《关于鲁迅》 | 李明善 | 《朝鲜日报》 |
| 1939.5 | 《与鲁迅的因缘》 | 林耕一 | 《每日申报》 |
| 1940.1 | 《鲁迅的未竟作品》 | 李明善 | 《批判》 |

正如韩国学者洪昔杓所分析的那样，20世纪30年代的朝鲜半岛知识文人对鲁迅呈现出两种不同的认知和评价，这与他们的思想承载谱系密切相关。无政府主义倾向的知识文人从"自我认识"和"时代苦闷"的层面出发，高度评价鲁迅文学的历史意义和现实价值，同时对于鲁迅的左翼文学转向，采取了保留意见的态度。与此相反，倾向马克思主义无产阶级文学的知识文人们，则认为在普罗文学时代，鲁迅文学已经丧失了现实意义。尽管如此，鲁迅文学启蒙主义的国民性批判意识和抵抗精神，还是在殖民地时期被朝鲜半岛全面接受并产生重要影响。

鲁迅逝世后第二天，朝鲜半岛《每日申报》即以"中国文坛的巨匠——鲁迅氏逝去"为标题，以"巨星坠地"来形容鲁迅逝去带来的剧烈精神冲击。报道称："中国唯一的文豪鲁迅先生于19日下午5时25分，在上海施高塔新邸9号的家中因心脏病和喘息恶化而逝世，享年56岁。鲁迅被称为'中国的高尔基'，代表着中国文坛的最高峰，他不仅与日本文坛因缘深厚，而且在译介和接受欧洲文学、俄国文学和德国文学方面也厥功至伟。"[1] 此外，报道还提及鲁迅与国民党组织的文艺家协会的对抗活动，指出病弱的鲁迅面对国民党的压迫，仍然继续战斗到生命的最后一刻。最后附上"鲁迅略传"，介绍了其出生到逝世的人生经历，其中提及《中国小说史略》《狂人日记》《孔乙己》《药》《阿Q正传》《故乡》等，称这些"名著""杰作"影响深远。

众所周知，对国民性的批判，是鲁迅整体思想中的重要构成部分，也代表着其思想特色。《阿Q正传》是鲁迅国民性改造思想的代表性作品，鲁迅曾说过，创作《阿Q正传》"大约是想暴露国民的弱点的"[2]。《阿Q正传》不仅揭露了20世纪20年代中国人民的劣根性，同时也阐明了民族

---

[1] 《中国文坛的巨匠——鲁迅氏逝去》，《每日申报》1936年10月20日。
[2] 鲁迅：《再谈保留》，《鲁迅全集》（三），人民文学出版社1981年版，第90页。

图 4-6 《每日申报》对鲁迅逝世的报道

衰败的思想根源,不仅批判了中国人的民族性缺陷,也表现了人类本身普遍存在的共同弱点。对于在半封建半殖民地的社会现实中,鲁迅所展现出来的苦恼、抗争精神和文学表达,处于殖民地的朝鲜半岛知识文人们深感共鸣,其中对最著名的文学典型——阿 Q,达到了文学精神层面的感同身受。20 世纪 20 年代以来,通过朝鲜半岛的现代传播媒介,鲁迅已经成为众人皆知的大文豪,而到了 20 世纪 30 年代日本开始全面侵华前后,鲁迅文学思想更是引起了更为深层的共鸣。此时,在朝鲜半岛知识文人眼中,"阿 Q"已经超越了单纯的文学形象本身的意义,不仅固化为某种文化符号得以迅速传播,而且鲁迅其他作品的人物形象也开始被区分为"阿 Q 式的人物"和"非阿 Q 式的人物"加以理解。《东亚日报》驻上海特派员申彦俊在 1933 年 5 月 22 日对鲁迅进行专访时,就曾谈及阿 Q 形象的跨文化、跨地域、跨民族的普遍性问题。申彦俊借鲁迅之口强调:"阿 Q 以在鲁镇生活的人物为原型,事实上阿 Q 不仅是中国人的普遍形象,而且不仅仅在中国，在其他任何民族中，都是经常能够看到的形象。"① 鲁迅在暴露中国人民族性的同时，也指出了人性中普遍存在的懦弱现象，通过阿Q这一人物形象，鲁迅在描写"中国人的灵魂"的同时，也讽刺了任何民族中都可能出现的人性中的否定面。由此，包括申彦俊在内的朝鲜半岛近现代知识文人对此深有同感，他们将阿Q形象解读为超越"中国人灵魂"这一限定范围的人类弱点之一，当然包括与中国同处东亚文化圈且正在遭受日本殖民侵略的朝鲜半岛人民。

20世纪30年代的朝鲜半岛曾经展开过"农民文学运动"，其代表人物朴承极曾经在随笔《山村的一夜》中写道："他蜷坐着不说话，低着头，没有任何反应。头发彻底剃光，脸呈暗黄色，腰弯的像驮鞍，黑色的衣着，像鼠疮患者，沾满泥土的布袜上套着胶鞋。不禁让人联想起鲁迅《阿Q正传》中的阿Q，真是可怜。"② 可见，阿Q这一文学形象在朝鲜半岛已经实现了跨文化接受，被视为某种文化象征而广泛引用。李光洙也曾嘲笑自己为"像阿Q一样的傻瓜"。金素云在《春园李光洙的片貌》中曾写道："《中央公论》的主编通过我向春园约稿……结果原稿内容与《中央公论》所期待的相距甚远。我们要求的至少应该是鲁迅级别的随笔，结果写的是'内鲜一体信仰论'。"③ "几年之后回首尔的路上，我拜访了位于首尔孝子洞的春园家。是为了写'春园论'而准备相关资料，春园得知我的来意之后，害羞地苦笑道：要写就像《阿Q正传》那样写。这句话让我刻骨铭心，春园说：我是像阿Q一样的傻瓜。"④ 李光洙自嘲为阿Q，表现出对自己在日据时代亲日行为的反省和讽刺。也表明阿Q已成为低劣人性的代名词而被广泛接受。

作为朝鲜半岛现代文学的开创性人物，李光洙也提出了类似鲁迅国民性改造论的"民族改造论"。民族和民族性改造事实上是李光洙思想的核心内容，也是其"终生目的"⑤。他认为民族性对于朝鲜人来说，是历史形成的共同民族性格，决定了民族生活的所有样式和内容的根本特征。因

---

① 申彦俊：《中国的大文豪鲁迅访问记》，《新东亚》1934年4月号。
② 朴承极：《山村的一夜》，《东亚日报》1938年4月13日。
③ 金素云：《春园李光洙的片貌》，《自由世界》1952年第1卷第3号，第165页。
④ 金素云：《春园李光洙的片貌》，《自由世界》1952年第1卷第3号，第166页。
⑤ 李光洙：《民族改造论》，《李光洙全集》（十），首尔：三中堂出版社1965年版，第140页。

此，李光洙在洞悉妨碍民族生存和发展的恶劣封闭思想的基础上，提出了"民族性改造"的口号，作为拯救民族陷入灭亡危机的方法。

> 朝鲜民族衰退的根本原因在于堕落的民族性……因此要改造某个民族，必须先从作为民族性基础的道德开始……如果放任腐朽的民族性格不管，即使再努力，最后也终将一无所获，因此民族性格的改造，才是我们存活下去的唯一路径选择。
> 朝鲜民族的根本性格是什么？如果用传统汉文观念解读，就是仁、义、礼、勇……朝鲜民族今日衰颓的根本原因在于虚伪、懒惰以及经济衰弱、科学不振，这些都是民族性所带来的灾祸。①

李光洙认为，朝鲜民族衰退的根本原因是懒惰和虚伪，没有继承传统的仁、义、礼、勇等民族个性。因此，为了打造"最优秀、最文明"的民族，必须进行道德性改造。改造的核心是"务实、力行和德育（社会奉献）"。他的道德改造论中，一方面是具有不同于社会进化论的近现代特征；另一方面则是与朱子学中强调的自我修养存在深刻关联。如此看来，李光洙的理念中还保留着陈旧的封建思想，以及精英式的思想性格，所以个人主观性较强，缺乏对客观现实的准确认知。

> 认为集体（公）比个人（私）更重要，将社会奉献视若生命……家族、私党和亲友都属于『私』的范畴。但是，朝鲜人还缺乏社会生活的训练，其感情涉及范围仍然没有超越家族和朋党。因此，很多情况下，为了自身或家族的利益而不顾社会的利益。这是不应该的，至少应该将爱护的范围扩大到民族层面，这

---

① 朝鮮民族 衰頹의 根本原因은 墜落된 民族性에 잇다 할 것이외다…그럼으로 一民族을 改造함에는 그 民族性의 根柢인 道德에서부터 始作하야야 한다 함이외다…만일 그 썩어진 性格을 그냥 두면 아모러한 努力을 하더라도 虛事가 되고 말 것이니 民族의 性格의 改造! 이것이 우리가 살아날 唯一한 길이외다. 朝鮮民族의 根本性格은 무엇인고. 漢文式 觀念으로 말하면 仁과 義와, 禮와 勇이외다…朝鮮民族을 今日의 衰頹에 끈은 原因인 虛偽와 懶惰와 非社會性과 및 經濟의 衰弱과 科學의 不振은 實로 이 根本의 民族性의 半面이 가져온 禍입니다. 李光洙:《民族改造论》,《李光洙全集》（十），首尔：三中堂出版社 1965 年版，第 125—131 页。

是十分重要的。①

李光洙通过上述引文指出，当时社会仍然存在着私人的传统伦理观。因此，他强调了反对私人利己主义的社会奉献精神。在此，李光洙试图通过打破个人自觉来唤起社会团体的近现代精神。由此可见，从这个时期开始，他不再主张"适者生存"这一个人社会进化论的思想，转而强调共同体的重要性。那么李光洙为什么要放弃社会进化论呢？因为他认识到尊崇"强者为王"伦理观念的社会进化论会承认强者的统治地位，进而使日本的殖民侵略合理化。这就为其后来成为支持日本殖民统治的御用文人奠定了心理基础。

在西方列强及日本的侵略和近现代转型期的时代语境中，李光洙和鲁迅都深深认识到自己的国家不得不做出改变的现实。民众意识是改造现实社会的有效和强有力的要素，因此他们都展开了启蒙民众、改变民众意识的文学探索和实践。对此，李光洙在《民族改造论》中曾疾呼：

> 现在就是改造的时代！这已成为现代的标语和精神。将帝国主义的世界改造为民主主义的世界，将资本主义的世界改造为共产主义的世界，将生存竞争的世界改造为相互扶助的世界，将男尊女卑的世界改造为男女平权的世界……这难道不是现代思想界的整体声音吗？②

李光洙的民族改造论与鲁迅的国民性改造论，在出发点和意图方面具有同质性。他们都目睹了本国恶劣的环境和悲剧的现实，从顺应或逃避现

---

① 個人보다 團體를 即 私보다 公을 重히 여겨 社會에 對한 奉仕를 生命으로 알게 하자 함이외다…家族이나 私黨이나 親友 가튼 것도 또한 私외다. 그런데 朝鮮人은 아즉 社會生活의 訓練이 업서 그 愛護의 情이 밋는 範圍가 家族, 朋黨을 超越하지 못합니다. 그럼으로 自己 一身이나 一家의 利害를 爲하야 社會의 利害를 不顧하는 수가 만흡니다. 이래서는 안되니 적더라도 그 愛護의 範圍를 民族까지에 擴大할 것은 甚히 緊要합니다. 李光洙:《民族改造論》,《李光洙全集》(十), 首尔：三中堂出版社1965年版, 第125页。

② "只今은 改造의 時代다！" 하는 것이 現代의 標語외다, 精神이외다. 帝國主義의 世界를 民主主義의 世界로 改造하여라, 資本主義의 世界를 共産主義의 世界로 改造하여라, 生存競爭의 世界를 相互扶助의 世界로 改造하여라, 男尊女卑의 世界를 男女平權의 世界로 改造하여라…이런 것이 現代의 思想界의 소리의 全體가 아닙니까. 李光洙:《民族改造論》,《李光洙全集》(十), 首尔：三中堂出版社1965年版, 第116页。

实的民众身上，感受到了失望或遗憾，并由此开始了自身的文学创作和思想运动。新民族和新文学的出现是他们向往的民族改造思想的共同点。但是，如果观察他们的具体实践，也会发现几个不同点。首先是关于改造的视角差异，鲁迅承认中国传统社会的落后性，主张仿照西方进行改造，但也看穿了西方近现代的物质至上主义和近现代性的野蛮本质，因此对适合中国的国民改造路径进行了深入思索。对此，鲁迅曾表示："往者为本体自发之偏枯，今则获以交通传来之新疫，二患交伐，而中国之沉沦遂以益速矣。呜呼，眷念方来，亦已焉哉！"① 他把当时中国的问题暂时归结为对西方物质文明的盲目崇拜。

  不知纵令物质文明，即现实生活之大本，而崇奉逾度，倾向偏趋，外此诸端，悉弃置而不顾，则按其究竟，必将缘偏颇之恶因，失文明之神旨，先以消耗，终以灭亡，历世精神，不百年而具尽矣。②

  因此，鲁迅民族改造思想不否定接受西方近现代性的必要性，但也认识到盲目崇拜和过度追求的危险性，由此提出了不带任何偏向的西方认知观。同时，以这种思想为基础，展开国民劣根性的改造。与之相比，李光洙虽然也洞悉了西方近现代性的矛盾和野蛮本质（从文明论转向文化论），但民族改造的视角却完全集中在内部。换言之，比起关注被移植到朝鲜并固化为意识形态的近现代性，他更重视的是以"恶政和儒臣"为代表的导致朝鲜所有悲剧现实的"堕落的民族性"。同时，他认为这种堕落的民族性是导致国民道德性缺失的主要原因。也就是说，民族改造的方向只归结于内部人民劣根性的改造。这与鲁迅所倡导的"由外向内"的自我解剖精神，可谓一脉相承。鲁迅的《墓碣文》就鲜明地体现了酷烈的自我解剖，同时反映出现实语境下的精神苦闷。

  我梦见自己正和墓碣对立，读着上面的刻辞。那墓碣似是沙石所制，剥落很多，又有苔藓丛生，仅存有限的文句——
  ……于浩歌狂热之际中寒；于天上看见深渊。于一切眼中看见无

---

① 鲁迅：《文化偏至论》，《鲁迅全集》（一），人民文学出版社2005年版，第102页。
② 鲁迅：《文化偏至论》，《鲁迅全集》（一），人民文学出版社2005年版，第95页。

所有；于无所希望中得救。……

……有一游魂，化为长蛇，口有毒牙。不以啮人，自啮其身，终以殒颠。……

……离开！……

我绕到碣后，才见孤坟，上无草木，且已颓坏。即从大阙口中，窥见死尸，胸腹俱破，中无心肝。而脸上却绝不显哀乐之状，但蒙蒙如烟然。

我在疑惧中不及回身，然而已看见墓碣阴面的残存的文句——

……抉心自食，欲知本味。创痛酷烈，本味何能知？……

……痛定之后，徐徐食之。然其心已陈旧，本味又何由知？……

……答我。否则，离开！……

我就要离开。而死尸已在坟中坐起，口唇不动，然而说——

"待我成尘时，你将见我的微笑！"

我疾走，不敢反顾，生怕看见他的追随。①

众所周知，《墓碣文》是鲁迅的《野草》中最为艰深晦涩、疑点最多且充满争议的篇章之一，但其中所蕴含的自我剖析精神则是学者们首先关注和强调的。"这篇墓碣文，一方面表现鲁迅严格深刻地解剖自己的精神；另一方面，反映了鲁迅当时深刻的思想苦闷。"② 自我解剖伴随着剜心的痛苦，真正的自我认知，必然需要探寻内在自我的巨大勇气。可见，鲁迅将自我解剖精神首先对准的是自身，而李光洙则对此有所发展，将自我解剖意识推展至整个民族。

另外，李光洙的民族改造论主张与鲁迅将中国国民的奴隶根性视为中国革新巨大障碍的思想，存在相似之处。但在认识堕落国民性的形成原因和改造国民性的方法方面，与鲁迅存在一定差异。这也决定了李光洙最终转向为日本殖民当局辩护和代言的命运。李光洙举例说明了当时英国自由进取的民族取向，不仅是英国，英国的殖民地也因为这样的民族性而兴旺发达。同时指出，朝鲜民族在"韩日合邦"之前就已经表现出了堕落的民族性。李光洙这种贬低和否定本民族的认识，被歪曲的历史认识乃至历

---

① 鲁迅：《墓碣文》，《鲁迅全集》（二），人民文学出版社2005年版，第207页。

② 李何林：《鲁迅〈野草〉注解》，陕西人民出版社1973年版，第131—132页。

史意识的缺失所掩盖,这几乎已成为学界的共识。在李光洙对朝鲜民族劣根性的揭露和批判中,他无视朝鲜民族改造的主体性,反而以被殖民者为榜样谋求改造,是丧失追求自由个性和人类觉醒根源性的表现。李光洙和鲁迅的民族性改造方案,也存在一定差异性。鲁迅接受尼采的思想,将具有强烈意志的超人,乃至"精神界的战士"作为改造的主体。而为了改造民众,李光洙依靠勒庞的理论,改造没有主体性的民众劣根性。鲁迅所指向的被改造的个人,要么具有盲目追求西方的偏向和强迫这种偏向的集团化力量,要么是拒绝封建礼教制度,一味以自己的精神和个性进行独立、自由、反抗的个体性主体。与此相反,李光洙向往的文明群体是"作为文明社会的一员,可独立生活,具备能够承担社会职务的诚意和实力的人。"① 换言之,即使某个文明个体达到了自觉或觉醒,其最终也要顺应集体的意识形态。也就是说,如果鲁迅所指向的是个人觉醒和独立,那么李光洙所向往的只是以集体为目标的个人顺应。

事实上,李光洙早在1922年《开辟》上发表的《民族改造论》中就大力倡导进行民族性改造。强调朝鲜人应该去除朝鲜时代形成的虚伪、懒惰、自私等否定性的民族性,弘扬自古传承而来的宽容、节制的民族个性。高桥亨是日据时代朝鲜总督府发行的《朝鲜人》一书的著者,他曾任京城帝国大学的教授,在此书中,高桥亨对朝鲜人的民族性进行了极力否定。他指出"思想的固执"和"思想的从属"是深深根植于朝鲜人内心中的两种劣根性,"只要朝鲜人还生活在朝鲜半岛,这种根性就会永远持续下去",朝鲜人的"形式主义、不懂审美、文弱、党派斗争以及公私混同等民族性格,会随着日本殖民统治的延续而逐渐消失"②。这其中当然渗透着日本殖民统治者的官方立场,但也体现了日据时代日本人对朝鲜人民族性的真实认知,同时也是引起民族性争论的西方视线折射并转化成日本视线的必然结果。那么,通过《阿Q正传》倡导中国国民性改造的鲁迅,也有过日本留学经历,他所接受的民族性改造思想是否也经历了日本折射的西方视线?

鲁迅从日本留学时期开始,就对中国人的国民性改造问题进行了深入

---

① 李光洙:《民族改造论》,《李光洙全集》(十),首尔:三中堂出版社1965年版,第137页。

② 高桥亨:《论殖民地朝鲜人》,具仁谟译,首尔:东国大学出版部2010年版,第89—90页。

思考，因此表面来看，似乎无法摆脱日本所折射的西方视线。但是鲁迅的国民性改造论并未止步于对一般中国人的启蒙性呐喊，而是伴随着彻底的自我解剖和自我认知，这与西方或日本对中国国民性的认知存在偏差。仅就"幻灯事件"来说，与其说是凸显日本的殖民侵略性，不如说是鲁迅思考挽救中国国民性的契机。"有一回，我竟在画片上忽然会见我久违的许多中国人了，一个绑在中间，许多站在左右，一样是强壮的体格，而显出麻木的神情。据解说，则绑着的是替俄国做了军事上的侦探，正要被日军砍下头颅来示众，而围着的便是来赏鉴这示众的盛举的人们。"① 就这个场面描写而言，"与其说是为控诉日本殖民侵占不当性提供了契机，不如说是批判中国人麻痹国民性的自我反省的契机"②。即鲁迅更多是将目光转向内部的中国国民性弱点，而非对日本殖民主义的直接攻击。鲁迅在《狂人日记》中吐露："有了四千年吃人履历的我，当初虽然不知道，现在明白，难见真的人！"③ 通过"狂人"的声音，展现了自己也无意识地参与到人肉盛宴中的自我剖析精神，鲁迅的国民性改造思想正是以这种透彻的自我认知为基础的。

朝鲜半岛日韩双语创作型作家金史良曾创作小说《Q伯爵》，小说题目中的"Q"不禁令人联想到《阿Q正传》，事实上此小说也正是在参照《阿Q正传》的前提下，结合日据时代背景下朝鲜半岛所面临的文化窘境，将阿Q形象移植到朝鲜半岛知识分子身上，体现了作者对以知识分子为主体的国民性批判和改造之意图。作品主人公王伯爵是殖民地朝鲜道知事之子，其有一个习惯是不管发生什么事件，都积极盲目参与，因此经常被警察逮捕。他想以思想犯或反日危险分子的名义入狱，但每次都由于不在场或证据不足而被释放，酷似不理解革命意义而盲目想成为革命家的"阿Q"。而其像伟大的思想家一样到处炫耀或监狱中大声喧哗出丑的样子，与阿Q、孔乙己让人哭笑不得的表现也异常相似。如果说"阿Q"是鲁迅面对辛亥革命后黑暗的中国现实，为普通大众绘制的自画像的话，那么"Q伯爵"就是朝鲜殖民地末期失去存在感的文人的真实写照。

金史良通过主人公王伯爵，对朝鲜半岛知识文人群体进行了批判。小说中，王伯爵自我营构了一个想象的文化空间，借助他人的不法行为，对

---

① 鲁迅：《呐喊》，《鲁迅全集》（一），人民文学出版社2005年版，第438页。
② 洪昔杓：《近代中韩交流的起源》，首尔：梨花女子大学出版部2015年版，第212页。
③ 鲁迅：《狂人日记》，《鲁迅全集》（一），人民文学出版社2005年版，第454页。

自身的"进步意识"和"抵抗精神"进行想象并获得自我满足,而这种想象往往与现实发生必然冲突。这种形象不难令人联想到充满矛盾的"阿Q"。"阿Q"不停反复着"革命"的语汇,构建属于自己的"革命的世界"。但是,他并没有成功实现革命,反而沦落为革命的替罪羊。因此,可以说王伯爵的文化性格中存在着阿Q式的致命缺陷,他通过接受外部刺激,试图以自我欺瞒的精神胜利法,将自我想象事实化,而最终凸显的是超越国界的国民劣根性。

1948年推出《鲁迅短篇小说集》的金光洲曾对《阿Q正传》如此评价:"此作品对中国民族性中的虚伪卑屈、过分自尊等,进行了无情的辛辣讽刺,体现了鲁迅对自身的残忍解剖精神。同时,它也是一部向着人类社会大胆披露中国国民性优缺点的杰作。"[①] 这说明当时的朝鲜半岛对鲁迅的文学特质有着精准的把握和认知。鲁迅的中国国民性批判以彻底的自我解剖为基础,自我剖析得越彻底,就越接近人类的根源性问题。因此,鲁迅的国民性批判不仅仅指向中国人,而是扩大至包括中国人在内的整个人类,具有了普遍性。也就是在这个层面上,鲁迅的国民性批判与西方或日本提出的国民性改造思想亦存在差异。不以自我解剖为前提的国民性改造论,由于将提出改造论的主体——"我"与被改造的对象——"你"加以区别,最终会导致改造的主体迎合启蒙主义的支配权力或自动转变为支配权力一员的后果。提出"民族改造论"的李光洙,最终走向了与日本殖民当局合作的道路,正是由缺失了自我解剖的国民性改造论而导致的。与此相反,鲁迅通过彻底的自我解剖,对中国低劣的国民性进行了赤裸裸的揭露,只能一直处于与支配权力进行对峙的位置。20世纪20年代他先与北京军阀政府对立,后又与新成立的国民党政府对峙,20世纪30年代中期在他去世之前,又与"左联"内部的当权派展开了论争。在"我"与"你"一体化的前提下,进行彻底自我解剖的国民性改造,不断催生对抗现有支配权力的变革主体。《狂人日记》中的"狂人"、《长明灯》中的"疯子"、《秋夜》中的"枣树"、《过客》中的"过客"、《这样的战士》中的"战士"、《铸剑》中的"宴之敖者"等形象,均是作为"变革的主体"登场。

在李陆史身上,也能够发现鲁迅式的彻底的自我剖析精神,这不仅缘

---

[①] 金光洲:《鲁迅和他的作品》,《白民》1948年第8期。

于当时中国与朝鲜半岛所处的相似历史文化语境,更与李陆史本人与鲁迅的精神共鸣有关。尤其在鲁迅逝世后,李陆史通过《鲁迅追悼文》,对鲁迅的文学思想和文艺启蒙理论进行了深入阐明,对鲁迅彻底的自我批判和自我剖析精神进行了直观呈现,体现了相似文化境遇之中"同轨"的文学精神。1938年,李陆史在为尹崑岗的新诗集《挽歌》撰写的评语中,诉说了自我认知的苦恼。

> 永远的悲伤!这是赋予所有人的课题。随着世代更迭,所有的人性都被祭为哀怨悲怆的奠物。我们的各种自豪和憧憬以及未知的国家,在新的时代暴风中支离破碎,宛如未曾看到一点星光而凋谢的野菊花上凝聚的露珠。无论面对多么让人心酸的事实,也没有任何人能够反抗。但在此,我们的崑岗诗人并没有只流下廉价的眼泪。因此他歌咏了《大地》,也曾尝试呼唤春天,也能尝试使鲜花盛开,有时候也大声呼喊:"大海是年轻人意志的体现。"①

李陆史的伤痛在于自己"宛如未曾看到一点星光而凋谢的野菊花上凝聚的露珠"一样存在的事实。借助崑岗之口,李陆史展现了因为悲伤时而胸怀光明的未来,时而梦想美好的乌托邦,时而摆出抵抗姿态的自我认知上的矛盾心理。李陆史在评价尹崑岗的另外一部诗集《冰华》时曾表示:"'只有孤独的人才能知道……寻找悲伤的废墟,像黄鼬一样隐藏的内心',对这种透彻心扉的呼诉,无不产生深切的共鸣。但在《冰华》的尾联中有'龙飞冲天'的描述,这种描述不仅征服了崑岗本人,也征服了我们大部分诗人。但对我来说,却是连一条泥鳅都不如的无可奈何,

---

① 永遠한 슬픔! 이것은 모든 사람에게 賦與된 課題이였다. 世代가 바꾸이면 밧구일수록 모든 人間性은 서러운 祭饗의 奠物로 바처젓다. 우리의 온갖 자랑과 憧憬과 未知의 나라가 새로운 世代의 暴風 속에 쓸너지기를 마치 한 개의 별빗도 비처보지 못하고 떨어진 들菊花에 매친 이슬과도 가텟다. 그것이 아무리 애처러운 事實이라고 해도 이것이 정영한 참일 때는 누구나 反抗할 수는 업섯다. 그러나 여기에 우리 詩人 崑崗은 갑싼 눈물을 흘리고만 잇 슬 수는 업섯다. 그래서 그는〈大地〉를 노래햇다. 봄을 불러도 보고 꼬츨 피워도 보고 때로는 "바다여 젊은이의 意志여!"고 아우성도 처보앗다. 李陆史:《自己深化의 길:崑崗의〈挽歌〉를 읽고》,《朝鲜日报》1938年8月23日。详见洪昔杓《鲁迅与近代韩国》,首尔:梨花女子大学出版文化院2017年版,第216页。

实际上只有彻底离开了这种境地，朝鲜诗歌才能更新到一个新的发展阶段。"① 李陆史对"连一条泥鳅都不如的无可奈何"的现实，有着异常清醒的认识，这正缘于彻底的自我认知和自我剖析精神。如果不以这种自我认识和自觉精神为前提，就无法期待朝鲜诗歌的真正发展。1928年文学批评家钱杏邨认为《野草》是充满"虚无主义"的作品，但我们不能就此全盘接受鲁迅虚无主义的表象。同理，我们也不能将李陆史"连一条泥鳅都不如的无可奈何"的现实认知简单解读为虚无主义。这是因为，自我剖析和自我认知贯彻得越彻底，虚无主义色彩就表现得越明显。但鲁迅和李陆史的虚无主义色彩或对绝望现实的认识，并非思想颓废的表现，而是转化为以国民性改造为终极目标的抵抗姿态。李陆史"连一条泥鳅都不如的无可奈何"的自我认识，也应该从这个角度加以理解。李陆史达到的彻底自我认知的精神境界，与鲁迅的自我剖析和自我反省思想存在一脉相通之处。若将两者并峙考量，可以发现在同病相怜的殖民地现实语境中，鲁迅和李陆史以自我剖析为前提的国民性改造以及文艺启蒙方面"同轨"文学精神的承传过程。李陆史能够在《鲁迅追悼文》中对鲁迅进行前所未有的深度阐释，也正缘于此。

在《鲁迅追悼文》中，李陆史运用大量篇幅探讨鲁迅的反封建精神和国民性改造思想。"在李陆史看来，鲁迅是怀着精神上彻底改造国民性和'从几千年的封建囹圄中解救青年'的目的从事文学创作的。"② 同时，李陆史并没有把关注点仅仅集中于鲁迅的反封建思想上，而是将其与国民性批判紧密关联，赋予鲁迅"他山之石"的借鉴意义。事实上，鲁迅作品中的反封建思想与国民性改造论是相辅相成的，如果缺乏强烈的反封建意识，就无法体现改造国民劣根性的文化批判思想，而如果没有敏锐的自觉意识和自我剖析精神，也无法体现鲜明的反封建思想。李陆史正是在这种辩证统一的思维中，解读和参透了鲁迅的文化意义。"所以，在这里鲁迅不仅是一个反封建的文化战士，更是作为一个弱小民族的文化勇士出现在读者面前的。这是《鲁迅论》中最精彩、最富有意义的地方。"③

"《鲁迅追悼文》是李陆史诗歌创作步入新阶段的分水岭。李陆史以

---

① 李陆史：《尹崑岗诗集〈冰华〉其他》，《人文评论》1940年第11期。
② 尹允镇：《鲁迅在朝鲜——读李陆史的〈鲁迅论〉》，《东疆学刊》2001年第1期。
③ 尹允镇：《鲁迅在朝鲜——读李陆史的〈鲁迅论〉》，《东疆学刊》2001年第1期。

与鲁迅文学的相遇为契机,正式开始了诗歌创作的'文学实践',向重视文学思想性的方向转变。"① 更为重要的是,鲁迅文学所展现的具有强韧精神的人物形象和自我牺牲的文学境界,在李陆史文学中同样出现。而李陆史当时所处的创作环境却更为恶劣,对李陆史来说,诗歌创作行为就是反抗现实的实践性"行动",但其行动空间却更为萎缩和逼仄。因此,在创作数量层面上,尚未达到鲁迅文学的层级,也可以说在情理之中。但是,李陆史在完全殖民地的恶劣创作条件下,通过接触和吸收鲁迅的作品及其蕴含的文学精神,达到了能够与鲁迅相比肩的文学境界,实属难能可贵。也正是这个原因,在论及朝鲜半岛近现代抵抗诗人时,首先映入人们脑海中的就是李陆史。

## 第三节　反抗意识与"狂人"文化形象的异域重建

从地缘上看,中国与朝鲜半岛同处东北亚且仅有一江之隔,虽然民族个性与文化语境存在较大差异,但有着遭受日本殖民侵略的共同经历。因此,两国知识分子和民众在民族独立和文化启蒙方面,比较容易产生相互影响。自朝鲜半岛沦为日本殖民地之后,很多独立运动家和文人志士转移至上海、北京、伪满洲国等地,在异国他乡重新开展民族救亡运动,这使中国与朝鲜半岛在革命运动与文化交流方面,产生交集和相互作用。"五四运动"迟于"三一运动"登上历史舞台,"先发的三一运动,在一定程度上影响了后发的五四运动"②。对于"三一运动"陈独秀曾表示:

> 这回朝鲜的独立运动伟大、诚恳、悲壮,有明了正确的观念,用民意不用武力,开世界革命史的新纪元。我们对之有赞美、哀伤、兴奋、希望、惭愧种种感想……有了朝鲜民族运动光荣,更见得我们中国民族萎靡的耻辱。共和已经八年,一般国民不曾一天有明了正确意识的活动。……我们比起朝鲜人来,真是惭愧无地!③

---

① 洪昔杓:《鲁迅与近代韩国》,首尔:梨花女子大学出版文化院2017年版,第239页。
② 韩琛:《朝鲜镜鉴与五四中国——现代东亚视角中的〈牧羊哀话〉》,《中国现代文学研究丛刊》2019年第7期。
③ 陈独秀:《朝鲜独立运动之感想》,《每周评论》1919年第14期。

陈独秀在对朝鲜"三一运动"表达各种复杂感情的同时，也反观自身，清醒地认识到中国所面临的时代课题，最后关注了"三一运动"的主体是学生和基督教徒的事实，并反思到"中国现在的学生和基督教徒何以都是死气沉沉？"[①] 傅斯年更是强调三一运动"开革命界之新纪元"，因为它是"非武器的革命"，是"知其不可而为之的革命"，是"单纯的学生革命"。最后同样反思道："看看朝鲜人的坚固毅力，我们不真要惭到无以自容的地步了"[②]。虽然"三一运动"对中国的思想界产生了不小的冲击，但从另一个维度来看，中国的新文化运动也给朝鲜半岛文坛带来了刺激和影响。亡命中国的朝鲜知识文人由此直接现场接触到中国的新文学。

尤其，鲁迅作为中国现代文坛第一篇白话小说的创作者，成为中国现代文学的代表人物，其作品也成为国内外文人阅读和模仿的对象。鲁迅充满抗争精神和批判意识的文学理论和文学思想，引起了他们的深度共鸣。当时滞留中国的不少朝鲜半岛知识文人均与鲁迅有过直接会面经历，柳树人还将《狂人日记》翻译为韩文介绍至朝鲜半岛。此后，梁建植、丁来东、李陆史等也曾翻译大量鲁迅小说。朝鲜半岛译介的鲁迅小说大都集中于其前期作品，可以看出他们比较关注鲁迅作品中的"抵抗性"。这与朝鲜半岛当时所面临的时代状况和历史课题密切相关。由此，鲁迅作品成为朝鲜半岛作家创作过程中的重要典范。尤其《狂人日记》中潜含的反抗意识以及自我批判的文化精神，受到朝鲜知识文人的广泛关注。鲁迅作品中的"狂人"形象成为朝鲜半岛作家和知识文人们创作的重要参照，由此朝鲜文坛涌现出一系列知识分子狂人形象，最终实现了"狂人"文化性格的异域重建。

朝鲜半岛无产阶级作家韩雪野在知识分子形象的塑造和"狂人"文化精神的构建方面，受到了鲁迅的诸多影响。在鲁迅去世20年后的1956年，他发表了《鲁迅与朝鲜文学》一文。在此文中，韩雪野将鲁迅称为中国现代文学史和思想史上的"巨匠"和中国新文学的"旗手"，高度评价了鲁迅的文学贡献。同时，强调鲁迅在中国新文学运动中的重要作用，认为鲁迅进行文学创作的时期与朝鲜半岛当时的时代状况存在同质性，因

---

[①] 陈独秀：《朝鲜独立运动之感想》，《每周评论》1919年第14期。
[②] 傅斯年：《朝鲜独立运动中之新教训》，《新潮》1919年第1卷第4期。

此两国的现代化和文化运动之间，存在深厚的关联性。

  五四运动以后，中国的"新文学"被我们广泛报道，相关作品也大量翻译介绍，与我们文学的发展呈现出全新的关联性。之所以这样说，不仅仅是因为当时中国新文学运动在内容上与我们的无产阶级文学运动相连接，即使两国在文学题材和特征方面存在不同，作为反帝反封建的革命文学以及作为世界进步文学的一环，也存在国际性的关联……1936年一年间我们同时失去了社会主义写实主义文学的创始者高尔基以及被称为中国高尔基的鲁迅先生。对两位文豪的逝世，我忍不住悲痛，写下了如下追慕之文。①

  韩雪野指出中国新文学在内容上与朝鲜半岛当时的无产阶级文学存在相似性，而且作为反帝反封建的革命文学以及作为世界进步文学的一环，也存在着国际性的关联。在强调中国新文学的影响时，重点提及了被称为"中国的高尔基"的鲁迅。

  事实上，韩雪野对鲁迅的仰慕和崇敬不仅止于此，他还受邀参加了1956年在中国举行的"鲁迅逝世二十周年纪念大会"。此次会议由郭沫若主持并致开幕词，来自苏联、朝鲜、缅甸、巴基斯坦、英国、意大利等22个国家的外宾陆续发言。韩雪野作为朝鲜代表进行了发言并在随后进行的学术讨论会上，发表了《纪念鲁迅逝世二十周年》的文章。在文章的开头，他写道："鲁迅，是中国伟大的先进作家，中国现代文学的创始人。20世纪的现实主义大师，中国文化革命的缔造者。"② 同时指出对朝鲜半岛人民来说，鲁迅的名字家喻户晓，他的作品也被广泛阅读。在俄国十月革命影响下发生的"三一运动"和"五四运动"，为两国文化关系赋

---

  ① 그러나 五四운동 이후의 중국의 "신문학"이 우리들에게 보도되고 그 작품들이 번역 소개되였을 때그것은 전혀 새로운 련계성을 띠게 되였다. 이렇게 말하는 것은 당시의 중국 신문학 운동이 우리들의 포로레타리아 문학 운동과 직접 내용상으로 련결되기 때문이 아니라, 설사 그 문학적 제재와 성격은 같지 않을지라도 반제 반봉건적인 혁명 문학으로서 또한 세계 진보적 문학의 일환으로서 국제적인 련계성을 띠게 되였기 때문이다…나 역시 일구삼육년 한해에 사회주의 사실주의 문학의 창시자인 고리키와 중국의 고리키로 불리우던 로신의 두 위대한 문호를 잃게 된 슬픔을 참을 수 없어 추모의 글을 썼다. 韩雪野：《鲁迅与朝鲜文学》，《朝鲜文学》1956年第10期。

  ② 韩雪野：《纪念鲁迅逝世二十周年》，《文艺报》1956年第20号附册。

予了新的意义。彼时朝鲜半岛知识文人们持续关注中国的新文化运动，认为中国新文化运动是朝鲜的进步作家和艺术家们共同关注的大事。中国文学革命的主将和中国新文学的创始者鲁迅及其作品，自然成为朝鲜半岛人民所关注的对象。鲁迅初期作品中，《狂人日记》《孔乙己》和《阿Q正传》等成功刻画的农民和知识分子等典型人物形象，对朝鲜作家来说，具有巨大的启蒙性意义。对于自己阅读鲁迅作品所产生的共鸣，以及对自身创作所产生的影响，也进行了详细阐述。

> 亲爱的同志们！在这追慕鲁迅先生的地方，我想起了二十年前的一天。当时，我刚从日本帝国主义的监狱里出来。在狱中，我不断地思索鲁迅的作品，并为他的革命精神所鼓舞。因此，出狱以后，我就发表了描写知识分子的《摸索》《波涛》《泥泞》以及其他短篇小说。①

韩雪野从中国新文学运动和文学革命中受到鼓舞，对于文学创作有了更深层次的理解。强调在狱中所接触的鲁迅作品，影响了自己的思想转变和文学创作，促成了《摸索》《波涛》《泥泞》等具体作品的问世。

对于这一点，韩雪野在前述《鲁迅与朝鲜文学》一文中，也有相关描述。

> 就我个人来说，高尔基的文学影响固然很大。但在鲁迅的小说中，我发现了哲学深度，切实感受到某种东方风格。在监狱中我对鲁迅作品中的人物性格，进行了深入思考。因此，出狱后我所写的《摸索》《波涛》等短篇小说中的知识分子形象，受到了鲁迅《狂人日记》和《孔乙己》的诸多暗示和影响。②

---

① 韩雪野：《纪念鲁迅逝世二十周年》，《文艺报》1956年第20号附册。
② 나 자신의 경우를 말한다면 고리키의 문학적 영향을 많이 받은 것은 물론이다, 또한 로신의 소설들에서 철학적 깊이를 발견하고 일종의 동양적인 풍격을 감촉하게 되어 감옥에서도 로신의 작품들에 나오는 인물들의 성격에 대하여 많이 생각하게 되었다. 그리하여 출옥 후에 쓴 나의 단편들이《목색》과《파도》기타에 취급된 지식인들은 로신의 소설《광인일기》《공을기》에서 적지 않은 암시를 받은 형상들이다. 韩雪野：《鲁迅与朝鲜文学》，《朝鲜文学》1956年第10期。

韩雪野从鲁迅小说中读出了"哲学深度"和"东方风格",吐露了鲁迅小说人物形象对自身创作的具体影响。他着眼于朝鲜半岛当时的社会现实,借用鲁迅作品人物,尝试进行"由外而内"的文化省思。那么,鲁迅所塑造的"狂人"形象,如何经过韩雪野对朝鲜半岛知识分子的观察分析以及对自身作为知识文人的自我省察,最终实现了超越文化异质性的异域变异呢?

首先,从主题和构造方面看,韩雪野的《摸索》中几乎找不到对《狂人日记》和《孔乙己》的模仿和借鉴痕迹。但是,正如韩雪野本人在《鲁迅与朝鲜文学》中所说的那样,《摸索》中的"狂人"形象的确能够发现鲁迅小说的痕迹。韩雪野在小说开头就设定了两种狂人形象,第一种狂人头戴网巾和纱帽,身穿长袍,走路时睁大眼睛,嘴里吟诵着汉诗。从狂人的衣着来看,他代表了朝鲜时代的贵族,即封建主义旧知识文人的形象。接着,韩雪野对狂人的行为进行了描写:"不知为何,那个疯人迎面遇见穿西服的人,绝对不让路。不仅不让路,还高耸肩膀发出'哎嘿'的声音。更甚者,遇见汽车时,展开两只胳膊进行阻拦,不让前行。"① 这正是当时旧知识文人的真实写照。日据时代的朝鲜半岛处于封建主义向资本主义转变的节点,传统的贵族阶层无法融入这种时代潮流。他们思想深处的封建旧制度和陈腐观念依然根深蒂固,韩雪野所描绘的"狂人"行为之中,至少包含如下两层含义。第一,挑衅穿西装者的行为,一方面体现了旧知识文人的强烈自尊,另一方面也体现了他们对传统封建体制的守护姿态。第二,阻拦汽车的行为,体现了旧知识文人否定资本主义社会发展的思维方式,也反映了传统贵族阶层试图维持封建社会身份制度的努力。这种努力也加剧了殖民地时代的阶级对立。

事实上,韩雪野塑造的狂人形象中,也能够发现鲁迅笔下孔乙己的影子。"孔乙己是站着喝酒而穿长衫的唯一的人。他身材很高大;青白脸色,皱纹间时常夹些伤痕;一部乱蓬蓬的花白的胡子。穿的虽然是长衫,可是又脏又破,似乎十多年没有补,也没有洗。他对人说话,总是满口之乎者也,叫人半懂不懂的。"② 通过比较韩雪野笔下的"狂人"与孔乙己,不难发现二人在外貌衣着和语言习惯上的共同之处。首先二人均身着体现

---

① 韩雪野:《摸索》,《人文评论》1940 年第 3 期。
② 鲁迅:《孔乙己》,《鲁迅全集》(一),人民文学出版社 1956 年版,第 21 页。

传统文人身份特征的长衫，而"哎嘿"与"之乎者也"的口头禅也体现了二人旧知识文人的文化身份。韩雪野笔下的狂人在无法适应封建社会向现代资本主义社会转变的前提下，故意与资产阶级产生冲突，使用传统贵族特有的语言习惯，表达着内心的不满。韩雪野通过这种狂人形象，在暴露封建文人残存的自尊心的同时，也讽刺他们不愿承认贵族身份衰落的愚蠢心理。这与孔乙己的身份困境几乎如出一辙，孔乙己被知识阶层抛弃，但也无法融入下层民众，仍然满口"之乎者也"，与下层民众划清文化界限，不得不直面被边缘化的社会身份。因此，可以说韩雪野所创造的旧式贵族狂人形象，从影响关系来看，是接受了《狂人日记》中的"狂人"形象与孔乙己所代表的旧式文人形象的影响，是将两者嫁接而成的朝鲜半岛新的"狂人"形象。

韩雪野刻画的第二种"狂人"，是求学过程中疯掉的年轻人。这个年轻人个子矮小，看起来很穷困，但眼神犀利，充满杀气。其外貌与精神状态形成鲜明对照，"弱小而贫穷"的外貌与"犀利"的眼神和表情，展现了年轻狂人的"狂气"。这个年轻狂人"手中随时攥着一把石头或碎瓷器片，口袋里藏着一把刀"[1]。这体现了年轻狂人的攻击性和战斗精神，小说中也描写了他对上层阶级的憎恶和攻击。在他身上，可以明显发现《狂人日记》中"狂人"的印痕。表面来看，韩雪野似乎从性格与阶级层面，创造了两种完全不同的"狂人"形象，但事实上小说《摸索》只刻画了一个"狂人"。这个狂人就是主人公南植，在小说开头部分，他曾如此回顾自身："为什么把自己与狂人相比较？为什么比较之后认为这两者之间有什么关联？"[2] 南植在关照自身内部世界的同时，也在将自己与狂人进行比较，而他所比较的对象正是他所目睹的旧式贵族"狂人"和年轻的"狂人"。通过与他们的对照，南植发现自己与他们一样共同具有狂人的气质。他在日常生活中，总因为各种大大小小的事情而感觉不快，他是作家和知识分子，但却不仅遭到社会的排斥，而且受到同事的嘲弄。他因为社会生活的压力而呈现出极度敏感的精神疾患表现，开始出现怀疑自己的"狂人"症状。

---

[1] 韩雪野：《摸索》，《人文评论》1940年第3期。
[2] 韩雪野：《摸索》，《人文评论》1940年第3期。

他觉得那些阔步前进的人们,像是在前行,又像是在倒退,越定睛观察,越是如此。他呆望着那些来来往往的行人,真的怀疑自己的大脑出了什么问题……事实上,他每天都在承受着周围的重压,觉得自己的肉体和精神像一株失去根部的树,或者像一个从藤上掉落的葫芦,又干又枯。①

南植对于现实世界的观察,大都表现为抽象的想象。他认识到自己与社会之间产生巨大裂缝的事实,其身体与精神都与现实社会相分离。陷入"妄想"之后,在南植与现实世界的人类、事物和事件之间,出现了精神断层。而《狂人日记》中的"狂人"对"月光""狗的眼神""人们的视线"产生怀疑并展开想象,担心它们会吃掉自己。而且他在传统的礼仪道德之中,只发现了"吃人"的字样,可见鲁迅笔下的"狂人"也是未能融入封建社会现实而表现出极度敏感的情绪特征,在自我"妄想"中表现反抗意识。

在精神层面上,主人公南植刻意与进入资本主义发展阶段的朝鲜社会现实保持距离,他也曾为寻找自己陷入妄想而无法适应现实生活的原因而苦恼。《狂人日记》中的"狂人"所直面的,是反封建礼教的时代课题。但是,《摸索》中的南植所面临的是资本主义发展为小市民带来的压迫。知识分子转变为小市民之后,朝鲜半岛的现实就使知识分子陷入文化困境。因此,如何超越这种困境,真正融入社会现实,成为当时知识分子首要思考的问题。南植一方面不想卷入鸡毛蒜皮的日常生活和荒唐无稽的矛盾之中,另一方面又急切想融入现实生活,正是这种心理矛盾,孕育了知识分子敏感的思维意识。韩雪野的《摸索》中登场的知识分子形象,虽然接受了《狂人日记》和《孔乙己》的影响,但也经历了创作上的变形,加入了朝鲜半岛的地域特色和社会背景。与鲁迅笔下的"狂人"所感受到的"疏远"不同,韩雪野笔下的"狂人"则在殖民地背景下资本主义发展过程中所直面的"疏远"与现实社会的"融入"之间苦苦挣扎。

韩雪野的《波涛》也塑造了一个患有精神疾患的"狂人"形象——明洙。在人物性格方面,能够发现《狂人日记》中"狂人"的痕迹。小说中的明洙与南植一样,也是一个知识文人,但与患有"妄想症"的南

---

① 韩雪野:《摸索》,《人文评论》1940年第3期。

植不同，明洙患的是"疑妻症"。小说以明洙的"疑妻症"为中心，叙述了明洙对春植与自己妻子关系的怀疑以及自己与春植介绍的朋友之间的矛盾。明洙与妻子之间的矛盾，并非是他故意折磨妻子，而是由明洙找不到感情的发泄口而导致的。明洙对妻子的感情混杂着怀疑、嫉妒和愤怒。明洙与鲁迅笔下的"狂人"一样，怀疑和担心外部世界，从而形构了明珠的抵抗姿态。

无论《波涛》，还是《摸索》，都将观察视角置于知识文人，同时借用了鲁迅塑造的"狂人"形象。但是，相较于鲁迅的"狂人"，韩雪野小说中的"狂人"则内含不同的文化意义，实现了跨文化的异域重建。鲁迅笔下的"狂人"，抵抗中国的传统封建礼教，鲁迅的"呐喊"中体现的正是投身社会的抵抗精神。但韩雪野的"狂人"则更多地呈现为鲁迅"狂人"的身份变异，《摸索》和《波涛》中的主人公都是知识文人，也都直面资本主义发展过程中社会现实所带来的压力。《摸索》中的"狂人"南植呈现出从"妄想"的世界脱离并"回归现实"的文化姿态。《波涛》中的"狂人"明洙则怀疑外部世界，将自身与外部世界相隔离，同时试图从内部寻找感情的突破口，呈现的是借助梦想和小说批判社会现实的"反抗现实"的文化态度。韩雪野尤其指出这两篇小说接受鲁迅小说影响的事实，虽然从小说主题和构造来看，与鲁迅小说存在相当大的差异，但在"狂人"的人物形象方面，能够发现与鲁迅笔下的"狂人"存在相似的部分。可以说，韩雪野所创造的"狂人"形象，是在结合朝鲜半岛当时社会现实的基础上，将鲁迅的"狂人"形象进行了改造并赋予其积极反抗意识的变异性存在。

金史良[①]的小说作品中，也体现出对民族主体性观念的共鸣以及"狂人"文化性格的异域重构。他的作品主要以朝鲜半岛下层民众和知识分

---

[①] 对于金史良，学界众说纷纭，争论不一。金史良在朝鲜属于"延安派"作家，但在朝鲜文学史上却被忽略，对其研究也基本是一片空白。究其原因，首先是他的文学作品的文本问题。1945年之前他大多用日语创作，作品也多在日本文坛发表。这对韩国文学研究者来说，其归属问题成为亟待解决的首要问题。其次是金史良的思想倾向及政治经历。他是一位具有社会主义思想的文学家，解放之前为摆脱日本殖民统治，他逃往延安，朝鲜半岛解放后在韩国短暂停留，旋即回到故乡平壤。朝鲜战争期间他作为一名从军记者参战，期间失踪死亡。正是由于金史良的亲日倾向和社会主义性质以及南北分裂的特殊性，使他难免成为一个被刻意回避的对象，直到20世纪90年代对金史良的研究才正式开始。

子为中心展开,其中暴露知识分子性格缺陷的作品占据较大比例。金史良小说中的人物设定与鲁迅小说存在诸多相似之处。虽然金史良未与鲁迅有过直接接触,其进行文学创作之时,鲁迅也已经离世。但是,鉴于金史良曾经留学日本,回国后有过多次中国体验的经历,而当时鲁迅作品已经大量译介至日本或朝鲜半岛,再加上鲁迅强大的国际影响力,所以其有充分可能接触到鲁迅作品并经过阅读吸收,从而在自身文学创作中加以灵活借用。金史良在写给台湾作家龙瑛宗的信中表示:"我喜欢鲁迅作家,他是伟大的。贵兄身为台湾的鲁迅请树立起自信来。"[1]可以看出金史良对鲁迅的熟悉程度和崇敬心理。当时在日本和朝鲜半岛已经存在大量鲁迅作品译本和评论文章,因此金史良必然接触到这些译本和文章,了解到鲁迅对矛盾的社会结构的批判精神与清醒的现实主义精神。同时,他从《狂人日记》《阿Q正传》等作品中受到启发,结合"内鲜一体"的特殊时代语境,创作了《天马》《Q伯爵》等小说,使"朝鲜的阿Q"更为具体化,对陷入文化困境中的朝鲜知识分子形象进行了具体勾勒和描绘。对此,朴宰雨也曾进行过专门论述:"左翼作家金史良明显受到了鲁迅的影响。1941年发表的短篇小说《天马》描写了一个有性格缺陷的文人。《Q伯爵》则塑造了一个殖民统治下自虐的知识分子形象,是一个陶醉于'精神胜利法'的知识分子的典型代表。"[2]

鲁迅在《〈总退却〉序》中指出:"古之小说,主角是勇将策士,侠盗赃官,妖怪神仙,佳人才子,后来则有妓女嫖客,无赖奴才之流。'五四'以后的短篇里却大抵是新的智识者登了场。"[3] 由此,鲁迅对新登上历史舞台的知识分子给予了特别关注和描写,他作为知识分子的一员,注意追求文学的现场性。五四新文学时期,对于承担思想启蒙和文化改造重任的知识分子来说,意识的觉醒和文化理念的革新显得尤为重要。为此,鲁迅从多视角切入,创作了大量具有批判意识和省察精神的知识分子形象。同时也对新文化运动后期产生思想动摇的知识分子以及坚守封建传统

---

[1] 详见严英旭《韩国近代作家金史良文学创作对鲁迅创作的吸收借鉴》,《中国人文科学》2013年第54辑。

[2] 朴宰雨:《20世纪接受鲁迅的韩国知识分子类型考察》,《韩国鲁迅研究精选集》,中央编译出版社2016年版,第36页。

[3] 鲁迅:《〈总退却〉序》,《鲁迅全集》(四),人民文学出版社2005年版,第621—622页。

礼教的知识分子进行了批判。事实上，金史良也正是在知识分子形象塑造方面，参考和借鉴了鲁迅的创作经验。

　　1920年以来，随着资本主义的发展，日本加速了东亚范围内的势力扩张。东亚各地知识分子中间，民族自救意识迅速普及，朝鲜半岛的知识分子也自觉承担起思想启蒙和国家独立的民族重任。而1940年后，日本在朝鲜半岛开始推行"内鲜一体"的殖民同化政策，试图抹杀朝鲜民族的主体性。为此，日本殖民当局组织亲日文人团体，施行对大众洗脑的文化政策，使知识分子成为殖民政府的文化代言人。金史良对朝鲜半岛知识分子的观察和刻画，正是基于这样的时代背景和文化氛围。他的小说通过洞察和剖析知识分子的内部心理世界，揭露知识分子文化身份的断裂和精神上被殖民化的现实，进而深入思考知识分子的民族主体性问题。

　　金史良小说《天马》中的主人公玄龙是一个三流作家，他积极拥护殖民政府提出的"内鲜一体"政策，而且以"当地人"自居，参加神社参拜活动。他还尝试接触日本作家以求得相应的文化身份而最终失败。他始终否定自身的朝鲜人文化身份，在小说的结尾，他幻听到了青蛙在雨中叫着"朝鲜人"。陷入精神错乱的他疯狂地敲打大门，大声叫喊自己不是朝鲜人。金史良通过玄龙所经历的"神社参拜""钟路撒钱"和"雨中敲门"等各种事件，揭露殖民地时期朝鲜知识文人所直面的文化危机。首先是"神社参拜"，20世纪40年代初日本殖民当局为了抹杀朝鲜人的民族性，推出了全面强化文化控制的"内鲜一体"政策，玄龙对此呈积极配合的态度，甚至否认自己的朝鲜人身份而参拜神社。他深信自己处于日本文化体制内，玄龙如此渴望获得日本文化身份的事实，暗示其民族主体性方面出现问题。作为朝鲜人的玄龙，一方面想得到日本文人田中的承认和推荐而对其阿谀奉承，与其形成"上—下"关系。但另一方面，玄龙又轻视本国人，拒绝与本国人为伍，认为只有像自己这样的"本地人"才能参拜神社。这种思维中，体现了玄龙对朝鲜人内部上下位阶关系的想象。由此，在玄龙的思维中，日本文人与朝鲜文人，朝鲜文人与朝鲜民众之间，分别形成了"上—下/上—下"的畸形文化身份关系，其中可看出玄龙心中的双重文化态度。日本对朝鲜的殖民侵略是以"殖民—被殖民""掠夺—被掠夺""先进—落后"的文化构造为基础的，因此所谓的"内鲜一体"中的"一体"只不过是文化统治的手段。不仅如此，"内鲜一体"政策也是以"本地人—外地人"的两分法构造为基础，分别指"日本人—朝鲜人"的身份差别。"一体"之中，存在民族性的差异，玄龙没有意识到同化政策的欺骗性，金史良将其置于两种上下关系的阶层构造之中，必然引进精神上的文化归属错乱，进而呈现类似《狂人日记》中"狂人"的文化性格。金史良通过玄龙的神社参拜事件，暴露殖民统治者的虚伪和残暴的同时，也描写了殖民地背景下被支配者获取文化身份的思想挣扎和知识文人的悲惨结局。在知识文人自我营造的"妄想的文化空间"中，体现他们内心世界隐蔽的文化自卑感。

玄龙的"钟路撒钱"行为，也是其文化身份错乱的"狂人"表现之一。为了获得日本作家田中的承认和推荐，玄龙在去面见田中时路过钟路，遇到一位售卖树枝的朝鲜人。他全部买下，并当场将钱撒在地上。玄龙将自我身份置于朝鲜民众的社会地位之上，他渴望日本文人承认自己的文化身份，在与本国民众交往的过程中实现其虚假的文化想象。玄龙所代表的朝鲜半岛知识文人形象之中，充满了冲突和矛盾，他们不得不在相互对立的虚构想象与残酷的现实之间进行文化挣扎。通过"撒钱"行为，金史良构建了心理层面的"上—下"层级关系，体现了自己不同于朝鲜人的文化身份观念。"雨中敲门"事件更是将小说推向高潮，玄龙一直以来否定自身的朝鲜人身份，但他所期待的日本人文化身份也最终在狂风暴雨中支离破碎。最后，他的精神世界走向分裂，开始出现了幻听症状，他将青蛙的鸣叫声听成"朝鲜人"，这意味着他所构筑的虚构的想象世界已经坍塌。他在雨中疯狂敲打门窗，大声呼喊自己的日本名字，试图以此确认自身的文化身份。

据此我们至少可以得出如下结论：第一，殖民地时期的朝鲜半岛知识文人丧失了民族主体意识和基本的判断能力。这也是金史良最为关注的，他小说中的知识文人大都在"新的文化身份获取"和"自我世界的虚构"之间徘徊，无视朝鲜社会现实和民族文化身份的省察。《天马》结尾部分就展现了丧失判断能力的知识文人柔弱的精神世界。金史良对以悲剧收场的知识文人表达怜悯之情的同时，也揭露了知识文人混沌的精神和崩溃的思维模式。第二，金史良通过小说中玄龙这一"狂人"形象，批判了日本殖民当局的文化政策。在小说结尾，玄龙不断高呼自己日本名字的行为，不禁令人联想到日本殖民者推行的"创氏改名"政策。这一政策剥夺了朝鲜人的姓名权，强制朝鲜人取日语名字，从而达到抹杀其民族意识的目的。第三，小说也表达了对知识文人生存环境和使命感不足的忧虑。

玄龙作为知识文人与本来的文化身份相隔绝，继而引起了文化性格上的缺陷和精神错乱。处于民族自决意识崩溃危机之中的知识文人，也就无法完成文化启蒙的历史任务。由此，金史良通过改造后的"狂人"形象，不仅批判了沦为殖民统治代言人的知识文人，而且也表达了对他们民族自觉意识缺乏，无法履行思想启蒙任务的忧虑。

金史良在小说《天马》中，借助《狂人日记》中的"狂人"，塑造了名为玄龙的知识文人形象，凸显了朝鲜半岛版本的"狂人"形象，但相较于鲁迅笔下的"狂人"，主人公玄龙身上则蕴含着不尽相同的文化内涵。鲁迅的"狂人"敌视封建礼教，其"狂气"具体体现为某种反抗精神。但是，金史良刻画的玄龙表现出的"狂气"则是文化身份改造失败后引起的精神世界的分裂。此外，玄龙的文化性格之中，还能够发现阿Q的影响痕迹。虽然阿Q并非知识文人，但鲁迅却通过阿Q揭露了中国人普遍的国民性。玄龙的性格之中也存在"精神胜利法"，尤其"神社参拜"和"钟路撒钱"事件之中，阿Q的"精神胜利法"直接转化为玄龙所构建的"虚构的文化想象"。知识文人的自卑感转化为文化身份改造的虚构想象，即通过欺凌朝鲜下层民众的行为获取自尊。这与阿Q从王胡、小D等弱者身上寻找存在感的行为如出一辙。金史良对鲁迅小说的接受，主要集中于知识文人性格的塑造方面，他不仅关注鲁迅小说中知识文人的原型，而且还注重结合日据时期朝鲜半岛的特殊社会现实和文化语境，将《狂人日记》中的"狂人"与《阿Q正传》中的"阿Q"完美嫁接，并移植于小说《天马》中的玄龙这一人物身上，实现了鲁迅笔下"狂人"文化性格的异域变异和重构。

总之，朝鲜半岛很多作家受到鲁迅"狂人"形象的影响。韩雪野的《摸索》和《波涛》，金史良的《天马》和《Q伯爵》等，均能够发现鲁迅小说中"狂人"的影子。鲁迅笔下的"狂人"是现实社会矛盾和冲突的表现，韩雪野的两篇小说中的"狂人"均保留了鲁迅"狂人"的精神疾患症状。南植的"狂人"症状表现为"妄想症"，明洙则表现为"疑妻症"。鲁迅小说中"狂人"的"狂"具体表现为怀疑和惊恐，韩雪野将其应用于自身小说人物创作之中。小说中的知识文人将自身的内部世界与外部世界相隔离，构成了文化断裂。如果说鲁迅笔下的"狂人"反抗的是封建礼教秩序，那么韩雪野笔下的知识文人"狂人"面对的则是小市民所必须直面的生活困境。这是殖民地统治下资本主义发展的结果，也与作家因"卡普"论争两次返回故乡的生活经历存在密切关联。即他所描写的知识文人抵抗的是殖民地资本主义对小市民生活带来的压迫。

　　金史良小说中的玄龙和 Q 伯爵，既带有"狂人"的精神疾患症状，也带有阿 Q 的自我欺瞒性格。他们都为自己设计了一个"文化身份想象空间"，当这一空间因残酷的殖民地现实而崩塌之时，玄龙的精神状态也随之崩溃，文化身份变得模糊。而患有"被害妄想症"的 Q 伯爵在想象的精神空间受到攻击时，其精神世界也呈现矛盾和冲突的反复。如果说韩雪野通过鲁迅笔下的"狂人"，呈现了朝鲜知识文人的"生存困境"，那么金史良则集中体现了知识文人的"文化困惑"。如此，朝鲜半岛作家在参透领悟鲁迅"狂人"文化精神的基础上，结合殖民统治的特殊社会现实和历史文化语境，将鲁迅笔下的人物形象移植至朝鲜半岛这一文化空间，塑造出一系列知识文人"狂人"形象，实现了鲁迅"狂人"文化形象的异域重构。

# 第五章

# 朝鲜半岛新文学的中日影响因素之比较

如果从东亚视角切入朝鲜半岛新文学的考察和研究，就会发现朝鲜半岛新文学的发生、演进与拓展，均伴随着近现代东西文化关系的转变和东亚文化秩序的重构。朝鲜半岛作为东亚三国中相对弱势的一方，在"西风东渐"的时代大潮中接受西方影响时，必然通过日本或中国作为"中介者"。因此，在分析比较朝鲜半岛新文学的中日影响因素时，应首先对中国和日本充当的"中介者"角色，进行深入考察。不仅基于这种中介者角色的必然性和重要性，还在于它们所具有的错综复杂的特性。

不同国家间的文化传播和文学影响，在使用不同语言时，必然伴随翻译文学的出现。翻译文学推动了朝鲜半岛文学由传统到现代的转型过程，催生了新文学的发生和演进，开拓了朝鲜半岛文学的发展空间。尽管朝鲜半岛在以中国和日本为媒介翻译外国小说过程中，产生了某些误读，但是仍然在小说观念、小说语言、叙事模式等方面对本国新文学产生了影响。正是翻译这一跨文化的媒介传播手段将东方与西方、传统与现代置于交织碰撞的焦点上，打破了思想的封闭状态，引起文学内部结构的变革，最终开启了朝鲜半岛新文学的先声。在此过程中，很多西方文学作品经历了"西方→日本→朝鲜半岛""西方→中国→朝鲜半岛"或"西方→日本→中国→朝鲜半岛"的传播路径进入朝鲜半岛，由此可以看出"中介者"角色的复杂性。

此外，与中国所处的半殖民地状况不同，1910—1945年，朝鲜半岛是日本的完全殖民地，因此其新文学的发生和发展，必然受到来自日本的全方位影响。尤其1919年"三一运动"之后，日本迫于民众的反抗压力，统治策略方面不得不改强硬的"武断政治"为怀柔性的"文化政治"，放松对《朝鲜日报》《东亚日报》等报刊的管控，表面上缓解了殖民压迫，而实际上则是隐蔽残暴统治方式的欺瞒性举措，其真实目的在于培养亲日分子，离间朝鲜民族。再加上后来"创氏改名"等民族抹杀政策，培养了大批为日本侵略者辩护和代言的亲日文人，"亲日文学"亦随之产生。因此，日本对朝鲜半岛新文学发展的影响是全面而深入的。如果说中国对朝鲜半岛新文学的影响仅仅表现在梁启超、胡适和鲁迅等"点"的方面，那么日本的影响则表现为全方位的"面"。同时，鉴于中国对朝鲜半岛几千年来长期延续的文学影响关系，并没有随着近现代语境和国家关系的变化而迅速消弭，虽然中国与朝鲜半岛的文学关系由"影响关系"转变为"平行发展"的格局，但对朝鲜半岛来说，以梁启超、胡适和鲁迅为代表的中国新文学还是具有重要的借鉴作用。因此，中国新文学对于朝鲜半岛的文学发展，更多呈现出"文学镜鉴"的作用，相较于此，日本则相对赋予朝鲜半岛新文学以更多的"殖民色彩"。

同时，由于历史上紧密的文化影响关系以及现实中殖民侵略的共同遭遇，中国与朝鲜半岛新文学之间蕴含着某种"同轨"的文学精神。因此，基于历史和现实的文化交流和文学关系的实际，朝鲜半岛对中国新文学相对表现出"传统—现实"的同位意识。而也正是由于残酷而惨痛的殖民侵占，朝鲜半岛面对日本文学影响时，更多地呈现出"抵抗—妥协"的矛盾心理，其中"亲日文学"即为最典型的表现。

## 第一节　错综复杂的"中介者"角色

朝鲜半岛新文学的发生和演进发展，是在遭受殖民侵略、丧失主权的阴影下，在东西方文化的激烈碰撞中被动实现的。其中，必然渗透着来自西方先进文化的影响，而除了朝鲜半岛在"西风东渐"的时代大环境中对西方文化的自主吸收，还大量接受了以中国和日本为"中介者"传播而来的西方文化。以小说为例，在朝鲜半岛小说由古至今的转变过程中，翻译小说起到了相当重要的刺激与启迪作用。大量异域小说的翻译介绍把西方文学初具的现代性呈现给当时朝鲜半岛文学界和知识文人们，给正处于文学嬗变期的朝鲜半岛文坛带来了一定的冲击和刺激。在东西方文学的碰撞和交融中，翻译小说推动了朝鲜半岛小说由古典形态向近现代形态的转变。西方文学作品的翻译直接促成了朝鲜半岛现代文学各种体式的诞生，推进了文学观念的更新和新旧文学范式的嬗变。

在朝鲜半岛新文学发生期，传入了大量西方小说，其传入路径较为复杂，在此过程中，中国和日本充当了重要的"中介者"或"中转站"角色。同时，在近现代特定的历史背景和文化传统的作用下，在以中国和日本为媒介译介西方小说的过程中亦曾产生了某些"误读现象"。尽管如此，翻译小说仍然在小说观念、类型、语言、叙事模式等方面对朝鲜半岛新文学的发展产生了影响。通过翻译，传统的东方与现代性的西方实现了历史性的融合交织，朝鲜半岛文学开始发生根本性的变革，伴随着思想文化领域的革命，朝鲜半岛新文学也逐渐实现了现代化转型。在此过程中，中国或日本所发挥的"中介者"作用也呈现出复杂和多层的特性。

朝鲜半岛属于汉字文化圈，自古以来其文学的发展长期接受中国文学的影响，重诗文而轻小说的传统文学观念同样根深蒂固，"不登大雅之堂"的小说历来被他们当作"洪水猛兽"，称为"故事书"，唯恐避之不及。朝鲜半岛古典名著《春香传》《沈清传》等均为口口相传的民间文学作品，并不是通过文人创作而成。而当梁启超在中国掀起"小说界革命"，把"诲淫诲盗"的小说推为"文学之最上乘"的时候，朝鲜半岛也通过各种途径接触到了梁启超的启蒙思想和小说理论，并产生深深的同感和共鸣，从而改变了对小说的固有偏执，开始大量翻译介绍西方小说作品。据考证，朝鲜半岛最早记载西方小说的文献著作是1895年俞吉濬所著的《西游见闻》。此书作为一本涉及多学科、多领域的综合性论著，主要记载了作者留学日本、美国以及归国途中耳闻目睹的人和事，此书最值得称道的是介绍了欧美的先进文化和文明，体现了作者"东道西器"的启蒙思想，受到当时人们的推崇和关注。

近代转换期是朝鲜半岛译介外国文学最为旺盛的时期之一，在这期间，域外小说的翻译成为翻译文学的主旋律，当时《皇城新闻》的社论曾呼吁："现在开发民智的第一要义莫过于翻译书籍。教育主管部门要设立翻译机构、培养翻译人才、奖励翻译成果。社会有志之士亦须积极投入翻译事业，翻译过程中只有做到精译而不是粗译、急译而不是缓译，我们国家的文明进步程度才能指日可待。"[①] 可见，当时具有启蒙思想的开明知识文人已经认识到翻译外国书籍对于开发民智的重要意义并把其视为启蒙民众的重要手段。他们呼吁教育主权者积极培养翻译人才，奖励翻译

---

① 参见李在铣《韩国开化期小说研究》，首尔：一潮阁1972年版，第49页。

者。呼吁社会有志之士投入翻译事业。对翻译策略也进行了关注，主张精译和急译，而不是粗译和缓译，只有这样，国家文明发达才可指日可待。不难看出，近现代启蒙期的朝鲜半岛对翻译的渴望和重视。韩国著名文学评论家白铁曾说过："新小说刚开始并不是我们的创意，首先有一个翻译并参照外国小说的过程。"① 同样，金秉喆在《韩国近代西洋文学移入史研究》中曾对朝鲜半岛的翻译状况做过统计，1895—1919 年发表的 216 种翻译作品中，英国文学作品最多为 53 种，其次为俄国 33 种、美国 32 种、法国 23 种、德国 9 种。②

由于受梁启超小说思想的影响，朝鲜半岛最初同样把翻译小说的重心放到了政治小说上，比如：矢野龙溪的《经国美谈》、末广铁肠的《雪中梅》等都被翻译介绍到朝鲜半岛。经历了一段政治小说翻译热潮之后，随着小说政治功利性的外衣逐渐褪去，朝鲜半岛的近现代翻译家们纷纷把目光投向了科幻小说（如《海底旅行奇谭》《铁世界》）、冒险小说（如《鲁宾逊漂流记》《格列佛游记》）、历史小说、侦探小说等通俗小说类型。当时一系列著名的科幻、冒险、侦探小说均被翻译介绍到朝鲜半岛，一时间翻译小说的热情有增无减。

据统计，1895—1919 年，朝鲜半岛共出版翻译作品单行本三十余册，报刊连载的翻译小说也达百余篇。③ 而且在这一过程中，随着文学意识的觉醒，译者们在选择译介对象时，也从原来偏重其思想或教育意义转而注重对文学价值的考量，更加注重选择名家名著。

表 5-1　朝鲜半岛近现代翻译出版的部分世界小说名著

| 出版年份 | 现译中文名 | 韩译名 | 译者 | 原作者 |
| --- | --- | --- | --- | --- |
| 1908 | 《格列佛游记》 | 《巨人漂流记》 | 崔南善 | 斯威夫特 |
| 1908 | 《鲁宾逊漂流记》 | 《罗宾逊漂流记》 | 金䊷 | 笛福 |
| 1908 | 《铁世界》 | 《铁世界》 | 李海朝 | 凡尔纳 |
| 1913 | 《汤姆叔叔的小屋》 | 《黑人的悲哀》 | 李光洙 | 斯托 |
| 1914 | 《悲惨世界》 | 《你真悲惨》 | 崔南善 | 雨果 |

---

① 李秉歧、白铁：《国文学全史》，首尔：新丘文化社 1957 年版，第 229 页。
② 金秉喆：《韩国近代西洋文学移入史研究》（上），首尔：乙酉文化社 1980 年版，第 183 页。
③ 金丙坤：《韩国近代西洋文学》，首尔：博而精出版社 1998 年版，第 12 页。

续表

| 出版年份 | 现译中文名 | 韩译名 | 译者 | 原作者 |
|---|---|---|---|---|
| 1914 | 《复活》 | 《再生》 | 崔南善 | 托尔斯泰 |

以表5-1所示的名家名著的翻译作品为依托，朝鲜半岛领略到了西方小说的独特艺术魅力，给当时封闭保守的国民带来了新鲜的气息，同时也改变了他们对西方小说的认知。作为异质文化之间的特殊交流载体，翻译小说在朝鲜半岛的产生与发展，带来了饱含跨越时空的西方文学精神本质，成为朝鲜新文学转型发展的有力推动因素。

朝鲜半岛新文学发展过程中，西方小说的传入路径比较复杂。如前所述，中国和日本起到了重要的"中介者"作用。因此，中文译本和日文译本成为主要的译本来源。朝鲜半岛近现代翻译小说大举登场的时期为1907—1913年。1907年，出版为单行本的翻译小说仅为2篇，1908年增至6篇。1912—1913年出版的90余篇新小说中，翻译小说为24篇。表5-2为1907—1913年朝鲜半岛出版为单行本的翻译小说传入路径表。

表5-2　　朝鲜半岛近现代出版的部分翻译小说传入路径表

| 译本 | 传入路径 | 作品名称 |
|---|---|---|
| 日文 | 日本→朝鲜半岛 | 《禽兽会议录》 |
| | | 《双沃泪》 |
| | | 《再逢春》 |
| | | 《榴花雨》 |
| | | 《不如归》 |
| | | 《杜鹃声》 |
| | | 《雪中梅》 |
| | 西方→日本→朝鲜半岛 | 《罗宾逊漂流记》 |
| | | 《黑人的悲伤》 |
| | | 《长恨梦》 |
| | | 《宝环缘》 |
| | | 《吹牛大王冒险奇谭》 |
| | | 《骄傲的纽扣》 |
| | | 《不幸的伙伴》 |
| | | 《万人契》 |

续表

| 译本 | 传入路径 | 作品名称 |
|---|---|---|
| 中文 | 日本→中国→朝鲜半岛 | 《经国美谈》 |
| | | 《显微镜》 |
| | 西方→日本→中国→朝鲜半岛 | 《铁世界》 |
| | | 《指环党》 |
| | | 《红宝石》 |
| | | 《桃李缘》 |
| | 西方→中国→朝鲜半岛 | 《飞行船》 |
| | | 《一万九千磅》 |
| | | 《地藏菩萨》 |
| 其他 | 西方→日本→中国→朝鲜半岛（日译本、中译本同时参考） | 《十五小豪杰》（中译本为主） |
| | | 《谁之罪》（日译本为主） |

1908年2月，安国善的《禽兽会议录》出版，此前学界一直把《禽兽会议录》视为安国善的创作小说。而根据徐载吉的考证，此作品为翻译小说，原作为日本佐藤橄太郎的《禽兽会议人类攻击》（1904），成为近现代朝鲜半岛第一篇翻译小说。之后的7—9月，陆续出版了《罗宾逊漂流记》和《经国美谈》，《罗宾逊漂流记》的原作者为英国作家笛福，而朝鲜半岛翻译出版的《罗宾逊漂流记》并不是直接译自英文原著，而是日本人井上勤翻译成日语的版本，也就是说《罗宾逊漂流记》是通过日本从英国传到了朝鲜半岛，经历了"英国—日本—朝鲜半岛"的传播路径，很明显日本在其中发挥了"中介者"的作用。《经国美谈》的原作为日本人矢野龙溪创作的《齐武名士经国美谈》，而在朝鲜半岛出版的《经国美谈》翻译时参考的是《清议报》连载之后商务印书馆出版发行的中文版，可见《经国美谈》经历了"日本—中国—韩国"这一传播路径。《禽兽会议录》和《罗宾逊漂流记》均由日译本翻译为韩文，从这一点来看，《经国美谈》是1908年以来由中文翻译为韩文的最初的单行本翻译小说。

此后不久，《雪中梅》和《铁世界》陆续被翻译介绍到朝鲜半岛，《雪中梅》原作者为日本的末广铁肠，由具然学翻译成韩文并出版为单行本。如果说《雪中梅》的翻译传播路径还比较单纯直接的话，那么科幻小说《铁世界》的译介就显得相当复杂和曲折。《铁世界》为朝鲜半岛近现代著名作家李海朝翻译的第一部小说，其原作为法国凡尔纳的《蓓根的五亿法郎》，而据考证，李海朝当时翻译时所参考的译本并非凡尔纳的原著，而是中国作家包天笑翻译的中文版本的《铁世界》，而包天笑翻译的《铁世界》也并非直接翻译的凡尔纳法语原著，而是对日本森田思轩的日译本《铁世界》进行的重译。由此可以看出，《铁世界》由法国到朝鲜半岛经历了"法国—日本—中国—朝鲜半岛"的传播路径。

1908年，在朝鲜半岛出版为单行本的小说为18篇，其中6篇为翻译小说，足足占据三分之一，这说明此时期随着文学开放性的加强，翻译小说逐渐拥有了不亚于创作小说的市场占有率，此外如果再加上报刊连载翻译小说，其总量也许会与创作小说等量齐观。这是由于此时期创作小说作为单行本出版印刷和发行虽然在某种程度上实现了一定的市场化，但仅凭当时的几个知名作家的作品无法扩大新形成不久的出版市场。因此，出版资本便把目光投向了外国文学作品。

如果说1908年朝鲜半岛出版的单行本小说数量不多、规模尚小的话，那么1912—1913年便可称为朝鲜半岛小说出版的"黄金期"。1912年1月，东洋书院出版发行了翻译小说《指环党》，其原作者为法国作家伯格贝（1821—1891）。同年2月，凡尔纳的法语原著《两年假期》翻译成的《十五小豪杰》同样在东洋书院出版发行。这两部作品均为西方小说，经过中国和日本分别被转译为韩文。《指环党》先由日本黑岩泪香翻译为日文，后经中国商务印书馆以中文出版，而韩文版《指环党》的参考译本正是商务印书馆出版的中文版本。《十五小豪杰》同样是先由日本森田思轩翻译为日文版，之后梁启超根据日文翻译为中文，韩文版《十五小豪杰》的参考译本正是梁启超翻译的中文版。之后德富芦花的《不如归》被翻译改编为韩文版，名为《杜鹃声》。换言之，《指环党》和《十五小豪杰》传入朝鲜半岛的路径为"法国—日本—中国—朝鲜半岛"。也就是从西方到朝鲜半岛经历了日本和中国的双重中介过程。

1912年5月，金教济的《飞行船》出版，此小说为第一部不经过日本，直接经中国而译介至朝鲜半岛的小说，具有划时代的意义。一直以来，《飞行船》的原作被认为是凡尔纳的《气球上的五星期》，而据姜贤朝最新考证，其原作为美国廉价纸面小说（dime novel）周刊杂志《新尼克卡特周刊》从1907年3月16日到4月20日连载的尼克卡特的长篇小说。① 此作品并没有被翻译为日语，直到 1908 年 1 月在中国被翻译为《新飞艇》，经过比对可知，朝鲜半岛的《飞行船》正是中国《新飞艇》的重译本。此后，金教济的《显微镜》推出，此作品一直以来被公认为是创作小说，但根据崔泰源的最新研究，此作品原著为日本村井弦齐的《两美人》，② 后经由中国商务印书馆编译出版为《血蓑衣》，以此为译本，金教济将其翻译为韩文版，更名为《显微镜》。可见，《显微镜》经历了"日本—中国—朝鲜半岛"的传播路径。就在《显微镜》出版的前两天，一部以英国著名儿童作家露意莎·雷美《佛兰得斯的狗》为原著的《不幸的伙伴》在朝鲜半岛出版，其参考译本为日本日高善一执笔的日译本《佛兰得斯的狗》。

日本渡边霞亭的《想夫怜》被李相协翻译为韩文《再逢春》，德富芦花的《不如归》被赵重焕完整地翻译为《不如归（上、下）》。此后，英国作家玛利亚·埃奇沃思（Maria Edgeworth）的 *The Lottery* 被译为《万人契》在朝鲜半岛出版，此作品的译本来源正是曾经翻译过《铁世界》和《十五少年》的森田思轩的《千人会》。之后，金宇镇把德富芦花的《不如归》重新翻译为《榴花雨》。1912 年 10 月，翻译小说《骄傲的纽扣》出版，此作品的原作为弗兰克·巴雷特的《泰迪的纽扣》，参考译本为日本百岛冷泉的日译本《遗品纽扣》。之后以日本岩谷小波的日本传统英雄小说《桃太郎》初版为译本的翻译小说《朴天南传》出版。此作品并不是《桃太郎》的直译，而是参照日本人金岛苔水用韩语编译的《韩文日本豪杰桃太郎传》。由此可以看出，《朴天南传》经过了"日本原作—日本人的韩文转译—韩国人的再翻译"这样一个独特的传播路径和过程。同年 12 月，金教济的另一部翻译小说《地藏菩萨》出版，此作品的原作为英国作家博兰克巴勒于 1890 年发表的《走私者的秘密》，而金教济的参考译本为中国近现代著名翻译家林纾执笔的《空谷佳人》。因此，《地藏菩萨》的传播路径为"英国—中国—朝鲜半岛"。

日本菊池幽芳的《我的罪》被赵一斋翻译为《双沃泪》（上）并出版，1912 年 7 月开始在《每日申报》上连载此作品，在 6 月和 7 月分别刊出了中篇和下篇。之后不久，《桃李缘》（上）出版，据最新的研

---

① 姜贤朝：《金教济翻译翻案小说的原典研究》，《现代小说研究》2011 年总第 48 期。
② 崔泰源：《模仿与流用——金教济的翻案小说〈显微镜〉研究》，日本天理大学朝鲜学会第 62 届学术大会论文集，2011 年 10 月 2 日，第 5 页。

究成果,《桃李缘》的原作为法国作家埃米尔·加博里欧的《脖子上的绳索》。此作品被日本黑岩泪香翻译为《有罪无罪》,中国商务印书馆又把黑岩泪香的日文版翻译为中文版的《寒桃记》,《桃李缘》的译本来源正是《寒桃记》。之后,《红宝石》和《宝环缘》相继出版,这两部作品均与菊池幽芳有密切关联。《红宝石》的译本来源为晚清作家吴趼人的代表作《电术奇谈》,而《电术奇谈》的译本来源则是菊池幽芳的《新闻卖子》,而《新闻卖子》的译本来源则是作者不详的英国小说。与《铁世界》和《指环党》一样,《红宝石》和《桃李缘》也都经历了"西方—日本—中国—朝鲜半岛"的传播路径。《宝环缘》的译本为菊池幽芳翻译的代表作之一《乳姊妹》,其原作为英国女作家夏洛特·玛丽布拉姆的《多拉·瑟恩》。金教济的第三篇翻译小说《一万九千磅》和以《一千零一夜》为原作的《三寸舌》(上)相继出版,《一万九千磅》的译本为1907年商务印书馆出版的译者不详的中文版《一万九千磅》,由此不难看出,《一万九千磅》的传播路径也是"西方—中国—朝鲜半岛"。

此外,金教济翻译的五篇小说的参考译本都是商务印书馆《说部丛书》中收录的作品。此后以德国作家奥古利特·比格尔的《蒙赫豪森男爵》为原作的《吹牛大王的冒险奇谭》,以法国作家埃米尔·加波里欧的《勒鲁热事件》为原作的《谁之罪》分别作为单行本在朝鲜半岛出版。据金秉哲的考证,前者参考译本为日本作家佐藤木邦的日译本《法螺男爵旅土产》,后者据崔泰源分析,其同时参考了日本黑岩泪香的日译本《人耶鬼耶》和中译本《夺嫡奇冤》。由此,《吹牛大王的冒险奇谭》经历了"德国—日本—朝鲜半岛"的传播路径,《谁之罪》则经历了"法国—日本(中国)—朝鲜半岛"的传播路径。最后,1913年12月《长恨梦》出版,此作品是以日本尾崎红叶的《金色夜叉》为底本翻译改编而成的,而《金色夜叉》则是对 Bertha M. Clay 的 Weaker Than a Woman 的翻案和改写。因此,其传播路径为"西方—日本—朝鲜半岛"。

从出版机构的角度来看,当时朝鲜半岛三大出版机构分别为新文馆、东阳书院和普及书馆。其中新文馆主要侧重于日译本的出版,而东阳书院侧重于中文译本,普及书馆则是兼而有之。以中国为"中介者"的译作,具有偏重特定出版社的特点。尤其位于上海的商务印书馆发行的《说部丛书》收录作品,仅通过东阳书院译介的作品就达6部之多。值得注意的一点是,东阳书院不仅致力于以商务印书馆为中介翻译西方作品,而且还模仿了《说部丛书》的发行模式。如《说部丛书》每期10篇，共发行了10期100篇，东阳书院发行的《小说丛书》亦采用了每期10篇的发行体制，只不过只发行了4期共40篇小说。不仅如此，在封面设计上，也可以明显看出东阳书院对商务印书馆的借鉴和模仿。

图5-1　商务印书馆《说部丛书》作品封面

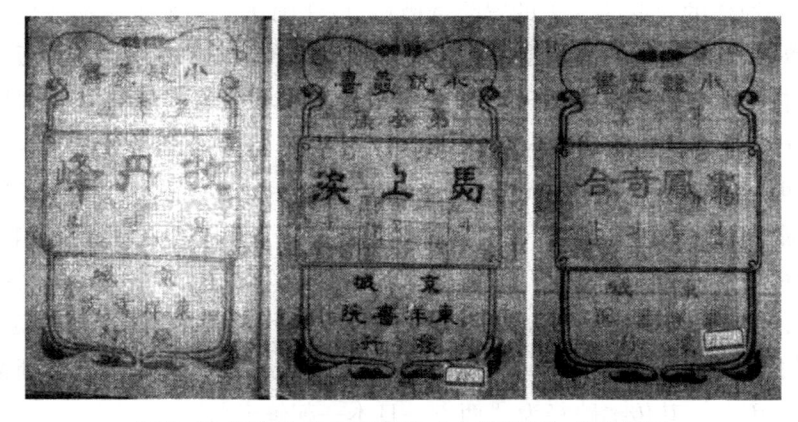

图5-2　朝鲜半岛东阳书院《小说丛书》作品封面

通过以上图片对比可知，东阳书院发行的《小说丛书》无论在宏观的发行体制上，还是在微观的封面设计上，都几乎完全袭用了商务印书馆的《说部丛书》。可见，中国不仅是朝鲜半岛近现代西方翻译文学的"中介者"，而且在小说发行体系方面也为其提供了借鉴和参考。

无论是以中国为"中介者"韩译西方文学作品，还是日本为"中介者"韩译西方文学作品,可发现一个共同的特点,那就是它们大部分都可归属为大众性较强的通俗文学。这也反映了1910年前后,中国和朝鲜半岛小说共同呈现的政治功利性衰退和通俗娱乐性加强的特点。清末民初印刷出版业的发达和现代期刊的创立为小说在民众中的普及提供了载体和工具。随着传播媒介的发展和成熟,小说与读者的距离大大缩短。从文学自身规律来看,娱乐消遣本是小说的本体特色。梁启超强行把政治性赋予小说的行为,虽然在某种程度上提升了小说的地位,但也是以消解小说的娱乐消遣性为代价的。因此,当政治功利因素被削弱之后,小说便要回归其本体特征。同样,此时期的朝鲜半岛由于1910年的"韩日合邦",前期的启蒙运动以失败告终,随之文坛上兴起休闲娱乐的风潮,强加在小说身上的政治功利性枷锁被解除之后,小说便回归了其本体意义。

朝鲜半岛自1876年被强制门户开放之后,随之兴起了以强化民族意识为目标的国民开化和思想启蒙运动,以1910年"韩日合邦"为标志,彻底失去了市场。但在客观上却警醒了国民。为后期通俗文学的兴盛提供了充足的阅读受众群体,小说创作者的身份由启蒙思想家转变为具有西方或日本留学背景的知识文人,他们对小说的认识也发生了根本性改变,之前将小说视为改造社会的工具,将读者视为教化的对象,将政治功利性强加于小说身上。而随着启蒙运动的失败,知识文人们认识到小说的娱乐消遣功能,开始从艺术层面解构小说。

> 新小说是以开化思想为主题的教述性小说,同时也是以趣味为本位的通俗小说,具有双重功能。开化思想是其表面主题,在趣味性的情节构造中实现双重主题。[①]

引文中的"双重主题",即前期的"开化思想"和后期的"趣味本位",换言之,朝鲜半岛"新小说"是在通俗性的情节构造中宣扬文明开化思想。因此,朝鲜半岛新文学发展过程中,小说的通俗化趋势不可避免,以中国为"中介者"的西方小说翻译集中于通俗小说也就顺理成章,当然其前提是中国或日本所翻译的西方小说本身就是通俗性较强的小说。

"中国小说的起步并不是一开始就关心人的价值和人的命运的,它有

---

① 赵东一:《从小说史的整体展开中看新小说》,首尔:新文社1981年版,第50页。

一个从思想启蒙演变为社会批判,由社会批判演变为情感关怀,进而再演变为人的发现的过程。"①由"思想启蒙"演化至"社会批判"和"情感关怀",可视为小说由政治功利性到休闲娱乐性的转变过程。"言情小说中的一脉柔情抚慰着那个时代的喧嚣与动荡,麻醉着那个时代的绝望与焦虑。"②从1911年"辛亥革命"到1917年"文学革命",是中国通俗文学独霸天下的黄金期。也正是在这一时期,朝鲜半岛转译了大量翻译成中文的西方小说。"读小说者,其专注在寻绎趣味,而新知识实即暗寓于趣味之中,故随趣味而输入之而不自觉也。"③吴趼人的"趣味说"在民初已演变为"休闲说"。由此,小说的宣教功能和政治功利性渐趋消解,取而代之的是休闲娱乐的消遣性。因此,西方通俗小说自然成为重点翻译对象。同时,朝鲜半岛知识文人们主导的思想启蒙运动将小说视为基本载体,在其创作的小说中渗入过多的政论性内容。其最终目的在于刺激民族意识、激发爱国精神。但当时申采浩、朴殷植的历史传记小说,无视小说的艺术性,其本质是"文以载道"观念的历史重现。他们只是站在思想启蒙的高度,将读者视为说教的对象,这样创作出来的小说,必然将众多读者拒之门外,这就为后来政治小说的衰退,通俗小说的繁荣埋下了伏笔。1910年,《大韩每日申报》的社论曾对小说阅读受众进行了分析:

  大抵喜新奇,厌平常,感刺激,忘凡例乃世人之常情。是故,话席之淫谈悖说,终其一生,必忆必记。经传之圣谟贤训,经数月,若存若込。樽俎辑让之筵惮而不赴,荒淫游戏之场乃寻常妇孺最所感觉,最所贪嗜之地。④

小说读者"喜新奇、厌平常、感刺激",是"人之常情",这种论点可以说比较中肯。对于那些"淫谈悖说",人们会终其一生"必忆必记";而对于"经传贤训",则数月之后,似存非在、"若存若込"。此观点在夸张之余,强调了读者的猎奇心态和追求休闲娱乐的生活态度。小说家们也

---

 ① 汤哲声:《中国现代通俗小说流变史》,重庆出版社1999年版,第32页。
 ② 方晓红:《报刊·市场·小说:晚清期刊与晚清小说发展关系研究》,南京师范大学出版社2000年版,第167页。
 ③ 汤哲声:《中国现代通俗小说流变史》,重庆出版社1999年版,第56页。
 ④ 《小说与戏台有关于风俗》,《大韩每日申报》1910年7月20日。

意识到了这一点并在自己的作品中有意删减了政论性内容,以迎合读者的趣向和口味,追求所谓的"趣味"。

政治功利性小说的没落和娱乐消遣性小说的勃兴,是 1910 后日据时代朝鲜半岛大众的文化心理和价值观念在文学领域的重要反映。国家主权丧失、政治激情消退后,人们的阅读兴趣转移至消遣娱乐。因此,休闲娱乐的通俗小说取代严肃正经的说经布道,既是文学适应了报刊时代大众读者的阅读需求,也是通俗小说的娱乐本性向政治小说严肃性提出的挑战。当制约小说观念的政治因素被削弱之后,小说便要回到其本色特征上来,消遣娱乐功能得到了强化。此时的朝鲜半岛在殖民地化和日本舆论控制的影响下,新小说创作逐渐萎缩。新的阅读需求在呼唤以文化消费为旨归的通俗小说,再加上出版资本也存在获取利润的内在需求,其并不满足于本国创作小说的出版,而更多地将重心放在翻译的国外小说的发行上。而文学领域的通俗化倾向必然也影响着文学译本的选择。近邻的中国和日本,自然成为西方小说译介的"中介者"。

朝鲜半岛对以中国和日本为"中介者"的韩译西方小说也不可避免地出现了某些误读现象。翻译者在选择翻译文本时,主要根据自己的政治需求和文化传统,并试图以此作为参照物来进一步发现自我。因此,朝鲜半岛的译者们在刚涉足翻译时,选择的译本大都是政治小说。究其原因,正在于把小说与政治捆绑在一起,赋予小说以强烈政治功利性的小说理论在起作用,但问题在于政治小说具有较强的宣传性和政治性,仅仅在其间掺杂了浪漫缠绵的爱情故事,其文学性、艺术性相对略低。此外,对西方小说作家的认识方面也存在某些误解。比如当时朝鲜半岛的报纸中就出现了这样的评论:

> 露国文豪托尔斯泰……此翁平生政论,一言一纳之,不过欲成尧舜之治。尝读孔老之书,拍案欢喜曰:"东洋竟有我之知己!"由此观之,托尔斯泰之理想,即是论孟之理想,其言有二,其致一也。[①]

当时托尔斯泰、雨果、拜伦等大文豪都被介绍至朝鲜半岛,但他们获得的身份并非文学家,而是政论家。当时朝鲜半岛所处的社会政治环境使

---

① 《朝阳报》1906 年第 10 期。

译者们的翻译意图带有深深的时代烙印，他们翻译小说的主要目的是尽可能介绍引进先进的西方文明和文化，并以此来启蒙国人，而文学艺术价值并不是他们重点考虑的内容。

换言之，翻译活动的终极目的是通过翻译来警醒在愚昧无知中沉睡的朝鲜半岛人民。因此，译者对于原始文本的选择并不是从文学的角度出发，而是从如何最大限度地宣扬自己的政治主张的角度出发，对于作家或小说作品在当时文学史中的地位和影响并没有太多关注。另外，由于东西方文化交流的欠缺，当时的译者很难对西方文学有直接而透彻的了解，不得不借助中国和日本的"中介"作用。而中国和日本对这些大文豪也存在"误读现象"，因此最终"以讹传讹"，导致对作家基本身份信息产生误读现象。

尽管如此，在以中国和日本为"中介者"的朝鲜半岛外国小说翻译风潮的影响下，朝鲜半岛文人跨越了时空隔阂，走近了外国文学，认识了世界一流的作家，开阔了视野和眼界。域外小说的翻译引进，不仅推进了朝鲜半岛新文学观念的更新和文学范式的嬗变，而且直接促成了现代文学各种体式的诞生，小说叙事模式和创作技法等也实现了变革。

首先，它引起了人们小说观念的变化。在历史长河中，朝鲜半岛古代文学深受中国古代文学的影响是毋庸讳言的事实，因此在相当长的历史时期内，朝鲜半岛传统文学观念是以"诗歌"为中心的。小说自其产生之初就被排斥在文学的殿堂之外，被斥为"街谈巷语之说"而"不登大雅之堂"。在其最初发展的一千多年里，始终没能被归为正统文学，在"经史诗文"的光环笼罩下，始终难以取得受人尊重的文学地位，被视为文学之末流。但是通过外国各种小说类型的大量翻译，使人们改变了对小说的看法，小说也由"小道"升格为"大道"，并逐渐成为取代诗歌、散文的最引人注目的文学形式。可以说，以中国和日本为"中介者"的翻译小说在颠覆了朝鲜半岛传统文学价值体系的同时，客观上也提升了小说地位，进而引起了人们小说观念的变革。

其次，西方小说的翻译促进了朝鲜半岛小说类型的完善。与中国一样，朝鲜半岛传统小说类型没有西方小说丰富，文体类型较之西方小说要少得多。主要描写对象为才子佳人、帝王将相、神仙鬼怪等，因此小说类型也就仅局限于言情小说、历史小说和神怪小说等。而随着域外小说的翻译引进，原来朝鲜半岛并不存在的政治小说、侦探小说、冒险小说等新的小说类型陆续出现了，而这几种小说类型都是传统小说中所缺少的。

再次，翻译小说促进了朝鲜半岛小说叙事模式的转变和创作技法的革新。叙事视角和叙事时间均发生了迥异于传统小说的现代性嬗变。叙事视角方面由全知全能的第三人称叙事视角转变为使用第一人称叙事，叙事时间方面由直线叙述和连贯叙述转为使用倒叙、插叙的创作技法。朝鲜半岛古代小说大多采用全知全能的叙事视角，它可以让作者引领读者驰骋于想象的空间，充分展示广阔的生活画面，且笔触可以在时间和空间中纵横捭阖，可以涉猎任何一个人物都不可能完全涉猎的境界，但其最致命的缺点就是缺乏真实感。而近现代翻译小说，尤其是侦探小说则可以自由转换叙事视角，给朝鲜半岛小说家提供了新的启迪和启发。

最后，西方小说所采用的平民化的通俗语言给难懂的汉文文言带来了强烈冲击，丰富了朝鲜半岛新文学的语言载体。翻译小说中的新词汇、新句式改变了朝鲜半岛的小说文体，通过小说翻译，大量新词的引入使朝鲜半岛的文学语言得到极大丰富。识字不多的读者在客观上要求译者在翻译外国小说时能使用通俗易懂的语言，这种需求和生产之间的相互影响和不断扩大使得纯韩文翻译小说不断问世，翻译的数量和质量都有大幅提升。翻译小说扩展了朝鲜半岛新小说的表现空间，使小说的表现主题更加丰富多彩，并从形式到内容以及技巧方面均对小说创作形成了巨大的冲击，有力地促进了朝鲜半岛新文学的现代化转型。

总之，在朝鲜半岛接受西方文学的过程中，中国和日本扮演了重要的"中介者"角色。鉴于中国与朝鲜半岛历史上的密切影响关系，以及因"韩日合邦"而导致的日本对朝鲜半岛控制力的加强，相较于直接接受西方文学，朝鲜半岛更多的是通过中国和日本的二元媒介传递过程间接地接受。这首先是因为当时有相当部分朝鲜半岛知识文人都具有日本留学经历，具备了日文阅读和翻译能力。同时也有部分知识文人流亡或留学中国，再加上他们都具有相当的汉文解读能力，中文书籍基本上不存在阅读障碍。因此，中国和日本译介的西方小说，成为他们间接了解西方文学的最佳译本来源。

基于东亚特殊的地缘性以及中、日、朝鲜半岛现代化发展的不均衡性，在朝鲜半岛接受西方文学影响过程中，中国和日本作为"中介者"角色，呈现错综复杂的特性。西方小说传入至朝鲜半岛的传播路径主要有"西方→日本→朝鲜半岛""西方→中国→朝鲜半岛"和"西方→日本→

中国→朝鲜半岛"。除了经由中国和日本的一次性中转，还存在"西方→日本→中国→朝鲜半岛"二次中转以及在此过程中，同时参考中译本和日译本的状况，如《十五小豪杰》（中译本为主、日译本为辅）和《谁之罪》（日译本为主、中译本为辅）。这从侧面说明了近现代东亚政治文化格局的特点，即近现代东亚文化、文学的现代化呈现某种动态的三角关系，中国、日本和朝鲜半岛在各自国家文学现代化的过程中，构成了互环联动、此起彼伏的互动关系，同时也是东亚三国错综复杂的文学影响关系的如实呈现。而对于朝鲜半岛新文学来说，作为影响源和"中介者"的中国和日本始终发挥着主导作用。从中可以看到朝鲜半岛文化和文学嬗变的思维定式：对中国和日本文学和文化的借鉴和变用。

## 第二节 "点"与"面"

近现代以来，以鸦片战争为标志和开端，中国开始遭遇西方列强的殖民侵略，而朝鲜半岛则主要遭受日本的殖民侵占。历史上的中国与朝鲜半岛紧密的文化文学交流关系因西方和日本的强行侵入而被迫渐趋瓦解。在此过程中，中国与朝鲜半岛同样面临殖民侵占的现实遭遇，再加上历史上的影响关系并未随着东亚格局的转变而迅速消弭。在中华文化影响力和辐射力的延续性效应作用下，朝鲜半岛新文学与中国新文学展开了交流和互动，其中以个案影响为特点。中国新文学对朝鲜半岛新文学的影响，主要以梁启超、胡适和鲁迅等"点"的形态呈现，并非全面性的影响状态。相较于此，由于近现代朝鲜半岛是日本的完全殖民地，在"武断政治""文化政治""创氏改名"等统治策略和民族抹杀政策的交替作用下，出现了为日本殖民侵略服务的"亲日文学"。可以说，朝鲜半岛新文学的发生和发展，受到来自日本的全面影响。换言之，如果说中国对朝鲜半岛新文学的影响仅仅表现在"点"的方面，那么日本则是从"面"的向度，产生了全方位的影响。

在朝鲜半岛新文学的发生期，作为中国新文学的先驱之一的梁启超所产生的影响并不亚于西方或日本思想家。朝鲜半岛知识文人们在译介梁启超著述时，始终围绕着"爱国"和"启蒙"两大主题。梁启超成为连接朝鲜半岛与西欧文明的有效路径，他的著述是中国处于危难之中而写就，其写作目的在于推进中国的变革，改变颓势局面。因此，梁启超著述能够引起处于日本殖民语境中朝鲜半岛知识文人们的深度共鸣，也推进了爱国启蒙运动的开展。当然，一部分知识文人通过日本留学，熟练掌握日语，通过日本书籍接触西欧文明。但朝鲜半岛最初接触西方文明是通过汉文书籍，其中梁启超的著述最广为传诵。他们从梁启超著述中读到了新民思想、教育思想、社会进化论和亡国史学论等，在充分吸收之后，具体应用于民族启蒙运动和新文学革命之中。

虽然梁启超并非纯粹的文学家，但他的文学革命理论却给中国文学带来深远影响的同时，也对一衣带水的朝鲜半岛新文学产生了影响。首先，经过梁启超大量相关著述的译介，"小说界革命"理论传入朝鲜半岛，在批判传统小说、强调小说的政治作用和情感作用方面，推进了朝鲜半岛版本的"小说革命"。申采浩、朴殷植等思想启蒙和文学革命先驱所提出的小说革命理论与梁启超小说革命思想存在诸多相似之处，不仅文学革命思想几近一致，所使用的语汇也如出一辙。如梁启超批判传统小说为"中国社会腐败的总根源"，倡导反映爱国启蒙思想的言文一致的新小说。申采浩也批判朝鲜传统小说为"淫谈鬼话"，称其为败坏人心风俗之一端。还提出通过创作"奇妙莹洁的新小说"来消除传统小说。在小说的感化能力和影响力的认识方面，申采浩与梁启超的主张具有密切的关联性。首先，他们在各自的小说理论中都重点强调了小说的情感作用和影响力，在内容上也几乎完全一致。其次，二人使用的词汇也具有高度的相似性，足可见其影响和传承关系。申采浩指出小说具有"薰、陶、浸、染"四种力量与梁启超所说的"熏、浸、刺、提"极度相似。申采浩提出的"薰"和"陶"相当于梁启超提出的"熏"，"浸"和"染"相当于"浸"。这四种情感作用与读者的变化紧密相关，最重要的还是读者的自我改变，借助"薰、陶、浸、染"，读者成为主人公或小说中的人物，获得全新的阅读体验。此外，梁启超的历史传记小说及其英雄崇拜思想，也刺激了朝鲜半岛历史传记小说的创作。

梁启超思想和文学理论对朝鲜半岛近现代学术和文学领域的标志性人物申采浩产生的影响最大。申采浩是近现代朝鲜半岛博学多识的历史学家、文学家、媒体人和民族主义独立运动家，形成了独具特色的思想体系。在申采浩的思想体系中，尤其是在进化论和启蒙主义思想方面，在相当大程度上接受了梁启超著述的影响。他在《皇城新闻》和《大韩每日申报》主笔时，曾发表了大量论说评论文章。还直接翻译了梁启超的《意大利建国三杰传》等著作，尝试提升民众的爱国精神。在诗歌领域，申采浩的《天喜堂诗话》与《饮冰室诗话》存在诸多相似之处，《天喜堂诗话》中提出的"东国诗界革命论"与梁启超的"诗界革命论"之间也存在明显的承袭痕迹。主要表现在"新意境"与诗歌内容变革所呈示的功利性社会政治改革诉求以及"新语句"与诗歌形式变革所凸显的启蒙性普及和进化理路等方面。

朝鲜半岛新文学的文体形成首先源自文学发展的内部需求，尤其是爱国启蒙运动、自强独立运动、国语改革运动等对文体变革产生的决定性驱动作用。但是，近代转型期也是朝鲜半岛与外国文化的交涉最为活跃的历史时期之一，伴随外国书籍的译介，外国文化像潮水般涌向朝鲜半岛，其中必然伴随着异国文化的接受和外国文体的影响。其中，梁启超发挥了连接西方文明与朝鲜半岛的重要媒介者作用，同时译介至朝鲜半岛的大量梁氏著述，不仅对爱国启蒙思想的形成和发展产生了重要影响，也在语汇使用、句式选择、修辞手法和叙事模式方面，有力促进了朝鲜半岛新文学文体的演化和转变。

缘于地缘政治上的邻近性、文化心理上的同源性以及现实境遇的同质性，朝鲜半岛对中国新文化运动和文学革命运动，保持了持续的关注。其中，胡适作为中国新文学的主要倡导者，其"文学理论""思想著述""文学作品"和"时评文章"等曾被大量译介传播至朝鲜半岛。在近现代朝鲜半岛众多报纸杂志中，《开辟》是译介和刊载中国新文学著述和文章最多，也是与胡适渊源最深的杂志之一。胡适曾给《开辟》杂志题词"祝《开辟》的发展"，刊登在1921年"新年号"的扉页上。1925年胡适还曾为朝鲜半岛三大报纸之一的《东亚日报》做了内容为"敬祝朝鲜的将来与年俱新"的题词，在1月1日的新年号上登载。胡适不仅与中国文学研究者和译介者保持书信往来，而且与流亡中国的独立运动家也有过接触，胡适成为他们心目中不可或缺的精神领袖。

以大量著述的翻译接受为依托，"首举义旗之急先锋"的胡适成为渴求中国文学革命经验的朝鲜知识文人的精神导师和学术偶像。其中以"国语的文学、文学的国语"为旨归的"国语文学论"更是引起了朝鲜半岛知识界的深度共鸣。胡适的"国语文学论"启发了梁建植、李允宰、李泰俊、金起林等人，他们分别从不同角度借鉴和吸收了胡适的文学思想，在朝鲜半岛新文化运动中，推进"言文一致"为目标的文学语言革新。朝鲜半岛言文一致运动的开展正值日本殖民统治时期，相较于中国的半殖民性质，朝鲜半岛通过"日韩合并"成为日本的完全殖民地。1919年的"三一运动"使日本残酷的"武断政治"受到打击，转而实行"文化政治"，相对放松了对舆论媒体的控制。由此《东明》等一系列报刊得以涌现，李允宰发表的一系列胡适文学革命相关的论述文章也正是以《东明》为载体的，这从另一个侧面反映了李允宰在借鉴胡适"国语文学论"的基础上，积极将作为国语的朝鲜语代替殖民地宗主国语言——日语作为"国语国文运动"终极目标并身体力行地推进这一目标。同时，也说明"国语的文学，文学的国语"的进化论口号同样适用于殖民地文化语境中的朝鲜半岛。在中国的"言文一致"运动中，胡适重点关注语言、文字和文体三大内容，"句式"也由此成为论述焦点。受此启发，李泰俊在阐释朝鲜半岛近代句式的确立问题时，直接引用了胡适的"八事"理论。同时认为"八事"之中的第一、二、三、四、五、七项以传统修辞理论为参照对象，并直接或间接地对其进行了否定和批判。无论是将汉字比喻为"已死的拉丁文"，还是将文学家视为语言革命主体的思维理路；无论是对但丁、薄伽丘等人的介绍，还是对意大利国语确立历史的阐释，皆可发现金起林对胡适相关理论的因袭和借鉴痕迹。其相似程度之高，使人怀疑金起林通读并摘录了胡适文章的内容并进行了相关内容的抄译，其目的在于传达近邻中国的"白话文运动"成果，为本国言文一致运动提供殷鉴和参照。由此可以发现，胡适对金起林"韩文专用论"理论构想的构建和提出，发挥了重要的启发和刺激作用。

　　胡适的《白话文学史》也在"空间向度"及"叙史模式"方面，对金台俊《朝鲜汉文学史》产生了启发和影响。首先在"空间向度"方面，金台俊在《朝鲜汉文学史》纂写过程中，沿袭了胡适进化论的文学史观。金台俊依据进化论思维，承认每个时代都拥有各自特色文学的事实。胡适以文言与口语的差异为前提，构建了古文文学与白话文学的二元对立视角。金台俊亦是从汉文学与朝鲜文学的二元对立构造出发，观照朝鲜的传统文学。他将汉文学限定为使用汉字创作的诗歌文章，朝鲜文学原则上是以朝鲜文字创作的反映朝鲜人民思想感情的作品，以朝鲜语写成的小说、戏曲、歌谣等就属于这个范畴。金台俊首先根据创作主体，将汉文学分为两大类，即朝鲜人创作的"汉文学"和中国人创作的"汉文学"，中国人创作的汉文学可以概括性地视为中国文学,包括先秦两汉的文章,魏晋六朝至明代的小说,六朝的四六骈俪与唐诗、宋词、元曲等。相反,朝鲜的汉文学则局限于外国人能够模仿的诗歌、四律和文章。对于传统文学的历时发展,胡适以中国文学的白话化为基本目标,将中国传统文学分为古文文学与白话文学;而金台俊则着眼于汉文学的退化过程,将朝鲜传统文学理解为汉文学与朝鲜文学的对立。在"叙史模式"方面,金台俊从胡适对民间文学和俗文学的重视态度中得到启示,也认为来自一般民众的俗文学具备真正文学的生命力,并在文学史书写中给予高度重视。金台俊认为在暗含特权阶层的威严和宗教宣传的汉文学世界中,那些模仿或剽窃了历经数千年的平仄押韵的古人文句的文人,被称赞为优秀的文学家,但那只不过是诵记和创作汉文的机器,因此他尝试在具备真正文学生命力的俗文学中寻找朝鲜文学的特征。

鲁迅作为中国新文学的主要实践者,在具体创作方面,对朝鲜半岛新文学拓展产生了影响。鲁迅一生并未造访朝鲜半岛,也未发现留日期间与朝鲜半岛文人会面的史料记录,只是在其文集中偶尔提及朝鲜。尽管如此,在日本殖民时期的朝鲜半岛,通过鲁迅作品的大量译介、评论和吸收,鲁迅的文学和精神还是深刻激励了他们的文学革命和民族独立运动。鲁迅文学表现出的反封建启蒙主义精神、对现实的深刻洞察及问题意识等,契合了朝鲜半岛近现代社会需求。鲁迅的文艺启蒙理论、文学批评思想、国民性改造论以及反抗意识等,均在日据时代的朝鲜半岛实现了精神层面的"同轨"接受和异域重建。

在朝鲜半岛知识文人中,"阿Q"已经超越了单纯的文学形象本身的意义,不仅固化为某种文化符号迅速得以传播,而且鲁迅的其他作品的人物形象也开始被区分为"阿Q式的人物"和"非阿Q式的人物"加以理解。鲁迅民族改造思想不否定接受西方近现代性的必要性,但认识到盲目崇拜和过度追求的危险性,由此提出了不带任何偏向的西方认知观。同时以这种思想为基础,展开国民劣根性的改造。与之相比,李光洙虽然也洞悉了西方近现代性的矛盾和野蛮本质,但民族改造的视角却完全集中在内部。换言之,比起关注被移植到朝鲜并固化为意识形态的近现代性,他更重视的是以"恶政和儒臣"为代表的导致朝鲜所有悲剧现实的"堕落的民族性"。同时,他认为这种堕落的民族性是导致国民道德性缺失的主要原因。也就是说,民族改造的方向只归结于内部人民劣根性的改造。这与鲁迅所倡导的"由外向内"的自我解剖精神,可谓一脉相承。

韩国现代民族抵抗诗人和独立运动家李陆史达到的彻底自我认知的精神境界,与鲁迅的自我剖析和自我反省思想也存在一脉相通之处。若将两者并峙考量,可以发现在同病相怜的殖民地现实语境中,鲁迅和李陆史以自我剖析为前提的国民性改造以及文艺启蒙方面"同轨"文学精神的承传过程。李陆史能够在《鲁迅追悼文》中对鲁迅进行前所未有的深度阐释,也正缘于此,亡命中国的朝鲜知识文人能够直接现场接触到中国新文学。尤其,鲁迅作为中国现代文坛第一篇白话小说的创作者,成为中国现代文学的代表人物,其作品成为国内外文人阅读和模仿的对象。鲁迅充满抗争精神和批判意识的文学理论和文学思想,引起了他们的深度共鸣。当时滞留中国的不少朝鲜半岛知识文人均与鲁迅有过直接会面经历,柳树人还将《狂人日记》翻译为韩文介绍至朝鲜半岛。此后,梁建植、丁来东、李陆史等也曾翻译了大量鲁迅小说。朝鲜半岛译介的鲁迅小说大都集中于其前期作品,可以看出他们比较关注鲁迅作品中的"抵抗性"。由此,鲁迅作品成为朝鲜半岛作家创作过程中的模仿性典范。尤其《狂人日记》中反映的反抗意识以及忧国忧民的文化精神,受到朝鲜知识文人的广泛关注。鲁迅作品中的"狂人"形象成为朝鲜半岛作家和知识文人们创作的重要参照和灵感来源,涌现出"南植""明洙""玄龙"等一系列知识分子狂人形象,最终实现了"狂人"文化形象的异域重建。

相较于中国以梁启超、胡适和鲁迅为代表的"点"的影响,日本对朝鲜半岛新文学的影响可以说是更为全面而深远。这很大程度上是由朝鲜半岛当时所处的社会现实和文化语境决定的。朝鲜半岛新文学的发生、演进和拓展期,正处于日本的殖民控制之中。日本在朝鲜半岛实行的是残酷疯狂、愚民同化的殖民政策,自1910年"韩日合邦"至1919年"三一运动",日本在朝鲜半岛殖民统治的特点是"武断政治",即依靠军队的力量,实施宪兵警察合一的警察制度,推行强硬的殖民统治。在赋予朝鲜总督府以无限权力之后,日本殖民当局还完全抹杀了朝鲜人民的言论、出版、集会、结社等基本权利。为保证"愚民政策"的顺利推行,之前存在的《皇城新闻》《大韩每日申报》等14种报刊被全部停刊,只保留《京城新闻》《汉城日报》《每日申报》等为殖民政府服务的御用报纸。

同时,日本还解散了朝鲜半岛爱国团体和群众性结社组织,禁止政治集会,强化舆论控制。为了消灭朝鲜人民的民族性,在文化教育方面,推行了愚民同化政策。首先，禁止朝鲜民众使用母语——朝鲜语，强制使用日语，在语言上抹杀其民族传承的血脉。其次，在学校教育中禁止朝鲜本土内容的讲授，将朝鲜民族定性为"劣等民族"。同时关闭朝鲜人开办的学校，限制朝鲜人接受中等教育，实行朝鲜人和日本人的差别教育。1919年"三一运动"爆发后，直到1930年，日本在朝鲜的殖民政策被称为"文化政治"，意为减少高压和残暴的统治政策，转为怀柔性较强的统治策略。首先在政治上减少总督府的权力，以民事警察制度取代前期的宪兵警察合一的警察制度。同时相对放松了朝鲜人民的言论、出版、结社的自由。由此一直延续至今的《东亚日报》《朝鲜日报》陆续出现，《开辟》《东亚之光》等杂志也得以发行。"文化政治"虽然表面上看是日本放松了殖民控制，但实质并未发生任何改变，其血腥压制、愚民同化的侵略本质反而在欺骗中更加凸显。

  日本长达35年的殖民统治，使朝鲜半岛新文学的发生和发展始终笼罩在殖民侵占的阴影之中。事实上，朝鲜半岛新文学正是在传统文学的传统性与外国文学的异质性之间的冲突和呼应之中产生、演进和发展的。朝鲜半岛比较文学研究，必须考虑其新文学发生和发展阶段所处的殖民地语境，以及与日本文学和日本化的西方文学之间的关系。1910年"韩日合邦"之前，朝鲜半岛新文学在梁启超为代表的中国影响因素的刺激下产生并取得了一定发展。因为当时的朝鲜半岛正处于"开化期"，日本的殖民触角刚刚延伸至朝鲜半岛，相对侧重军事和政治方面的侵占，文学和文化方面尚无暇顾及。而《日韩合并条约》签订后，日本在文化上也推行了残酷的殖民压制政策，在颁布一系列禁令的同时，销毁了包括《禽兽会议录》《自由钟》等小说在内的31种几十万册的反日书籍。由此，在日本的高压殖民政策的恶劣影响下，朝鲜半岛新文学的发展势头遭到遏制。1919年推行的"文化政治"虽然带有强烈的欺瞒性和怀柔特征，但客观上确实促进了朝鲜半岛新文学的再次发展。在日本文学影响下，朝鲜半岛现实主义文学有所恢复，浪漫主义和颓废主义文学开始兴起。

  在朝鲜半岛完全沦为日本殖民地之前和日据期间，有大量赴日留学的朝鲜半岛知识文人，他们成为朝鲜半岛文学的主体力量，引领着新文学的发展方向。1881年，朝鲜政府派遣62名成员的"绅士游览团"赴日考察，大部分人留在了日本学习，成为朝鲜半岛近现代第一批留学生。此后随着日本的强势崛起，留日学生猛增，他们组织了"大朝鲜人留学生亲睦会""帝国青年会""太极学会"和"大韩学会"等学术团体，1908年《大韩学会月报》统计的留日人数达493人。同时他们创办《太极学报》《共修学报》《大韩留学生学报》《同寅学报》《洛东亲睦会学报》《大韩学会月报》《大韩兴学报》等报纸杂志，自1906年《太极学报》刊载小说之后，其他杂志陆续开始登载文艺作品，推动了朝鲜半岛新文学的发展。

> 开化期以来，韩国文学的主角大部分都是日本留学生出身。他们通过日本文坛接受西方文学，同时不仅接受了日本化的西方文学和思潮，而且直接或间接地接受了日本文学和日本文人的影响。①

不难看出，近现代赴日留学生对朝鲜半岛新文学所产生的深远影响。留学生们不仅接受了日本文学和日本文人的影响，还同时接受了以日本为"中介者"的西方文学和文艺思潮，对本国新文学发展的影响不可谓不大。据金容诚（《韩国近代文学史探访》）和李御宁（《韩国作家传记研究》）的统计，朝鲜半岛50名现代作家中，有日本留学经历的达36名之多，比例上达到了72%。当然，近现代海外留学目的地并不仅仅局限于日本，如徐载弼（美国）、闵元植（法国）、白性郁（德国）、尹谱善（英国）等。但值得注意的一点是，从事文学的知识文人几乎都选择了日本作为留学目的地。如朝鲜半岛近现代文学的主要人物李光洙、李人稙、金东仁、朱耀翰、崔南善、廉想涉、玄镇健等，均具有日本留学经历。

在朝鲜半岛新文学初期盛行的翻案小说（改作小说）正是在日本文学的影响下产生的。全光镛曾指出："翻案小说就是照搬外国作品的故事情节，变换场面和人物，以韩国为背景，以韩国人为出场人物的改作作品。"②朝鲜半岛对中国小说进行的改作或翻案主要集中在古代文学，而时至近现代，殖民地语境下的朝鲜半岛自然将翻案的对象转向了日本小说。主要有具然学的《雪中梅》（原作：末广铁肠的《雪中梅》）；李相协的

---

① 開化期以來의 韓國文学의 主役들이 大部分 日本留学生出身으로 이들이 日本文壇을 통하여 西洋文學을 받아들임으로써 日本式으로 屈折된 西洋文學과 思潮들을 들여왔을 뿐 아니라 日本文學과 日本文人들의 影響을 直接間接으로 받았을 것이다．金恩典：《韩日两国的西欧文学接受的比较文学研究》，《文教部研究报告》1971年第5期。

② 全光镛：《韩国小说发达史》，首尔：高丽民族文化研究所1967年版，第1212页。

《再逢春》(原作:渡边霞亭的《想天怜》);赵一斋的《双玉泪》(原作:菊池幽芳的《己之罪》);李相协的《贞妇怨》(原作:黑岩泪香的《捨小丹》);赵重桓的《长恨梦》(原作:尾歧红叶的《金色夜叉》);德富芦花的《不如归》分别被翻案为《榴花雨》(金宇镇)、《不如归》(赵一斋)、《杜鹃声》(鲜于日)。据金秉喆统计,在朝鲜半岛新文学的发生发展期,与日本有关的翻译改写作品占整体翻译改写作品的57%。

开化期知识分子能够熟练运用的外文就是日语和汉文。东方国家中,最先开化的国家是日本,当时我们国家的留学生大部分都是去日本留学的。从这一点来看,这个数字(57%)是理所当然的。他们看到的西方文化是经过日本人消化吸收之后的……翻案、抄译、意译、粗译和译述是他们的接受方法,在这一过程中知识分子体会并吸收了日本人对西方文化的接受态度。在开化期,我们的先辈们并不是用自己的耳目亲身体会原作者的写作意图和思想,他们接受的西方文化是经过日本人接受并且有所变化的内容。我认为从我国当时开化水平的角度来看,这种现象是不可避免的。[①]

金秉喆从翻译的视角,强调了日本对朝鲜半岛的影响。认为留日文人通过翻案、抄译、意译、粗译和译述所接受的西方文明,是经过日本人接受并且有所变化的内容。而且从当时朝鲜半岛的开化水平来看,在文学方面对日本的全盘接受现象,是不可避免的。

这些所有光辉灿烂的作家们的作品,也就是欧洲十九世纪末的文艺运动——象征主义、自由诗运动、印象主义、写实主义等巨匠们的

---

[①] 開化期 知識人이 구사할 수 있었던 語學은 日語가 아니면 漢文이었고 東洋에서 가장 빨리 개화된 나라가 日本이고 당시의 우리나라의 유학생이 대부분이 日本留學生이었다고 보 때 이러한 숫자는 당연한 귀결이리라. 그들이 본 西洋文化는 日人의 손을 거쳐서 제작된 것이고 …번안 抄譯 意譯 梗概譯 譯述 등이 그들의 수용태도의 대부분인데 그것은 日人의 西洋文化 受容態度를 그대로 적용한데서 빚어진 결과였으리라 開化期 우리 조상들은 자기들의 眼目에서 직접 자신의 선택으로 原著者가 의도한대로 西歐作品을 읽은 것이 아니라 日人의 眼目에서 受容되고 屈折된 범위에서 西歐作品을 수용했으니 이것은 그 당시의 우리나라의 開化水準으로 보아 불가피한 일이었을 것이라고 생각된다. 金秉喆:《韩国近代翻译文学史研究》,首尔:乙酉文化社1975年版,第308页。

作品，给年轻的我们带来了强烈冲击，让我们内心面对惊异的世界。这种冲击几乎无法抗拒地使我们掀起了新文艺运动。①

以上引文道出了朱耀翰等在日留学生们的真实心境。他们作为朝鲜半岛"新文艺运动"的代表人物，面对传入日本的西欧文学作品，难掩内心的激动和惊异，几乎全盘接受了包括象征主义、自由诗运动、印象主义和写实主义等文学思潮，并且将其具体运用于朝鲜半岛的新文学。

## 第三节 "文学镜鉴"与"殖民色彩"

本研究的大体时段为19世纪末至20世纪20—30年代，也正是朝鲜半岛处于日本殖民统治的历史时期。因此，在长达30余年的殖民侵占中，日本在全面影响朝鲜半岛新文学的发生和发展的过程中，必然为其烙上深深的殖民地烙印，赋予其深厚的"殖民色彩"。相较于此，以梁启超、胡适和鲁迅为代表的中国新文学，则相对更多地为朝鲜半岛新文学提供了某种文化心理和文学思想共鸣基础上的"异域参照"。朝鲜半岛新文学革命家们从中国新文学的先进经验中，更多地获取了基于相同殖民地语境的"文学镜鉴"。

一直以来，朝鲜半岛是汉字文化圈的典型成员之一，古代中国与朝鲜半岛的文学和文化关系中，中国始终处于影响施加者的位置，而朝鲜半岛则是被动的接受者。中国古代文学在题材内容、文学形式、审美范式等诸多方面，对朝鲜半岛产生深远影响。主要原因在于历史上的朝鲜半岛是中国的藩属国，与中国总有着"剪不断理还乱"的文化关联，基于这种文化依附性，朝鲜半岛本身也未能构建起足以与中国文化相对抗的文化体系。而且在1443年之前，朝鲜半岛尚一直借用汉字作为基本的书写体系，连最基本的文学语言载体都必须借助中国文字，不难推想朝鲜半岛文学接

---

① 이러한 모든 찬란한 작가들의 作品 다시 말하면 유럽의 十九世紀末의 文藝運動——象徵主義，自由詩 운동，印象主義，寫實主義 등의 巨匠들의 작품의 충격은 젊은 時節의 우리들의 가슴에 驚異의 인세계를 엿보게 했던 것이다. / 이러한 임팩트가 거의 不可抗力으로 우리의 新文藝運動을 폭발시켰던것이라고 할 것이다. 朱耀翰：《〈创造〉时代的文坛》，《自由文学》1956年第1期。

受中国文学的压倒性影响。但进入近现代以来,中国与朝鲜半岛的文化交流和文学关系由"影响关系"逐渐转向"平行关系"。朝鲜半岛文学逐渐脱离中国文学的影响圈,对中国文学的影响逐渐由"全面接受"转向"借鉴参照"。

就梁启超作品来看,据现有资料显示,他从未造访过朝鲜半岛,但其著述和思想却曾大量传入并产生影响。1897年《大朝鲜独立协会会报》第2号发表了题为《清国形势的可怜》一文,其中就提及梁启超,说明当时朝鲜半岛知识文人已经开始意识到梁氏的存在并接受其思想的影响。《清议报》在朝鲜半岛的京城(今首尔)和仁川各设立了一个代销点,成为梁氏思想传播的重要媒介。当时朝鲜半岛知识文人对梁启超文论的评价是"激切适当""笔端雄健",可使同胞"茅塞顿开"。梁启超及其思想之所以得到朝鲜半岛知识文人的如此重视,主要源于其自强图存的思想所引起的精神共鸣。直到1904年《饮冰室文集》传播至朝鲜半岛之前,《清议报》和《新民丛报》依然是知识文人们接触梁启超思想的主要载体。《饮冰室文集》被视为爱国启蒙运动教科书和"第一灵药"。朝鲜半岛最具代表性的爱国启蒙运动团体之一的"大韩自强会"的自强思想以及新民会的"新民"概念,张志渊和申采浩等人的历史思想和理论,朴殷植大同思想和李海朝讨论体小说等,均接受了《饮冰室文集》的影响。尹永春曾坦言:"中国文学具有被我们容易接受的地理环境和相关条件,在民族气质和互为纽带方面存在比较有利的条件。"①

从小说方面来看,申采浩吸收了梁启超"功利主义"小说理论,掀起了以"效用论"小说观为理论根基的朝鲜半岛版本的"小说革命"。在批判传统小说、鼓吹政治小说的作用以及对小说的情感作用的认识方面,都可窥见申采浩对梁启超小说理论的借鉴痕迹。朝鲜半岛小说革命家们借用梁启超的小说革命理论,在展开对本国传统小说的批判时,并没有彻底排斥和否定小说本身,而把焦点置于小说内容和主题方面,尤其为了解决社会所面临的现实问题,强调了小说的教化性、效用论的社会功能,将小说视为解决内忧外患困局的重要手段,将其效用性的层面最大化。在强调小说的政治作用方面,申采浩所说的"西儒云,小说是民之魂"疑似引用了梁启超《译印政治小说序》中"英名士某君曰:'小说为国民之

---

① 尹永春:《十九世纪东西文学》,首尔:民众书馆1973年版,第294—296页。

魂'"的论述。他认为小说对国民的影响，具有普遍性和绝对性。正如空气和饮食左右人体的健康一样，小说能够左右国民的思想和行为。

从诗歌方面来看，梁启超的"诗界革命论"对《天喜堂诗话》的启蒙主义、功利主义诗歌观产生了直接影响，《饮冰室诗话》与《天喜堂诗话》存在紧密的逻辑关联。申采浩沿用梁启超将诗歌视为社会政治变革工具的思路，在《天喜堂诗话》中体现启蒙主义精神，将梁启超文学革命论中的文学与政治社会的关系进行了颠倒，并以夸张的手法表现出来。"诗歌在激发人的感情方面，有不可思议的能力"的论述与梁启超"小说有不可思议之力支配人道故"的说法如出一辙。凸显了通过文学改良社会政治的强烈愿望。同时参照梁启超蕴含"三长"说的"诗界革命论"，申采浩在《天喜堂诗话》中提出了"东国诗界革命论"，强调只有使用"东国语·东国文·东国音"创作而成的诗，才是名副其实的"东国诗"。无论是对诗歌改良内容的强调，还是对于诗歌"言文一致"问题的重视，《天喜堂诗话》与《饮冰室诗话》的态度保持一致，两者的主张都是出自同一话语体系。《天喜堂诗话》最为强调的国语创作的"国诗"，亦是在借鉴梁启超对"新语句"和"口语、俗语"的倡导基础上提出的。

从文体方面来看，伴随梁启超大量著述在朝鲜半岛的译介、传播和接受，其"新文体"也逐渐被认识、吸收和借鉴。洪弼周作为梁启超著述的译者之一，认为梁启超的文章"宏博辩肆、出入古今、贯通东西、细入毛孔、包括天壤、切中时宜"。虽不乏夸张之嫌，但足可见梁启超在朝鲜半岛知识文人心目中的地位及其文体的深刻影响。在语汇使用上，伴随《戊戌政变记》《越南亡国史》等梁启超著述在朝鲜半岛的转载、译介、评述和借用，其中的新词汇被大量引入朝鲜半岛文章表达之中。朴殷植、张志渊、申采浩等爱国启蒙知识文人在译介梁启超著述过程中，接受了其新文体的特征，并在自身创作的具体行文中加以运用，再加上他们都具有较强的汉文功底，在阅读梁启超著述原文时，也能够感受到"新文体"的独特魅力，在创作纯汉文体文章时，更加自觉地借鉴和使用"新文体"。同时他们在沿用和借用梁启超"新文体"时，有意识地进行了取舍和改变。在借鉴梁启超排比、设问、反复、感叹、比喻、递进等修辞手法的同时，融入本民族传统文学相关内容，借以阐述自己的理论主张。

胡适作为"近代继梁启超之后对朝鲜文坛影响最大的文化名人之一"①，也成为朝鲜半岛现代文化思想和文学变革的重要镜鉴对象。《文学改良刍议》《建设的文学革命论》《五十年来中国之文学》《谈新诗》等胡适的文学理论著述，均被译介至近现代的朝鲜半岛。朝鲜半岛文人对胡适及其著述中蕴含的思想给予了相当高的评价，他们集中思考的焦点在于如何将胡适的思想及其文学革命实践经验，应用于本国新文学革命的演进中。1922年李东谷发表的《论新东洋文化的树立——以中国的旧思想旧文艺的改革为他山之石的新文学建设运动》中，将"胡适的文学改良刍议"单列为一个章节，对中国新文化运动进行了介绍，高度评价了胡适、陈独秀等人的新文学思想，认为胡适和陈独秀的文学革命"能够给予我们的文化运动以刺激和参考"。朴鲁哲在《朝鲜日报》上发表的《中国新文学简考》，以历史进化论为着眼点，评价了胡适及其文学思想。李殷相也在《朝鲜日报》撰《中国文学泛论——文学思想的推移和新文学运动的将来》一文，赞扬了胡适对新文学运动所做的努力并给予高度评价。翻译家裴澍在《现代中国文学与西洋文化》第二部分"文学革命"中强调正是在胡适吹响文学革命的号角之后，陈独秀、钱玄同、刘半农、周作人、傅斯年等人才积极响应，推动了中国文学革命运动的发展。同时指出这些先驱人物都曾接受过西方思想的洗礼，胡适的"八不主义"正是文学革命的代表性成果，由此评价胡适"国语的文学，文学的国语"是文学革命的"最高命题"。丁来东曾在《朝鲜半岛》上发表《中国现代文坛概观》一文，其中第三部分"从文学革命到革命文学"，重点分析了胡适倡导的文学革命，首先对"文学革命"与"革命文学"的内涵进行了解读。接着指出在美国留学的胡适根据风靡美国的自由诗运动，主张中国的"言文一致"。文章强调胡适在恰当的时机，产生了文学革命的动机，在万人渴望之际，提出了文学革命的口号。将胡适与意大利的但丁、德国的马丁路德和英国的乔叟比肩，对其排斥长久传承下来的"死文学"，发现"自然而自由"的新语言工具的文学功绩给予高度评价。

梁建植曾在写给胡适的信中称"景仰阁下之大名久矣"，盛赞胡适为"中国文坛之权威"，表达对胡适的仰慕和崇敬之情，他已将胡适视作"为东洋举炬火于文坛之伟业"的东亚精神镜像。1920年10月，《开辟》

---

① 金哲：《20世纪上半期中朝现代文学关系研究》，山东大学出版社2013年版，第61页。

刊载了李敦化的《朝鲜新文化建设方案》，此文正是受到中国新文化运动的启示和感召，主张以中国新文化运动为先例和参照，构建朝鲜半岛的新文化建设方案。胡适不仅与中国文学研究者和译介者保持书信往来，而且与流亡中国的独立运动家也曾有过接触，他们将胡适视为重要的精神领袖，期盼阅读到胡适的文章。李民昌是流亡北京的朝鲜独立运动家，他曾受《开辟》杂志社委托，于1921年5月19日致信胡适，信中颂扬胡适在中国新文学革命中的地位，介绍了《开辟》杂志曾对其进行了多次介绍，且受到朝鲜青年的热捧，并请求胡适为杂志创刊一周年纪念特辑撰稿。新文学革命家梁明在《新文学建设与韩文整理》（1923年8月《开辟》第38号）中，号召参照中国新文学经验，建设朝鲜半岛新文学。他认为建设朝鲜半岛新文学的先决条件是重新整理韩文。在"死文字与活文学"一节中，梁明引用胡适《建设的文学革命论》，强调言文一致的重要性。其创作此文的目的在于将胡适《文学改良刍议》和《建设的文学革命论》适用于朝鲜半岛的具体状况，进行创造性的应用。曾留学美国的胡适，接受了庞德意象主义的影响，而留学中国的梁明，则接受了胡适的影响，试图将中国的"言文一致"运用经验，应用到朝鲜半岛现代语言的革新之中。此文对之后李泰俊的《文章讲话》和金起林的《文章论新讲》都产生了影响。

　　胡适的"国语的文学、文学的国语"思想，对李允宰、李泰俊、金起林等人具有重要启发作用。李允宰秉持民族主义立场，从胡适的"国语文学论"中寻找历史和理论依据，展开朝鲜半岛版本的"言文一致"运动。他从朝鲜半岛的文学现场出发，主张将"文学"从汉文的束缚中解放出来，将中国的白话文运动视为"他山之石"，创造一种与中国白话文的历史形态类似的韩文文学。1922年发表在《开辟》上的《论新东洋文化的树立》曾指出，发表在《新青年》上的《文学改良刍议》对白话文的倡导，吹响了中国文学革命和"白话文运动"的号角。对胡适的"八事"主张进行详细阐释之后，强调胡适的主张虽然是针对中国文学的弊病，但对于完全被汉文学征服的朝鲜文学来说，在文学革命和文字改良方面，也可以采用同样的策略。在近现代句式构建方面，李泰俊沿用胡适的相关观点，通过《文章讲话》，在阐明新型句式理论的基础上，尝试开创一种以"言文一致"为旨归的近现代句式和创作文体。

　　胡适认识到中外文学革命大都以"语言""文字"和"文体"为突

破口的规律,将关注重点聚焦为语言、文字和文体,由此句式成为重要的论述对象,李泰俊沿着这一思路,在论及朝鲜半岛近现代句式的确立时,直接引用了胡适的"八事"主张。胡适《白话文学史》中的叙史模式也给金台俊以启发,金台俊的《朝鲜汉文学史》在叙史空间向度方面,借鉴了胡适进化论的文学史观。在对传统文学的观照方面,也沿用了胡适将古文文学和白话文学二元对立的视角,叙史策略方面,金台俊也将胡适重视民间文学和俗文学的叙史视角视为重要镜鉴,同样站在重视俗文学的立场上观照朝鲜汉文学。

鲁迅文学的开放多义性,使其能够被不同思想倾向的朝鲜半岛文人吸收和借鉴,也彰显了鲁迅文学所具有的跨文化穿透力。鲁迅文学深厚立体的文本,内含了多重阐释的可能性,既可从启蒙主义和人道主义的角度解析,也可从世界主义和无政府主义的视角分析,还可从社会主义的立场切入阐释。因此,在近现代朝鲜半岛,持有世界主义或无政府主义思想倾向的知识文人和接受阶级史观的社会主义知识分子,成为译介、批评和接受鲁迅文学的主要群体。"无政府主义"和"社会主义"思想倾向构成了朝鲜半岛鲁迅文学接受的两大思想谱系,无政府主义倾向的代表人物有柳树人、丁来东和金光洲,社会主义倾向的代表人物有金台俊、李明善等。他们将鲁迅视为"中国诞生的'东洋大文豪'",其作品自然成为重点译介对象。据统计,在日据时代,鲁迅共有 8 部小说和 1 部诗剧(《过客》)被译介至朝鲜半岛。梁建植、丁来东、申彦俊、李陆史等人结合朝鲜半岛的特殊政治文化语境,从不同角度,对鲁迅及其作品进行了多层面解析,显示出东方文化价值观支配下对鲁迅文艺启蒙理论的深度共鸣。当时的朝鲜半岛面临着对内国民启蒙与对外民族独立的双重时代课题,知识文人们通过鲁迅作品的认知和批评,加深了对鲁迅反封建、反传统的反抗意识和国民性批判精神的认知,并试图将其运用于本国的文艺启蒙和文学运动之中。

首先是国民性批判之中暗含着与鲁迅"同轨"的文学精神。《阿Q正传》不仅揭露了中国人民的劣根性,也表现了人类本身普遍存在的共同弱点。对于在半封建半殖民地的社会现实中,鲁迅所展现出来的苦恼、抗争精神和文学表达,处于殖民地的朝鲜半岛知识文人们深感共鸣,其中对最著名的文学典型——阿Q,达到了文学精神层面的感同身受。20世纪20年代以来,通过朝鲜半岛的现代传播媒介,鲁迅已经成为众人皆知的大文豪，而到了20世纪30年代日本全面侵华前后，鲁迅文学思想更成为朝鲜半岛文人创作实践中的重要镜鉴对象。在国民性批判中，鲁迅将自我解剖精神首先对准的是自身，而李光洙则对此有所发展，将自我解剖意识推展至整个民族。如果鲁迅所指向的是个人觉醒和独立，那么李光洙所向往的只是以集体为目标的个人顺应。另外，李光洙的民族改造论主张与鲁迅将中国国民的奴隶根性视为中国革新巨大障碍的思想，存在相似之处。

金史良的小说《Q伯爵》中的"Q"不禁令人联想到《阿Q正传》，事实上此小说也正是在参照《阿Q正传》的基础上，结合日据时代朝鲜半岛所面临的文化窘境，将"阿Q"形象移植到朝鲜半岛知识分子身上，体现了作者对以知识分子为主体的国民性批判和改造之意图。"Q伯爵"的文化性格中存在着"阿Q"式的致命缺陷，他通过接受外部刺激，试图通过自我欺瞒的精神胜利法，将自我想象事实化，而最终凸显的是超越国界的国民劣根性。如果说"阿Q"是鲁迅面对辛亥革命后黑暗的中国现实，为普通大众绘制的自画像的话，那么"Q伯爵"就是朝鲜殖民地末期失去存在感的文人的真实写照，其中所蕴含的正是"同轨"的国民性批判精神。在李陆史身上，也能够发现鲁迅式的彻底的自我剖析精神，这不仅缘于当时中国与朝鲜半岛所处的相似历史文化语境，更与李陆史本人与鲁迅的精神共鸣有关。尤其在鲁迅逝世后，李陆史通过《鲁迅追悼文》，对鲁迅的文学思想和文艺启蒙理论进行了深入阐明，对鲁迅彻底的自我批判和自我剖析精神进行了直观呈现，体现了相似文化境遇之中"同轨"的文学精神。

其次是鲁迅反抗意识的承袭与"狂人"文化形象在朝鲜半岛的异域重建。朝鲜半岛无产阶级作家韩雪野在知识分子形象的塑造和"狂人"文化精神的构建方面，受到了鲁迅的诸多影响。在《鲁迅与朝鲜文学》中，韩雪野将鲁迅称为中国现代文学史和思想史上的"巨匠"和中国新文学的"旗手"，同时强调鲁迅在中国新文学运动中的重要作用，认为鲁迅进行文学创作的时期与朝鲜半岛当时的时代状况存在同质性，因此鲁迅及其文学可以成为朝鲜半岛新文学的重要异域镜鉴。韩雪野从中国新文学运动和文学革命中受到鼓舞，曾表示从鲁迅小说中读出了"哲学深度"和"东方风格"，指出自己在狱中所接触的鲁迅作品，影响了自己的思想转变和文学创作，促成了《摸索》《波涛》《泥泞》等具体作品的问世，具体吐露了自身作品对鲁迅小说"狂人"形象的参照。

在韩雪野的《摸索》和《波涛》，金史良的《天马》和《Q伯爵》等中，均能够发现鲁迅小说中"狂人"的影子。鲁迅笔下的"狂人"是现实社会矛盾和冲突的表现，韩雪野的两篇小说中的"狂人"均保留了鲁迅"狂人"的精神疾患症状。如果说鲁迅笔下的"狂人"反抗的是封建礼教秩序，那么韩雪野笔下的知识分子"狂人"面对的则是小市民所必须直面的生活困境。金史良小说中的玄龙和"Q伯爵"，既带有"狂人"的精神疾患症状，也带有"阿Q"的自我欺瞒性格。他们都为自己设计了一个"文化身份想象空间"，当这一空间因残酷的殖民地现实而崩塌之时，玄龙的精神状态也随之崩溃，文化身份变得模糊。而患有"被害妄想症"的"Q伯爵"在想象的精神空间受到攻击时，其精神世界也呈现矛盾和冲突的反复。如果说韩雪野通过鲁迅笔下的"狂人"，呈现了朝鲜知识分子的"生存困境"，那么金史良则集中体现了知识分子的"文化困惑"。如此，朝鲜半岛作家在参透领悟鲁迅"狂人"文化精神的基础上，结合殖民统治的特殊社会现实和历史文化语境，将鲁迅笔下的人物形象移植至朝鲜半岛这一文化空间，塑造出一系列知识分子"狂人"形象，最终实现了鲁迅"狂人"文化形象的异域重构。

与中国新文学的"镜鉴"作用相比，由于日本是朝鲜半岛殖民地的宗主国，在政治、经济、文化和文学等几乎所有领域，曾对朝鲜半岛展开高强度的殖民控制和野蛮掠夺。因此，朝鲜半岛新文学的萌生和发展，必然带有浓重的殖民色彩。其中，最主要的表现即为"亲日文学"。"亲日文学"是指"在丧失民族主体性的日制时代，顺应、礼赞和推崇日本殖民主义政策的卖国性文学。"[1]当时又被称为"战争文学""国策文学""国民文学""决战文学""皇道文学"等。从时期上来说，"亲日文学"主要是指20世纪30年代后期至解放之前，但实际上在朝鲜半岛新文学的萌发期，就已经出现亲日倾向比较明显的文学作品。尤其是1910年日本正式吞并朝鲜半岛前后，当时的一部分新小说，就已表现出较强的亲日倾向。"当时大部分新小说作家都具有亲日思想，小说中登场的日本人物形象大多为正面的，流露出浓郁的亲日思想。"[2] 其中，最具代表性的是朝鲜半岛新小说的开创者和新文学革命的先驱——李人稙。他的《血之泪》

---

[1] 林钟国：《亲日文学论》，首尔：和平出版社1966年版，第2页。

[2] 张乃禹：《中韩小说现代化转型比较研究》，苏州大学出版社2013年版，第46页。

是朝鲜半岛新小说的嚆矢之作,此小说长达 50 回,连载于 1906 年 7 月 22 日至 10 月 11 日的《万岁报》。小说以甲午战争的战场——平壤为背景,叙事空间横跨朝鲜半岛、日本和美国,描写了甲午战争给主人公玉莲带来的悲喜交加的人生体验。在主题意识、言文一致、写实性等方面均具有现代意义。但小说情节中始终贯穿着浓厚的"亲日思维"。

首先,7 岁的玉莲因战争而被迫流浪,在日本军医官的帮助下,才辗转日本接受教育。作品时时将愚昧落后的朝鲜与先进发达的日本进行比较,以凸显日本的文明开化。如在对待寡妇改嫁的问题上,小说在批判朝鲜封建婚姻制度的基础上,宣扬唯有在诸如日本这样的文明国家,寡妇改嫁才会被广泛容许。

其次,小说在流露亲日思想的同时,对中国却表现出贬损和疏远的姿态。如玉莲不幸被日军的子弹击中了腿部,而在日军野战医院救治时,她竟然对自己中了日军子弹感到庆幸,因为"如果是清军子弹的话,里面会含有毒药,被击中的话必死无疑"。这也反映了中国在近现代东亚格局转变中的尴尬处境和李人稙的创作动机,他所主张的文明开化,是依附于日本而实现的,而非通过自身努力,对于历史上的"天朝上国",现实中"半殖民地"的中国,则开始表现出敌视和疏离的态度。

这与李光洙在《何为文学》中的主张存在异曲同工之妙,说明这种思想在当时的知识分子中具有普遍性。"朝鲜建国以来,其间出现了新罗、百济、高句丽等有着灿烂文明的国家,应当具有其他民族所不具备的特有的精神文明。而今天的朝鲜人都是中国道德和文化孕育出来的,名为朝鲜人,实为中国人的一个个模型。在当下西方文化正潮水般涌来的时候,我们只是崇尚汉字汉文,而不知脱离中国人的思想,真是可惜!"[①]

此外,李海朝、崔瓒植、安国善等人也均在创作生涯的后期转向"亲日文学"的阵营,通过正面展现日本先进文明形象,表现小说的现代性主题。崔元植在论及朝鲜半岛新文学萌生期的"亲日文学"时曾指出:

> 亲日文学并不只是存在于日据时代的末期。李人稙和崔瓒植便是亲日文学的先驱者,只有把这一时期的文学设定为"爱国启蒙期的文学",才能准确把握打着文明开化旗号从事卖国活动的亲日知识分

---

① 李光洙:《何为文学》,《李光洙全集》,首尔:乙酉文化社 1988 年版,第 512 页。

子和把文明开化作为独立自强手段的爱国知识分子之间的区别。①

因此,"亲日文学"只是在不同时期表现略有程度差异而已,它贯穿了朝鲜半岛新文学萌生和发展的全过程。这也从另一个侧面说明,日本对朝鲜半岛新文学产生全面影响的同时,赋予了其强烈的"殖民色彩"。

在1937年中国抗日战争全面爆发前,朝鲜半岛也存在为日本殖民主义代言的亲日性质浓郁的作品,但其根本性质与日据末期的"亲日文学"稍有不同。因为当时日本殖民当局只是对文学创作的主题和特定内容进行管控和禁止,并未强制规定必须创作的主题内容。但1937年后,朝鲜总督府开始对文学创作的具体内容进行强行干涉,将配合殖民统治的文学界定为"国民文学",反之则是"非国民文学",甚至将放弃创作、保持沉默的行为也被视为对日本殖民政策的抵抗。从当时亲日作家们的创作动机和意图来看,如果是迫于压力不得不进行亲日合作,其创作动机很难具有多大意义。但若是自发和主动地为日本殖民侵略服务,其内心必然隐含着为两千万朝鲜民众作出所谓"牺牲"的自我评价和认知。

"亲日文学"无论从内容上,还是形式上,均体现了日本赋予的强烈的殖民色彩。从内容层面来看,"亲日文学"主要涉及"内鲜一体"的皇民化思想和"大东亚共荣圈"的新体制理论。"内鲜一体"的皇民化思想意在强调日本人和朝鲜人同根同源,认为以前的朝鲜半岛在中国的势力范围内丧失了本体性,只有通过与日本的一体化过程,才能恢复本来的面貌。根据这一逻辑,朝鲜人只有在实际上成为日本人,才可以超越和消除前期受到的歧视。"大东亚共荣圈"的新体制理论认为,在西方近现代已经没落的前提下,能够代替西方的只有以日本为代表的"东亚共荣圈"和超越近现代资本主义的法西斯主义新体制。通过摆脱以资本主义为根基的西方中心主义,才能实现东方和平,同时超越个人主义所衍生的极权主义。

"内鲜一体"的皇民化思想在武汉三镇陷落之后,正式登上历史舞台。1938年10月,日军攻下被称为"东方马德里"的武汉,一部分朝鲜文人主张接受新的事态发展,走上了亲日法西斯之路。在中国抗战全面爆发时,人们对战胜日本的殖民统治,还抱有一丝期待。但随着战事的发

---

① 崔元植:《韩国近代小说史论》,首尔:创作社1986年版,第4页。

展，朝鲜半岛文人们认为日本在东北亚的胜利已基本成为既定事实。随着武汉三镇最后一道防线的溃败，以李光洙为代表的很多朝鲜文人通过倡导"内鲜一体"的皇民化思想，本着消除差异、克服歧视的思维，积极投身于"亲日文学"的理论构建和创作实践。理论构建方面，李光洙为了合理化日本发起的侵略战争，将西方的殖民行为置于对立视角，由此美化日本的战争行为，从而使日本对朝鲜半岛人力物力的榨取正当化。他认为英美侵略的本质更多偏向"物质指向性"，而日本的殖民侵占则更多偏向"精神指向性"。精神指向的日本和物质指向的西方，在战争目的和性质方面存在不同。西方殖民重在扩张领土、抢夺殖民地、积聚财富，但日本殖民则更多注重传播"精神"。这一观点在其《人生与修道——告半岛六百万青年男女》一文中有着集中体现。李光洙在此文中强调："我们在对照欧美利己的侵略主义时，能够明确认识到日本的国家理想。"① 主张日本发起的侵略战争与欧美不同，具有明显的"利他性"。

> 欧美在过去的数个世纪间，在世界各地抢夺领土，榨取当地人民，为自身积累财富。从未增进殖民地人民的文化福利和地位，也未赋予殖民地人民以平等地位或与自身融为一体……日本合并朝鲜之后，赋予朝鲜人以本国国民同等的地位，这是他们的统治目标。现在也正在满洲国的建设方面，一心一意地向满洲王道乐土化的目标迈进。②

李光洙认为，与西方的殖民方式不同，日本会增进被殖民地的文化福利，将被殖民地的地位提升至与日本同等的位置。这一主张以"殖民地近代化论"和"内鲜一体论"为理论支撑，伪满洲国的建设是为了实现"王道乐土化"的思维，也是基于同一逻辑理路。

---

① 李光洙：《人生与修道——告半岛六百万青年男女》，《新时代》1941年第6期。
② 歐米는 過去 數世紀 間 世界 各地에서 領土를 獲得하고 그 人民을 搾取하여서 自家의 富源을 삼았습니다. 그 領土의 住民의 文化와 福利와 地位를 增進하여서 自己네와 平等히 되거나 一體가 되게 하려 한 일은 없습니다…日本은 朝鮮을 倂合함에 朝鮮人을 母國民과 同等의 地位에 引上하려 함이 統治의 目標였고 滿洲國을 建設함에 一億一心의 精神으로 滿洲의 王道樂土化를 目標로 邁進하고 있습니다. 李光洙：《人生与修道——告半岛六百万青年男女》，《新时代》1941年第6期。

1939年，以李光洙为会长的朝鲜总督府御用文学团体"朝鲜文人协会"成立，成员达250名。在协会成立大会上，李光洙曾表示：

> 有史以来，人类从未离开过国民生活。国民生活是人类生活的最低限度的生活，同时也是最高限度的生活。由此，文学以国民生活，即国民的感情为基础。具体来说，日本的文学必须是日本的国民文学，用朝鲜语创作的文学，当然也无法超越这个范畴。我想将日本文学定义为日本人创作的唯一的纯正文学。我相信本协会成立的使命就在于此。本协会对内地人（日本人）和朝鲜人不作任何限制，为真正体现"内鲜一体"的精神而成立……建设新的国民文学，促进"内鲜一体"的实现，是本协会的使命和根基。①

李光洙主张在不破坏文学自身纯粹性的同时，创造完整融入日本精神的文学，才是此时期文人们必须创作的国民文学，通过类似的文学尝试，生成某种充满感动和韵味的"真正文学"。但这并非是纯粹对文学性的思索，而是对如何能够有效向民众传达日本殖民意识形态的方法论层面的思考。李光洙将宣扬日本精神的文学定义为"日本国民的文学"，事实上就是"皇民文学"，且将使用朝鲜语创作的反映日本精神的文学也列入其中。

"大东亚共荣圈"新体制理论的主要内容，是摆脱欧洲价值观的单方面制约，打破西方东扩形成的不平衡体制，发出东方自身的声音。东方的崛起，与巴黎沦陷后逐渐显现的西方没落相契合。渴望新体制的亲日文人，以"大东亚共荣圈"的新体制论为基础，加入了亲日文学的阵营。崔载瑞是主导此时期亲日潮流的另一代表人物，他于1939年发起了"皇

---

① 有史 以來 人間은 國民生活을 떠나서의 生活을 가진 적은 없습니다. 國民의 生活이야말로 人間生活의 最低限이오 同時에 最高限이며, 그런 故로 文學은 國民의 生活, 即國民의 感情에 基礎를 둘 것입니다. 具體的으로 말씀하면 日本의 文學은 日本의 國民文學이 아니면 안 될 것이며, 朝鮮語로 씨여지는 文學도 當然히 이 範疇를 넘을 수는 없는 것입니다. 日本的인 文學, 이것을 나는 日本人이 지을 수 있는 唯一의 純正文學이라고 이름을 부치고 싶습니다. 本會 結成의 使命은 이것에 있다고 나는 믿는 者입니다. 다음으로, 本會는 内地人과 朝鮮人을 不問하고, 그것이야말로 內鮮一體의 精神을 具現하여 成立된 것입니다…새로운 國民文學의 建設과 內鮮一體의 具現 促進 이 두 가지야말로 本會의 使命의 兩輪이라고 믿는 바입니다. 崔柱翰·波多野节子(하타노 세츠코)：《李光洙后期文章集Ⅰ》，首尔：Sonamoo 出版社 2017 年版，第 320 页。

军慰问作家团",在《新体制与文学》中,他表示:

> 法国大革命 150 年来,支配世界的旧秩序已完成了它的历史使命,现在反而成了妨碍人类发展的桎梏。我们必须打破这一桎梏,解放人类。能担当这一历史千秋大业的国家在哪儿?那就是新兴国家——欧洲的德国、意大利以及东方的日本。特别是东方长期遭受欧洲帝国主义的压迫,这极度妨碍了其发展。要想建设东方国家,不解放民族、不实现真正的独立自主是行不通的。而唯有日本能完成这项艰巨事业。[①]

在东西方世界格局发生微妙变化的历史背景下,崔载瑞将殖民地宗主国日本视为能够引领"大东亚共荣圈"的主导力量,其亲日思想显露无遗。蔡万植则从超越西方近现代个人主义的角度出发,高呼"灭私奉公"的口号,并将其视为征服近现代的新境界。徐廷柱则努力从西方的精神世界中摆脱,寻找日本为主体的"东方精神"。事实上,这种征服近现代的论调,明显是为了对抗长期以来的欧洲中心主义而提出,但只不过又陷入了另一个中心主义,即变形的"东方主义"。

"亲日文学"在形式上的问题,主要是指创作语言方面日语和朝鲜语的使用问题。朝鲜总督府的立场是同时承认日语和朝鲜语创作的亲日作品,因为大部分朝鲜人不懂日语,仅靠日语无法动员大众。为了日本殖民主义政策的扩散和战争动员,作为过渡政策,对朝鲜语文学创作给予许可。但亲日派作家们对于创作语言的选择,则存在不同见解,形成了三种不同的创作形态。

第一种是使用纯日语创作,被称为"国民文学"。他们认为日语已经成为东亚地区的通用语,而没有必要使用作为地方语言的朝鲜语,使用日语进行创作,也是体现日语力量的手段。持此观点的作家,诗歌方面有金龙济,小说方面有李石薰,文学评论方面有崔载瑞等。尤其李石薰在发表于《东方之光》的《关于新事物》一文中,对使用朝鲜语创作"国民文学"的见解,进行了猛烈反驳,他认为使用朝鲜语一般是为了大众启蒙,

---

[①] 金在湧:《合作与抵抗:日本帝国主义统治末期之韩国社会与文学》,吴延华、禹尚烈译,社会科学文献出版社 2014 年版,第 88 页。

但根本上来说，使用日语可以实现启蒙的目的。以李石薰为代表，金龙济、崔载瑞等人所坚持的"日语专用论"得到了朝鲜总督府的支持。1943年朝鲜总督府设立"国语文艺总督奖"，为在朝鲜半岛进行日语创作的日本作家和朝鲜作家颁奖，前三届分别由金龙济、崔载瑞和郑人泽获得。还有与此奖项性质相似的由"国民总力朝鲜联盟"设立的"国语文艺联盟奖"，旨在奖励纯日语创作亲日文学的亲日派作家。

第二种是使用日语和朝鲜语创作的双重语言论者。日据末期，朝鲜人的日语解读率低，如果只用日语进行创作，其受众有限，不利于大众宣传，因此有些亲日派作家主张使用朝鲜语和日语两种语言进行创作。日本统治末期的大部分亲日作家都可归于此类，其中李无影最为典型，在中国全面抗战和武汉三镇陷落之后，他并未表现出任何意识变化，但在太平洋战争后开始迅速走上亲日道路。与诗人徐廷柱的经历类似，在较短的时间内，李无影发表了大量日语和朝鲜语作品，后来他基本同意了以日语作为国民语言的单一化问题。因此，自亲日之后，一直使用日语写作。与只用日语创作的李石薰不同，李无影将朝鲜语视为过渡性语言并给予重视，他认为在农民们能够读懂日语小说之前，必须同时使用朝鲜语进行创作。根据小说主题内容以及阅读对象的不同，使用不同的语言，如果以知识分子为对象，就使用日语创作，如果以农民或者无日语解读能力的人为阅读对象，就使用朝鲜语。如长篇小说《青瓦房》使用日语创作，因为其主题是反映朝鲜知识分子和在朝日本知识分子之间的"内鲜一体"关系。而《乡歌》的语言载体则为朝鲜语，因为它叙写了朝鲜半岛农村的启蒙问题。

第三种是只用朝鲜语创作的朝鲜语专用形态。亲日派作家一旦表明亲日立场，基本不会只使用朝鲜语进行创作。即使能够使用日语对不懂日语的朝鲜民众进行日本精神启蒙，也极少有作家具备只使用朝鲜语创作的自觉意识。只使用朝鲜语进行创作的亲日派作家，基本上是在日语创作上存在无法克服的语言困难。因为具有日常生活中的日语会话能力并不代表能够使用日语进行文学创作。在无法使用日语进行创作的前提下，最终只能选择使用朝鲜语，此类型的代表作家为蔡万植。蔡万植前期作品中有一些比较积极和进步的作品，如《正在消失的影子》《痴淑》《浊流》《太平天下》等，分别涉及日本殖民语境下知识分子的苦闷心理、社会主义运动、女性问题等，揭露混沌世界，嘲讽殖民统治。

事实上，他的亲日化倾向直到 1940 年才有所展现，《我的"花儿与士兵"》发表于 1940 年 7 月的《人文评论》，该作受到日本从军作家火野苇平《麦子与士兵》的影响。当时《麦子与士兵》不仅对蔡万植影响巨大，对于走向亲日道路的所有作家而言，都是战争文学的"典范"。后来发表的《女人战纪》刻画了一个"军国之母"的形象，暗含强化"内鲜一体"思想的创作意图。

## 第四节 "同位意识"与"抵抗心理"

众所周知，因 19 世纪中后期清王朝的没落和日本对朝鲜半岛的殖民侵占，20 世纪初开始，中国与朝鲜半岛的文学文化交流逐渐萎缩。1930 年金台俊在《东亚日报》发文表示："朝鲜半岛自甲午更张后，面对必须摄取西方文化的局面，突然切断了与中国保持三千年的密切文化交流关系。"[①] 相关研究也从翻译的视角切入，认为中国文学翻译经历了韩日合邦和辛亥革命之后的休止期，与明清时期白话小说和梁启超为代表的启蒙文学翻译形成鲜明对比。事实上，至 19 世纪末，整个东亚范围内发挥巨大影响力的文学文化交流机制，已经逐渐处于式微状态。这种"文化地形"的转变，与东亚格局和朝鲜半岛对中国的认识变化密切相关。

有研究认为："朝鲜半岛从 19 世纪遭受西方和日本的殖民侵略开始，不再将中国视为同行者和学习的对象，而是视为文明开化的落伍者和朝鲜近代化的障碍。"[②] 这虽然符合近现代东亚格局嬗变的实际，但在朝鲜半岛知识文人中间，对中国的认识也并非一边倒的全盘否定。日据时期为了国家独立解放而流亡中国的独立运动家和留学中国的知识文人们，则形成了另外一种中国认识。他们认为如果中国因"辛亥革命"变得强盛，朝鲜对中国革命给予支持并维持良好关系的话，就可以借助中国的力量，实现朝鲜半岛的革命和独立。因此，很多知识文人以多种方式参与了辛亥革命，在"同位意识"的支配下，与"革命派"人士结成"新亚同济社"，

---

[①] 天台山人：《文学革命后的中国文艺观——过去十四年间》，《东亚日报》1930 年 11 月 12 日第 4 面。

[②] 郑文尚：《近现代韩国人的中国认识轨迹》，《韩国近代文学研究》2012 年总第 25 期。

支持中国革命。

因此，在朝鲜半岛新文学发展过程中，部分朝鲜知识文人对同处于列强环伺中的中国，表现出更多的"连带意识"和"同位心理"，在此基础上，关注和介绍中国新文化运动和新文学革命，试图以此刺激和推进本国新文学的发展。而对于日本的全面影响，朝鲜半岛新文学则出现了与"亲日文学"相对应的"抵抗文学"，反映了拒绝与殖民势力和御用文人为伍的"抵抗心理"。

早在1876年朝鲜开港之后，随着铁路和轮船等交通手段的空前发展，不同国家间的空间移动变得前所未有的便捷，"韩日合邦"后柳麟锡、朴殷植、李炳宪等儒教渊源深厚的知识文人进入中国，展开了独立运动和思想活动。在"西风东渐"的大环境下，他们对同样处于殖民地边缘的中国，怀有深厚的连带感和同位意识，在日本对朝鲜半岛发挥绝对影响力的前提下，仍然选择中国作为流亡地和独立运动的舞台，使中国与朝鲜半岛继续保持着不同于以往形态的交流关系。

从文学交流层面来看，进入开化期的朝鲜半岛，虽然比较侧重吸收西方的理论和文学影响，对中国文学的关注开始减少，但在20世纪20—30年代朝鲜半岛外国文学接受的全盛期，中国文学的接受也是其中的一个重要组成部分。[①] 此时，留学中国和具有中国体验的知识文人，将中国现代小说和戏剧大量译介至朝鲜半岛。梁建植、丁来东、李东谷、李允宰等人基于中国与朝鲜半岛同遭殖民侵略的"同位意识"，从文学译介、文艺理论吸收和新文学思想借鉴等方面，将中国新文学运动视为"他山之石"和重要的异域参照，旨在更好地推进朝鲜半岛的新文化运动。

1922年李东谷在《开辟》第30期上发表《新东洋文化的树立》，对胡适的《文学改良刍议》和《文学革命论》进行详细介绍之后，指出胡适和陈独秀发起的文学革命，"能够为我们的文化运动提供刺激和参考"。1923年李允宰在评价其翻译的胡适《建设的文学革命论》时，强调"期待《建设的文学革命论》能够给予崇尚陈腐、腐败的死文学的朝鲜人以深深的刺激"[②]。梁建植关注中国新文化运动的动机与李东谷和李允宰相

---

[①] 朴南用、尹惠妍：《日帝时期中国现代小说的国内翻译和接受》，《中国语文论译丛刊》2008年总第24期。

[②] 洪昔杓：《近代中韩交流的起源》，首尔：梨花女子大学出版部2015年版，第148页。

似，即通过了解和介绍中国的文学革命，推动朝鲜半岛新文学的发展。在梁建植向朝鲜半岛介绍胡适之前，就已有类似想法。1917 年 11 月，在《每日申报》发表的《关于中国小说及戏曲》中就指出："研究外国文学的目的，在于有助于本国文学的发达。"这里的"外国文学"即为"中国文学"，同时表示"中国文学在朝鲜有深厚的根底，如果不理解中国文学，就无法了解朝鲜文学"。中国文学"具备某种特性，能够在世界文坛上大放异彩"，同时"中国文化是东方文化的源泉，因此中国文学在世界文学和东方文学中都具有独立性"[①]。由此，梁建植认为中国文学是朝鲜文学的根基，也是了解朝鲜文学的前提，能够为朝鲜文学的发展提供借鉴和动力。

后来在 1922 年 8 月 22 日的《东亚日报》上，梁建植发表了《中国的思想革命和文学革命》一文，其中鲜明体现了其介绍中国文学革命的目的意识。他不仅关注中国文学形式上的文体变革和文学体裁的革新，而且尝试在对"思想革命"的延伸思考中，准确把握"文学革命"。首先，他从中国与朝鲜半岛现实处境的类似性出发展开论述，在"同位意识"的支配下，表达对中国青年革命运动的同情和声援。

> 无论从任何角度切入观察，都可以发现中国与我们朝鲜的处境比较类似。无论在思想道德方面，社会组织和政治程度方面，还是启蒙时代所处的时代语境和革命精神的酝酿方面，都是如此。新中国的建设过程，与新朝鲜的建设过程，亦极为相似。而且旧中国的破坏过程，也经历了与旧朝鲜一样的破坏过程，有着同样的命运。因此，如果我们对新中国运动有所关注，就会对青年革命运动表现出深切的同情。[②]

---

① 梁建植：《关于中国的小说及戏曲》，《梁白华文集》（三），春川：江原大学出版社 1995 年版，第 159 页。

② 中國이 어느點으로 觀察하면 우리 朝鮮과 事情이 比等하다. 그 思想에 在하야 道德에 在하야 社會組織과 政治程度에 在하야 더욱히 啓蒙時代에 處한 것과 革命의 氣運이 醞釀하는 點에 在하야 그러하다. 新中國이 建設되는 過程이 新朝鮮의 建設되는 過程과 比等比等할 것이오. 또 舊中國의 破壞되는 것이 亦舊朝鮮의 破壞되는 것과 同一한 運命을 經過할 것이다. 그러기에 우리는 新中國運動에 對하야 多大한 興味를 有하며 青年의 革命運動에 對하야 深烈한 同情을 表한다. 梁建植：《中国的思想革命和文学革命（一）》，《东亚日报》1922 年 8 月 22 日第 1 面。

在此，梁建植披露了自己关注和介绍中国新文化运动的原委。中国与朝鲜半岛无论在旧体制的破坏，还是新国家的建设方面，都具有相似性，因而朝鲜有必要了解和关注中国的革命运动。在这种同位意识和连带感基础上产生的中国认识，完全不同于19世纪末"文明开化的落伍者""朝鲜近代化的障碍""东亚病夫"等否定性的中国认知，体现了对相同处境的中国进行重新认识，并积极借鉴中国新文化运动和新文学革命先进经验的内在意图。梁建植对中国新文化运动介绍并没有止步于此，次年又将胡适的《五十年来中国之文学》译为《最近五十年的中国文学》，连载于《东亚日报》，从新文学运动当事者的视角，对中国文学的现状进行重新阐释。梁建植认为文中所说的"五十年"代表着整个近现代中国文化运动。

此后的1930年，梁建植又发表了《从文学革命到革命文学》一文，再次论及中国的新文学运动。在文中，他将中国的文学革命定义为"文言文学的废除，国语文学即言文一致文学的新建设"，将胡适的主张与陈独秀、钱玄同、蔡元培发起的文化运动相结合进行阐释，认为通过五四运动，白话文的影响力大增，新潮社和新青年社的创作引起了中国思想界和文化界的大革命。梁建植通过对中国新文学革命的数次介绍，表明了思想革命与文学革命密切相关的观点，并尝试将这种经验运用至朝鲜半岛的新文学革命之中。

基于对中国文学的连带感和借鉴心理，梁建植在介绍中国新文化运动的同时，也积极进行中国新文学的翻译工作，呈现出与中国"同呼吸共命运"的强烈"同位意识"。但由于缺乏中国体验和相应的中文能力，梁建植不得不经由日本学界迂回地关注中国新文学。如《以胡适氏为中心的中国文学革命》译自青木正儿的同名文章，《东亚日报》上发表的《中国的思想革命和文学革命》，也是重译自发表于《日本及日本人》杂志上的文章。1922年发表的《玩偶之家》也是参考了两种日译本和一种英译本。

事实上，梁建植对日本中国文学研究成果的重译，可以追溯到1917年。他发表的《关于小说〈西游记〉》参考了笹川临风和久保得二的《支那文学史》。1918年的《关于红楼梦》则带有1916年日本文教社出版《红楼梦》的明显的参照痕迹。"起码直到20世纪20年代初期，梁建植对中国的新文化运动以及胡适等人对古代小说的研究动向都是转道通过日本学界了解到的。"① 可见，虽然梁建植曾与胡适有过书信往来等直接交流，但对中国新文学革命的介绍和文学作品的翻译，大都是对日本相关成果的重译。这一方面折射出朝鲜半岛在脱离传统朝贡体系和沦为日本殖民地的急速角色转换中，所经历的文化阵痛；另一方面也展现了朝鲜半岛知识文人们即使通过迂回的方式，也要关注中国新文学运动，并将其视为重要异域镜鉴的文化心理，而其中蕴含的正是超越表层影响关系的"同位意识"。

与梁建植不同，丁来东曾在中国留学达八年之久，对 20 世纪 20 年代中国文学革命现场有着切身体验。1923 年结束为期七年的日本留学生活之后，为了躲避关东大地震后日本对韩国人的迫害，于 1924 年加入 300 名留学生队伍来到北京，直到 1932 年回国。在此期间，1926 年进入北京民国大学英文系学习，同时成为"北京韩国交流学生会"的一员。虽然被迫选择了中国留学之路，但却对中国新文学和白话文学产生兴趣。留学期间，丁来东与胡适、周作人等有过直接交流，也数次听过鲁迅和冰心的演讲。"在接近百名的中国新文学文人中，有过直接接触的达二十余名，其中有必要介绍的有十余名。"② 由此，他在《中国文人印象记》中，对留学期间有过直接对话或通过演讲接触过的鲁迅、胡适、周作人、冰心、郑振铎、刘半农六人，向朝鲜半岛进行了详细介绍。

丁来东在中国新文学现场所感受到的"同位意识"更为强烈："朝鲜接受中国文学的历史悠久，中国的政治形势也与朝鲜存在诸多类似之处，因此需要特别关注和研究。"③ 强调了中国与朝鲜半岛文学交流和政治形势的相似性。同时对接受中国新文学的影响有了自觉意识，"通过具体、全面、体系性的接受，使朝鲜文化运动有所进展，是目前的当务之急"④。丁来东对将"活文学"与"死文学"二元对立的中国新文学理论表示赞

---

① 董晨：《朝鲜半岛近代文化转型中的中国文学研究——以梁建植中国古代小说戏曲研究为中心》，《文学遗产》2016 年第 6 期。
② 丁来东：《中国文人印象记》，《东亚日报》1935 年 5 月 1 日。
③ 丁来东：《文坛肃清与外国文学输入的必要（四）》，《东亚日报》1935 年 8 月 7 日第 3 面。
④ 丁来东：《文坛肃清与外国文学输入的必要（四）》，《东亚日报》1935 年 8 月 7 日第 3 面。

赏，认为古典文学是"死文学"，应予以排斥，民间产生和发展的文学，才是具有生命力的真正文学。同时，在朝鲜半岛知识界，也在"连带意识"的支配下，形成了对中国新文学镜鉴意义的共鸣。

> 笔者在中国留学，是在我国"三一运动"和中国"五四运动"之后。因此，我国"言文一致"运动已经取得相当的成果。当时中国正处于从"五四运动"转向"文学革命"并发展为"白话文运动"的时机。由此我国新文学的发展与中国白话文学的进度，存在诸多相似之处，彼此之间也有较多关注，笔者介绍中国文学的文章，也在我国报纸杂志上受到了优待。①

在此，值得注意的是，丁来东认为中国与朝鲜半岛的共同点，不仅仅在于政治局势和社会现实，而且在言文一致和白话文运动等文学领域，也具有共同点。这表明朝鲜半岛对中国新文学运动的关注，不仅仅局限于文学观念，还关涉文学形式的转变。"笔者介绍中国文学的文章，也在我国报纸杂志上受到了优待"说明自《开辟》杂志在20世纪20年代初表明关注中国新文化运动的立场之后，朝鲜半岛对中国文坛的关注从未中断。

在丁来东关于中国新文学的论述中，胡适和鲁迅一直作为中心人物登场。他在概括中国文坛的文章中，准确点明胡适"言文一致"为主旨的文学革命的倡导背景，同时认为胡适和陈独秀是文学革命的提倡者，鲁迅为文学革命的实践者。指出鲁迅"能够运用熟练的白话进行创作，小说中毫无赞美旧思想的内容，也毫无袭用旧小说形式的痕迹，是最先创造新形式、新内容和新体裁的文学家，在数十年间独步于中国文坛"②。从这

---

① 筆者가 中國에 留學한 것은 우리나라 三．一運動 後요, 中國의 五．四運動 後이다. 따라서 우리나라에서는 語文一致의 運動이 상당한 成果를 거두고 있었으며, 中國에서는 五．四運動에서 文學革命으로 方向을 돌려서 白話文運動으로 발전하던 時機이었다. 따라서, 우리 나라 新文學의 發展과 中國의 白話文學의 進度는 비슷한 점이 많다. 그런 만큼 彼此의 關心은 컸으며, 筆者의 中國文學 紹介文 같은 것도 우리나라 紙, 誌에서는 우대해 주었었다. 丁来东：《丁来东全集》(一)，首尔：金刚出版社1971年版，第1页。

② 丁来东：《鲁迅和他的作品》，《朝鲜日报》1931年1月3日。

个意义上说，鲁迅是"中国文学革命的实践者"①。可以说，丁来东对胡适和鲁迅的评价真实而公允，符合历史史实。丁来东对中国新文学如此关注，一方面缘于其长期中国留学基础上对中国文坛动向的切身体验，另一方面与其在中国与朝鲜半岛历史语境的比较中产生的潜在"同位意识"密切相关。其真正目的在于，将中国新文化运动和新文学革命的先进经验嫁接应用于朝鲜半岛新文学发展的具体实践之中。

从朝鲜半岛新文学自身的角度来看，如果说对中国呈现出某种相同殖民处境中产生的"连带心理"和"同位意识"，那么对日本则表现出"合作"与"对抗"的矛盾心理。"合作"具体表现为"亲日文学"，"对抗"具体表现为"抵抗文学"。日本殖民语境下朝鲜半岛新文学的抵抗精神，只有与"亲日文学"并行考察，才能明确其历史意义。这是因为有很多作家，某一段时期进行了抵抗，但之后在各种因素的综合作用下，却走向亲日路线。如崔南善和李光洙，曾一度站在抵抗日本殖民主义的最前线。但崔南善在20世纪20年代中期以后，李光洙在中国抗战全面爆发后，分别走上了亲日合作的道路。因此，在日本统治末期转向亲日阵营的很多作家，之前也曾是抵抗主义作家。

朝鲜半岛的"抵抗文学"以1919年"三一运动"为界，前后呈现出迥异状况。1919年以前，抵抗文学的内容是国民主义和民族主义，1919年之后加入了社会主义和女权主义，形成了抵抗意识的思想根基。同样，以1937年中国抗日战争全面爆发为界，朝鲜半岛的抵抗文学也呈现截然不同的面貌。之前日本只是消极地禁止某些特定的作品内容，之后则强制作家们书写特定内容。因此，在中国抗战之前，作家们的沉默或封笔不能成为抵抗的手段，反而被认为是消极无能和漠不关心，但在中国抗日战争之后，"沉默"就成为重要的抵抗手段。

金允植认为，1895—1945年日本的殖民侵略刺激了朝鲜半岛民族意识和市民意识的觉醒，作为被殖民国家，朝鲜的首要历史任务就是驱赶和战胜侵略者。因此，日据时代的朝鲜半岛新文学必然始终充满着浓郁的抵抗意识和反抗精神。早在新文学的萌生期，申采浩就借鉴梁启超小说革命理论，强调小说的政治功能，将有无抵抗精神视为评判小说是否符合时代要求的重要标准。

---

① 丁来东：《鲁迅和他的作品》，《朝鲜日报》1931年1月3日。

1910年"韩日合邦"之后，朝鲜半岛彻底沦为日本的完全殖民地，日本在政治和文化上实行高压政策的同时，也加强了经济方面的掠夺，大量农民由此失去土地而流离失所。金裕贞的《万无方》《秋天》和《雷雨》等小说，描写了日本殖民政策带来的农村颓败景象和农民所面临的生存危机，控诉了日本的侵略罪行及其黑暗统治对农村造成的恶劣影响。内容主要涉及日本的殖民掠夺、农民的破产和农村的凋敝惨状。玄镇健的《故乡》讲述了农民土地被日本强占之后，被迫背井离乡、四处流浪的故事。农民们离开土地，逃亡中国东北和日本之后，只能以苦力维持生计，表明了对日本殖民主义的讽刺和反抗。作为著名的短篇小说家，玄镇健还创作了诸如《劝酒社会》《贫妻》《走运的一天》等短篇小说，反映了日本殖民统治的社会语境中，人们对生活和黑暗现实的绝望以及拒绝顺从的反抗意识。此外，赵明熙的《农村的人们》《洛东江》，李益相的《被驱逐的人们》等都涉及殖民地背景下劳动人民的苦难生活，揭露了日本殖民统治者的恶劣行径。这些作品凸显了殖民地统治下，民众精神上的苦闷和肉体上的痛苦，暴露残酷社会现实的同时，体现强烈的抵抗精神，成为抗日救亡文学的重要组成部分。

与"亲日文学"一样，朝鲜半岛文学的抵抗意识，在日本殖民统治末期表现得最为明显。在日本的全面影响下，朝鲜半岛抵抗文学的表现方式大体可以分为三类，即沉默、迂回写作和逃亡。

首先是"沉默"，也可视为封笔性的无声抵抗。如果因为各种原因，无法流亡国外，也不想通过迂回的方式创作抵抗性作品，唯一可以选择的就是"沉默"。问题是选择"沉默"的抵抗作家与其他原因保持沉默的作家，往往难以区分。当时保持沉默的作家中，有部分作家因日本的横加干涉和强迫，从一开始就选择了沉默，而还有部分作家选择妥协而亲日之后，无法继续创作而选择了沉默，还有与时局无关，因个人原因而选择封笔。因此，不能因为不从事创作，就断定作家是为了抵抗而选择了沉默。整体来看，金东里、白石和金起林，可视为"沉默"型作家的典型代表。金东里尝试在强调东方的亚洲主义氛围中，寻找区别于中国和日本的朝鲜特质，由此与以日本为代表的东方和亚洲主义拉开距离并保持沉默。而离开强制推行"内鲜一体"的朝鲜，远赴中国东北的白石，在中国东北切身体验了强制推行的"五族协和"思想而同样保持了沉默。金起林则深陷于东方主义，在众多作家进行亲日合作时，他强调远离东方并放弃创作。

以金起林为例,他在彻底封笔之前,对日本的殖民政策也进行过批判。作为诗人和文学批评家,金起林在 1940 年发表的《我们的新文学与近代意识》一文中表示:"某个民族的文化总是带有其自身的尊严、独创性和发展欲望,因此只有经过爱和尊敬,才能通向希望之路。韩民族面向世界,愿意被世人所理解,当然绝不是通过毁灭自身的文化而获得。"① 此文发表时期正值《朝鲜日报》和《东亚日报》等报刊被日本殖民当局停刊,"创氏改名"也在半强制执行,皇民化政策正式推行之时。且从 1938 年开始的"内鲜一体"运动,到了 1940 年已经成为支配性的殖民政策和统治理念。

彼时,印贞植等众多知识文人开始追随"内鲜一体"思想,走上亲日之路。1940 年 1 月 1 日亲日日本杂志《内鲜一体》创刊,当时的日本殖民当局动员一切力量,大力鼓吹以"皇道精神"和"同祖同根说"为理论基础的"内鲜一体"理念。在这种紧迫的历史状况下,金起林强调民族文化的独创性和民族尊严,同时主张民族文化的深化发展,可视为对时局和主流意识形态的抵抗。他运用独特的"东洋论"批判日本提出的"大东亚共荣圈"理念,主张冷静地进行近现代清算。正是由于这种透彻的历史认识和与时代对抗的主观理念,在解放后召开的"全国文学者大会"上,金起林理直气壮地表示:"在我们伟大民族的受难期,在政治文化上存在背叛民族的行为。我们不仅要对这些反民族行为进行清算,而且对我们内心深处所犯的细小的反叛行为,也要严格对待。"②

其次,朝鲜半岛抵抗文学的第二类表现方式为"迂回写作",此种类型的抵抗作家为数最多。在日本殖民统治末期对舆论和文化思想的严格审查和管控下,正面对抗和批判日本的殖民行为,显然行不通。因此,作家们在作品中,可以避开审查网络,构建批判日本殖民主义的创作机制。根据作者和作品的不同,这种间接和迂回创作方式的形态也呈多样性态势。韩雪野是迂回抵抗的代表性作家,他主要用日语写作,在躲避严密审查的同时,也可以充分表达自己的思想。

---

① 金起林:《我们的新文学与近代意识》,《金起林全集》(二),首尔:申雪堂出版社 1988 年版,第 48 页。

② 金起林:《我们诗歌的方向》,《金起林全集》(二),首尔:申雪堂出版社 1988 年版,第 139 页。

事实上，迂回写作的作家一直行走在危险的边缘，稍有不慎就可能遭受日本殖民当局的囚禁和打击。韩雪野的《血》通过朝鲜有妇之夫与日本少女间"内鲜通婚"的爱情悲剧，迂回表达了对"内鲜一体"思想的批判。表面看，作品以日语为创作语言，描写了朝鲜男子与日本女子的纯粹恋爱故事，实际上却是韩雪野采取的迂回创作策略。唯有如此，才能躲避朝鲜总督府警务局图书科的审查。韩雪野赋予男主人以有妇之夫的身份，无法与日本少女组建婚姻，看似道德伦理决定了爱情悲剧，但实际上是对无法超越种族差异的"内鲜一体"的讽刺。小说最后，通过男主人公"我的痛苦没有外因，是来自我的血液"的内心独白，暗含着对"内鲜一体"的统治理念进行颠覆性批判的创作意图。男女主人公无法结合，表面看是因为男主人公有妇之夫的身份，实际上是因为朝鲜人和日本人的种族差异。崔载瑞曾对《血》作出如下评论：

> 熟知该作家的人都会说他不可能如此反常地创作这种浪漫故事。我却觉得以现实主义著称的他写了纯粹的罗曼蒂克题材的作品，是非常有意思的……作者有意避开时局问题，选择了日常生活题材，体现了他想得到的是什么。作品必须流露出作者对时局问题的看法和答案，可这里却没有体现。因而受到批判，说他逃避问题。作者已经预料到会由此产生对《血》的不满或愤怒。①

作为日据末期支持"内鲜一体"思想和"大东亚共荣圈"理念的代表人物，崔载瑞对《血》的解读，可谓一针见血。他看到了韩雪野避开"时局问题"，创作罗曼蒂克题材作品这一反常行为的真正意图。韩雪野后来发表的《影》，也同样讲述了朝鲜男子与日本女子因种族身份差异而无法结合的悲剧故事。与《血》不同的是，小说中的男主人公是一个适龄男青年，而非有妇之夫。即使不存在道德伦理问题，两人也未能圆满实现"内鲜通婚"。这正是对"内鲜一体"虚伪性的嘲讽和揭露，作品同样以单纯爱情小说的外衣掩盖对日本殖民政策的批判。

此外，韩雪野的小说《大陆》同样以爱情故事为伪装，灵活运用

---

① 金在湧：《合作与抵抗：日本帝国主义统治末期之韩国社会与文学》，吴延华、禹尚烈译，社会科学文献出版社 2014 年版，第 202 页。

了日本在中国东北推行的"五族协和"论,迂回批判日本殖民主义政策的矛盾性和欺骗性。在作品中,通过日本人和中国人的婚姻,表面上体现了拥护"五族协和"的殖民策略,实际上却批判了这一理念的殖民主义特性,表现了超越殖民主义和自我种族主义的真正国际主义。他用日文创作此小说,一方面是为了躲避日本的文化审查,另一方面也暗含着作者将日本人作为潜在读者的创作意图。意在告诉日本人,他们在中国东北标榜的"五族协和"正在走向歧途和末路。

在"东洋论"和亚洲主义崭露头角的时刻,李孝石也在对欧美个人主义的强烈追捧中,逆日本殖民主义而行,于1939年发表了长篇小说《花粉》,以迂回的方式,凸显了对日本殖民侵略的不满和抵抗。此作品立足于欧美的个人主义,在男主人公英勋身上体现了脱离世俗和爱欲世界的强烈意志。

> 英勋是个彻头彻尾的欧洲主义者,如果与他对面而坐,谈话内容都会朝向欧美主义。他经常以院子为例阐释自己的主张。园内有花坛、有古树、有草丛、有捷径、有背阴地、有向阳地。如果把整个院子看成一个世界,那么欧洲文化就相当于最美的花坛。他认为,正是由于色彩和阴影等要素合而为一,才构成了以花坛为中心的整体和谐的院落。因此,只崇尚其中的部分构成要素,是愚蠢的。他认为欧洲主义可通向世界主义,因此地方主义思维必然会被打破。[①]

李孝石之所以如此强调欧美的个人主义,正是缘于当时日本提出的强调"东亚"和"东洋"的殖民政策。此时的日本,正在大肆宣扬东亚新秩序,尤其武汉三镇陷落后,日本提出"东亚新秩序"作为新的帝国外交政策,散布多种形态的"东亚论"。事实上,也有众多朝鲜半岛知识文人选择拥护"东亚新秩序",构思出多种"东亚格局论"。甚至过去的社会主义者们也提出"东亚协同体"的理论,对日本殖民统治采取了观望态度。可见当时的"东亚论"不仅在知识界,而且在整个社会都引起了

---

① 金在湧:《合作与抵抗:日本帝国主义统治末期之韩国社会与文学》,吴延华、禹尚烈译,社会科学文献出版社2014年版,第202页。

强烈反响。在李孝石看来,日本提出的"东亚新秩序"及其拥护者们的"东亚论",只不过是某种地方主义,它根本上否定了世界主义内含的人类普遍性。因此,李孝石借助欧美的个人主义,通过英勋这一人物,在小说中间接和迂回地批判了日本"大东亚共荣圈"的本质和吞并东亚的野心。

最后,朝鲜半岛抵抗文学的第三类表现方式为"亡命"或曰"逃亡",此类型的抵抗文人所占比重最小。选择迂回写作的作家,与选择沉默的作家相比,虽然数量较少,但绝对不容小觑。相比之下,选择逃亡的作家则少之又少,大都是迂回写作的方式也受到限制而无法进行时,不得不选择亡命他国。日据末期选择"逃亡"抵抗方式的代表作家有金史良和李陆史等,金史良于1945年避难中国太行山,李陆史则转战北京、南京、沈阳等地。李陆史曾以迂回的方式,创作大量抵抗性诗歌作品,成为著名的抵抗诗人,在1925—1944年,因各种原因五次亡命中国,在此期间继续抵抗诗歌的创作。同样,金史良也由于在国内的迂回写作受阻而逃亡中国,将自己在太行山的避难体验创作为《驽马万里》。太平洋战争爆发后,金史良被捕入狱后返回朝鲜,但当时日本已经不允许影射现实的文学创作。因此,他将创作视野投向历史,创作了以甲申政变为背景的《太白山脉》。以甲申政变后"开化派"和"东学派"的矛盾斗争为中心,描写了各色人等的生活。小说以古喻今,以历史故事掩盖批判日本殖民主义的创作意图。在巧妙躲过日本殖民当局审查的同时,隐晦地表达了作者对日本殖民政策的不满。表面看是顺应朝鲜总督府的朝鲜历史观,实际上则隐含了对实现民族独立和国家解放的期望。

对于金史良来说,"逃亡"是迂回写作的突破口,正因为迂回写作无法继续,才不得不选择逃亡。在金史良的抵抗小说中,《天马》最为典型,在影射日本殖民主义的同时,批判了体现"内鲜一体"思想的日文创作和反人道主义的"创氏改名"殖民政策。小说运用夸张和讽刺手法,对主人公玄龙拥护"内鲜一体"的叛国行为给予深刻批判。作家玄龙为了改变自身处境,实现与日本人的同等地位,积极使用日语写作,以获得日本文人的承认。同时,为了成为真正的"日本人",他响应了"创氏改名"的号召。《天马》发表于1940年的日本杂志《文艺春秋》,当时正值日本大力推行"创氏改名"之时。李光洙早在1939年就宣布将自己的名字改为"香山光郎"。

图 5-3  李光洙在《每日申报》上发表的《创氏与我》

  对于我创设"香山"的姓氏，有人或当面或通过书信询问我的动机。大多数人谴责我改姓为"香山"的姓氏，但是其中也有赞成之人，也有人询问对于创氏的意见。今天我收到一封匿名信，强烈谴责我的创氏行为，要求我阐明创氏的动机和理由。也不是说一定是回应那个匿名者的信，只是当下我痛感有必要阐明我的态度。我创设"香山"的姓氏，改日本名为"光郎"，动机说起来有点惶悚，就是为了拥有与天皇御名相同读法的氏名。为了我的子孙和朝鲜民族的未来，我经过深思熟虑，认为创氏改名是理所当然的并坚定了信念。我是天皇的臣民。我的子孙也将作为天皇的臣民而生活。李光洙仅凭原姓氏并非不能成为天皇的臣民，但是我认为"香山光郎"更像天皇臣民该有的样子。①

李光洙辩称自己"创氏改名"的动机是为了朝鲜民族的未来,他认为在日本的强势殖民政策下,朝鲜没有可能获得民族解放,只有通过"内鲜一体",才能摆脱差别而获得与日本人同等的国民待遇。金史良在小说中对"创氏改名"的批判,与以李光洙为代表的一批亲日文人的亲日行径不无关联。在小说结尾,玄龙高呼:"现在我不是朝鲜人,我是玄上龙之介,龙之介。"这种垂死呐喊,象征着玄龙为代表的知识分子们亲日之路的失败,凸显了金史良对殖民地人民悲惨命运的悲叹,同时隐晦地表达了对"内鲜一体"殖民政策的抵抗。

李陆史是朝鲜殖民地时代最具代表性的民族抵抗诗人、思想家和独立运动家之一,他主要以诗歌的形式,表达对日本殖民主义的批判。除了1924年4月至1925年1月在日本为期9个月的滞留时间之外,其余大部分人生时光都在中国各地度过。因此,他也在"逃亡"中书写着对日本殖民统治的抵抗。其代表诗作有《绝顶》《旷野》《青葡萄》《黄昏》《乔木》《花》等。李陆史在诗歌中大量运用了象征、隐喻、谐音双关等创作技法,其目的在于隐晦地表达对日本殖民侵略的迂回反抗。

> 我被残酷的季节之变,
> 最终放逐于北方一隅。
> 在天空因疲倦而停止延展的高原,
> 傲然站立在刀剑般险峻的山顶。

---

① 내가 香山이라고 氏를 創設함에 對하야 或은 面對하여서 或은 書束으로 내 創氏의 動機를 뭇는 이가 잇다. 大多數는 나의 香山이라는 創氏에 對하여서 非難하지마는 또 그中에는 贊成하는 이도 잇고 創氏에 對한 意見을 뭇는 이도 잇섯다. 오늘 내가 바든 匿名人의 편지에는 나의 創氏를 强하게 非難하고 그 動機와 理由를 發表하는 것을 要求하였다. 반드시 이 匿名人의 書束에 應함만이 아니나 이 때를 當하야 나의 態度에 對하야 一言할 必要가 잇슴을 痛感한다. 내가 香山이라고 氏를 創設하고 光郎이라고 日本的인 名으로 改한 動機는 惶悚한 말슴이나 天皇 禦名과 讀法을 갓치하는 氏名을 가지자는 것이다. 나는 깁히깁히 내 子孫과 朝鮮民族의 將來를 考慮한 긋헤 이리하는 것이 當然하다는 긋은 信念에 到達한 까닭이다. 나는 天皇의 臣民이다. 내 子孫도 天皇의 臣民으로 살 것이다. 李光洙라는 氏名으로도 天皇의 臣民이 못 될 것이 아니다. 그러나 香山光郞이 조금더 天皇의 臣民답다고 나는 밋기 때문이다. 李光洙:《创氏和我》,《每日申报》1940年2月20日。

我应跪坐何处？
我已毫无立锥之地。
只能闭眼冥思，
冬季似钢铁铸就的彩虹。①
——《绝顶》

　　《绝顶》采用了"起承转合"的传统东方诗歌的构成方式，全诗共四联，每联两行，前两联描写了作者的具体行为，被放逐于北方的作者，最终止步于刀剑般险峻的山顶。后两联刻画了作者的内心世界，在绝顶的极限空间，没有跪坐之处和立锥之地，只能闭眼冥思，脑中出现"钢铁铸就的彩虹"意象。此诗并不具有超越悲剧现实的强烈意志，诗句中基本难以找到反抗悲剧现实的主动态度。相反，作者表现出消极和被动的姿态。被残酷的季节放逐，最终站在刀剑般险峻的山顶，没有落脚的地方，只能闭目苦思，凸显出黑暗现实极限中凄惨绝望的心态。而这恰恰体现了李陆史迂回的写作方式，他没有使用强烈的反抗语言，而是在消极和被动的话语中，隐含深深的抵抗意识。与矛盾心理的展呈和痛苦现实的控诉相比，自我克制的隐忍心理表现得更为明显。"钢铁铸就的彩虹"表现了作者"祖国解放的期望和梦想"② 以及"救国的使命意识"③。

---

① 李陆史：《绝顶》，《文章》1940年第1期。
② 金学东：《民族希望的实践与诗歌的升华》，收录于金容直《李陆史》，首尔：西江大学出版部1995年版，第119页。
③ 申东旭：《韩国抒情诗的现实理解》，《韩国的诗歌史研究》，首尔：新文社1981年版，第51页。

# 结　语

## 重新审视中国与朝鲜半岛近现代文学关系

　　近现代以前的中国与朝鲜半岛，保持了几千年的文学文化交流关系，当时中华文化对朝鲜半岛的影响是全方位的。由于在相当长的历史时期内，借用中国的汉字作为基本的文字书写体系，因此朝鲜半岛在文学方面更是形成了独特的"汉文学"。由此，一直以来，学界在进行中国与朝鲜半岛文学关系相关研究时，大都将焦点和重心置于古代文学，重点阐释中国古典文学对朝鲜文学的单向影响。目前，虽然已有较多学者开始将研究视野投向近现代（金柄珉、牛林杰、尹允镇等），试图扭转过度偏重古代影响关系的研究惯性，但无论在研究成果的深度和广度，还是在研究方法的拓展和更新上，中朝近现代文学关系研究均不可与古代文学同日而语。因此，应在前期研究成果的基础上，将研究视角投向近现代，在延续既有文化研究的同时，开拓中国文学与朝鲜半岛文学关系研究的新思维和新空间。

　　与此同时，从朝鲜半岛的角度来看，自近现代开始遭受西方和日本的殖民侵略以来，伴随着东亚格局的变化，与中国的文学文化关系渐行渐远。取而代之的是，开始接受西方或经日本中转的西方文化的影响，甚至有很多朝鲜知识文人将中国视为"文明开化的落伍者""朝鲜近代化的障碍"和"东亚病夫"等。因此，从比较文学视角切入，对朝鲜半岛近现代文学外来影响因素的探究中，学界普遍将"影响源"锁定为西方和日本。

　　诚然，近现代以来的朝鲜半岛文学，一直笼罩在西方和日本的巨大阴影下，其影响之深远自不待言。由此形成了朝鲜半岛近现代文学影响研究中"西方→朝鲜半岛"或"西方→日本→朝鲜半岛"的固定思维模式。但是，作为与朝鲜半岛一衣带水又同样处于殖民地语境的中国，也引起了民族独立运动家和知识文人们的关注，并产生强烈的"同位意识"。在此基础上，他们借鉴和吸收了中国新文化运动和新文学革命的先进经验，推进了本国新文学的发展。

事实上，近现代东亚文学关系并非只是中日二元格局，而是中国、日本和朝鲜半岛所构成的动态三角关系，而中华文化在其中发挥了重要作用。因此，当前学界应改变过分偏重日本、西方对朝鲜半岛文学现代化影响的研究态势，对"中国→朝鲜半岛"的直接影响路径也应具有相应的重视。

如果说古代中国与朝鲜半岛的文学关系是中国单方面对朝鲜半岛施加影响，那么自近现代以来，尤其是19世纪末东亚格局因西方势力的侵入而发生历史性剧变之后，两地的文学关系就逐渐朝向并行发展的"平行关系"演进，当然其中也伴有相互影响和相互交流的诸多案例。本研究所涉的中国与朝鲜半岛新文学关系，正处于这种文学关系转变的历史节点。历史上中国对朝鲜半岛文学产生的影响悠久而深远，因此即使在东亚"文化地形"发生嬗变的历史语境下，长期延续的影响关系并没有迅速消弭或戛然而止，而是保持了一定的惯性延伸。中国新文学对朝鲜半岛新文学发展的影响，便是其重要表现。梁启超是中国新文学的先驱之一、胡适是中国新文学的主要倡导者、鲁迅是中国新文学的主要实践者，同时他们也是朝鲜半岛文学现代化的主要影响者。因此本研究主要以上述三人为个案，探究中国与朝鲜半岛新文学之间的交流和影响关系。既在一定程度上扭转了过分强调朝鲜半岛文学的西方和日本影响因素的研究倾向，也将研究视角切换至近现代，为中国与朝鲜半岛比较文学研究提供了新的思路和角度。

中国新文学与朝鲜半岛新文学之间，既存在"同轨性"，又存在"异质性"。在西方和日本巨大影响的夹缝中，朝鲜半岛新文学还是通过与中国新文学的交流，在萌生、演变和拓展等诸多方面接受了中国新文学的影响。"同轨性"主要表现传统与现实的"同位意识"，以及由此引发的对中国新文学的关注和共鸣。在此基础上，中国新文学的具体理论和实践，成为朝鲜半岛的重要"异域镜鉴"。"异质性"则主要表现在中国与朝鲜半岛半殖民地与完全殖民地的不同社会文化语境以及日本赋予的"殖民色彩"和"抵抗心理"等。

首先，从新文学发生的社会文化语境看，中国与朝鲜半岛都面临着外部势力的侵略，同处于殖民地或半殖民地话语体系中。因此，在文化心理上，结合历史上曾经长期存续的紧密文化交流关系，朝鲜半岛知识文人对中国所处的半封建半殖民地语境感同身受，"同位意识"和"连带心理"油然而生，中国新文学也由此引起他们的深切专注和深层共鸣。因此，在中国与朝鲜半岛文学"同轨性"的作用下，梁启超、胡适和鲁迅的著述和文学作品被大量译介至朝鲜半岛，经过阅读吸收，转化为自身文化运动和文学革命的驱动力量。

如梁启超"功利主义"小说理论在对传统小说的批判、对小说政治功能的强调、对小说情感作用的认识以及历史传记小说翻译、构建与活用方面，启发了申采浩，催生了"效用论"为理论基础的朝鲜半岛版本的"小说革命"。诗歌方面，梁启超的"诗界革命论"中"新意境"与诗歌内容变革所呈示的功利性社会政治改革诉求、"新语句"与诗歌形式变革所凸显的启蒙性普及和进化理路，都成为"东国诗界革命论"的重要参照。这一论断可以从《天喜堂诗话》与《饮冰室诗话》之间的关联性中得到印证。

接受梁启超的影响之后，朝鲜半岛新文学跨入了演进发展的新阶段，此时胡适的影响逐渐凸显。胡适的"文学理论""思想著述""文学作品"和"时评文章"等译介传入之后，朝鲜半岛文坛曾展开广泛讨论并给予高度评价，尤其《文学改良刍议》《建设的文学革命论》《谈新诗》和《五十年来中国之文学》等文学理论著作，对朝鲜半岛新文学的演进和发展，发挥了重要的促进作用。近现代新文学期刊《开辟》，与胡适的渊源深厚，此刊物不仅获得胡适的亲笔题词"祝《开辟》的发展"，而且还大量刊载了胡适相关文论，一直站在朝鲜新文化运动和文学革命的最前沿。如1922年李东谷曾在第30期上发表《新东洋文化的树立》一文，详细介绍了胡适的《文学改良刍议》和陈独秀的《文学革命论》，主张胡适和陈独秀的文学革命理论"能够给予我们的文化运动以刺激和参考"。同时，胡适的"国语文学论"也启发了朝鲜半岛的"言文一致"运动，在文学史书写方面，金台俊的《朝鲜汉文学史》也在"空间向度"与"叙史模式"方面，参照了胡适的《白话文学史》。

在朝鲜半岛新文学的拓展期，鲁迅凸显为重要的"异域参照"。如果说梁启超和胡适主要从文学理论方面，对朝鲜半岛新文学产生影响，那么鲁迅则主要从文学创作方面，在创作技法以及人物形象塑造方面，为朝鲜半岛新文学作家提供了镜鉴。鲁迅小说传入朝鲜半岛后，引起文艺启蒙理论方面的强烈共鸣,其思想承载谱系大体可以分为无政府主义和马克思主义,无政府主义倾向的知识文人从"自我认识"和"时代苦闷"层面出发,高度评价鲁迅文学的历史意义和现实价值。倾向马克思主义无产阶级文学的知识文人们,在普罗文学时代对鲁迅文学精神采取了保留意见的态度。朝鲜半岛新文学作家主要通过《阿Q正传》《狂人日记》和《孔乙己》等作品的解读和吸收,从国民性批判、反抗意识以及"狂人"文化形象的异域重建方面,体现了与鲁迅"同轨"的文学精神。

其次,虽然近现代中国和朝鲜半岛都因西方列强或日本的殖民扩张而陷入了殖民地泥沼,但程度却有所差异。中国是半封建半殖民地社会,而朝鲜半岛在日本的步步紧逼下,于1910年通过"韩日合邦"最终沦为完全殖民地。这种"半殖民地"与"完全殖民地"的差异,使中国与朝鲜半岛新文学之间呈现出某种"异质性"。而也正是日本的高压殖民统治为朝鲜半岛新文学蒙上一层浓重的"殖民色彩",在此基础上表现出明显的"抵抗心理"和"反抗意识"。"反抗意识"一方面源自鲁迅文学思想的吸收和运用,另一方面也是面对日本殖民当局压迫民众、钳制舆论的罪恶行径,自然表现出的某种文化心理反应。

从朝鲜半岛新文学自身的角度来看,如果说对中国呈现出某种相同殖民处境中产生的"连带心理"和"同位意识",那么对日本则表现出"合作"与"对抗"的矛盾心理。"合作"具体表现为"亲日文学","对抗"具体表现为"抵抗文学",两者正是"殖民色彩"的重要表现。尤其1937年中国抗战全面爆发后,朝鲜半岛文界开始出现两极分化,众多作家立足于事实接受论,对日本殖民主义采取了妥协合作的态度,纷纷走上"亲日文学"的道路。其中不乏知名作家和新文学先驱人物,如朝鲜半岛第一篇新小说《血之泪》的作者李人稙,发表现代小说开山之作《无情》的李光洙等。

"亲日文学"体现了日本赋予的强烈殖民色彩。从内容上看,"亲日文学"主要涉及"内鲜一体"的皇民化思想和"大东亚共荣圈"的新体制理论。"内鲜一体"的皇民化思想意在强调日本人和朝鲜人同根同源,认为以前的朝鲜半岛在中国的势力范围内"丧失"了本体性,只有通过与日本的一体化过程,才能"恢复"本来的面貌。根据这一逻辑,朝鲜人只有在实际上成为日本人,才可以超越和消除前期受到的歧视。"大东亚共荣圈"的新体制理论认为,在西方近现代已经没落的前提下,能够代替西方的只有以日本为代表的"东亚共荣圈"和超越近现代资本主义的法西斯主义新体制。通过摆脱以资本主义为根基的西方中心主义，才能实现东方和平，同时超越个人主义所衍生的极权主义。

与"亲日文学"一样，朝鲜半岛文学的抵抗意识，在日本殖民统治末期表现得最为明显。在日本的全面影响下，朝鲜半岛作家们以"沉默""迂回写作"和"逃亡"的方式，或进行封笔性的无声抵抗，或巧妙避开日本文化审查迂回写作，或逃亡中国继续从事抵抗日本殖民主义的文学创作。

当然，鉴于近现代中日势力的消长起伏以及东亚"文化地形"的历史性转变，在朝鲜半岛接受西方文学影响的过程中，中国和日本也曾发挥了重要的"中介者"作用。主要有"西方→日本→朝鲜半岛""西方→中国→朝鲜半岛""西方→日本→中国→朝鲜半岛"等传播路径，除了经由中国和日本的一次性中转，还存在"西方→日本→中国→朝鲜半岛"的二次中转。"中介者"角色的错综复杂，映射了近现代东亚三国此起彼伏的动态三角关系。对于朝鲜半岛来说，中国和日本兼具"影响源"和"中介者"的双重角色，从中亦可窥见朝鲜半岛以中国和日本文学为镜鉴的嬗变定式。

中国与朝鲜半岛近现代文学关系是以文化转型和抵抗殖民主义的共同经历为历史语境，以人际交流、文本传播和跨界叙事为核心内容的双向互动关系。在此过程中，实现了从"中心"与"边缘"的文化博弈，到"互为他者"的范式转型。目前，中国与朝鲜半岛近现代文学研究大体以个案研究为主，整体研究相对欠缺，且众多个案研究尚未形成有机关联。本研究以"新文学"为关键词，遵循"个案与整体、横向与纵向、历时与共时"相结合的原则，为中国新文学海外传播影响研究提供新依据的同时，也在一定程度上呈示了文学现代化在东亚板块互环联动的真实状貌。

# 附　　录

## 一　《以胡适氏为中心的中国文学革命》（梁建植）

（笔者译自梁建植：《以胡适氏为中心的中国文学革命》，原文载于1920年11月1日至1921年2月1日《开辟》杂志第5—8期）

《开辟》第5号

发行日期：1920年11月1日

标题：以胡适氏为中心的中国文学革命（一）

近年来，中国文坛革新之势大涨。人们称之为"文学革命"。但若概而言之，即为对白话文学的鼓吹。当然，发展至此必然经历了多年的蓄势与准备，但今天我并不想站在文学史家的角度来论述它，而是想从这一运动的爆发开始讲起。

民国六年一月一日发行的《新青年》杂志第二卷第五号刊载了一篇胡适的《文学改良刍议》，拉开了这一运动的序幕。当时，作者胡适年仅26岁，是美国哥伦比亚大学的在校生。胡适在这篇文章中提出以下文学改革"八事"，正式宣告文学革命的开始。

这"八事"分别是：

一、须言之有物。

二、不摹仿古人。

三、须讲求文法。

四、不作无病之呻吟。

五、务去滥调套语。

六、不用典。

七、不讲对仗。

八、不避俗字俗语。

下面分而述之：

一、须言之有物。这句话批判了文学内容的空虚，文学应该以情感和思想为根基。因为情感是文学的灵魂，思想之于文学就如同大脑之于人身。

二、不摹仿古人。文学随时代而变，所以每个时代都有各自的文学。就散文来看，历经从尚书到先秦诸子，司马迁、班固到韩、柳、欧、苏的变迁，最终才演变成为语录小说的白话文，这便是散文的进化，韵文也是一样。通常来讲，每个时代顺应各自的时势风气，各有特长。所以从历史进化的角度来讲，绝不能说古人的文学要更胜今人一筹。左氏、太史公的文章的确十分出色，但是施耐庵的《水浒传》与之相比也毫不逊色。《两京赋》和《三都赋》也着实丰富，但较之唐诗宋词，也只不过是糟粕罢了。这是因为文学是不断与时俱进的。唐代的人作不出商代的诗，宋朝的人写不出相如和子云的赋。即使硬要他们这样做，也会因违逆天时、违反进化规律而很难产出像样的作品，因此切不可摹仿古人。在如今的中国应当创作今日的文学——不必摹仿唐宋，也不必效仿周秦。一旦成为仿作，即使有古人的神韵，也不过是为博物馆徒添一件伪作，无法称为真正的时代作品。

三、须讲求文法，Grammar。若忽视文法，会导致语意不通。

四、不作无病之呻吟。现在的青年动辄故作悲观，用"塞灰""无生""死灰"等消极词汇作号，写文章时对着落日思晚年，对着秋风思零落，慨叹春天速速归来，遗憾百花早早凋零，并认为这样才是高尚雅致的文学。但其实这才是亡国的哀音。老人这样做尚且不提倡，更何况是青年。沿袭下来会形成一种暮气，很难再出现积极向上的健康作品。所以希望不再无病呻吟。我希望如今的文学家们能成为费舒特和玛志尼，而不是贾谊和屈原。

五、务去滥调套语。今日的学者，胸中记得几个文学的套语便以诗人自处。其诗文中到处都是陈词滥调，使人难以卒读。像是"蹉跎""身世""寥落""飘零""虫沙""寒窗""斜阳""芳草""春闺""愁魂""归梦""鹃啼""孤影""雁字""玉楼""锦字""残更"之类的词，由此而成产生的弊端就是出现了大量一文不值、似是而非的诗文，令人唾弃。除此之外，对自己亲耳所闻，亲眼所见——即亲身体验的事情，也应使用自己的语言，将其真实地表现出来。

六、不用典。此句意为不要使用典故，这里的典故有广义和狭义之分。广义的典不是我所谓的"典"，广义的"典"分为五种。

（甲）古人所设的譬喻，譬喻之物含有普通的含义，随着时代的变化，含义仍未失效，则今天仍然可以使用。例如"矛盾"之类的词语，不知其典故的人也能明白其中的譬喻。

（乙）成语一般为惯用语，所以但用无妨。

（丙）引用史实，例如杜甫的诗云"不闻夏殷衰，中自诛褒妲"，这里的引用是为了与现在所陈述的内容做比较，不算用典。

（丁）引古人作比，例如杜甫诗云"清新庾开府，俊逸鲍参军"，这也不算用典。

（戊）引用古人之语。

以上五种，可用可不用。那么狭义的典故是什么呢？文人词客不能用自己的言语来描写眼前之景、胸中之意，故借用古事陈言以代之，企图蒙混过去而采取的手段。那么广义的"典"与狭义的"典"的不同之处在于：前者是借彼喻此的譬喻修辞，而后者是以彼代此，完全以典代言的手段。狭义的典亦有巧拙之别，巧用者偶尔一用，也未尝不可；而拙劣者则应当断然禁止使用。巧用者使用的妙处在于尽管以典代言，但没有失掉譬喻的原意，只是受文体所限，才使譬喻变成了代言。用典的弊端在于会使人忘记其想要譬喻的原意。若主客颠倒，使读者陷于用典的繁复，反而忘记了譬喻的本体，这种用法就非常拙劣。如今，人们作长律已经到了若不用典便难以下笔的地步。曾经有一首八十四韵的诗，仅用典就达到百余个，令人瞠目结舌。用典拙劣大抵都是不知造词，想以此为计来掩饰自己拙劣的懒惰行为。用典拙劣有以下几种：（甲）不够确切，可作多种解释，没有切实根据。（乙）使用生僻的典故让人难以理解。（丙）取用古典成语，不合文法。（丁）失去原意。（戊）将有所确指、不可移用的故事用在不相关的事物上等等。

七、不讲对仗。讲求对仗是人类语言的一种特性。所以像《老子》《论语》这些古文中，也时而会出现骈句。但这些对仗是言语的自然表述，而并无搬弄技巧的痕迹，自然也不需要设计声律的平仄和词的虚实。但后世的骈文律诗牵强对偶，因此人的自由被严重束缚。所以今日的文学改良，不应拘泥于细枝末节，把有用的精力枉费在无用的事情上。

八、不避俗语俗字。我国言文背驰已久，但是从佛书输入我国开始，由于单用文言文不足以表词达意，所以译者开始用浅显的语言进行翻译，其表达已经接近白话。之后直至宋朝，由于佛家语录多用白话，对儒家也产生了连带影响。而另一方面，唐宋人的诗词中也出现了白话。到了元代，白话盛行于戏曲和小说中，形成了一种优秀的白话文学。从现代的角度来看，中国文学最为不朽的传世之作要属元代最多。但丁和路得把欧洲文学从拉丁文的束缚中解放，等价于这一伟业的革命也正作用于中国文学，即发出一种活文学的光辉。但却随着元朝的灭亡而受到了阻碍，最终由于明朝八股取士的迫害和前后七子复古之风的蛊惑而夭折。然而以现代历史进化的眼光来看，白话文学是中国文学的正宗，可以断言将来的文学建设定要以此为利器。所以，我主张今日作文作诗，宜采用俗语俗字。与其用三千年前的死语，不如用20世纪的活语。与其模仿久远的秦汉六朝文字，不如使用通俗易懂的水浒西游式俗语。

如上是胡适的论旨。首先大致指出了从古至今中国文学的弊端，但是在我们看来，改革的要点并非全在于此。其中明显的不足就是过分关注文学外形的改良，而疏忽了内容上的省察，所以关于内容方面胡适就提出了"不作无病之呻吟"和"须言之有物"这二事。"须言之有物"是古文家所谓"达意"的变形，而像"不作无病之呻吟"这种问题属细枝末节，还有其他重要的事项亟待解决。但是转念一想，就像"大声难入于俚耳"一样，想借此机会在内容方面彻底打破旧俗，颠覆因袭思维，并非一朝一夕之功。胡适又通过打破现状的方式，从眼前出发，为改革摇旗呐喊。后来胡适和其他同志开始逐渐进行内心反省，此举也得到了首肯。所以上述内容虽有不完备之处，但是后来论述者多少有所修正，所以我将依然持旁观态度继续进行叙述。

再次进入正题。胡适在点燃文学革命烽火前曾深思熟虑，并做过不少研究。他带着毫不浮躁的至纯之心、真挚的渴盼和至诚的态度进行了理论准备。他绝不仅仅只是崭露头角、一鸣惊人之辈。他在最近出版的诗集《尝试集》的自序里详细记载了文学革命的酝酿经过。当然自序内容主要与其新诗创作有关，但也足以探明在文学革命进行方式方面所持的观点。

根据胡适的自述，开始染笔创作白话文是在民国六年，他在上海的《竞业旬报》上刊载了白话文写作的章回小说和一篇论文。当时（仅15岁）他只是热爱诗文，应该并没有要尝试白话体的意思。但是很显然他对当时的旧文学已经有所不满。当时古体才是时代的潮流，律诗都是非杜甫的律诗不入世人眼。胡适尤为批判杜律《秋兴》八首,他曾说这样文法不通,结构不明的诗大可不必再作了。而他对《南濠诗话》中苏东坡的"诗须尤为而作",《麓堂诗话》中李东阳的"作诗必使老妪听解,固不可。然必使士大夫读而不能解,亦何故耶?"等诗论大为敬服(后来他极力排斥对偶用典的骈体散文,这个想法其实从这一时代开始就已根深蒂固了)。

胡适在民国二年便赴美国留学。慢慢接触到新的欧美文学,逐渐眼界大开。起初他研究的是农学,后来转修政治、经济、文学、哲学,虽然没有专门研究文学,但是由于原本就酷爱文学,所以他阅读了大量的文学著作。因此他当时作的诗受到了西方的不少影响。这通过《尝试集》的附录《去国集》便可知悉。(与梁启超和康有为受西诗影响所作的作品类似)。民国四年八月,他写了一篇名叫《如何可使吾国文言易于教授》的文章,当时他尚没有用白话文替代文言文的想法,但已经察觉到文言已是死文字,白话文才是活文字。从那时开始,对文学革命的渴望就已显露。所以他向友人屡次表露过自己的这种想法。在写给在美友人的诗中处处都流露着"神州文学久枯馁,百年未有健者起。新潮之来不可止,文学革命其时矣。吾辈势不容坐视,且复号召二三子。革命军前杖马棰,鞭笞驱除一车鬼,再拜迎入新世纪。""诗国革命何自始?要须作诗如作文。琢镂粉饰丧元气,貌似未必诗之纯。"但是友人却对"作诗如作文"这句话的意思产生了误解,对他的说法进行了反驳。这使胡适顿时觉得应该尽快向朋友介绍诗界革命的方式的必要性。他答复友人的文章大意如下:想要整治今日旧文学之弊端,要先从除净文圣的弊端开始。方法就是要从"第一须言之有物,第二须讲求文法,第三当用文之文字时,不可故意避之"这三件事开始。这三件事都是从本质上整治文学的弊病。(总之,这一观点与前面对杜甫律诗的见解紧密相关,而后来发表的《文学改良刍议》中改良八事的第一、三项也以此为出发点)。

最终他在心里下定决心要主张白话文学。基调就定为他平时主张的历史文学进化观。民国五年四月五日夜,他在随笔《藏晖室札记》中记录下了自己的决心。其中有如下文字:"文学革命,在吾国历史上非创见也。上溯三代,下至近代,每每重大革命所行之事都在文学思想中寻求方向……文学革命!岂能晏坐!"之后,过了数日,他又作了一首《沁园春》词,题为《誓诗》,实际上是一篇文学革命宣言书。上半部分他痛斥了之后所谓"无病而呻吟"的恶习,而下半部分则表明了文学革命的决心。

不久后他便迎来了试作白话诗的机会。同年 7 月中旬他批评了友人寄给他的一篇诗中的死字死句,这件事引起了友人的反感,他还因此受到了猛烈的抗议。对此他写了一首一千多字的白话诗作为回应,表达了嘲讽之意。这一作品虽说是一首游戏诗,但另一方面也带有试验性白话诗的意味。其中有这样一句话:

文字没有雅俗,却有死活可道。

古人叫做欲,今人叫做要,

古人叫做至,今人叫做到,

古人叫做溺,今人叫做尿,

本来同是一字,声音少许变了

(中略)

古名虽未必不佳,今名又何尝不妙?

至于古人乘舆,今人坐轿,古人加冠束帻,今人但知戴帽,若必叫帽作巾,叫轿作舆,岂非张冠李戴,认虎作豹?

同时强调:"今我苦口舌,算来却是为何?正要求今日的文学大家,把那些活泼泼的白话,拿来'锻炼',拿来琢磨,拿来作文演说,作曲作歌:出几个白话的嚣俄,和几个白话的东坡。"这首诗遭到了两位朋友的嘲笑。他们误解了胡适的意图,觉得胡适是迷惑世人的骗子,其中一位友人写信嘲讽他说"盖今之西洋诗界,若足下之张革命旗者,亦数见不鲜。最著者有所谓未来派·想象派·自由诗及各种文艺上颓唐的运动,大约皆足下俗话诗之亚流。诚望足下勿剽窃此种不值钱之新潮流以哄国人。"而另一位友人用温和同情的笔触写下了反驳他的文章:"足下此次试验之结果,乃完全失败是也。"但他坚定的信念与主张令他绝不会动摇于朋友们的嘲笑与劝告。他当即寄去了反驳的书信。之后又再三写信表达自己的立场。其中强调曰:"一次'完全失败',何妨再来?""文学革命的手段,要令国中陶谢李杜皆敢用白话京腔高调作诗。"最后他断言"吾志决矣,吾自此以后,不更作文言诗词"。最后,他写信表达了自己坚定的信念和昂扬的意气。从信中可以看出,他意志非常坚决,一下子就能感受到他的潇洒活脱,呼之即出的男子热血。友人的反对声反而成为他积极奋斗的催化剂。之后,他便抱着更为积极的态度开始活跃地进行他所谓的"尝试"。

8月19日他在给朋友的书信中写下了统一的文学革命纲领，并且把同样的内容也寄给了《新青年》杂志的主编陈独秀，陈独秀将其刊载在第2卷第2号上（民国五年十月一日发行），胡适苦心孤诣的成果终于迎来了问世的机会。陈独秀在这篇通信文后加以附记，赞叹胡适观点的正确。胡适从中得到了鼓励，很快又起草了一篇论文寄给了陈独秀。这就是前面提到过的，刊载在民国六年一月号上的《文学改良刍议》。如此一来，他的文学革命终于登上了历史舞台。

《新青年》由陈独秀在民国四年九月创刊。作为北京大学文科教授的陈独秀，思想进步，文笔极佳，是带领新人的最佳人选。他也是大力集结志同道合之士，为输入新思潮和消灭旧思潮而奋斗的第一人。参与《新青年》编写的新人也都充满元气，饱含希望，且富有弹性，所以这一杂志可以说是新思潮的最高权威。胡适之前就偶尔会寄小说翻译稿给《新青年》杂志，如今他振臂一呼，那些志同道合的新人们都为此欢呼。世人或赞许，或指责，众声喧哗。但总而言之其信念非常强大，可能都超出了他自己的预期。

**《开辟》第6号**
**发行日期：1920年12月1日**
**标题：以胡适氏为中心的中国的文学革命（二）**

对胡适的《文学改良刍议》最先产生共鸣的是陈独秀的《文学革命论》。他在胡适的理论发表次月，在《新青年》第2卷第6期卷头部分，旗帜鲜明地表示声援。

不难想象，陈独秀在打破陈旧思想、输入新思潮而呐喊奋战时，看到胡适的理论后眼中充盈着怎样的喜悦之感。在此之前，陈独秀就曾在思想方面尝试进行大革命。他在《宪法与孔教》《孔子之道与现代生活》《再论孔教问题》等论著中，表示思想腐朽的人们犹如蹶倒于马蹄之下或者在古物商店中挂着的褪色西服，并对新人康有为之辈进行了猛烈的抨击，他唤醒了那些仍流连于残梦中的人。但是在文学方面，他并不像胡适那样呈现出激进的态度。当然，他也对当时的旧文学表示不满，而且早于胡适在同一杂志上发文，主张中国的文艺尚处于古典主义和理想主义的时代，这是需要批判的。今后的文学艺术应当向写实主义方向发展，虽然在这之前也有此类意见的提出，但实际上仍未能脱离古典主义的范畴。但是对于在新思潮方面有独特见解的他来说，对胡适的革新理论也表现出包容的态度，除了一两个观点，其他的也都全部表示认同。那么其革命论主旨如何，请允许我在此略作陈述。

陈独秀先生的主张大概有以下三条：

（一）推倒雕琢阿谀的贵族文学，建设平易抒情的国民文学；

（二）推倒陈腐铺张的古典文学，建设新鲜立诚的写实文学；

（三）推倒迂晦艰涩的山林文学，建设明了通俗的社会文学。

可见，他与胡适持有相同的主张即排斥雕琢粉饰的骈体文（要求词句整齐对偶的文体，重视声韵的和谐和辞藻的华丽，盛行于六朝）提倡使用简练朴素的散体（不要求词句齐整对偶的文体）。这意味着他主张舍弃南北朝的四六句式而取法韩柳的复古之文，排斥汉赋而推崇楚辞。但是他绝不满足于此，他对韩愈古文的不满在于："一是'文犹师古'，二是"陷于'文以载道'之谬见。"无论是宋明的伪古，还是清朝的桐城派等，都不足以进入他的视线。因此，他的归结点与胡适相同，认为元明以来的戏曲小说处于文学的最高地位。但这绝非其与胡适观点雷同的原因，他在看过胡适的《文学改良刍议》后立即写道："余恒谓中国近代文学史，施（耐庵）、曹（雪芹）价值远在归（有光）、姚（鼐）之上，闻者咸大惊疑，今得胡君之论，窃喜所见不孤。白话文学，将为中国文学之正宗。余亦笃信而渴望之。"寥寥几句清晰明了地表达了他的观点，从他讴歌现代民主主义的思想来看，这是必然的结果。

胡适的理论止于细目的列举，并未论及大纲，相较于此，陈独秀准确提出了要点。胡适所主张的"不摹仿古人""不用典"和"务去滥调套语"是陈独秀"推倒古典文学"的一部分，"不避俗字俗语"相当于陈独秀的"建设国民文学"，"不讲对仗"是陈独秀"推倒贵族文学"的一个方面，"不作无病之呻吟"则类似于陈独秀的"推倒山林文学"。对此，陈独秀并不赞同胡适文学改革八事中"须言之有物"和"须讲求文法"之条目。其原因就在于中国的文字无语尾变化，如果硬是要冠以西方的Grammar（文法）未免过于画蛇添足，如若追求"言之有物"则必陷入"文以载道"之说，所谓文学至上论主张，即文学美术有其自身独立存在之价值，而绝对不是作为"文以载道"的手段应用为目的，如不同于"文学载道"之说，便失去其自身意义及价值，这便从纯文学的角度否认了此观点。而且他主张写实文学和社会文学，这触及了胡适欲言而未及的文学内容革命，只是他未曾对此进行明确具体而有力的说明，难免会让人觉得不足，恐怕也无法得知是否具备可以对此进行论断的知识储备。简言之，他是从古典主义、理想主义向写实主义的奔赴者，这酷似当时日本对从西方传入的使文坛喧闹一时的自然主义进行讴歌的现象。

陈独秀和胡适的文学革命主张提出后，得到钱玄同、刘半农的积极响应。钱玄同作为文字学教授执教于北京大学，同时他也是提倡世界语的新型学者。当他看到胡适的主张时，立即表示赞同，与陈独秀同时在《新青年》第2卷第6号通信栏肯定了白话文学的价值，在第3卷第1号通信栏发表了支持文章。关于"不用典"这一项，钱玄同的见解相比胡适更为彻底。钱玄同义正言辞地表示："凡用典者，无论工拙，皆为行为之疵病"，竭力反对一切用典行为。同时认为，在有关地名、人名的称呼问题上，中国文人偏爱使用雅称（例如以字、号或谥号来称呼人，甚至以官名、地名称呼，并将古名用于地名中来称呼等），应废除之。[对此，我也非常赞同。称李白为李翰林、谪仙、青莲（地名）或是常熟称为虞山，钱谦益也称虞山，这就产生了地名、人名混淆不清的问题，理解上也会有难度]抑或是存在随意滥用古字的陋习（例如"夜梦不祥、开门大吉"写为"宵寐匪祯、辟札洪庥"等）这与用典属于同样的问题。对于胡适"须讲文法"的主张，作为语言学者的他对此表示大为赞同。他以杜甫诗句"香稻啄余鹦鹉粒，碧梧栖老凤凰枝"为例，称此句以文法破格而成为千古名句进行攻击。就文体言之，他认为白话文诚为文学之正宗，古往今来，词曲小说最为发达。但若与西方文学相比较，传统文学作品还是颇为逊色。小说当属《水浒传》《红楼梦》，戏曲当属元明的南北曲及昆腔优美可观，至于近现代小说和京调的戏曲则不值一提。总而言之，相较于胡适，他的论调显得更具激进之势。

刘半农与北京大学渊源颇深，他继钱玄同之后发表了《我之文学改良观》（《新青年》第3卷第3号）一文。他的工作重心似乎是英国文学，因此他作为《新青年》的一员，如火如荼地开始了英国文学的翻译和介绍工作。与胡适相比，他的理论显得更为精密和有序。他首先论及文学的定义，并表示散文和韵文的改良工作也应紧随其后。接着对胡适的观点进行进一步的阐释。第一，文学作家要重视个性。这与胡适所谓的"不摹仿古人"之说相同，甚至更进一步，不仅是古人，如模仿今人，便成为今人的奴隶，此外还要彻底清除执迷于文体格式的落后思想。第二，废除与现今实际不一致的"旧时代遗物"，如诗词的韵律等，制定适合于当今的韵法并依此来作新诗。第三，应当增加"时体"，采用多样的自由体形式，作无韵之诗歌。诗体的韵律会造成思想的束缚从而阻止诗的发展（后来正如他所言及的那样，自由形式的诗乃至无韵诗都应运而生）。第四，应废旧戏、打造白话剧。第五，在文学书写方面，增加西方式的标点符号。（他的想法并不是全盘采用西方式的标点符号，后在众人的争论下，最终全盘采用了西式标点符号，此论的动机也正在于此）。正因如此，他的言论大体看来也比胡适的更为激进，他表示并不一定非要舍弃文言。可用中庸之道来解释他主张文言和白话暂处于对峙并用状态的主张，往往同一语句，用白话则非常贴切于语境，用文言则失去了应有的效果。因此，两者各有所长，并不是非要废止文言才是值得提倡的。他表示用纯粹的白话来创作优秀文学作品的这一天终究会到来，眼下正处于过渡期，采用两者并用的方式更合时宜。他们的革命运动都倾向于理想论，其中只有这一理论考虑到了实际，所以对此并不赞同。

胡适在刘半农此言论发表的同期刊物上，发表了一篇名为《历史的文学观念论》的文章，进一步补充了其之前的主张。此亦可视为《文学改良刍议》的序论部分。其文章的论旨如下：一时代有一时代特有的文学。此时代与彼时代之间，虽皆有承前启后的关系，但决不容许完全蹈袭，其完全蹈袭者，决不成为真文学，更不足以称其那个时代的文学。因此今日之文学，当以白话文学为正宗。但只是一个假设，今后之文学是否果真如此，则犹待于今后文学家们的实践证明。然而吾辈主张白话文的同时排斥古文，站在历史的角度来看，文学是不断变迁的，吾辈之所以攻击古文家，正是因为他们以其不明文学之趋势而强欲作一千年二千年以上之文，因此用我们最熟悉的现代语来创作文学的自然方法，绝对不能舍弃。

如此一来，革新论的烈火日益炽盛。除《新青年》的同仁以外，也有人关注到此事并站了出来，其中二三人将对此事的意见寄向了同志通信栏，这些人并非激进党，而是不忘旧文学的温和派，他们在信中还表露了对革命的同情。有些人为"文以载道"之说辩护，认为这里所谓的"道"是指现今极力称赞的"思想"。只是古人所倡的文以载道之"道"，不仅多少蕴含着限制的意味，而且还有人倡导理想主义（第3卷第2号曾毅通信）。或是担心文学革命产生的影响，认为采取过于激进之举只会引起那些年老迁腐的老学究的强烈反感罢了，甚至就连别人采取了能使其亡命的手段都不知道，抑或是学生群体对其抱着一知半解的态度，这些稍有不慎就会使国粹陷入消亡境地，因此要尤为注意（第3卷第3号张＊兰通信）。但是大家对这件事都表现出一副不屑一顾的态度反而急于迈向下一个阶段。胡适和钱玄同也曾对元明清的小说交换过各自的意见（第3卷第4号及第6号通信），刘半农也发表了《诗与小说精神上之革新》（第3卷第5号），钱玄同也主张应用文的改良（第3卷第5号），号召文章的书写法全都采用横式，标点符号也采用西方的样式（第3卷第6号通信），在一派繁荣喧闹中，《新青年》第3卷（直至民国六年八月）终刊了。

刘半农的《诗与小说精神上之革新》可谓最为引人注目。对他而言，作诗讲究人间性情所流露出的"真"。他认为诗经中当属国风为最上品，称赞陶渊明、白居易为真正的诗家。正是由于这种原因，他唾弃一切背离现实的虚伪文学，至于近代王次回、郑所南、易顺鼎、樊增祥等人的假诗，只能丢掷在垃圾桶里。但是他所说的诗歌精神方面的革新，实际上是复旧，因为时代有古今，物质有新旧，而"真"字却是独一无二、不随着时代变化的。对于小说，第一是"根据真理立言，自造出一个理想世界。"例如《水浒传》描绘了一个社会主义的理想世界，列夫·托尔斯泰则描写了理想的新宗教世界。第二是"各就所见的世界，为绘一惟妙惟肖之小影。"例如像《红楼梦》或是狄更斯、萨克雷、莫泊桑的作品。相比较之下，前者处于优势地位。总之，就诗本身而言，其产生的根本意义在于返璞归真，这种理论源于他的亲身实践，对于小说而言，在理想主义与写实主义并容的状态下，理想主义更占据上风。他的观点虽说并不是什么新的理论，但其弥补了胡适理论内容方面的不足，对新文化运动的影响颇深。

相关理论主张有条不紊地向前发展时，也多多少少引领着实践。但最终还是要靠实践来检验理论，这些革新理论倡导者们虽对此众说纷纭，但其实力还有待考察。例如胡适发表《文学改良刍议》后，1917年二月《白话诗八首》（第2卷第6号）问世，其中仍多是五七言格律诗旧套，只是夹杂着些许白话罢了，在诗体上也并无创新，押韵借鉴了西方诗歌的形式，叙述上则带有散文的特征。当然这只是试验性作品，虽不是什么成功之作，但与之前胡适答友人所做的游戏诗相比，文字运用方面明显更为精简洗练。

> 你心里爱他，莫说不爱他。
> 要看你爱他，且等人害他。
> 倘有人害他，你如何对他？
> 倘有人爱他，更如何待他？

新奇倒是新奇，但新奇之余却感味同嚼蜡。"雨脚渡江来，山头冲雾出。雨过雾亦收，江楼看落日。"诸如此类的诗作一点也不新奇。他在《新青年》第 3 卷第 4 号上发表了《白话词四首》，这没什么特别可解释的，除了在《新青年》杂志发表的诗词外，在这期间他创作的白话诗词都收录在《尝试集》中，以便通览。他在这期间（民国五年九月至六年七月）创作的诸多作品中虽别具新意，但仍未能脱离窠臼。直到《尝试集》第二编，真正的新体诗才开始出现。此后白话文的使用范围由散文、小说逐渐扩大到普通文章。最先响应号召的两篇文章便是陈独秀的《近代西洋教育》（第 3 卷第 5 号）和刘半农的《诗与小说精神上之革新》（同上）。但它们虽大体上是白话文形式，但还是明显给人一种难以消化、文体略显生硬之感。

直至钱玄同论文章书写方法的通信出现（第 3 卷第 6 期），文体技法的运用显得更加的通畅自然，此方面的理论主张到第 3 卷第 6 期就已完成。在此之前，小说不过是连载的翻译文罢了，不仅没有进行重新创作的作家，直到后来也没有出现几位。总之，还没有什么实质性的东西。以上就称为破坏旧文学时代 [第 2 卷第 5 号（民国六年一月）至第 3 卷第 6 号（同年八月）]。

《新青年》第 4 卷改革的同时，革新运动也迎来了一大转机。从这时开始，运动逐渐转向建设时代。这个时期开始于胡适留美归国之后，似乎是在民国六年七月下旬或八月上旬他回到了上海。同年九月开始了他与北京的不解之缘。他不顾身边人的七嘴八舌继续着白话诗试作。《新青年》第 3 卷出版后，因为各种原因在停刊四个月后才得以继续出版，直至民国七年正月，第 4 卷才得以继续发行。《新青年》第 4 卷第 1 号刊载了胡适的《归国杂感》和近来的白话诗以及《论小说及白话韵文》。时隔七年回国后的他在《归国杂感》中展示了他留学归国的态度，在叹息中国文化的迟滞之余，表示革新运动并没有什么新的进展。在通信中刊载了与钱玄同小说讨论的续稿，同时回应了对钱、刘二位有关白话词的论辩。白话诗也确实因此迎来了一大转机。

他在字法上脱离了古典的窠臼，句法上打破了五七言的旧体范畴，采用了更为流畅自然的长短句诗形，前者是对之前钱玄同劝诫忠告的深刻改良，后者是对刘半农论断的积极响应。现如今，一个新事实便是胡适的《白话集》得到了广泛的响应，刘半农、沈尹默、唐俟等人参与进来。在这些人之中，胡适偏爱用西方的新知识来做文章，提倡新意；沈尹默虽站在本国文学的立场上，努力摆脱旧习，但往往涉足古人吟诵的荒古诗境；刘半农是新诗理论拓荒道路上最具文士气质的人物之一，他主张应重视新意，但往往也免不了持不同意见的人的非议。唐俟的文章诗味淡薄，所想皆所见。众多文人皆具有复古之倾向，但最具解放诗境特征、最具诗人天分的人，沈尹默当属其一。若细究诗句的措辞，刘半农略显粗笨、胡适则平平无奇、沈尹默最为优雅、唐俟则较为平俗。如若直言，在这些人中，从新诗人的角度来评价，那么其主倡者并不是众望所归的胡适，而是沈、刘二位。

请参照如下示例。

《一念》

胡适

今年在北京，住在竹竿巷。有一天，忽然由竹竿巷想到竹竿尖。竹竿尖乃是吾家村后的一座最高山的名字。因此便做了这首诗。

我笑你绕太阳的地球，一日夜只打得一个回旋；

我笑你绕地球的月亮儿，总不会永远团圆；

我笑你千千万万大大小小的星球，总跳不出自己的轨道线；

我笑你一秒钟走五十万里的无线电，总比不上我区区的心头一念。

我这心头一念：

才从竹竿巷，忽到竹竿尖，

忽在赫贞江上，忽到凯约湖边；

我若真个害刻骨的相思，便一分钟绕遍地球三千万转！

《人力车夫》
沈尹默
日光淡淡，白云悠悠。
风吹薄冰，河水不流。
出门去，雇人力车。
街上行人，往来很多。
车马纷纷，不知干些甚么？
人力车上人——
个个穿棉衣，个个袖手坐；
还觉风吹来，身上冷不过。
车夫单衣已破，
他却汗珠儿颗颗往下堕。

《题小蕙周岁造像》
刘半农
你饿了便啼，饱了便嬉，
倦了思眠，冷了索衣。
不饿不冷不思眠，我见你整日笑嘻嘻。
你也有心，只是无牵记；
你也有眼耳鼻舌，只未着色声香味；
你有你的小灵魂，不登天，也不堕地。
啊啊，我羡你，我羡你，
你是天地间的活神仙！
是自然界不加冕的皇帝！

从此以后，每一期都设置反响热烈的新诗专栏，诗形大致如上所示，主要是自由创作。这其中也涉及如刘半农创作的无韵诗。他们所歌咏的题材为了能跟上追求新意的趋势，又重新拾起古人闲却下来的东西。他们排斥甜美恋歌题材而提倡歌咏人间事理，多触及社会问题。例如讽刺人力车夫的疾苦，抑或是描写由贫富差距悬殊而引发阶级矛盾的作品较为常见。歌咏鸟兽也不是单纯地称赞其形体音声之美，更多的是依托于此来讽刺人生。从整体上来看，不论是内容抑或是措辞，还未及我们可观赏的高度，但其为了别出新意而倾注的努力，值得为其大书特书。

钱玄同大力声援白话诗的理论和创作，他虽并不兼事创作，但却作为响应文学革命中的一员，高举文学革命的旗帜，并站在新语言学的角度大力提倡白话诗文。他早在胡适回国之前，就曾表示胡适的白话诗仍未能脱离文言的范畴，有更进一步的空间（第3卷第6号通信），不断激励胡适。在胡适回国后不久，为《尝试集》初版作了一篇长序，为其摇旗呐喊。从文学的语言形式理论变迁出发，主张文学上的用语应用白话，表达了文学革命的迫切感受。他也坦率地指出了胡适白话诗的缺点："其中几首仍被用词的句调，或被'五言'的字数所拘束，因此言语贴合得并不紧密，其中几处仍有书面语之嫌。"但是对身为作家的胡适来说，从一心研究理论的新语言学者，抑或是从其他古典文语的框架中脱离出来，并非易事。他知道文言具有白话所不及的优点，因此内心也多少对文言有所倾斜。但是钱玄同的激励使他鼓起了继续向前的勇气。因此便不再流连于过去，可以说钱玄同作为推动白话诗发展的幕后谋士是我们无法忘却的存在。

自胡适来到北京后，白话文也始终与白话诗保持着同样的步调向前发展。《新青年》改版，新诗迎来新的转机的同时，小说、论文和普通叙事文也开始用白话文来书写。这可谓是文章体制上少有的变革。白话诗文的主张至此不再停留在议论阶段，而是大步迈向既成事实。这反而遗留下一个问题，那便是如何应用白话文学的用语，对这个问题之前就存在着顾虑。例如，标准语问题，即将白话和文言调和至何种程度的问题。当时北京大学文科生傅斯年将统一的意见收录并发表于《文言合一草议》（第4卷第2号）。在《文言合一草议》中，傅斯年提出了文言文与白话取舍的十条原则，他的具体观点是：语言中代名词、前置词、感叹词、助词、形容词、动词、副词应全取白话，只有名词用文言。文言白话两者之间如遇繁简问题，则取简者，如出现一方单字而另一方复字的情况则尽量少用单字，多用复字（这是句调说理论）等主张。此外他还表示一些文章和戏曲小说之间存在着一定的差异，因此在可能的情况下，应制定无地区差异的标准语，择优采用，以统一读音。他的论述是尝试从理论和人为的角度出发，从而达成言文合一。而胡适未尝不是站在东西文学史的高度，时刻关注着言文一致如何实现的重大理论问题。胡适并不主张人为的言文一致，他作为实践家，依托于自身文学创作者身份，认为率先垂范地进行创作是最上策，同时反对标准国语说。为此，他写了一篇名为《建设的文学革命论》的文章，其中论述了白话文学的写作方法（第4卷第4号），从另一个角度来说，这对推动并解决白话文学用语问题做出了巨大贡献。

胡适文章的宗旨是："我们所提倡的文学革命，只是要替中国创造一种国语的文学。有了国语的文学，方才可有文学的国语。有了文学的国语，我们的国语才可算得真正国语。国语没有文学，便没有生命，便没有价值，便不能成立，便不能发达。"换句话说，用国语来创作的活文学成立了，才可以谋求国语的统一与发达。因此，在讲标准语之前，首先论述一下白话文学的发达。这样一来结论便是，唯有文学的国语方有标准的国语。有些人说："若要用国语作文学，总须先有国语。如今没有标准的国语，如何能有国语的文学？"我认为此话似乎有理，其实不然。国语不是单靠几位语言学专家制造出来的；也不是单靠几本国语教科书和几部国语字典，就能创造的。若要创造国语，先须创作国语的文学。有了国语的文学，自然有国语……国语的小说、诗文、戏曲流行世上之日，便是中国国语确立之时……总而言之，我们今日所用的"标准白话"，都是这几部白话文学定下来的。他为了证明此论断的正确性，特举了欧洲近世大文豪出现之后国语问题迎刃而解的几条实例作为例证。

意大利的大文学家但丁（Dante）、英国的乔叟（Chaucer，1340—1400）、威克列夫（Wycliff，1320—1384）等人用方言来创作文学，最终成功实现了国语的统一。他的理论是从对过去历史的判断中产生的，所以是真正稳健的理论。接下来将会探讨他是如何创作白话文学的，这一部分需要细细道来，况且与这个问题关系不大，故放在后段进行讨论。

如此看来，用语问题已大致得以解决。每个人都向着各自的方向前进着。形式上的文学革命大体上有了轮廓，只待时机的成熟。现如今这个趋势正向文学内容革命方向发展，控制文学局面的贵族政府被打倒的局势已渐渐开始显现，但这并非易事。固有形式的打破，就如同发动政变，只有利用机遇乘胜追击，做出些许牺牲，才能有朝一日得以实现。但是，内容的改革就如同社会改造，并不是什么容易之事，不管怎样还是要遵循循序渐进的步调。实际上，文学革命一方面也有真正有意义的改革，但对推动社会进步不明显。利用两年半的时光，以所积累的基础，在进展方面好像有所收获，但进展却显得稍微迟滞了些，难以预测何时才能走向成熟，接下来将对此进行深入探讨。

《开辟》第 7 号
发行日期：1921 年 1 月 1 日
标题：以胡适为中心的中国的文学革命（三）

　　胡适的《建设的文学革命论》对文学形式革命进行了最后的强调，并成为开始文学内容革命的契机。

　　当然，就如同先前所述，陈独秀和刘半农两位先生已经在他之前进行过相关论述。但其实那时时机还尚未成熟，从胡适先生发表此论开始，相关内容的讨论才再次展开。他在《建设的文学革命论》的上半部分，论述了在确立文学的国语方面国语文学的必要性之后（也如之前所述），在下半部分推进论述，提及了如何创造建设国语文学的一般方略。

　　他大体分三个阶段进行思考。（1）工具（2）方法（3）创造。前两步是预备阶段，到第三步才是创造新文学。（1）所谓工具就是进行文学创作所需要的语言，这当然要采用口语。那么如何才能让口语成为有利的工具呢？（甲）典范的口语文学，例如多读《水浒传》《红楼梦》和宋儒语录、传奇戏剧的说白。（乙）各种文学——无论通信文、诗歌、翻译、随笔、新闻的记事评论、学校的讲义、墓志铭、公文书……一切都应用口语创作。（2）所谓方法就是如何使用口语这一工具来创作新文学，必须摆脱历来的一切陈腐套路。

　　首先，以小说这一门类为例，无论是一直以来都是"某生是某处人……"一样像一个模子刻出来的《聊斋志异》式的札记小说，还是像类似《儒林外史》《官场现形记》等最低级的娱乐性章回体小说，都应尽快摒弃。

　　其次，必须依照文学的方法，创作出真正的艺术作品。这个方法大体可以分为如下三类，（1）材料收集法（2）结构法（3）描写法。（1）材料的收集依照下述三法进行。（甲）扩大材料的区域。绝对不能采用一直以来在作家笔下常见的官场、妓院和龌龊社会这三个腐败方面的区域，以后应该从现代贫民社会、劳动者阶级、小商人等一切下层民众苦恼的生活状态，或是新旧思想冲突中的家庭变故和矛盾等从未涉及过的新问题中，提取写作素材。（乙）注重实地观察和个人经验。切不可继续使用一直以来的虚构空想的创作方法。（丙）要用周密的想象辅助写作观察。个人的观察经验是有限的。所以有必要借助思想的力量，对从观察经验中得到的材料进行体会、整理和组织。（2）结构法在于材料的剪裁和布局（即配置)。现如今作家不把精力用在此处,漫然写出的东西无法成为有价值的文学。(3) 描写法可分为写人、写境、写事、写情四条。写人需要清晰明了地描绘出个性的区别,写境也是同样(要有个性的区别),写事需要内容上的贯彻,写情必须逼真精密。还有,当务之急是翻译西方文学中的名著来做这个新文学创作法的模范。原因是中国文学的创作法实际上是不完备的,没有足够值得我们称作模范的东西,与此相反,西方文学中有很多值得我们学习的进步的东西。所以我们要速速翻译和输入西方的名作。这是使中国文学开辟新局面的最好的手段。论述至此到了(3) 创造的问题他突然闭口并说了如下的话:"我以为现在的中国,还没有做到实行预备创造新文学的地步,尽可不必空谈创造的方法和创造的手段。我们现在且先去努力做那第一第二两步预备的工夫罢!"可以把它(创作新文学)交给有创作才能的艺术家,输入西方的新文艺,丰富人们的头脑才是我们的第一要务。艺术是产生于直觉的,绝不产生于议论。当然他没有停止对新文学创作的倡导。此外,还有关于新文学建设的概论性内容,尚留有两个重点论述的实际问题,那便是新小说和新剧的问题。

他努力提倡短篇小说的创作,并将其视为倡导新小说发展的最初手段。《论短篇小说》(《新青年》第 4 卷第 5 号)是其中的一篇。他的短篇小说直到此时才显露雏形,同时偶尔在翻译西方的短篇名作时悄然地宣传和鼓吹短篇小说的创作。这篇文章后来一起以《短篇小说》(第 1 集)出版。(不像林纾的翻译小说一样是陈腐的东西)但是他对于短篇小说的观点是用经济的文学手段描写作者想表现的事实中最精彩的一段或一方面。换言之,就是要用最严谨的方法切实地把社会事项的横截面描写出来。这是当然的、理所应当这么做,称不上是什么卓见,然而中国一直以来的供消遣娱乐所写的像"某生,某处人……"等无疑是对短篇小说的一大痛棒。

这篇评论还值得关注的一点是对中国短篇小说的沿革历史进行了概述。这也体现了他独创的见解。一直以来,提起短篇小说大家都会毫无异议地认为它起源于周代的稗官,这是盲从《汉书艺文志》的缘故。但是他却举例说明先秦诸子的寓言才是最初的短篇小说,这是最深得我意的想法。他的持论并没有信用在《汉志》上记载的诸学的系统。(可参见其著作《中国哲学史》卷上附录"诸子不出于王官论")

与"小说家者流,盖出于稗官"的记载相同的部分自然不必多论。

他列举了《列子汤问》篇中北山愚公和河曲智叟的寓言以及《庄子无鬼》篇中庄子路过惠子的墓时叹息的话作为短篇小说的核心。他还斥责神仙故事是最下等的东西。这是他基于现实思想所做出的评价。另外，他认为《孔雀东南飞》《木兰辞》《琵琶行》《长恨歌》等叙事诗也属于短篇小说的见解也是非常特异新奇的观点。此论得当与否姑且不论，总之不得不说他尽全力做了不拘泥于旧套陈规的独创性的观察。从这可以体现出革命的新境界。

《新青年》到民国七年六月突然出版了"易卜生号"（第4卷第6号）。这是文学革命军攻向旧戏剧之城的嚆矢（先行军）。并以胡将军的《易卜生主义》作为先锋，胡适、罗家伦合译的《娜拉》（玩偶之家）（全三幕）、陶履恭的《国民之敌》、吴弱男的《小爱友夫》（各1幕）为中军，袁振英的《易卜生传》为后军的阵容勇猛出击（他们后来逐渐完成）。他们向此城攻来的行动以战斗的顺序展开，有着不攻打下此城决不罢休的气势，但使此次行动如此迅速地成为奇兵的原因好像是：那时昆曲（明嘉靖时兴起的戏曲）正好忽然开始在北京城内大流行，急迫地需要对其进行反抗的声音。真相可以从钱玄同在同刊的翌月号上说："两三个月以来，北京的戏剧界忽然大流行昆曲；听说这位昆曲大家叫做韩世昌。自从他来了，于是有一班人都说，'好了，中国的戏剧进步了，文艺复兴的时期到了。'"他们认为为了中国真正戏剧的兴起，必须摒弃和消灭旧戏剧，必须建设西方式的新戏剧。从很久以前由于某种机会，关于戏剧改良的必要性就在他们之间议论过两三次。刘半农极力倡导要提高戏曲真正的文学地位（第3卷第3号《我之文学改良观》），钱玄同先生的论述认为可以用白话来兴起散文剧，胡适先生本也曾预备找个机会发表《戏剧改良私议》，但事情变得急迫起来，他意识到比起发表评论还是先用事例来刺激天下读书人的感官更为有利，所以才出版了《易卜生号》。但是从那之后，各种评论也慢慢出现。

傅斯年担任论战的先锋。他起草了一篇叫作《戏剧改良各面观》的长文请胡适先生审阅，后胡适先生起稿了《文学近化观念与戏剧改良》来声援这篇文章。此外，宋春舫的《近世名剧百种目》和欧阳予倩的《予之戏剧改良观》布下了鹤翼阵（古代阵法，大将位于阵形中后，以重兵围护，左右张开如鹤的双翅，是一种攻守兼备的阵形）。只有张厚载一人像义士一样在旧剧城中孤军奋战，但他写的《我之中国旧剧观》和

《"脸谱"与"打把子"》都被傅斯年的《再论戏剧改良》所攻破,淋漓尽致地展示了像虫子争夺食物一样的残酷血战。这全都刊载在可以称为"戏剧改良号"的《新青年》第5卷第4号上。

首先讲一下傅先生文章的概要。他把文章分成六章一步步进行论述。

(1)"旧戏的研究"中指出了旧戏的以下缺点:(旧戏)最大的缺点就是昆曲、京调甚至梆子就像鹑衣一样陈旧,欠缺纯粹性这是它们最大的缺点(他把这个命名为"百衲体")。"唱"应不应废另当别论,纵使不废,如今京调中所唱的词句,也是绝对要禁止的。就算从诗形上来说,它7字句10字句的单调形式与元曲等相比较也不能不说是显著退化了。目前其风头正劲但是相关研究似乎还远远不够。

(2)"改革旧戏之所以必要"涉及美学上的新知识(稍微旧式的):第一是旧戏剧中没有体现权衡的地方很多(举个实例,连监狱里的囚犯也穿着绸衣,不免会让人觉得不自然,但是不单单是因为这样,而是由于没有体现权衡的技巧而显得不协调)。第二是刺激性过强(在我眼中也的确如此,但是他说因此旧戏剧没有艺术价值的说法过于独断了)。第三是形式太过固定。第四是意态动作的粗鄙(好像也有例外的情况)。第五是音乐轻躁(他在这虽然否定了胡琴的价值,但胡琴作为可以与小提琴相媲美的乐器,就从它可以自由地发出各种音色这一点来说绝对不是下等的,他是不懂音乐的人)以上是对戏剧技术上的指责。接着他谈论了脚本的文学价值,他虽还承认元曲和昆曲的价值,但他说现如今的京调戏本中竟找不出一句好文章(我对此深有同感)。结构上也完全没有曲折含蓄的意味,出场人物有时多得令人错乱,有时太少,一人独唱,更别说布置情节了。

(3)"新剧能否为现代社会所接受?"现在北京戏剧界有一种"过渡戏"出现并受到欢迎。由此看来,人们看戏剧的嗜好正在向新倾向倾斜,好像已经有了接受新剧的社会基础。只是消除音乐的新剧行不行得通是个问题,但我认为将来一定行。

(4)"旧戏的改良"。从戏剧界的现状出发来做打算,与突如其来建设新剧相比,通过渐渐改演"过渡戏",引导社会从极端的旧戏观念到纯粹的新戏观念转变才是最佳之策。原因是:第一,现在唱戏的人,十有八九不是新剧之才,让他们来演纯粹的新剧绝无可能。第二,暂且不废歌曲,而是借助歌曲的力量,最好引导普通民众接受新戏观念和思想。但是这只是过渡时期实行的方便方法,等到改革的准备完成之后,当然要废除

"过渡戏",发展纯粹的没有歌曲的新剧。关于戏剧成立之后歌曲的处置问题,可以在演剧前后或者两幕之间作为余兴演奏,或者使其独立出来成为一个艺术的存在。

(5)"新剧的创造"。我起初本想翻译西方剧本用到剧台上,后来我转念一想,我们与西方的社会状态不同,直接搬上场会怎样呢?这样的话,我认为应该将西方的主题和精神与中国的人情相契合加以应用。我希望将来的戏剧能够批评社会,而不是单单描写社会,希望加入作者的主观思想。不可与之前一样只是客观地摆弄文笔来写剧(他的这个想法应该是要求写问题剧)。

(6)"剧评问题"。可以说一直以来中国都没有剧评。原因是他们只谈论局部的细枝末节,而没有着眼于大局。此外,他们把对演戏人的评论与艺妓的品评混为一谈。要提高戏剧的艺术品位,必须断然摆脱旧习,表现出真实诚恳的态度来——傅斯年的评论大概就如以上所说。

《开辟》第 8 号
发行日期:1921 年 2 月 1 日
标题:以胡适为中心的中国的文学革命(四)

本期是前一期的续篇,因个人情况中断的内容也会在本期中有所涉及,当然就以年月日作为标准,望读者知晓此事并持续阅读。

欧阳予倩是一名俳优。他的论点基于直接从舞台上得到的经验,这引起了我的兴趣。他也有着激烈的革命思想。他断言今日的中国没有戏剧。为什么这么说呢:"旧戏者,一种之技艺,昆戏者,曲也。"他叹息新戏萌芽初茁即惨遭蹂躏,除此之外还有什么戏剧呢?关于改良之策,他从剧本、剧评、剧论的文学方面和新俳优养成的实技方面进行论述。关于剧本、剧评、剧论,他与傅斯年的说法大致相同,关于培养新俳优,他的方案是设立专门机构,以四五年后毕业成为人才。戏剧界有像这样觉醒的人是多么幸运的一件事啊。(他还作诗和小说)

宋春舫是北京大学法国文学的教授。他十分赞同胡适之前关于翻译西方名作的主张(《建设的文学革命》)而选译了《近世名戏百种目》。它是涵盖了欧美 12 个国家 58 个代表作的目录,又不仅仅止步于目录,此译作为中国戏剧文学界做出巨大贡献。

站在为旧剧辩护立场上的张厚载应该和傅斯年一样是北京大学的学

生,但他已经作为一个剧评家在执笔写作了。他对旧剧有着深刻的理解,并表现出相当的执着。他列举了旧剧的三个优点。第一,旧剧是假象的(虽然傅先生也反驳了这一点,但他的意思是承认旧剧作为象征剧的价值)。第二,旧剧是有一定规律的(虽然说演剧上的各种方法是规整有序的,但这不太称得上是优点吧)。第三,音乐上的感触和唱功上的感情。(用此回应了费尽心思想把音乐从戏剧中剥离的新剧论者)。总之,他的观点除了第一条写出了旧剧作为象征剧的价值之外,算不上是多么贴切的主张。傅斯年对此的驳论虽然声响很大,但也只是从字句的细枝末节上谈是论非,没有什么值得我倾听的,又太过烦琐所以在此省略。

最后,胡先生的改良论是基于他文学研究之上的稳健有力的论说。他对戏剧的思考也立足于贯通于文学论中的进化论。他认为,戏曲也是由元杂剧或明清传奇进化成如今的京调和其他戏剧的。(虽然从传奇发展成京调也可以说是一种进步,但我不赞成这种说法,这拘泥于极端的进化观念,也是退化的)。如此,千年以来中国的戏剧都在努力地试图从乐曲等各个方面中脱离出来,但是一直都拘泥于保守性中,甚至还没达到充分自由和自然的地位。因此,将来能辨清文学进化趋势之人应速速使戏剧从一切阻止进化的恶习中脱离出来,并帮助其渐渐地发展完善。但是进化论中有一种现象就是往往前一时代的"遗形物"会作为一种纪念品在新时代中留下痕迹。就戏曲而论,古代剧中的中坚部分全是乐歌,打诨科白不过是一小部分,后来到了元杂剧中科白才占据了极重要的部分。因此元明时期已有"终曲无一乐曲"的戏幕出现(可见屠长卿的《昙花白》和臧晋叔的元曲选序论)。由此,从中国剧的进化史上来看,已经显现出了渐渐废去乐曲的倾向,乐曲最终会成为一种"遗形物"。

此外,脸谱(脸部化妆)、嗓子(发出歌声的方法)、台步(配合文本走出的步伐)、武把子(剑术、柔术之类)等都是"遗形物"。本应该尽快废止的东西现在依旧存在。文学有时进化到某个位置就会停滞不前,这种情况下,它与其他文学相接触并在无形中受到影响,或是有意识地吸取其长处,方才能够继续进步。所以现在中国的演剧也应把西洋剧作为比较参考的资料进行研究,取长补短,扫除旧时代的各种"遗形物",采用西方近百年来渐渐发达的新观念、新方法、新形式,如此中国戏剧才有改良进步的希望。但是,中国戏剧最显著的缺点就是缺乏悲剧的观念和不使用文学的经济方法。不论是小说还是戏剧,总是以一个美满的团圆作为固定模式。如今戏剧最后总有一男一女出来一拜，叫作"团圆"，这就是团圆迷信的好标本。这是中国人思想薄弱的证据。像这样缺乏悲剧观念的结尾不能给人以深刻的感动，不能引人彻底地觉悟，不能使人开始根本上的思量反省。治疗此病的妙药除了悲剧的观念之外没别的好处方。然后文学的经济方法的必要性是：演戏时间有限，演戏人的精力有限，舞台上的设备有各种困难，把复杂的事件一一地在舞台上展现出来也有各种局限，所以必须深入思考如何通过经济地使用有限的时间、人力、设备来获得满意的效果。由于元曲每本限制在四折之内，所以往往使用经济的方法，但南曲之后由于没有折的限制，加上作者只注重辞章音节，所以用的是不经济的方法。以上这两件事是将来兴起新剧最应注意改良的要事。他的论旨大概就如以上所说。接着他又就现代戏剧的一些微细的点进行了讨论，仿佛做了各种思考，但这些在傅斯年的主张中尽有体现，他只是列举了进化观念以及两个缺陷当作补充。他的论说是基于有根据的戏曲研究，绝不只是沉浸于西方的热点评论，这一点十分值得我关注。

　　论战的主潮不久就结束了。但是还有必要说一下由逆流和余波引发的若干事实。首先顺着逆流评论又再次转向了前方。在他们极大地鼓吹白话诗文的时候，也有进行激昂反抗的人。一位叫作王敬轩（钱玄同）的人十分气愤并给《新青年》社寄来一封信（第4卷第3号），热情地试图为古文小说家林纾辩护，他尊崇骈文和桐城派的古文，认为白话诗文不能与之同日而语，同时还痛斥《新青年》一派的新诗是西方都没有的试验品。王敬轩为了讴歌国粹而奋勇出战的慷慨意气为人称道，他的意志就像石头上的苔藓一样坚定不移。对于这位《新青年》同人的热血举动，其他《新青年》同人无法置身事外，于是刘半农负责应战并投身于揶揄热骂之中。

　　也有两三个支持王敬轩的文人写了《诗论学理之自由权》（崇拜王敬轩者）（第4卷第6号）和《驳王敬轩君信之反动》（戴主一）（第5卷第1号）等文章。但他们看似没能引来预期的反响。第二个反对的声音是一个叫作"马二先生"发出的，他在上海《时事新报》上发文痛斥陈独秀、胡适、钱玄同和刘半农。败下阵来的刘先生找钱先生谋划如何应战，钱先生说："发表这样言论的人都是头脑简单之辈"（第5卷第2号）而没有理睬。其他都是一半赞成、一半不赞成的折中论者，比如像张厚载的《新文学及中国旧戏》《折中的文学革命论》等文章颇多。但是，革命论渐渐被接受是大势所趋，在胡适最初试图兴起白话诗时曾极力反对的美国留学生友人也渐渐屈服，开始支持新诗文。其中一个叫作朱经的人给胡适邮寄了图书，说应该创作文言白话折中的雅俗共赏的活文学，还高度称赞了胡适的白话诗。还有一名叫任鸿隽的人一直起哄并反对白话诗并议论诗调，还认为即使用文言也不是不能作出好诗，但两人共同用白话体写相互反驳文章的事实，明显说明此人没有头脑。胡适在答信中写道："很开心收到了经农君用白话写来的书函，如今又收到了贵兄寄来的用白话写的信，看来大家都十分赞同我的文学革命主张，这实在让我忍不住开心。"（全部可见于《新青年》第5卷第2号）

在文学革命的形式方面，事实上白话已经渐渐被世人所接纳。连顽固的老古文家林纾都同意说"科学不用古文"。但是在内容方面，世人很难理解新文艺思想。

去年10月，新诗家俞平伯在《新潮》（第2卷第1号）上起草了一篇名为《社会上对于新诗的各种心理观》的文章，对此进行论究与慨叹。他抽象地将社会上对于新诗的态度分为以下几类。（1）反对诗歌改造（古典趣味的国粹派等）（2）反对中国诗的改造（排斥外国诗趣输入的一种国粹派）（3）反对我们改造中国诗（赞成新诗改造，但攻击我们这些作新诗的人）（4）赞成者（有盲目赞成的，也有有意识赞成的）。以上四种中有三种都是反对者。连诗都被社会所拒斥，戏剧小说的新趣味也同样很难被接纳。俞平伯对此感到很绝望："去年6月，《新青年》才出了一本易卜生号，把他介绍到中国来。社会上看了，但引起注意和兴趣的竟很少……总之现今社会上不光不容纳新文艺的外在形式，并且不容纳他的精神……"总而言之，这种革新运动不是只用两三年就能被世人所理解的。朝鲜最近也出现了许多作新诗的文人，不光全社会仍然没有意识到他们的价值，汉诗作家还付之一笑，嘲讽他们的作品诗意浅薄，不成句调。

这一运动遭遇这般阻挠是难以避免的，这是不得已的事情。但是另一方面他们渐渐开始引入想要生活在新鲜氧分中的青年们。最先加入的是接受革新家教育的北京大学文科生们，他们在去年1月（民国8年）创办了《新潮》这一文学杂志，革命势头不可阻挡。带头人是执笔《新青年》时事评论的傅斯年，他在教授胡适的支持下，同罗家伦、徐彦之、康白情、汪敬熙、俞平伯、潘家洵等十几个人提笔站了出来。他们选取的革命道路与《新青年》相似，着手新思想和新文艺的输入和创作，进行评论、创作和翻译，对于学生们来说可谓时间紧、任务重。文学革命论之余热也感染了他们，《怎样做白话文》（傅斯年）（第1卷第2号）、《怎么是文学》（罗家伦）（同上）、《驳胡先骕君的中国文学改良论》（罗家伦）（第1卷第5号）、《白话文学与心理的改革》（傅斯年）（同上）、《社会上对于新诗的各种心理观》（俞平伯）（第2卷第1号）、《我的白话文学研究》（吴康）（第2卷第3号）等论文涌现。如今受到余波影响，去年7月在北京又有一新刊——《中国少年》创刊。其中满是对西方思想的讴歌，这多少有些幼稚，但是他们致力于哲学和诗学，在创刊号上介绍了惠特曼的百年祭，在第8、9期上连载过《诗学研究号》，其中还刊载过诗潮中的鸿篇巨制——田汉的《诗人与劳动问题》以及泰戈尔的诗。文学革命论的余热也因此再次被点燃，《诗的将来》（周无）、《新诗略谈》（宗白华）（第8号）、《新诗底我见》（康白情）（第9号）、《补充白话文的方法》（郑伯奇）（第12号）等论文面世。《曙光》等科学文学混合杂志也皆可视为其余波。

　　成为正宗嫡派的《新青年》在那之后又怎么样了呢？关于戏剧的热度仍然未灭，周作人起草了《论中国旧戏之应废》（第5卷第6号）进行应援，震瀛翻译了美国人F. Goldman的《近代戏剧论》，为普及新知识而努力。而通信栏也收到了匿名邮寄的译剧论，还有宋春舫对《戈登格雷（GardonCraig）》傀儡剧场（第7卷第2号）等的介绍也是为建立新剧提供参考。他们有时也会对新诗的其他改良论进行讨论，刊载有《文学上之疑三则》（张校敏）（第5卷第5号）、《人的文学》（周作人）、《文学改良与孔教》（张寿明）（第5卷第6号）、《白话诗的三大条件》（俞平伯）（第6卷第3号）、《白话文的价值》（朱希祖）（第6卷第4号）、《关于新文学的三件要事》（潘公展）（第6卷第6号）、《国语的进化》（胡适）（第7卷第3号）等文章。

　　以上首先应该注意的是周作人的《人的文学》，他运用接触到的最新文学思想论证了现代的文学必须是"人的文学"。他的论述切中要害："人道主义为本，对于人生诸问题，加以记录研究的文字，便谓之人的文学。其中又可分作两项，一是正面的，写这理想生活，或人间上达的可能性。二是侧面的，写人的平常生活，或非人的生活。"这是西方近代文学思潮和革命文人间出现的最新观点。其次是俞平伯对于白话诗的看法，这一看法可谓是十分可靠的研究。他反对字句的雕琢，但却认为精当雅洁的修饰是必要的,还要求音节要自然和谐。虽然叫作新诗但也属于韵文,那么和散文用同样散漫的句法,或是全然放纵无视音节都是很难得到认可。

胡适也常常思考这个问题。最近《尝试集》再版,他在《再版自序》中提到了创作中要注意音节。康白情也表示新诗也要易唱。要知道,这样看来这些新诗人们也绝不是忘却诗的本来面目,只知胡乱猛进之徒。再次朱希祖对白话文价值的论述引起了我们极大的兴趣。他作为北京大学的国文教授,用学术研究的冷静态度列举比较了与白话文有关的诸家学说,对其价值进行了论定,这些都是出于他强烈的主张、情感上的不满和一些研究考察的结果。一位海外留学生和孙文主张白话文是文言退化的产物,胡适在《国语进化论》中对这一观点进行了反驳:他说不管是表情达意,还是记载人类生活的过去经验,或是用作教育的工具,抑或是人类共同生活的唯一媒介物,白话文的应用能力都比文言大得多。这是用实例对所谓进化的证据那一论旨做出的证明性论断。这些革新家的论战停止在了今年 2 月出现的这一论争上,如今讨论的时代已经过去,开始向全面实行阶段迈进。

上面只谈到了论争方面,在创作方面,除了新诗以外,至今还没有出现值得一提的作品。近来,新诗取得了长足的进步。不管是形式上还是内容上,优秀的作品层出不穷。《新青年》和《新潮》的作家们自不必说,就连《少年中国》中未来可期的作家都如雨后春笋般纷纷崛起。在诗格的自由方面不断向自由扩大,依次修正了音节不和谐,用语杂乱无章的问题,内容上虽然不能一概而论,但是大家会各自选定目标,或象征或寓意或憧憬中国固有情趣。总之,今后前景十分可观。

戏曲小说方面没有特别值得关注的地方。至于翻译方面,周作人作为近世大陆文学的介绍人,其功不可没。他的译笔也不局限于旧文话,而是用直译体努力传达出原文的妙趣。在小说方面,有前途的作家鲁迅在他的《狂人日记》(新青年第 4 卷第 5 号)中描写了一个患有迫害狂恐惧症患者的恐怖幻觉,达到了迄今为止中国小说家尚未达到的境地。《新思潮》的同人们虽然也在努力创作,但遗憾的是,诸如现今朝鲜文坛随处可见的幼稚作品占绝大多数。不过汪敬熙、俞平伯、欧阳予倩等人却展现出了出色的才智与本领。类似欧阳的《断乎》(第 1 卷第 2 号)的作品,确实可以称得上是完备的作品。在戏剧方面,作品有杨宝三的《一个村正的妇人》(《新青年》第 7 卷第 2 号)、陈绵的《人力车夫》等独幕剧作,但都不值一提。胡适创作了名为《终身大事》的戏剧,但也只是一部戏作。

他反而谢绝了文学上的讨论。近来的佳作就只有由天津南开学校新剧团编写的《新村正》。虽然笔者还没有看过这一剧本,不过连胡适等人都感叹其新颖,宋春舫也盛赞其打破了大团圆主义。总而言之,戏曲和小说这两方面仍不足道。但是,期望在不远的将来,即使桌前没有食物,仍能令读者觉得饱腹。

### 二 《鲁迅追悼文》(李陆史)

(笔者译自李陆史《鲁迅追悼文》,原文连载于1936年10月23日、24日、25日、27日《朝鲜日报》)

鲁迅原名周树人,字豫才。1881年出生于中国浙江省绍兴市。曾进入南京矿路学堂,因为对西学感兴趣学习自然科学。后赴东京留学,在弘文学院毕业之后又曾在仙台医学专门学校和独立协会学校学习。

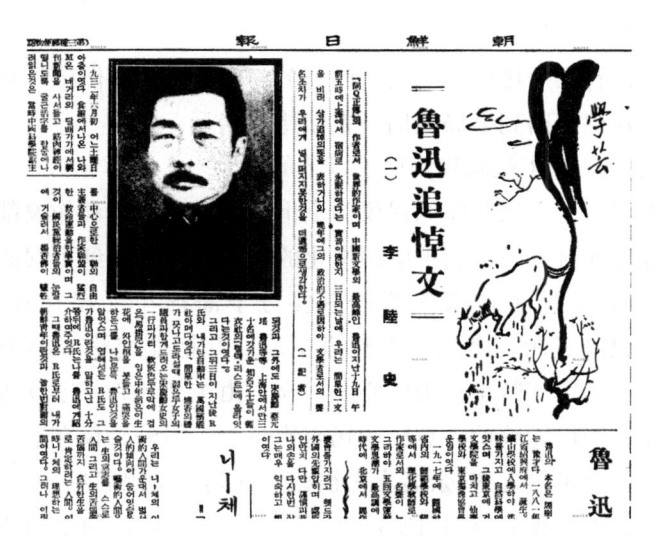

附图1 李陆史发表于《朝鲜日报》的《鲁迅追悼文》

1917年回国之后在浙江省内的师范学堂和绍兴中学堂担任教师,这期间作为作家名声大震。因此在五四文学运动之后中国文学思潮达到最高潮之时,他在北京与周作人、耿济之、沈雁冰等人一起组织建立了"文学研究会",针对郭沫若等人的浪漫主义文学开展了自然主义文学运动并且创办了杂志《语丝》。另外,他也曾担任北京政府教育部文书科长,在国立北京大学、国立北京师范大学和北京女子师范大学等学校做过讲师，但由于牵扯到学生运动被逐出北京。

1926 年他作为厦门大学的教授南下，之后去了广州中山大学担任文学系主任，1928 年辞职去了上海专注写作，并创办了杂志《萌芽月刊》。

从这时开始，他的文学态度渐渐转向左翼，1930 年"中国左翼作家联盟"一成立他便加入进去，在活动中受到了国民政府的镇压，1931 年在上海被逮捕。之后，在国民政府的不断干涉和蓝衣社的不停迫害中一直坚持进行文学活动，后在反对国民政府的御用团体"中国作家协会"中于 10 月 19 日上午 5 时 25 分在上海施高塔的家中辞世，享年 56 岁。

鲁迅主要作品有《阿 Q 正传》《呐喊》《彷徨》《华盖集》《中国小说史略》《药》《孔乙己》等。

那是 1932 年 6 月初某个星期六的早上。我和 M 从饭店出来，在十字路口的香烟店里买了《晨报》看，我一口气读完的使我肌肉神经颤抖的粗大字体，是当时的中国科学院副主席、国民革命的元老杨杏佛被蓝衣社员暗杀的消息。

每条街都有森严排列着的法兰西公务局的巡警，我们感受到了他们锐利的眼神，从侣伴路到书局我们一直保持沉默。

一进门，编辑 R 就向我们说了以下的话。

根据中国左翼作家联盟的提议，全世界的进步学者和作家都聚集在上海，并在那年 8 月展开了拥护中国文化的对话，对此感到不安的国民党统治者首先逮捕了进步作家阵营的重要分子潘梓年（现在被囚禁在南京）和现在已经成为亡者的女性作家丁玲，并把他们藏匿起来。于是以对此感到同情的宋庆龄女士为中心，一众自由主义者和作家联盟开展了挽救运动，违背国民党统治者意愿的杨杏佛被杀，另外，仅在上海就有宋庆龄、蔡元培、鲁迅等近 30 余名志士被蓝衣社列入了黑名单。

三天后，R 和我乘坐的汽车停到了万国殡仪馆前，简单地烧完香之后转过身来，便看见宋庆龄女士在两名女士陪同下走进来。和他们一起来的穿灰棉袍、黑马褂儿的中年人，扶着被围在鲜花丛中的棺材大声痛哭，我认出了他是鲁迅先生。正在旁边的 R 也告诉我他就是鲁迅。

那时鲁迅从 R 那得知我是朝鲜青年并且一直想拥有一次与他直接见面的机会后，他再次握住了在外国前辈面前保持谨慎恭敬的我的手，那时候，他就像是一个非常熟悉且亲切的朋友。

啊，收到他已经在上海施高塔路 9 号永远逝去、享年 56 岁的讣告时，黯然擦去自己的一行热泪,并作为朝鲜的后辈提起笔的恐怕只有我自己吧。

关于他在中国文学史上的地位,和罗曼·罗兰说的"读完《阿Q正传》之后,我依然禁不住替阿Q的命运担忧"一样,要想理解现代中国文学之父鲁迅,必须先理解阿Q精神。但是,现在的阿Q们再也不需要罗曼·罗兰担心他们的命运了,实际上无数的阿Q们已经从鲁迅那里学到了打开人生道路的方法。因此,中国所有的劳动阶层一边感受着南京路的沥青马路在自己脚下晃动的同时,哀悼伟大文豪的心情像黄浦滩的红色波涛一样推着他们向施高塔路新村移动。

所以,根据对阿Q时代的考察,并与鲁迅精神的三段变化相结合来了解现代中国文学的变迁过程,从追忆他的角度来讲也是一件很有意义的事。

在中国古代,并不存在像我们现在看到的一样完备的叫作小说的艺术形态,只有《三国演义》《水浒传》和《红楼梦》之类的和一小部分的传记,一般有教养的家庭子弟受到科举制度的荼毒都只崇尚书面体的古文,认为只有俗人才会写像白话小说一样的东西,所以自己不创作(白话小说)。所谓的文坛只不过是唐宋八大家和八股文的混杂体——桐城派、跟随思绮堂和袁随园流派的四六骈体文和以黄庭坚为开山之祖的江西派等作为当时正统派的文学,利用夸张、虚假和阿谀对古典文学进行模仿罢了。在不难推测出中国连基本的创造新社会的能力都不具备的社会氛围中,中国文学史上粲然的烽火出现了,那便是1915年《新青年》杂志的创刊。

《新青年》杂志一发刊,当时在美国的胡适博士便在1917年新年号上刊载了名为《文学改良刍议》的文学革命论,陈独秀对此深表赞同,以北京大学为中心的进步教授刚会聚在一起,守旧古文家就为了妨碍此项运动使出了各种卑鄙的政治手段,然而鲁迅的名为《狂人日记》的白话小说在1918年4月号上的发表,使得文学革命运动迈出了实践的巨大步伐,古文家们才不得不藏起了他们丑恶的尾巴。不久之后鲁迅去广东的时候,有个热血青年在欢迎他的文章里写道:"刚开始读《狂人日记》的时候,我并不知道文学是什么东西,慢慢读下去的时候却感到异常兴奋,所以我一见到同学就立即提着笔说,现在中国文学正在建设一个新时代,问他有没有读过《狂人日记》。走路的时候我也曾想揪住过路的行人向他发表自己的意见。"

《狂人日记》是以一个妄想狂的日记自述为内容的小说，这个主人公实际上是在大胆地、清晰明了地痛骂中国封建旧社会的弊害。他对自己的家庭都进行了猛烈的抨击，遑论自己的邻居。所谓的家庭——家族制度作为封建社会的组成单位一直以来给普通人带来了多大的危害啊。他认为固定化的儒教宗法社会观念下的家族制度应该快点瓦解，但它并没有瓦解，并且对现代社会成长最根本的障碍——旧道德和旧习惯进行了毫不留情的痛骂。以下是《狂人日记》的一段抄录：

　　　　我翻开历史一查，这历史没有年代，歪歪斜斜的每页上都写着"仁义道德"几个字。我横竖睡不着，仔细看了半夜，才从字缝里看出字来，满本都写着两个字"吃人"。

　　像这样揭露了社会丑恶的一面之后，他又暗示对将来时代进行建设的任务应该交到年轻人的手中，所以这部小说的第一篇以"救救孩子"作为结束。实际上，这句话给当时的"孩子"，即中国青年们的思想上带来了胜过"爆炸宣言"的冲击。随着这篇白话小说的发表，文学革命唱起了胜利的凯歌，取得这个成果有鲁迅一大半的功劳。

　　《狂人日记》后连续出版的《孔乙己》《药》《明日》《故乡》等全都通过《新青年》杂志引起了争论，之后从1921年《北京新报》文学副刊连载著名的《阿Q正传》开始，鲁迅就成为公认的文坛第一作家。

　　作为描绘辛亥革命前后封建社会生活的这些作品，描写了封建社会为什么带有必然瓦解的特征，同时暗示了应该如何进入新社会的方法。不仅如此，它们还最真实地描写出了当时的革命和革命思潮是如何体现在民众心理和生活的细节方面的。另外，虽然他作为农民作家在精妙地描绘农民生活这一点上是一个有利条件，但他小说里的主张都是基于概念的，并且毫不勉强，这就不得不说他作为作家的才能是非常卓越的。

　　即使他作品的主人公通常都是农民，偶尔是知识分子，但他们的性格都是相通的，例如《孔乙己》中的孔乙己和《阿Q正传》中的阿Q，孔乙己作为旧时代的知识分子跟不上时代潮流，什么事情都办不好，空有一身气节，毫无生活能力，后成为乞丐，最终在酒馆的粉板上一直都记着"欠十九个钱的酒债"，不知道他是什么时候失踪的，也不知道他是不是已经死了；本是贫苦农民后做了短工的阿Q同样也是一个潦倒的家伙，他觉得整天吵着"革命，革命"很快乐，所以在半醉半醒中很想加入暴动大军之中，但结果只是以此吹了吹牛什么事都没有干，却碰巧被误会为暴徒抢劫事件的同党（因为他不谨慎的言行）而最后被杀，当时中国的任何人都或多或少地拥有与阿Q相似的性格。换言之，阿Q和孔乙己都是思考和行动懒散，没有坚定昂扬的精神，愚蠢弱势的同时还无比傲慢，如果被别人抓住挨打的话都不会反抗的群体。如果别人怜悯自己，就会觉得这是因为自己度量太大，别人不如自己，并完全陶醉于其中，任凭别人伤害自己，既无知滑稽又可怜孤僻，这些写实的句子揭露出来的内容成为这些作品的特色。我们也知道，当时《阿Q正传》发表之后，平时和鲁迅关系不好的人们都叫嚣着说这是鲁迅以他们自己为原型故意写的。

所以，当时中国在时代上可以称为"阿Q时代"，鲁迅的《阿Q正传》发表后，以批评界为首的一般知识群体，在日常对话中经常使用"阿Q相"或是"阿Q时代"一类的词语，这不仅是推断鲁迅在中国文学史地位的一个很好的资料，更能重新品味他作为作家的态度中所表现出的一贯的鲁迅精神。如今的朝鲜文坛，无一例外都在讨论艺术与政治的混同抑或是对立的问题，这一问题看似已经有了结果，又好像还是处于未解决状态。那么，像鲁迅这样坚定自身信念的人又是如何解决艺术和政治之间的关系问题呢？要想弄清楚这个问题，就要了解鲁迅成为作家的出发点。

鲁迅本来是想当医生的。这是因为他清楚自己"所要做的事"是什么的缘故。当然，他认为自己"所要做的事"是在所谓民族改良的信念下进行的。因此，后来他在《呐喊》的"自序"中写道：

> 我的学籍列在日本一个乡间的医学专门学校里了。我的梦很美满，预备卒业回来，救治像我父亲似的被误的病人的疾苦，战争时便去当军医，一面又促进了国人对于维新的信仰……

这当然是青年鲁迅浪漫的人道主义激情，但这一美梦最终也被打破了。

> 医学并非一件要紧事。凡是愚弱的国民，即使体格如何健全，如何茁壮，也只能做毫无意义的示众的材料和看客，病死多少是不必以为不幸的。所以我们的第一要著，是在改变他们的精神，而善于改变

精神的是，我那时以为当然要推文艺，于是想提倡文艺运动了。（《呐喊》自序）

于是，他就不再为当时流亡于东京的中国人创办的机关刊物《浙江潮》《河南》等撰写科学史或是解释进化论了，转而开始翻译文学书籍，他先后翻译了曾援助希腊独立运动的拜伦、波兰的复仇诗人"密茨凯维奇"、匈牙利的爱国诗人裴多菲、曾被西班牙政府处以死刑的菲律宾文人黎萨（何塞·黎萨）等人的作品。

在鲁迅的文学生涯中，这些翻译虽然仅仅相当于最初期的活动，但仍然可以窥探出这是在他一定目的——在政治目的之下进行的。上文提及的《狂人日记》中的"救救孩子"清楚地宣告了他的理想，即要依靠纯洁的青年来建设新中国。这句话使当时的普通青年认识到自己肩上背负的沉重责任，而且被广泛应用于从几千年来阻碍青年发展的封建社会脱离出来的口号。事实上，那之后中国青年学生一直冲在群众性社会运动的最前线，活跃并果敢地进行领导和组织工作，史上有名的五四运动和5·30（五卅）运动，甚至在国民运动中，一直站在最前线领导人民大众的，正是那些青年学生。

所以，对鲁迅来说，艺术不仅不能是政治的奴隶，而且二者是既不能混同在一起，又不能相互分离的，艺术至少是政治的先驱者。正因为鲁迅创作了优秀的作品、进步的作品，所以文豪鲁迅的位子便不断高大起来，阿Q也由此才得以诞生，不可一世的批评家们也不敢轻易地瞧不起他了。这里还有一个很好的例子。1928年左右，从武汉被赶逃离到上海组织"太阳社"的青年批评家钱杏邨，当时正是无产阶级文学论高涨的时候，因此便大胆地开始攻击鲁迅。据他所论，鲁迅的作品是非阶级性的，阿Q身上哪有什么阶级性可言。

当然，他的话是对的。在鲁迅作品中，就算我们擦亮眼睛也丝毫找不出无产阶级的特性，这是事实。

但是，我们在批评一个人的作品时，不能不考虑其时代背景。鲁迅作为作家在进行文学创作活动时，在中国并没有我们今天所能下定义的无产阶级概念，而且那时候资产阶级民主主义的政治思潮的界限还不明确，被称为资产阶级革命的所谓国民革命，坦率地说也是以五四运动作为开端的。对此，中国的批评家甲申说过这样一句有趣的话：

不能因为他现在正支持中国左翼作家联盟，就把他"五四"前后的作品也认定为是无产阶级文学。不过，把他称作优秀的农民作家是再恰当不过的……

是的，这句话在某种程度上是正确的，不能因为他是农民作家而不是无产阶级作家，就成为有损作家鲁迅名誉的条件。只是，问题是他在创作时是抱着何等真实而明确描写的态度进行写作的呢。因此我决定要窥探一下他所说的话。

现存的左翼作家，能写出好的无产阶级文学来么？我想，也很难。这是因为现在的左翼作家还都是读书人——智识阶级，他们要写出革命的实际来，是很不容易的缘故。某个人曾经提出过一个问题，说：作家之所描写，必得是自己经验过的么？他自答道，不必，因为他能够体察。所以要写偷，他不必亲自去做贼，要写通奸，他不必亲自去私通。但我以为这是因为作家生长在旧社会里，熟悉了旧社会的情形，看惯了旧社会的人物的缘故，所以他能够体察；对于和他向来没有关系的无产阶级的情形和人物，他就会无能，或者弄成错误的描写了。所以革命文学家，至少是必须和革命共同着生命，或深切地感受着革命的脉搏的。

**接着他又强调：**

但是，虽是仅仅攻击旧社会的作品。倘若知不清缺点，看不透病根，也就于革命有害，但可惜的是现在的作家，连革命的作家和批评家，也往往不能，或不敢正视现社会，知道它的底细，尤其是认为敌人的底细。随手举一个例罢，先前的某杂志上，有一篇评论中国文学界的文章，将这分为三派，首先是创造社，作为无产阶级文学派，讲得很长，其次是语丝社，作为小资产阶级文学派，可就说得短了，第三是新月社，作为资产阶级文学派，却说得更短，到不了一页。这就在表明：这位青年批评家对于愈认为敌人的，就愈是无话可说，也就是愈没有细看。自然，我们看书，倘看反对的东西，总不如看同派的东西的舒服，爽快，有益；但倘是一个战斗者，我以为，在了解革命和敌人上，倒是必须更多地去解剖当面的敌人的。要写文学作品也一样，不但应该知道革命的实际，也必须深知敌人的情形，现在的各方面的状况，再去断定革命的前途。惟有明白旧的，看到新的，了解过去，推断将来，我们的文学的发展才有希望。我想，这是在现在环境下的作家，只要努力，还可以做得到的。只有这样才能创作真实的作品。

这简单的几句话便是文豪鲁迅对创作的看法。这是足以使我们刻骨铭心的暗示啊！虽然他既是现代中国文坛之父，又是批评家们一致认可的作家，但是他的作家生涯实在是太过短暂。1926年3月的《离婚》是他最后一部作品，这意味着他作为教授、作家的华丽生涯就此画上了句号。从此，他不在忙于用手创作而是忙于用脚奔波。

1926年，以北洋军阀为背景的安福派首领段祺瑞政府，下达了逮捕激进的左翼教授和优秀知识分子的命令。鲁迅正是这50名中的一员。那是在1924年，国民党决定实施联俄容共政策，次年秋天，鲍罗廷等人以顾问身份来到广东，在国民革命的第一阶段形成了"全体国民的共同战线"的广东时期，无产阶级的同盟者包括农民、城市贫民、小资产阶级知识阶层和国民的资产阶级。

所以激进的教授们向教育部总长、军阀政府逼近，对这些新兴势力感到狼狈和恐怖的军阀政府向这些教授和学生发布了逮捕令，由于政府的卫兵们向学生的游行队伍开炮，造成了数百名男女伤亡。那时，鲁迅暂时躲避在北京东交民巷的公使馆区域的外国人医院或工厂里，用冷水充饥，但他仍坚持向报社和杂志社投稿，以此来猛烈抨击军阀政府。其中以"民国以来最黑暗的一天"的著名杂文更使段祺瑞直接瘫坐在椅子上。

> 墨写的谎说，决掩不住血写的事实……笔写的，有什么相干？实弹打出来的却是青年的血。（《续华盖集》）

直到今天，曾是中国文坛的"马克西姆·高尔基"的鲁迅，从现在开始以文化战士的身份，过着比"巴比塞"更为悲壮的生活。

正如他所说的那样，度过了最黑暗的50天，他便逃离了北京。他应邀前往厦门大学，但他反感大学企业家的阴险手段，又到广州的中山大学任教。但是在 1926 年 4 月 15 日，蒋介石发动政变，仅广东一省就有 3000 余名劳动工人、农民和激进的知识分子被拘押。曾被称为"革命战士"的鲁迅也只好逃到上海去。在此，再一次使我们对他怀有最高敬意的是下述的一段话：

> 我的一种妄想破灭了。我至今为止，时时有一种乐观，以为压迫，杀戮青年的，大概是老人。这种老人渐渐死去，中国总可比较地有生气。现在我知道不然了，杀戮青年的，似乎倒大概是青年，而且对于别个的不能再造的生命和青春，更无顾惜。（《而已集》）

他沉默的原因是恐怖，这段话是鲁迅写给嘲笑他的人的通信文中的一节，可以看出，直到这时仍是进化论者的他，扬弃了自己的思想立场，向新的发展阶段迈进，这一解释大体上也是对的。

当他来到上海时，由于国民党发动政变，所以这里聚集了很多被革命军驱赶出来的无产阶级文学家。"革命文学论"日益高涨，实际上脱离了政治行动前线的他们放弃刀枪，开始以笔作为武器。精力充沛的他们在实际工作中取得了十分坚实的成果，但有时由于自负的英雄主义也会引来祸患——因失败而愤懑的极"左"机会主义者向鲁迅发起了攻击。但是他为了让那些人明白无产阶级文学是什么，并懂得怎样去做，如父亲一般爱抚他们，翻译介绍了普列汉诺夫、卢那察尔斯基的文学理论以及苏维埃的文艺政策。在建设中国无产阶级文学期间，曾宣称"如果不打倒鲁迅，在中国就不会产生无产阶级文学"的文学幼稚病者自己却先倒下了。现在，连他也离开了。

在这伟大的中国文学家的灵位面前，静默低头沉哀，由于我个人的惰性，没能清晰地描绘出文豪鲁迅的轮廓，深感惭愧，就此停笔。

## 三 《中国文人印象记》（丁来东）

（本文由笔者译自丁来东《中国文人印象记》，原文载于《东亚日报》1935 年 5 月 1 日、2 日、3 日、4 日、5 日、7 日、8 日）

### （一）序言

在中国的十余年里，我见过不少身怀奇才异禀的人，特别是由于我一向注重文学,所以对于偶尔见过的文士诗人印象就更为深刻。

附图 2　丁来东发表于《东亚日报》的《中国文人印象记》

如若没有要事,我是忌讳和别人见面的,所以很少在私人场合与这些文人交谈,它们当中大多都是我在学校讲堂、演讲会或是学校聚会上遇见的。在写这篇文章时,回想过去,我甚至后悔为什么有那么多次机会,我都没有再去多见他们一次。

但是对于印象记撰写来说,这样更有利于在当事人不注意的情况下,站在一个全新的角度,抓住此人的性格特点。就像是漫画家在路上一瞥便随即画下一样,这篇文章我就打算这样去写。但是这极为简单而又艰巨的任务能进行到什么程度,让我们继续往下看。

中国原本就幅员辽阔,大量涌向城市——尤其是文化中心地北平的人更是形形色色。就以大学教授为例,有的学校里尽是言语态度怪异到可以称其为"怪物"的老师,有的学校里大部分先生都像是摩登男孩,而要是在国民党要员设立的学校里,教师们大多是革命家,句句话离不开总理(孙中山)的遗嘱和中山先生著书中的一句一节。这其中有着千差万别。

对此，虽然不能一一列举，但是大家光是想象这些人站在讲台上讲话的样子就大概能联想到实际情况。再有就是众所周知，中国的政客军阀中有很多精力旺盛的人。也有报社记者、杂志记者拿起教鞭，兼任官员，好不忙碌。而我认识的同学里就有这样的青年。在北京大学读书的时候，我的校友负责某一新闻社的"副刊"（中国报纸里的学艺栏、家庭栏、国际栏等由某一国家机构或个人负责），几乎每份报纸的三分之二以上都由他自己编写。尽管有的内容是翻译自英文，有的内容是一些简介，但是对于二十二三岁的青年来说也不是件容易的事。而且我记得在大学期间能翻译四五国外语的人也不过两三个。

  这些不过是举一两个例子而已，无法一一列举。虽然除此以外，还有很多中国的政客、国民党要员、外文官、旧军阀们也曾在公众场合给我留下了很特别的印象，但是这些人我们另找机会再谈，本文我们只讲文人们的故事。并且我也只打算讲最近与新文学相关的文人。

  可是参与了中国新文学的文人大概有百位，与我有过一面之缘的也就只有二十位左右，而且其中值得介绍，且广为人知的文人不过十余位。不过幸运的是，这十余位中涵盖了创作家、评论家、诗人、女流文士、剧作家还有古典文学家等各个领域的有名人士。而唯一的遗憾就是创造社的文人们大都在上海，像郁达夫这样的创作家虽然已经决定要在北京大学讲授《小说论》，甚至已然张贴出了时间表，可结果他还是没有来到北方。

  先欣赏作品，再去认识作家真的是很有趣的一件事。在北京大学，到了郁达夫上课的时间（事实上他并没有来），教室便挤满了学生。即使换成三倍大的教室，也容纳不下所有想要听讲的学生。这可不是因为学生们都想听《小说论》，而是很多学生读过他的作品，想要一睹作家风貌才聚集于此。郁达夫的处女作《沉沦》中大部分刻画的是为性苦恼的青年，所以学生们就更想见他一面。

  创造社的郭沫若、田寿昌、郁达夫、成仿吾等，其中的任何一位我都未能谋面。由于无法为素未谋面的人撰写印象记，那么我想尽可能如实地记述下那些仅与我只有一面之缘的人。

  尽管我旨在记述对中国文人的印象，但也会将所了解的文人作风、文学主张、所属文学团体以及他们的生活状态进行附带叙述。

## （二）胡适
## ——才气和精力横溢的文人学者——

去胡适家登门拜访是在诗人徐志摩飞机失事的几天之后。我在门房等了一会儿的工夫，就有数十种报纸配送过来。包含上海英字报在内，还有不少北平的"小报"（半个版面的报纸）。他家院子里种着数十棵大松树，连成了一片松林。房子是二层洋房，看起来十分端整，诗人徐志摩曾在此处居住并进行诗歌创作。

胡适家的会客室里挂着许多古迹照片，貌似当年是胡适四十岁寿辰，所以还挂着很多祝寿的对联。过了一会，听到"嗵嗵"的脚步声，好像小孩子从二楼下来的声音。我没想到下来的是胡适，他一进门，我才看出是矮小而清瘦的胡适。无论在东方还是西方，才子大多身材矮小。之前见过的梁启超就是矮个，胡适也和他相差不多。

与其称胡适为文人，不如称他为学者。他的第一本白话诗集——《尝试集》作为中国新诗坛的第一本诗集，从诗的内容上来讲，绝对是值得纪念的诗集。但是哲学才是胡适的专长，所以他的诗自然无法与他哲学方面的作品相提并论。胡适还是中国提倡文学革命的第一人，他当时发表在《新青年》杂志上的很多论文都成为中国新文学史上的重要文献。比起文学评论家，说他是政论家好像更为贴切。这并不意味着他对中国新文学的贡献不大，只不过因为他不是纯粹的文学家而已。

胡适虽然身材矮小，但是身体像石头般结实健康，他的两只眼睛虽然都近视，但是双眸的清透之气非比寻常。人们常说才气映在眼眸中，胡适的眼睛就很有灵气。他擅长交际，谈话间声音清楚，句句有力，表现出了非凡的决断力，而且他很少说废话。

读过他文章的人都觉得，他的文章好像用尺子量好，再用刨子刨过一样没有一句无端赘述，也没有一处晦涩冗长。他是提倡白话文的第一人，主张写作时不使用烦琐的典故，而在他的文章中也能清楚地看到他的确有所规避。胡适确实做到了言文一致。

他身材矮小，所以散发着轻快的气息，充满了蓬勃的生气。他向我详细询问了我们国家的元音辅音以及汉字如何发音，还询问了我国新文学的情况。我告诉他《朝鲜日报》上翻译刊载了他的《介绍我自己的思想》，他听后十分高兴。

胡适是德国普鲁士学士院的会员。据说他是其中的首个东方人。他凭借《名学》这一中国伦理学论文在美国获得了博士学位,是实用主义者詹姆斯的学生。他反对一切没有证据的学说和史实,同样在文学方面也反对牵强附会的解读,对于古籍的真伪也秉持着十分谨慎的态度。中国儒家将一切都解释为忠君爱国,归结于忠孝,胡适的上述态度也可以视为是对儒家这一做法的反对。

胡适是安徽人,清代考证学派的素养深厚。西方的"实证哲学"与中国的"考证学"在方法上不无共通之处。他精通英语,赴美之后,或在各地演讲,或在大学讲授中国哲学。在文学、哲学、政论等方面都有独到的见解。美国留学之时,本来研究农学,但对植物名词的拼写产生厌烦情绪,最终转向哲学。其决断力较强的论断偶尔引起各方面的问题,在文学上引起了对屈原虚无说和红楼梦考证的很多反驳和问题。在文学革命之时,主张古文学即汉文构成的文学,如唐宋八大家都是"死文学",引起了古文学家们的反对,这是读者诸君周知的事实。政论方面,自国民党执政始,对人民的压迫日甚一日,胡适所属的"现代评论"派发表了大量"人权蹂躏""政权滥用"等反对国民党政策的论文。后出版为单行本《人权论文集》,但不久被禁,胡适的态度也渐趋缓和。

胡适的著作有《中国哲学史大纲》《中国白话文学史》等,此外还有较多考证相关的论文和译文,《胡适文存》第三辑也已出版。

## (三)鲁迅
### ——孤独和讽刺的象征,现已"左"倾——

我初到北京的时候,鲁迅正执教于北京大学,他的短篇小说《呐喊》出版,名声享誉中外。听说了罗曼·罗兰撰写的《阿Q正传评》(又名为《关于鲁迅及其著作》)的出刊被压下,鲁迅感到很奇怪,这件事情也在当时的文坛引起了轰动。许多爱好文学的青年聚集在鲁迅身边。

一位与鲁迅交往密切的文学青年一直劝我同他一起去拜访鲁迅,可是当时我才刚刚中学毕业,没有任何文学方面的知识储备,即使见面也无话可说。而且其实我早已下定决心,在我能流畅使用中文来明确表达我的意思之前,是不会私下拜访任何中国名流的。

因此,我没能见到鲁迅,就这样又过了两三年。在这段时间里,我的中文已经达到了能够进行初步会话的水平,但是鲁迅却已经离开北平,前往了上海。

在这之后,中国在思想上经历了诸多变动,学界和文学界出现了巨大混乱。于是在 1925—1926 年，上海开始大力主张文学革命，对原有的各种文学派别展开了攻势。各方剑指鲁迅，鲁迅也用其独特的讽刺予以回击。

任何一个看过鲁迅作品的人都会觉得鲁迅是一位怀旧、孤独且爱面子的人。的确他是有这样的一面，但同时他也有着坚定的决心。他的讽刺不是脱口而出的粗浅之言，而是来自他刻骨铭心的亲身经历。少时父亲生病，他去当铺用衣服换钱才能买药来煎，倾家荡产后又不得不迁居别处。讲台上的鲁迅，脸上深深盘错着树皮般的皱纹，这些都是历尽千辛万苦所留下的烙印。

鲁迅演讲的时候总是滔滔不绝，但却会给听众留出鼓掌的时间。

他演讲的要义主要都是谩骂革命文学家，所以听众常常痴迷于他的言论。"他们自己住在上海繁华街道的二层洋房里，光用笔和嘴嚷着要为无产阶级大众写文章，这像话吗？"

话毕，席间一片掌声与笑声，而他就静静地站在讲台上。

他演讲的时候是一点都不会笑的。接下来他又用下面的话，逗笑了观众。

"光是嘴上说说，笔下写写，要是有用的话，我们早就这样做了。"

他并不是要用讽刺对自己演讲的要义作以补充，而是讽刺本身就是他演讲的要义。一般人在讽刺时，态度会有些反常，语气会有所改变，但他讽刺时的态度语气却与言及其他时别无二致。当时正值夏天，他穿着麻布长袍，讲台上放着一顶巴拿马草帽，头发许久未剪，看起来就像是大病初愈或是刚刚刑满释放的样子。但不管是透过他紧闭的嘴巴，布满皱纹的额头，还是两边颧骨，我都能看到他坚毅的决心，就好似雪中孤高清净的梅花。

一直如此强烈反对革命文学和"左"倾文学的鲁迅，没过多久就调转了阵营。关于这一转变，有多种传言。

一是有人说鲁迅生性好为领袖，与其说他是对主义的思想内容产生了共鸣，不如说他是想吸引那些近来追捧"左"倾思想的青年。这一说法不无道理，但是还有一种传言说，鲁迅已年过五十，学识渊博，不可能只是出于单纯的领导欲，他可能是觉得在当时国民政府的领导下，自己的理想绝不可能得以实现，但又不能就这样坐以待毙，转向是他能想到的最简单的办法。这两种说法都有一定的道理。

之后他就没有再进行创作，产出的都是一些译作和散文。他的著书有短篇小说集《呐喊》《彷徨》，小品诗歌集《野草》以及其他的一些散文集和随感录等。

## （四）周作人
### ——精密、坚忍、谦让、始终如一——

周作人是鲁迅的亲弟弟，他们的脸自是多少长得有点相像，但在暗暗讽刺别人这一点上，他俩有更多的相似点。

鲁迅在向敌人放箭的时候会先挽起袖子高喊，在自己把要放箭的事告诉大家之后才会放箭，但周作人是在像没事儿人一样悠然站着时突然放箭的类型。同样都是讽刺，在这点上都会稍微有点儿区别的话，恐怕别的方面也会有区别吧。如果说鲁迅个子高，脸长得很像粗犷的武士的话，周作人就是脸长得温和、个子小，话很少的文人。不管是他剃得短短的头发，与人交谈时垂下的眼睛，还是安静的态度，都很像僧人。

从他眼镜的厚度可以看出他有深度的近视或者老花。他很少会正视坐在小桌子对面的我，在谈到他自己的作品或者说到与他有关的话题时常常会露出害羞的神色。往往地位比较高的人会在尊重自己地位的同时去对待别人，也有对待任何人都像对待亲友一样洒脱的人，还有对待任何人都很恭敬疏远的人。但是周作人的性格确实既有谦让的一面又有害羞的一面。

然而，不管是从他与别人论战时的态度上，还是从他公开自己信仰时的态度上，都可以看出他少年时代在南京水师学堂时练就的军人性格的痕迹。

虽然周作人小小的明亮眼睛并不擅长透过厚厚的眼镜正视别人，但就像"甚至一直看着你的内心"这句话一样，他敏锐的眼光偶尔会洗涤对方。像取消自己写的文章或言论这样的轻率行为，他的确一次都没有做过，可以看出他有很强的信念认为他的文章和言论无论什么时候都是正确的，他的一言一句都经过了深思熟虑。

周作人写了很多新诗、评论和介绍等，为文学革命做出了巨大贡献。他的短文集《自己的园地》直到现在不仅仅有作为文献的价值，还成为许多读者拥有的为数不多的散文集之一。我注意到他这本《自己的园地》中没有一句无用的杂语。

过去中国的文人墨客连诗文中的一个字都会仔细地斟酌推敲，现在随着白话文开始盛行，这样的倾向消失了，没有用的引用举例和浮夸华丽的辞藻开始盛行。

我想，这时候他的散文就与胡适的论文一起成为范例。虽然通常一说起现代白话文，大家就都会觉得是容易理解的东西，但其实只有一部分的白话文是那样罢了，周作人、鲁迅等人写的白话文虽然也叫白话文，但反而用的是比简单的古文，即汉文更难理解的文笔。

周作人先生曾经是日本留学生，他的日语自然是很好，除此之外，他还通晓世界语、英语和希腊语。我记得他的书房里关于社会科学和文化的书籍比文学类的书籍还要多，其中的大部分都是日语书。当然在别的地方可能也有用其他国家语言写的书籍，但我所看到的书房大概就是如上所述。

他还劝我把我们国家（朝鲜）的小说翻译成中文，当时我说我正在和一个学友一起翻译朝鲜的新诗，但他说诗歌的翻译基本是不可能的。周作人先生曾把希腊的小诗翻译成中文，大概他自己觉得失败了吧。

他非常想了解关于朝鲜文学的东西，还问我《九云梦》是不是以中国的东西为题材。我并没有看过《九云梦》，所以很难回答这个问题。之后我拿了一本《广寒楼记》请他阅览，但很久之后都没有听到他的书评，就这样回国了。

中国文坛成立后的近二十年间，在思想上或其他方面发生转变的文人不止一两个。尽管他的亲哥哥转为了"左"倾，但他的态度还是像从前一样。当然与五四时的态度相比，有时他锐利的笔锋会变得稍钝一些，但大体上来讲，他没有太大的转变。

他作为执行重要任务的中国文学团体"文学研究会"的发起人也很活跃。他在《新青年》杂志上发表诗歌，小品文大多也在《农报》副刊上发表。之后他与他的哥哥鲁迅、孙伏园、钱玄同、林语堂、顾颉刚和章衣萍等人一起发行了杂志《语丝》，收获了数万名的读者。如果想了解他的其他著作，希望可以参考鄙人写的《周作人和中国新文学》（发表于《中央日报》）。

### （五）刘复
#### ——谐谑、滑稽、健谈的主将——

人严肃的话别人就会敬慕他，很难与他亲近。如果有人经常说一些逗笑的话或者做一些滑稽表情的话，他人就会很容易与他亲近，但通常也会对他少了一份恭敬。刘复正好就属于上述两种类型中的后一种，但他还没达到失去别人敬慕的程度。

他的个子很小，身材结实，长长的眯缝眼经常看起来像是要把什么东西穿透似的。他当时也作为文学革命的健将之一对古文学派进行了猛烈的攻击。

王敬轩写了一篇论文来反对新文学即白话文，刘复便写了《答王敬轩书》对其逐条进行反驳，给普通青年带去了很深的影响。

虽然他对文学革命做出了很大贡献，但与此相比，他更是一个语言学者和诗人。刘复为当时的文学革命而奋斗并且成为北大的老师，后又去了法国攻读语言学，回国之后才开始专心研究语言学。他的诗集《扬鞭集》是用纯粹的白话或土话写的，十分有名，但外国人很难理解。

不幸的是去年夏天他在去中国西北地区进行方言研究和考察时得病去世。

他的中国语音学研究开拓了他人未曾涉及过的新视角，发音测定机器的发明，还有他关于中文四声的研究都是很有价值的，但我决定在这篇文章中暂且先不谈论这方面的内容，只谈他作为文人的方面。

演讲时和坐着人力车出行时是他的特征表现得最为明显的时候。我记得他在平时演讲时经常用"言归正传"这类旧小说体的说辞，用他过于文雅的态度惹得听众发笑，但像北京大学开学典礼这样的场合，也总少不了他去大谈自己的感想，每次这种场合都会有一群"怪物"教授争先恐后地去谈感想。这里所说的"怪物"指的是这个人的衣服、态度、言行与普通人不一样，他们的衣服和先清时的衣服一样有着长长的袖子，很搞笑，其实内心很清醒、能言善辩但总像糊涂了一样假装成愚人蠢物说话的样子更是令听众叫绝。刘复的衣服和态度与常人并没有什么不同，但他的用词却不是普通人经常使用的。他的谐谑体现在旧小说或者舞台独白的节选中，他的滑稽体现在说笑话时他也不笑，明明像个小孩子却总是以稳重的态度斯文地说话。

中国的人力车依据的可能是中国政客们常说的分工合作的原理，骑车的人可以用脚按响让人避开的铃声。如果我们在北京大学附近听到清脆大声的车铃响时抬起头来看，有时就会看到刘复坐在人力车上笑眯眯的样子。那个时候的他和天真小孩得到玩具时的样子没有差别，越是这种时候，他的个子就看起来更小了。

这样天真的他终究也已成为故人了。我最后一次见他是去年春天在北平图书馆里开乐器戏曲展览会时。之前只在书上看过古乐器的我在这次展览会中见到了实物,受到了很大的启发,而且我对他的"四声测定器"等其他器械的精妙更是感到十分惊叹。

我也是这时候才知道他收藏了很多古戏曲书籍。他戴着土耳其帽子,穿着朴素的衣服仔细地阅览那些书籍,如果看到写错的或者不知道的内容就会去找图书馆管理员请教或者请他订正,从问疑这件事也可以看出他对学问的热忱,这种时候他就会很严肃、很安静。

我当时就在想中国的戏曲和诗歌很多都被翻译成了英、法、德等多种语言,尽管我们国家数百年甚至数千年来一直在不断地直接或间接与中国文化进行交流,但一本被完整翻译的作品都没有,我不得不对此感到惭愧。

最后,我想再说一个能够如实反映刘复性格的小故事。胡适四十岁生日的时候,很多人都写了"对联"寄给他表示祝寿,刘复写的东西是其中比较特别的。原文我现在已经记不清了,大概意思就是既然是研究文学的为什么不搞文学创作而去谈论政治呢?这篇文章显然是用白话写的,谐谑的同时也包含了忠告。在参加文学革命的人中,像鲁迅、周作人和刘复一样善于讽刺的人很多,这一点也是我需要关注的。

刘复字半农,江苏江阴人,是巴黎大学的博士,四十四岁时身故。

## (六) 冰心女士
### ——具有男子气概的新文坛最初的女诗人——

作为四十岁左右的中国女性,对类似《红楼梦》的传统小说不感兴趣,却对《水浒传》怀有无限的憧憬,由此看来,其性格与传统中国女性有所差异。冰心女士每次路过山东,都会发表回忆"梁山伯"的文章。读她的诗歌,让人联想到美丽窈窕女子的同时,也能够推想到其勇敢和进取的一面。

通过观察冰心说话的方式和态度,可以发现她不同于那种温柔孱弱的一般女子。笔者第一次面见冰心,是在她从美国回来之后进行的一次关于戏曲的演讲中。

首先注意到的是,她拥有男性一般的结实体格,她的声音与男子类似。通俗地说,她可被形容为一个活力四射的女子。她的衣服上没有任何女性化的修饰,这更加凸显其男性的一面。中国新文学运动发生后,她主张自由诗和白话诗并尝试进行创作,但那只不过是传统诗调的变形而已,真正的白话诗颇少。此时，尝试创作"小诗"并大获成功的，正是冰心。虽然人们通常认为她的诗是对印度诗哲泰戈尔的模仿，或称其为哲理诗，但还是凸显了其诗歌的独特性，也更多地接近于民众诗。

冰心女士的诗集《春水》出版之日，在北京大学一日内初版全部售罄。由此可以看出，当时冰心的诗歌受到一般读者欢迎的程度。她的诗以具有使人感动的强大力量而闻名，但是最近的诗歌作品与之前的《春水》《繁星》时代相比，其中的"力量"有所削减，变得较为软弱，使人感觉更有浓厚的女性特色。

冰心不仅是诗人，同时也写小说和随笔。但是，她的小说充满空想，缺少现实意义，可将其看作为自己的理想呐喊的理想主义者。

陈西滢对《超人》（冰心的短篇小说集）的评价中，有如下表述："《超人》中的大部分小说，一望而知便是从未出过校门的人作的。原因在于人物与情节发展太过于脱离实际。"

读冰心的小说，使人感觉到任何作家的小说都具有类似的缺点。但正是这种缺点却代表了这类作品的特色，这也是不争的事实。她说话的态度异常坚决，自己所说的话，带有毫无差错的自信和勇气。学者们大多采取中和的态度，但中国文人一般都具有固守自身缺点的倾向，固执己见的同时，永远相信自己是正确的。冰心女士似乎也具有这样的气质。但与众不同的是，她身上所带有的女子本质和女子特色，却异常浓厚。

"母亲啊！你是荷叶，我是红莲，心中的雨点来了，除了你，谁是我在无遮拦天空下的荫蔽？"此外，冰心还在滞留美国期间以通信体的形式，创作《寄小读者》，成为表现母爱和童心的代表性作品之一。

冰心本来异常聪颖，四岁就开始学字，七岁时就在水兵聚集的军舰上讲述《三国演义》。之后，她广泛阅读了西方小说的中译本以及无数的中国传统小说，还有梁启超的《自由书》等。

她虽然不是"文学研究会"的会员（存疑），但却在文学研究会主编的《小说月报》上发表作品，后来成为中国新文坛上最初的女性作家而名声大振。

关于冰心的作品，笔者在《新家庭》杂志上有过多次介绍，金光洲也曾在《东亚日报》上发表关于她的论著，在此不再详论。

## （七）郑振铎
## ——精通新旧、东西文学的文坛幸运儿——

众所周知，依据研究内容和角度的不同，学者的个人行为、态度，甚至其生活方式也会有所差异。一般来说，整理和研究古典文学的人，虽然无法揣测其态度如何，但大体来看都具有脱离世俗、捡拾古风、脱离普通思维倾向，存在很多独特之处的特征，这确是事实。尤其很多中国学者文人，都存在这种保守的倾向和特异的怪癖。郑振铎收集和研究中国元曲、明清杂剧，同时作为中国民间文学——"弹词"的研究专家而闻名遐迩。

从研究方向来看，郑振铎似乎应该是看起来年岁很大，身着清朝的长袖服，几天不洗脸，生出了老人斑的模样。但是，与此相反，他却是一个整洁干净、现代时髦的青年学者。由于与想象差异巨大，笔者也无法掩饰内心的惊诧。人们经常说通过一个人的文章或笔迹，就能够推测那个人的相貌和行为。虽然心中大体有类似预测，但郑振铎却与预测的完全不同。

某年夏天，诸多学者的演讲曾在北平长期进行。那时恰逢思想界的强烈震动期，因此每次演讲结束后，都会响起质问、谩骂等不和谐的声音。此时，郑振铎做了题为《中国文学资料最近三十年来的整理状况》的专题演讲。演讲题目接近报告，所以未曾引发问题和争议，郑振铎的态度和言辞既谨慎又温和，并没有给他人留下任何反驳的余地。

他的体格俊秀、身材高瘦，是一个典型的文士。他不仅擅长中国古典文学和新文学，而且精通西方文学。他所著的《文学大纲》正是其东西文学造诣深厚的最好证明，他还是"文学研究会"的发起人，并且多年从事《小说月报》的编辑工作。其中"文学研究会"是中国新文坛中的著名文学团体，《小说月报》是对新文学贡献最大的文学杂志。

作为文人，在郑振铎的文学研究生涯中，有过与其存在交集的人，也有存在一时共鸣、旋即没落的人，当然英年早逝的文人也为数不少。

像中国文坛的鲁迅一样的人，当然毫无疑问可视为文坛的幸运儿，但是他个人的生活环境却时常伴随着不安和危险。与此相反，鲁迅弟弟周作人算是过着比较安稳的生活。至于郑振铎，无论是个人生活方面，还是文学研究方面，或许都是中国文坛上为数不多的幸运儿。

现代中国出版界将郑振铎推举为安全办一样的存在，这并非因为他是国民党要员，在政界有一定势力。而且他也并非国民政府出版界的有力人士。唯一原因是大家都将其公认为唯一稳健的学者。他现在还是文艺杂志

《文学季刊》的编辑之一，《文学季刊》在当时具有相当的公信力和威望。据传"生活书店"发行的《文学》杂志因具有"左"倾倾向而几乎被禁，郑振铎作为编辑之一，正在以自己的名义而继续出版中。

当然我们也不能由此就认为他的学问毫无根据，也不能断言他对文坛的贡献不大。但是，作为热衷于考证的学者，郑振铎在创作方面有所忽视，博学多识的教授往往在文学，即诗歌、小说、戏曲等方面比较精通的人相对较少。同理可鉴，郑振铎在创作方面并未高名远扬。但是，上述的《文学大纲》与《中国文学史》实际上可被称为充分展示其博学才干的作品。

此外，郑振铎还翻译了《沙宁》《海鸥》《新月集》，还有《山中杂记》《泰戈尔传》《希腊·罗马的神话与传说》等数量众多的译著，同时也将很多分散的中国古籍进行收集并重新出版。

他的嗓音圆润，近乎女子的声音，他待人接物的态度酷似贵公子，这或许与其生活存在密切关系。他曾经出入欧洲的各大图书馆，阅览众多珍贵书籍并进行相关研究，可以推测其生活充满余暇。既然提到贵公子和生活问题，那就再讲述一个能够探察其生活背景的逸话来结束本文。

如果看过郭沫若的《创造十年》一书，就可知道"创造社"十年间的内幕秘史。包括创造社诸人对"文学研究会"（这两个文学团体处于相互对峙状态）同人的谩骂，郑振铎自然亦成为被攻击的对象。在此过程中，商务印书馆高梦旦曾设宴请托众人不要攻击女婿郑振铎。其中的详细原委虽无法忆起，但存在含有此意的相关记载文字。据此，我们可以推测郑振铎在出版界的背景，以及其所处的宽松的研究环境。

他的笔名为"西谛"，福建永乐人，现为清华、燕京两所大学的教授。

# 参考文献

**报刊文章**

北旅东谷：《论新东洋文化的树立——以中国旧思想旧文艺的改革为他山之石的新文学建设运动》，《开辟》1922年第30期。

陈独秀：《朝鲜独立运动之感想》，《每周评论》1919年第14期。

崔锡夏：《朝鲜魂》，《太极学报》1906年第5期。

丁来东：《〈阿Q正传〉读后》，《朝鲜日报》1930年4月9日。

丁来东：《现代中国文学的新方向》，《新民》1928年10月号。

丁来东：《中国文人印象记》，《东亚日报》1935年5月1日。

《东洋论》，《大朝鲜独立协会会报》，1897年2月15日。

傅斯年：《朝鲜独立运动中之新教训》，《新潮》1919年第1卷第4号。

韩雪野：《鲁迅与朝鲜文学》，《朝鲜文学》1956年第10期。

胡适：《谈新诗——八年来一件大事》，《星期评论（纪念号）》1919年第5期。

金光洲：《幸福的家庭》，《朝鲜日报》1933年1月29日。

金台俊：《文学革命后的中国文艺观（十四）》，《东亚日报》1930年12月4日。

李陆史：《鲁迅追悼文》，《朝鲜日报》1936年10月23—29日。

李泰俊：《文章讲话》，《文章》创刊号1939年第2期。

李允宰：《中国的新文字》，《东明》1922年第10—11期。

梁启超：《朝鲜亡国史略》，《新民丛报》1904年第53号。

茅盾：《"九·一八"以后的反日文学〈万宝山〉》，《文学》1933年第1卷2号。

申采浩：《国汉文的轻重》，《大韩每日申报》，1908年3月17日。

申彦俊：《中国的大文豪鲁迅访问记》，《新东亚》1934年4月号。
《务望兴学》，《大韩每日申报》，1906年1月6—7日。
中叟：《读梁启超所著朝鲜亡国史略》，《太极学报》1908年第24期。

**著作**

安廓：《朝鲜文学史》，韩日书店1922年版。
曹中屏：《朝鲜近代史》，东方出版社1993年版。
陈平原：《中国现代学术之建立》，北京大学出版社2010年版。
陈漱渝、王锡荣、肖振鸣编：《鲁迅日记全编》，广东人民出版社2019年版。
陈思和：《中国文学中的世界性因素》，复旦大学出版社2011年版。
垂水千惠：《吕赫若研究——1943年までの分析を中心として》，风间书房2002年版。
崔博光：《开港都市化过程中仁川的文学形象》，神户大学文学部2004年版。
崔埈：《韩国报刊史》，一潮阁1990年版。
丁来东：《丁来东全集》，金刚出版社1971年版。
董炳月：《"国民作家"的立场——中日现代文学关系研究》，生活·读书·新知三联书店2006年版。
耿云志：《胡适年谱》，福建教育出版社2014年版。
宫嶋博史：《民族主义与文明主义——重新理解三一运动》，成均馆大学出版部2009年版。
郭沫若：《革命春秋》，人民文学出版社1979年版。
《韩国近代文学研究资料集》，三文社1987年版。
洪昔杓：《鲁迅与近代韩国》，梨花女子大学出版文化院2017年版。
胡风：《胡风回忆录》，人民文学出版社1997年版。
胡颂平：《胡适之先生年谱长编初稿》（第三辑），联经出版公司1980年版。
金柄珉：《朝鲜—韩国文学的近代转型与比较文学》，延边大学出版社2007年版。
金柄珉、李存光主编：《中国现代文学与韩国资料丛书》，延边大学出版社 2014 年版。

金允植：《与韩国近代文学史的对话》，新美出版社 2002 年版。

金在湧：《以帝国的语言超越帝国》，韩国国民大学韩国学研究所 2014 年版。

孔范今：《二十世纪中国文学史》，山东文艺出版社 1997 年版。

李光麟：《韩国开化思想研究》，一潮阁 1979 年版。

李欧梵：《现代性的追求》，生活·读书·新知三联书店 2000 年版。

李岩：《中韩文学关系史论》，社会科学文献出版社 2003 年版。

李怡：《日本体验与中国现代文学的发生》，北京大学出版社 2009 年版。

李在铣：《韩国开化期小说研究》，一潮阁 1972 年版。

李泽厚：《中国现代思想史论》，生活·读书·新知三联书店 2008 年版。

梁建植：《中国短篇小说集》，京开辟社 1929 年版。

梁启超：《饮冰室文集》，中华书局 1993 年版。

林基中：《燕行录全集》，东国大学出版部 2001 年版。

刘半农：《校后语》，《朝鲜民间故事》，上海女子书店 1932 年版。

刘纳：《嬗变：辛亥革命时期至五四时期的中国文学》中国人民大学出版社 2010 年版。

刘伟：《"日本视角"与中国现代文学研究》，人民出版社 2011 年版。

鲁迅：《鲁迅全集》，人民文学出版社 2005 年版。

逢增玉：《黑土地文化与中国东北作家群》，湖南教育出版社 1995 年版。

朴宰雨：《韩国鲁迅研究精选集》，中央编译出版社 2016 年版。

权宁珉：《韩国近代文学与时代精神》，文艺出版社 1983 年版。

全海宗：《中韩关系史论集》，中国社会科学出版社 1997 年版。

藤井省三：《鲁迅事典》，三省堂 2002 年版。

藤井省三：《鲁迅と日本文学：漱石·鷗外から清張·春樹まで》，东京大学出版会 2015 年版。

王向远：《东方文学译介与研究史》，宁夏人民出版社 2007 年版。

王晓平：《近代中日文学交流史稿》，湖南文艺出版社 1987 年版。

尾崎秀树：《旧殖民地文学的研究》，人间出版社 2004 年版。

吴敏：《民族主义的自我观照》，国际作家书局2010年版。

夏晓虹：《觉世与传世：梁启超的文学道路》，中华书局2006年版。

杨联芬：《晚清至五四：中国文学现代性的发生》，北京大学出版社2003年版。

杨义、陈圣生：《中国比较文学批评史纲》，业强出版社1998年版。

杨昭全：《中国—朝鲜·韩国文化交流史》，昆仑出版社2004年版。

伊藤德也：《周作人、鲁迅をめぐる日中文化交流》，『「帝国」日本の学知5 東アジアの文学·言語空間』，岩波书店2006年版。

张福贵、靳丛林：《中日近现代文学关系比较研究》，吉林大学出版社1999年版。

张哲俊：《东亚比较文学导论》，北京大学出版社2004年版。

赵京华：《活在日本的鲁迅》，生活·读书·新知三联书店2022年版。

권영민:《한국 근대문학과 시대정신》,문예출판사,1983。

구인환:《한국근대소설연구》,삼영사,1997。

우림걸:《한국개화기문학과 양계초》,박이정,2002。

전형준:《동아시아적 시각으로 보는 중국문학》,서울대학교출판부,2004。

박용규:《식민지 시기 언론과 언론인》,소명출판,2015。

장칭,김병진 등:《동아시아 지식 네트워크와 근대 지식인》,소명출판,2017。

홍석표:《루쉰과 근대한국:동아시아 공존을 위한 상상》,이화여대출판문화원,2017。

양은정:《일제강점기 중국소설번역 연구》,학고방,2019。

**期刊论文**

白川豊:《張赫宙作品에 대한 韓日兩國에서의 同時代의 反應》,《日本學》1991年第10期。

曹顺庆:《比较文学学科中的变异学研究》,《复旦学报》2006年第1期。

常彬、杨义:《百年中国文学的朝鲜叙事》,《中国社会科学》2010年第2期。

葛涛、金英明：《柳树人翻译的〈狂人日记〉译本研究》，《文艺争鸣》2018年第7期。

金柄珉：《中国与周边：中韩近现代文学交流的历史转型与价值重建——兼论韩国近现代文学的主体性与现代性建构》，《中国比较文学》2020年第1期。

刘为民：《中国现代文学与朝鲜》，《山东大学学报》1996年第3期。

宋明炜：《后殖民理论：谁是"他者"?》，《中国比较文学》2002年第4期。

孙卫国：《朝鲜朝使臣金允植与李鸿章》，《东疆学刊》2018年第2期。

藤井省三、林敏洁：《鲁迅与佐藤春夫——两位作家间的互译与交往》，《社会科学辑刊》2017年第3期。

吴舒洁：《世界的中国："东方弱小民族"与左翼视野的重构——以胡风译《山灵》为中心》，《文学评论》2020年第6期。

严家炎、袁进：《现代性：二十世纪中国文学的显著特征》，《北京大学学报》2005年第5期。

杨义：《中国现代文学与东亚人文地理》，《中国社会科学院研究生院学报》2010年第2期。

尹允镇：《朝鲜文学的近代化和西方文化》，《东疆学刊》2002年第1期。

尹允镇、夏艳：《世界文学大环境与韩国近代文学观念的历史转型》，《社会科学战线》2015年第12期。

周异夫：《战后初期日本文坛的战争反思》，《社会科学战线》2015年第5期。

邹振环：《清末亡国史"编译热"与梁启超的朝鲜亡国史研究》，《韩国研究论丛》1996年版。

백지운:《한국의 1세대 중국문학 연구의 두 얼굴》,《대동문화연구》2009 년 68 호。

김호웅:《1920—1930 년대 조선문학과 상해-조선 근대문학자의 중국관과 근대 인식을 중심으로-》,《退溪學과 韓國文化》2004 년 35 호。

성현자:《양계초와 안국선의 관련양상》,《인문과학》1982 년 48 집。

장춘식:《간도체험과 강경애의 소설》,《여성문학연구》2004 년

11 호。

문한별:《국권 상실기를 전후로 한 번역 및 번안 소설의 변모 양상—서술 방법의 변화를 중심으로》,《국제어문》2010 년 49 집。

손성준:《한국 근대소설사의 전개와 번역》,《민족문학사연구》2014 년 56 호。

서영채:《동아시아라는 장소와 문학의 근대성》,《比較文學》2017 년 72 호。